Eleanor Oliphant está perfectamente

Eleanor Oliphant está perfectamente

Gail Honeyman

Traducción de Julia Osuna Aguilar

rocabolsillo

Título original: *Eleanor Oliphant is completely fine*

© 2017, Gail Honeyman

Primera edición en este formato: junio de 2018

© de la traducción: 2017, Julia Osuna Aguilar
© de esta edición: 2017, 2018, Roca Editorial de Libros, S. L.
Av. Marquès de l'Argentera 17, pral.
08003 Barcelona
actualidad@rocaeditorial.com
www.rocabolsillo.com

Impreso en Novoprint
Sant Andreu de la Barca (Barcelona)

ISBN: 978-84-16859-11-5
Depósito legal: B. 10502-2018
Código IBIC: FA

RB59115

Para mi familia

[...] La soledad está marcada por el intento de llevar a término la experiencia; algo que no puede conseguirse solo con fuerza de voluntad o saliendo más, sino desarrollando vínculos íntimos. Es mucho más fácil decirlo que hacerlo, sobre todo para la gente cuya soledad surge de un estado de pérdida, exilio o prejuicio, personas que tienen tantas razones para temer o desconfiar como para anhelar la compañía de los demás.

[...] Cuanto más sola está una persona, menos capaz es de navegar por las corrientes sociales. La soledad va creciendo a su alrededor, como el moho o una piel, un profiláctico que inhibe todo contacto, independientemente de lo mucho que se desee ese mismo contacto. La soledad es acumulativa, se extiende y se perpetúa por sí sola. Una vez que se incrusta, cuesta un mundo desahuciarla.

OLIVIA LAING, *The Lonely City*

UNA BUENA RACHA

1

*C*uando la gente me pregunta a qué me dedico —taxistas, higienistas dentales—, les digo que trabajo en una oficina. En casi nueve años nadie me ha preguntado de qué clase o qué tipo de trabajo hago allí. No tengo claro si es porque encajo a la perfección con el aspecto que la gente imagina de alguien que trabaja en una oficina, o si es porque al oír lo de «trabajo en una oficina» automáticamente rellenan los huecos solos: una mujer que hace las fotocopias, un hombre que repiquetea en el teclado. No me quejo, por mí, encantada de no tener que entrar en los fascinantes detalles de las cuentas por cobrar. Cuando empecé a trabajar aquí, siempre que me preguntaban respondía que trabajaba en una agencia de diseño gráfico, pero entonces asumían sin falta que era creativa de publicidad. Me cansé de ver cómo se borraba toda expresión de sus caras cuando les explicaba que lo mío era trabajo administrativo, y que yo ni utilizaba rotuladores de punta fina ni software de última generación.

Me queda poco para cumplir los treinta y llevo trabajando aquí desde los veintiuno. Bob, el director, me contrató al poco de abrir la empresa. Creo que le di pena. Con una licenciatura en Clásicas y sin experiencia laboral, el día de la entrevista me presenté con un ojo morado, dos dientes mellados y un brazo partido. Es posible que ya por entonces intuyera que mis ambiciones nunca irían más allá de un puesto administrativo mal remunerado y que me contentaría con quedarme en la empresa, ahorrándose así la molestia de tener que buscar una sustituta. Puede que también dedujera que jamás pediría ni días para la luna de miel ni una baja por maternidad. No sé.

Y

En la oficina impera un claro sistema de doble rasero: los creativos son las estrellas de la película y el resto no pasamos de meras comparsas. Con solo mirarnos, se ve a qué categoría pertenecemos cada uno. Y eso, en parte, es debido a la remuneración. Al personal de segunda nos pagan una miseria, así que no podemos permitirnos gran cosa en materia de cortes de pelo elegantes y gafas de pardillo. La ropa, la música, los dispositivos: pese a la desesperación por verse como librepensadores con ideas originales, todos se adhieren a un riguroso uniforme. A mí el diseño gráfico no me interesa en absoluto. Yo soy contable. Podría estar haciendo facturas por cualquier cosa: armamento, Rohypnol, cocos…

Entro a las ocho y media de lunes a viernes y me dan una hora para almorzar. Antes me traía el bocadillo de casa, pero no me daba tiempo a comerme todo lo que compraba y se me ponía malo en la nevera, de modo que ahora bajo a comprar algo a la calle de las tiendas. Los viernes siempre acabo con la visita a Marks & Spencer, para ponerle la guinda a la semana. Me como el bocadillo en la sala de personal mientras leo el periódico de cabo a rabo y hago luego el crucigrama. Me decanto por el *Daily Telegraph*, aunque no porque me guste especialmente, sino porque tiene los pasatiempos más crípticos. No hablo con nadie: para cuando termino con mi oferta de mediodía, el periódico y los dos crucigramas, ya casi es la hora. Vuelvo a mi mesa y trabajo hasta las cinco y media. El trayecto a casa en autobús es de media hora.

Preparo la cena y escucho *Los Archer* por la radio. Suelo hacerme una pasta con pesto y una ensalada: una única olla y un solo plato. Mi infancia fue un dechado de contradicciones culinarias y durante años me alimenté tanto de vieiras recogidas a mano como de sobres de bacalao precocinado. Tras mucho meditar sobre los aspectos políticos y sociológicos de la gastronomía, he comprendido que la comida no me interesa en lo más mínimo. Yo soy de pasto barato, rápido y fácil de conseguir y preparar, siempre que aporte los nutrientes necesarios para que una persona siga con vida.

Después de lavar los platos, leo o, en ocasiones, veo la televisión si dan algún programa que haya recomendado ese día el *Telegraph*. Por lo general (bueno, siempre), hablo un cuarto de hora con mi madre los miércoles por la noche. Me acuesto sobre las diez, leo otra media hora y apago la luz. Normalmente no me cuesta dormirme.

Los viernes no cojo el autobús nada más salir de trabajar; me paro en el Tesco Metro que hay a la vuelta de la esquina y compro una pizza margarita, un Chianti y dos botellas de vodka Glen de las grandes. Cuando llego a casa, me como la pizza y me bebo el vino. Después tomo un poco de vodka. Los viernes no necesito mucho, solo unos cuantos tragos generosos. Suelo despertarme en el sofá sobre las tres de la madrugada y me voy a la cama dando tumbos. Me bebo el resto del vodka durante el fin de semana, lo dilato en los dos días para no estar ni borracha ni sobria. El lunes se hace de rogar.

Mi teléfono no suena muy a menudo —de hecho, cuando me llaman pego un respingo—, y suele ser gente que me pregunta si me han vendido algún seguro de protección de pagos fraudulento. Yo les susurro «sé dónde vives» y cuelgo con mucho, mucho cuidado. Este año no ha entrado nadie en mi piso más allá de profesionales técnicos; no ha salido de mí invitar a ningún ser humano a cruzar el umbral, salvo para leer el contador. Os parece imposible, ¿verdad? Pues es cierto, porque existo, ¿no? A menudo tengo la sensación de no estar aquí, de ser solo un producto de mi imaginación. Hay días en que siento una conexión tan frágil con la tierra que veo los hilos que me atan al planeta como una telaraña con consistencia de algodón de azúcar. Con una buena ráfaga de aire me desengancharía de todo y me elevaría y me alejaría de un soplo, como los vilanos de los dientes de león.

Entre semana, los hilos se afianzan ligeramente: hay gente que me llama para discutir sobre líneas de crédito, o recibo correos sobre contratos y presupuestos. Los trabajadores con los que comparto oficina —Janey, Loretta, Bernadette y Billy— notarían mi ausencia. Al cabo de unos días (muchas veces me pregunto cuántos), los alarmaría que no hubiese avisado de que estaba enferma —muy poco propio de mí— y buscarían mi dirección en las profundidades de los archivos de recursos humanos. Supongo que acabarían llamando a la policía… ¿Tirarían la puerta los agentes? ¿Me encontrarían, todos con la cara tapada y dando arcadas por el olor? Sería un buen chisme en la oficina. Me odian pero no les gustaría verme muerta. O al menos eso creo.

Ayer fui al médico. Parece que fue hace siglos. Esta vez me tocó el joven, el pelirrojo paliducho que me cae bien. Cuanto más jóvenes, más al día está su formación, y eso solo puede ser bueno. Odio cuando me toca la anciana doctora Wilson; tiene unos sesenta años y no creo que esté muy puesta sobre los últimos fármacos y avances médicos. Apenas se maneja con el ordenador.

El médico estaba haciendo eso de hablar sin mirar, leyendo mis datos en la pantalla y dándole con cada vez más virulencia a la tecla de *intro* a medida que bajaba el *scroll*.

—¿En qué puedo ayudarla esta vez, señorita Oliphant?

—Es la espalda, doctor —le dije—, me duele horrores.

Seguía sin mirarme.

—¿Cuánto tiempo lleva con ese dolor?

—Un par de semanas. —Asintió—. Creo que sé por qué es, pero quería saber su opinión.

Por fin dejó de leer y me miró.

—¿Qué cree que está causándole el dolor de espalda, señorita Oliphant?

—Creo que son los pechos.

—¿Los pechos?

—Sí. Me los he medido y pesan tres kilos (en total, claro, no cada uno). —Solté una risita y él se me quedó mirando, sin reír—. Creo que es demasiado peso del que tirar, ¿no le parece? Porque… si le ataran a usted tres kilos más de carne en el pecho y lo obligaran a pasearlos por ahí todo el día, también a usted le dolería la espalda, ¿no?

Me miró fijamente y luego carraspeó.

—¿Y cómo… cómo hizo para…?

—Con una báscula de cocina —le dije corroborando con la cabeza—. No sé… puse uno encima, eso fue todo. No pesé los dos, sino que asumí que tendrían más o menos el mismo peso. Ya sé que no es muy científico, pero…

—Le recetaré más analgésicos, señorita Oliphant —me interrumpió, y empezó a teclear.

—Que sean potentes esta vez, por favor —pedí con firmeza—, y en cantidad. —Ya han intentado despacharme antes con pequeñas dosis de aspirinas, y necesito medicación eficaz para ir ampliando mis reservas—. ¿Podría hacerme otra receta para el tratamiento del eczema, por favor? La comezón se intensifica en épocas de estrés o tensión.

Sin dignarse a darme una respuesta a tan educada solicitud, se limitó a asentir. Ninguno dijimos nada mientras la impresora escupía los papeles, que me tendió luego. Volvió a mirar la pantalla fijamente y empezó a teclear. Hubo un silencio incómodo. Sus habilidades sociales eran, cuando menos, inapropiadas, sobre todo para tener un trabajo de cara al público como el suyo.

—Pues nada, adiós, doctor. Muchas gracias por su tiempo —le dije en un tono que le pasó totalmente desapercibido.

Al parecer, seguía enfrascado en sus notas. Eso es lo único malo de los jóvenes: tienen muy poca mano con los pacientes.

Eso había sido el día anterior por la mañana, en otra vida. En esos momentos, ya en el DESPUÉS, el autobús iba avanzando a buen ritmo entre el tráfico, camino de la oficina. Llovía, y el resto de pasajeros tenían cara de amargados, acurrucados en sus impermeables, llenando de vaho las ventanillas con el aliento amargo de la mañana. A mí, en cambio, la vida me guiñaba un ojo entre las gotas de lluvia del cristal, titilando y esparciendo su fragancia sobre la atmósfera viciada de ropa mojada y pies empapados.

Siempre me he enorgullecido de valerme por mí misma. Soy una superviviente solitaria: soy Eleanor Oliphant. No necesito a nadie: no hay un gran vacío en mi vida, no falta ninguna pieza en mi puzle particular. Soy una entidad autosuficiente. Al menos, eso me he dicho siempre. Hasta que anoche conocí al amor de mi vida. Lo supe sin más en cuanto lo vi salir al escenario. Llevaba un sombrero de lo más elegante, aunque no fue eso lo que me atrajo de él. No… no soy tan superficial. Iba vestido con un terno ¡con el último botón del chaleco desabrochado! «Un auténtico caballero siempre se deja el último botón suelto», me decía siempre mi madre: es una de las señales que hay que buscar, sinónimo de hombre elegante y sofisticado, de una clase y un estatus social adecuados. Su hermosa cara, su voz... Por fin estaba ante un hombre que podía describir sin miedo a equivocarme como «carne de matrimonio».

A mamá iba a encantarle.

2

*E*n la oficina flotaba esa sensación palpable de alegría de viernes, todo el mundo comulgando con la mentira de que el fin de semana sería fascinante y, la siguiente, el trabajo sería mejor, distinto. Nunca aprenden. Para mí, sin embargo, las cosas habían cambiado. Aunque no había dormido bien, me había sentido en forma, con más energía, mejor que nunca. La gente cuenta que, cuando te cruzas con «el definitivo», lo sabes sin más. Hasta ahora todo se había cumplido, incluido el hecho de que el destino lo hubiera puesto en mi camino una noche de jueves, con todo el fin de semana extendiéndose ante mí en una invitación cargada de tiempo y promesas.

Uno de los diseñadores se despedía ese día, y como teníamos por costumbre, celebraríamos la ocasión con vino barato, cerveza cara y cuencos de cereales llenos de patatas de bolsa. Con suerte, la despedida empezaría temprano y me daría tiempo a hacer acto de presencia y largarme a tiempo. No me quedaba otra, tenía que ir de compras antes de que cerraran las tiendas. Abrí la puerta y enseguida el frío del aire acondicionado me hizo estremecer, a pesar de que llevaba puesta la cazadora. Billy tenía la palabra y hablaba de espaldas a mí, mientras los demás estaban demasiado concentrados para notar mi presencia.

—Está fatal de la cabeza.

—Bueno, eso ya lo sabemos, y nunca lo hemos puesto en duda —dijo Janey—. La pregunta es: ¿qué ha hecho esta vez?

Billy resopló.

—¿Os acordáis de que le tocaron las entradas en el sorteo y me invitó a acompañarla a ese concierto absurdo?

Janey sonrió.

—La rifa anual de Bob de regalos mierdosos de clientes. Primer premio, dos entradas gratis. Segundo, cuatro entradas gratis.

Billy suspiró.

—Exacto. Una noche de jueves de lo más infame: imaginaos un acto benéfico en un pub, con el equipo de marketing de nuestro mayor cliente, seguido de números de todos sus amigos y familiares que eran para echarse a llorar. Y, para colmo, con ella.

Todo el mundo rio. No podía llevarle la contraria; distó mucho de ser una velada de glamour y exceso a lo Gran Gatsby.

—En la primera parte tocó un grupo… Johnnie no sé qué y los Pioneros Peregrinos… que no estaba del todo mal. Era casi todo repertorio propio, aparte de algunas versiones, varios clásicos básicos.

—¡Yo lo conozco! ¡Johnnie Lomond! —intervino Bernadette—. Iba a la misma clase que mi hermano mayor. Una noche que estaban mis padres de vacaciones en Tenerife, vino a una fiesta que dimos en casa, él con varios compañeros de sexto de mi hermano. Acabamos taponando el lavabo del baño, si no recuerdo mal…

Me alejé, no tenía ganas de oír sus indiscreciones de juventud.

—El caso es que —dijo Billy, al que, por lo que había visto, no le gustaba que lo interrumpieran— a ella el grupo le pareció horrible. Se quedó hecha un palo, sin moverse, aplaudir ni nada. En cuanto terminaron, dijo que tenía que irse a casa. Así que no llegó ni al entreacto y me quedé solo el resto de la noche, vamos, que me dejó más tirado que nada.

—Qué pena, Billy. Seguro que querías llevarla luego a tomar una copa, o a bailar incluso —dijo Loretta dándole un codazo.

—Muy graciosa. No, salió como con un petardo en el culo. Seguramente estaba metida en la cama con una taza de chocolate y el último número de *Alerta Cotilleo* antes de que la banda terminara de tocar.

—No, no, no sé, yo no la veo leyendo *Alerta Cotilleo*. Sería algo más raro, más insólito. ¿*Pesca de mosca*? ¿*Caravana Hoy*?

—*Caza y raza* —dijo Billy con rotundidad—, seguro que está suscrita.

Todos soltaron risitas.

Yo también tuve que reírme con esa última gracia, la verdad.

No me lo esperaba, en absoluto. Y justamente por eso me impactó más. A mí me gusta planear bien las cosas, prepararlas con tiempo y organizarme. Surgió de buenas a primeras, fue como una bofetada, un puñetazo en el estómago, una quemadura.

Le había pedido a Billy que me acompañara al concierto más que nada porque es el más joven del trabajo, y asumí que le gustaría la música. Oí cómo los demás le tomaban el pelo cuando creyeron que yo había salido a comer. Yo no sabía nada sobre el concierto, no había escuchado ninguno de los grupos; iba más que nada por compromiso: me habían tocado las entradas en la rifa benéfica y sabía que luego la gente del trabajo me preguntaría.

Había estado bebiendo un vino blanco, amargo y caliente, que tenía un regusto al plástico de los vasos en que nos obligaron a beber en el pub. ¡Deben de creer que somos unos salvajes! Billy había insistido en pagar la ronda como agradecimiento por la invitación. En ningún momento se lo planteé como una cita: la sola idea era absurda.

Se apagaron las luces. Billy no quería ver a los teloneros pero yo me mostré categórica: nunca se sabe si uno va a ser testigo de la aparición de una nueva estrella, quién sabe quién va a salir al escenario y hacerlo brillar. Y eso fue lo que hizo él. Me quedé mirándolo atónita. Era luz y calor. Refulgía. Todo lo que entraba en contacto con él cambiaba. Me adelanté en el asiento, me quedé en el filo. Por fin. Lo había encontrado.

Ahora que el destino me había revelado mi futuro, tenía que averiguar más cosas sobre él, sobre el cantante, la respuesta a todos mis males. Pensé en echar un vistazo rápido por varias páginas web —Argos, John Lewis— para ver cuánto costaba un ordenador antes de tener que ponerme con el horror del balance de cuentas de final de mes. Supongo que podría haber utilizado uno del trabajo durante el fin de semana, pero había bastantes probabilidades de encontrarme con alguien y que me preguntara qué hacía yo allí. No habría violado ninguna norma, pero no es asunto de nadie y no me gustaría tener que explicarle a Bob por qué, trabajando hasta en fin de semana, todavía no había conseguido bajar la enorme pila de facturas pendientes. Además, mientras tanto, podía hacer otras cosas en casa, como un menú degustación para nuestra primera cena juntos. Mamá me dijo hace años que a los hombres les vuelven locos los saladitos de salchicha. Se les gana con unos buenos saladitos de salchicha caseros, con el hojaldre crujiente y recién hecho y carne de calidad. Llevo años sin cocinar nada que no sea pasta. Nunca he hecho saladitos. Pero tampoco creo que sea de una dificultad extrema. No es más que masa y carne procesada a máquina.

Encendí el ordenador e introduje la contraseña pero la pantalla se quedó congelada. Lo reinicié y ni siquiera llegó a pedirme la contraseña. Una lata. Fui a hablar con Loretta, la jefa de personal. Tiene unas ideas algo sobredimensionadas sobre sus capacidades administrativas, y en su tiempo libre hace unas joyas horrendas que luego vende a gente idiota. Le dije que no me funcionaba el ordenador y que no había conseguido encontrar a Danny, el técnico.

—Ya no trabaja aquí, Eleanor —me informó sin apartar la vista de la pantalla—. Ahora hay otro chico, Raymond Gibbons, ¿te suena? Entró el mes pasado —dijo como si yo tuviera que saberlo.

Sin levantar aún la vista, me escribió el nombre completo y la extensión telefónica en un post-it y me lo tendió.

—Muchísimas gracias, has sido de gran ayuda, como siempre, Loretta —le dije; por supuesto, le entró por un oído y le salió por el otro.

Llamé al número pero me saltó el contestador: «Hola, aquí Raymond, pero no aquí exactamente. Lo más gato de Schrödinger. Deja un mensaje después de la señal. Saludos».

Sacudí la cabeza, disgustada, y hablé con el aparato en un tono lento y claro.

—Buenos días, señor Gibbons. Soy la señorita Oliphant, de Contabilidad. No me funciona el ordenador y le estaría muy agradecida si fuera tan amable de arreglar hoy mismo la avería. Si necesita más detalles, puede encontrarme en la extensión cinco tres cinco. Muchísimas gracias.

Tenía la esperanza de que aquel mensaje claro y preciso le sirviera de ejemplo. Esperé diez minutos, ordenando mientras mi mesa, pero no me devolvió la llamada. Después de dos horas de archivar papeles y, vista la ausencia de comunicación por parte del señor Gibbons, decidí adelantar la pausa para comer. Había llegado a la conclusión de que tenía que prepararme físicamente para un encuentro potencial con el músico mediante una serie de «reformas». Pero ¿debía reformarme de dentro para fuera o trabajar a la inversa? Hice una lista mental de todos los trabajos aspectuales que tenía que acometer: cabello y vello, uñas (pies y manos), cejas, celulitis, dientes, cicatrices… cosas todas ellas que necesitaban puesta a punto, realce y mejora. Al final decidí empezar de fuera para dentro: al fin y al cabo, la naturaleza suele trabajar así; la muda de la piel, el renacer… Animales, aves e insectos aportan ejemplos muy útiles. Siempre que no tengo claro cuál es el mejor curso de acción, me pregunto: «¿Qué haría un hurón?» o «¿Cómo respondería una salamandra ante esta situación?». Y siempre sin falta, encuentro la respuesta correcta.

A diario paso por delante de El Neceser de Julie cuando voy camino del trabajo. La suerte quiso que hubieran cancelado una cita. Llevaría veinte minutos, Kayla sería mi esteticista personal y el coste ascendería a cuarenta y cinco libras. ¡Cuarenta y cinco! Así y todo, mientras me conducían a una habitación de la planta superior, me recordé que él lo merecía. Como el resto de empleadas, Kayla vestía un uniforme blanco con aspecto hospitalario, así como zuecos blancos. Aquel atavío pseudomédico me pareció oportuno. Entramos en una habitación de un tamaño incomodísimo: apenas cabían una camilla, un taburete y una mesa auxiliar.

—A ver, tienes que quitarte los… —hizo una pausa para mirar mis extremidades inferiores—… pantalones y las braguitas y ponerte en la camilla. Puedes quitarte todo de cintura para abajo o, si lo prefieres, ponerte esto. —Dejó un paquetito en la camilla—. Tápate con la toalla y dentro de dos minutos vuelvo y me pongo contigo. ¿Vale?

Asentí. No pensaba que habría tanto quita y pon.

En cuanto la puerta se cerró tras ella, me descalcé y me quité los pantalones. ¿Debería dejarme los calcetines? Lo sopesé y concluí que sí. Cuando me quité las braguitas, me pregunté qué hacer con ellas. No me parecía pertinente dejarlas a la vista, encima de la silla, como había hecho con los pantalones, así que las doblé con mucho cuidado y las guardé en mi bolsa de la compra. Sintiéndome ligeramente desvalida, cogí el paquetito que había dejado Kayla en la camilla y lo abrí. Saqué el contenido y lo desdoblé ante mí: unas braguitas negras muy pequeñas —de un modelo que encajaría con la categoría de «tanga» en la nomenclatura de Marks & Spencer—, hechas con esa tela como de papel típica de las bolsitas de té. Me las metí por cada pierna y me las subí. Eran diminutas, y la carne me sobresalió por delante, por detrás y por los lados.

La camilla era muy alta, pero trepé a lo alto con la ayuda de un taburete de plástico que había debajo. Me recosté; tenía toallas por encima y una capa del mismo papel áspero con que forran las camillas de las consultas de los médicos. Vi otra toalla negra doblada a mis pies y me la eché por encima, hasta la cintura, para no enfriarme. Me inquietó que fuera negra. ¿Qué clase de manchas pretendían disimular optando por ese color? Miré al techo, conté los focos de luz y luego miré a mi alrededor. A pesar de la iluminación más bien tenue, vi rozaduras por las paredes claras. Kayla llamó a la puerta y entró, un dechado de alegría y simpatía.

—Vamos a ver, ¿qué nos toca hoy?

—Ya he dicho que quería que me hicieran las ingles, por favor.

La chica rio.

—Sí, perdona, me refería a qué clase de cera quieres.

Reflexioné.

—De la normal... ¿como la de las velas?

—¿Qué tipo de depilación? —preguntó en tono lacónico,

hasta que vio mi cara—. Vale —dijo con más paciencia y enumerando con los dedos—, tenemos bikini, brasilera o Hollywood.

Consideré mis opciones. Repetí las palabras mentalmente, una y otra vez, utilizando la técnica que empleo para resolver los acertijos de los crucigramas, esperando que las letras se asentaran y formaran un patrón: bikini, brasilera, Hollywood… Bikini, brasilera, Hollywood…

—Hollywood —dije por fin—. Que no Bollywood.

Ignoró mi chiste y levantó la toalla.

—Vaya… Bueeeno… —Fue hasta la mesa y abrió un cajón del que extrajo algo—. Serán dos libras más por la maquinilla —anunció con gesto adusto mientras se ponía unos guantes desechables.

La maquinilla vi-vi-vibró y clavé la vista en el techo. ¡No dolía nada! Cuando terminó, utilizó un cepillo muy grueso para barrer al suelo el vello afeitado. Noté el pánico por dentro. No me había fijado en las baldosas al entrar. ¿Y si había hecho lo mismo con otros clientes… y ahora se me estaba pegando su vello púbico en los calcetines de lunares que llevaba puestos? La idea me dio náuseas.

—Esto está mejor. Y ahora iré todo lo rápido que pueda. No utilices cremas en la zona al menos las doce primeras horas, ¿vale? —me dijo mientras removía el cazo de cera que estaba calentando en la mesa auxiliar.

—No te preocupes, Kayla, yo no soy muy de ungüentos.

Me miró con los ojos desencajados. Creía que el personal de los centros de belleza tendría mayores habilidades sociales; era casi tan mala como mis compañeros de trabajo.

Apartó a un lado las braguitas de papel y me pidió que tensara la piel. Después me pintó una tira de cera en el pubis con una espátula de madera y presionó un trozo de tela por encima. Al poco, la cogió por una punta y la despegó con un raudo tirón de dolor limpio y centelleante.

—*Morituri te salutant* —susurré con las lágrimas saltadas. Es lo que digo en situaciones así y siempre me da muchos ánimos.

Empecé a incorporarme pero Kayla me retuvo amablemente.

—Ay, me temo que todavía te queda un rato —me dijo en un tono muy alegre.

El dolor es fácil, es algo con lo que estoy familiarizada. Entré en el cuartito blanco de dentro de mi cabeza, el que es de color nube. Huele a algodón limpio y a conejitos. Dentro, la atmósfera es de un tono rosa almendra dulce, y suena una música de lo más agradable. Ese día era *Top of the World* de The Carpenters. Con esa voz tan bonita... sonaba tan dichosa y llena de amor. La entrañable y afortunada Karen Carpenter.

Kayla siguió pegando y tirando. Me pidió que flexionara las rodillas, las doblara hacia fuera y juntara los talones. «Como ancas de rana», comenté, pero me ignoró, absorta en su trabajo. Me arrancó el vello de abajo del todo. Nunca había pensado que fuera siquiera posible. Cuando terminó, me pidió que volviera a tumbarme normal y luego me bajó las braguitas de papel. Me untó de cera caliente las partes que quedaban y me la quitó con gesto triunfal, de un solo tirón.

—Ya estamos —dijo quitándose los guantes y enjugándose la frente con el dorso de la mano—. ¡Ya me dirás si no está mucho mejor!

Me tendió un espejo de mano para que me mirara.

—¡Pero si no tengo ni un pelo! —chillé horrorizada.

—Así es, eso es un Hollywood. Lo que habías pedido.

Sentí que se me cerraban solos los puños y sacudí la cabeza, sin dar crédito. Había ido para empezar a tener un aspecto de mujer normal y, en lugar de eso, ahora parecía una cría.

—Kayla —dije incapaz de asimilar la situación en la que me encontraba—, el hombre por el que estoy interesada es un adulto normal. Le gustan las relaciones sexuales con adultas normales. ¿Estás sugiriendo que es pedófilo? ¡Cómo te atreves!

Se me quedó mirando horrorizada. Yo ya había soportado bastante por ese día.

—Por favor, déjame que me vista sola —dije volviendo la cara hacia la pared.

Se fue y me bajé de la camilla. Me puse los pantalones, mientras me consolaba pensando que seguramente el pelo me crecería antes de nuestro primer encuentro íntimo. Al salir, no dejé propina para Kayla.

Y

Cuando regresé al trabajo, mi ordenador seguía sin funcionar. Me senté con cautela y volví a llamar a Raymond, el técnico, pero mi llamada chocó de plano con su arrogante mensaje. Decidí subir a buscarlo; por el saludo del contestador deduje que era de esas personas que ignoran las llamadas entrantes por mucho que no tengan nada más que hacer. Justo cuando estaba retirando la silla, se me acercó un hombre. Era poco más alto que yo y llevaba unas zapatillas verdes, unos vaqueros que le quedaban grandes y una camiseta con un dibujo de un perro durmiendo encima de una caseta, estirado sobre una barriga incipiente. Tenía el pelo claro, trigueño, y lo llevaba corto en un intento de ocultar que empezaba a clarearle y a hacerle entradas, así como una rubia barba irregular de pocos días. La piel que le quedaba a la vista, de cara y cuerpo, era muy rosada. Me saltó una palabra a la mente como un resorte: porcino.

—Eh... ¿Oliphant?

—Sí... Eleanor Oliphant... Esa soy yo.

Se inclinó sobre mi mesa.

—Soy el técnico, Raymond.

Le tendí la mano para estrechársela, cosa que acabó haciendo si bien con ciertos reparos. Una prueba más de la lamentable decadencia de los modales en la sociedad actual. Me aparté y le dejé sentarse a mi mesa.

—¿Qué problema tiene? —me preguntó mirando la pantalla. Se lo conté—. Pues al lío —dijo tecleando ruidosamente.

Cogí el *Telegraph* y le dije que estaría en la sala de personal; no tenía mucho sentido quedarme mientras arreglaba el ordenador.

El crucigramista del día era Elgar, cuyas pistas son siempre elegantes y claras. Estaba tamborileando con el bolígrafo en los dientes, reflexionando sobre la doce vertical cuando Raymond entró con grandes zancadas en la sala e interrumpió el hilo de mis pensamientos. Miró por encima de mi hombro.

—Ah, crucigramas. Nunca les he visto el sentido. Yo soy más de videojuegos, cuando y donde sea. El *Call of Duty*...

Ignoré aquel parloteo inherente a su persona.

—¿Lo ha arreglado? —le pregunté.

—Claro —dijo complacido—. Tenías un virus muy chungo. Te he limpiado el disco duro y te he reconfigurado el cortafuegos. Lo suyo es hacer un análisis completo del sistema una vez por semana. —Debió de fijarse en mi cara de incomprensión—. Ven, que te lo enseño. —Atravesamos el pasillo, sus horrendas zapatillas haciendo rechinar el suelo. Tosió—. Así que tú… eh… ¿llevas mucho tiempo trabajando aquí, Eleanor?

—Sí —respondí apretando el paso.

Pero él consiguió seguirme, si bien entre resuellos.

—Ajá. —Carraspeó—. Yo he empezado hace unas semanas. Antes estaba en Sandersons. En el centro. ¿Los conoces?

—No.

Llegamos a mi mesa y me senté. Él se quedó de pie, demasiado pegado. Olía a cocina y, vagamente, a tabaco. Desagradable. Me dijo lo que tenía que hacer y seguí sus indicaciones, asegurándome de memorizarlas bien. Para cuando hubo terminado, había llegado a mi límite diario de interés tecnológico.

—Gracias por tu colaboración, Raymond —le dije tuteándolo y esperando que captara la indirecta.

Se despidió y se cuadró. Costaba imaginar a alguien con un porte menos militar.

—No es nada, Eleanor. Ya nos vemos por aquí.

«Lo dudo mucho», pensé para mis adentros mientras abría la hoja de cálculo con la lista de las cuentas por cobrar de ese mes. Se fue con unas extrañas zancadas basculantes y un rebote excesivo sobre los talones. Me he fijado en que es un paso muy típico en hombres poco atractivos. Estoy convencida de que las zapatillas de deporte no ayudan.

La otra noche el cantante llevaba unos bonitos oxford calados y me pareció alto, elegante, grácil. Costaba creer que Raymond y él pertenecieran a la misma especie. Me removí incómoda en la silla. Sentía un dolor palpitante y un picor incipiente en las partes pudendas. Tal vez tendría que haberme puesto las bragas.

Y

Efectivamente, la gente empezó a irse sobre las cuatro y media y yo me aseguré de aplaudir con muchos aspavientos al final del discurso de Bob y de gritar «¡hip, hip, hurra!» bien alto para que todo el mundo se fijara en mí. Me fui a las 16.59 y fui andando al centro comercial todo lo rápido que me permitieron las rozaduras ocasionales por mi nueva epidermis sin vello. Por fortuna, llegué a las cinco y cuarto. Dada la importancia de la misión, me convencí del «más vale pájaro en mano» y me fui directa a los primeros grandes almacenes que vi, donde subí en el ascensor hasta la planta de electrónica.

Había un joven de traje gris y corbata satinada mirando las hileras de pantallas gigantes. Me acerqué y le comuniqué mi deseo de comprar un ordenador. Pareció asustado.

—Sobremesa portátil tableta —dijo en tono monótono.

Yo no tenía ni idea de qué hablaba.

—Es la primera vez que compro un ordenador, Liam —le expliqué leyendo la chapita con el nombre—. Soy una consumidora con nula experiencia en tecnología.

El dependiente se tiró del cuello de la camisa, como si intentara liberar su enorme nuez de una mordaza, y me miró con ojos de gacela, o de impala, uno de esos aburridos animales beis con ojos muy grandes y redondos a ambos lados de la cara. Esos que siempre acaban devorados por leopardos.

Los principios estaban siendo pedregosos.

—¿Para qué quiere utilizarlo? —me preguntó sin establecer contacto visual.

—Eso a usted no le importa —le dije, muy ofendida.

Cuando vi que ponía cara de echarse a llorar, me sentí mal. Era joven, eso era todo. Le puse una mano en el brazo, pese a mi aversión por el contacto físico

—Lo siento, pero estoy un poco ansiosa porque es imperativo que pueda conectarme a internet este fin de semana —le expliqué, pero no borró su expresión nerviosa—. Liam —dije lentamente—, yo solo necesito adquirir un equipo informático que pueda utilizar en la comodidad de mi hogar para conducir búsquedas por internet. Con el tiempo tal vez lo emplee también para enviar mensajes electrónicos. Eso es todo. ¿Tenéis algo con esas características en stock?

El chico se quedó mirando al infinito, muy pensativo.

—¿Un portátil con acceso móvil a internet?

Pero ¿por qué me lo preguntaba a mí, por el amor de Dios? Asentí y le tendí mi tarjeta de crédito.

Cuando llegué a casa, ligeramente aturdida por la cantidad de dinero que acababa de gastarme, me di cuenta de que no había nada de comer. Los viernes tocaba pizza margarita, desde luego, pero mi rutina andaba, por primera vez, algo alterada. Recordé haber guardado en el cajón de los trapos una publicidad que había aparecido hacía un tiempo en mi buzón. No tardé en encontrarla y desdoblarla bien. Había cupones de descuento en la parte de abajo, ya caducados. Imaginé que los precios habrían subido, pero di por hecho que el teléfono sería el mismo y que —era de prever— seguirían vendiendo pizzas. Así y todo, los precios eran absurdos, incluso solté una risotada en voz alta al verlos: ¡en el Tesco Metro las pizzas costaban cuatro veces menos!

Me decidí. Sí, era una extravagancia y un capricho pero ¿por qué no? Me recordé que la vida también debería consistir en probar cosas nuevas, en explorar los límites. El hombre al otro lado de la línea me informó de que la pizza tardaría un cuarto de hora en llegar. Me cepillé el pelo y me quité las zapatillas de estar en casa para volver a ponerme los zapatos de trabajar. Me pregunté cómo harían con la pimienta negra. ¿Vendría el hombre con un molinillo? ¿No pensaría molerla sobre la pizza de pie en el umbral? Puse la tetera por si le apetecía una taza de té. Como me habían dicho el precio por teléfono, busqué el dinero, lo metí en un sobre y escribí PIZZA PRONTO en el anverso. No me molesté en poner la dirección. Me pregunté si sería adecuado dar propina y pensé que tendría que haber preguntado. Mamá no podría aconsejarme con esto. No es capaz ni de decidir qué comer.

El fallo del plan pizza a domicilio era el vino. No servían alcohol con los pedidos, me explicó el hombre por teléfono, al parecer divertido por mi pregunta. Era raro… ¿qué podía ser más normal que pizza con vino? No se me ocurrió cómo conseguir algo para beber a tiempo. Necesitaba lo que fuera. Medité al respecto mientras esperaba el pedido.

La experiencia resultó ser harto decepcionante. El hombre me tendió sin más una gran caja de cartón y cogió el sobre, que tuvo la mala educación de rajar en mi presencia. Le oí mascullar un «me cago en todo» entre dientes mientras contaba la calderilla. Llevaba un tiempo coleccionando monedas de cincuenta peniques en un cuenquecito de cerámica, y me había parecido el momento perfecto para utilizarlas. Había echado una de sobra para él, pero no recibí ningún agradecimiento por su parte. Qué maleducado.

La pizza era extremadamente grasienta, con una masa fofa y sosa. Decidí al instante que no volvería a comer pizza a domicilio en mi vida, y menos aún con el músico. Si alguna vez nos encontráramos necesitados de pizza y no tuviésemos cerca ningún Tesco Metro, podrían pasar dos cosas. Una: cogeríamos un taxi de los negros e iríamos a cenar a un bonito restaurante italiano del centro. Dos: él haría la pizza para los dos, de cero; haría la masa, la extendería y la trabajaría con sus largos dedos ahusados, amasándola hasta que se plegara a su antojo. Se pondría tras los fogones y rehogaría unos tomates con hierbas aromáticas frescas hasta reducirlos a una sabrosa salsa, bien trabada y con una reluciente pátina de aceite de oliva.

Llevaría sus viejos vaqueros, los más cómodos y ajustados a la perfección a sus caderas estilizadas, removería la sartén y tamborilearía con los pies descalzos al ritmo de su melodioso canturreo. Una vez que tuviese lista la pizza, que coronaría con alcachofas e hinojo rayado, la metería en el horno e iría a buscarme, me cogería de la mano y me llevaría a la cocina. Tendría la mesa puesta, con un jarrón de gardenias en el centro y unas velitas parpadeando tras unos cristales de colores. Descorcharía lentamente un Barolo, con un chasquido tan prolongado como satisfactorio, y lo dejaría sobre la mesa, antes de retirarme la silla para que me acomodara. Aunque, antes de nada, me estrecharía entre sus brazos y me besaría, rodeándome la cintura con las manos, en un abrazo tan fuerte que podría sentir la sangre corriendo por sus venas y oler el aroma a especias de su piel y el azúcar cálido de su aliento.

Había terminado la pizza de calidad inferior y andaba saltando encima de la caja para que cupiera en la papelera cuando me acordé del brandy. Mamá siempre decía que es bueno para las conmociones y, por si acaso, había comprado una botella hacía años. La tenía guardada en el armarito del cuarto de baño, junto al resto de artículos de primeros auxilios. Fui a ver y efectivamente allí estaba, detrás del rollo de las vendas y las muñequeras: una botella pequeña de Rémy Martin, llena y sin abrir. La descorché y le di un trago. No estaba tan rico como el vodka, pero tampoco sabía mal.

La perspectiva de enfrentarme al portátil me imponía mucho, puesto que nunca había configurado un ordenador nuevo, pero resultó más fácil de lo previsto. Tampoco el aparato de internet móvil supuso mayores problemas. Me llevé el brandy y el portátil a la mesa de la cocina, tecleé su nombre en Google, presioné el *intro* y me tapé los ojos con las manos. Segundos después, miraba entre los dedos. ¡Había cientos de resultados! Al parecer, la cosa iba a ser fácil, de modo que decidí racionar las páginas; al fin y al cabo, tenía todo el fin de semana y no había necesidad de andarse con prisas.

El primer vínculo me condujo hasta su página personal, que estaba completamente tomada por fotografías suyas y del grupo. Me acerqué a la pantalla hasta casi rozarla con la nariz. Ni me lo había imaginado ni había sobreestimado la extensión de su belleza. El siguiente enlace me llevó a su página de Twitter. Me permití el placer de leer sus últimos tres mensajes: los dos primeros eran irónicos e ingeniosos y el tercero, directamente adorable. Profesaba su admiración profesional por otro músico. Qué deferencia la suya.

Seguí con su página de Instagram. Tenía colgadas casi cincuenta fotografías. Pulsé una al azar, un primer plano de su cabeza, natural y desenfadado. Tenía nariz romana, rectísima, de proporciones clásicas. También sus orejas eran perfectas, del tamaño justo, con las espirales de piel y cartílago en una simetría absoluta. Los ojos eran castaño claro.

Las filas de fotografías se sucedían en la página, y mi cerebro tuvo que obligar a mi dedo a pulsar el botón para regresar al buscador. Examiné el resto de páginas que había encontrado Google. En YouTube había videoclips de actuaciones. Abundaban también los artículos y las reseñas. Y eso, sin pasar de la primera página de resultados. Leería toda la información que pudiera encontrar sobre él, aprendería a conocerlo, para algo se me da bien investigar y resolver problemas; y no es por presumir, simplemente constato un hecho. Si iba a ser el amor de mi vida, averiguar todo lo posible sobre él era la estrategia adecuada, la más sensata. Cogí el brandy, una libreta nueva y un rotulador de punta fina que había tomado prestado del trabajo y me acomodé en el sofá, dispuesta a poner en marcha mi plan de acción. La bebida me relajaba y me acaloraba a partes iguales, de manera que seguí tomándomela a sorbos.

Cuando me desperté eran justo las tres pasadas, y la libreta y el rotulador habían acabado en el suelo. Poco a poco recordé haberme distraído y haber empezado a fantasear conforme el brandy bajaba. Vi que tenía el dorso de las manos tatuado de tinta negra, con su nombre repetido por doquier y escrito dentro de corazoncitos, apenas quedaba un centímetro de piel sin mancillar. En la botella solo había un trago de brandy. Me lo tomé y me fui a la cama.

3

¿*P*or qué él? ¿Por qué en esos momentos? Intenté responderme mientras esperaba el autobús el lunes por la mañana. Pero ¿quién puede entender los designios del destino? Mentes más brillantes intentaron llegar a una conclusión y fracasaron. Ahí lo tenía, un regalo de los dioses: apuesto, elegante y talentoso. Yo estaba bien sola, perfectamente, pero debía tener contenta a mamá, tranquilizarla para que me dejara en paz. Quizá con un novio —¿un marido?— lo conseguiría. No era porque yo lo necesitase. Como he mencionado más arriba, yo estaba perfectamente.

Tras el concienzudo examen durante el trascurso del fin de semana del material fotográfico disponible, había concluido que sus ojos tenían un no sé qué especialmente hipnótico. Yo los tengo de un tono parecido, aunque distan mucho de ser tan bonitos, puesto que carecen de las relucientes intensidades cobre de los suyos. Mientras los observaba, me recordó a alguien. Pero era una imagen desdibujada, como una cara bajo hielo o emborronada por el humo, imposible de identificar. Ojos como los míos, ojos en una cara menuda, grandes y vulnerables, llenos de lágrimas.

Qué absurdo, Eleanor. Me decepcionó haberme permitido caer, siquiera por un momento, en semejante sensiblería. En el mundo había muchísima gente con los ojos castaño claro como los míos, era un hecho científico. Por estadística, era inevitable que alguna de esas personas hubiera establecido contacto ocular conmigo en algún punto de una interacción social rutinaria.

Sin embargo, había algo más que me inquietaba. Todos los estudios demuestran que las personas tienden a buscar compañeros que sean, a grandes rasgos, igual de atractivos que ellas; Dios los cría y ellos se juntan, como dice el refrán.

Soy perfectamente consciente de que, en el plano físico, él era un diez y yo… No sé qué soy. Pero desde luego no un diez. Por supuesto, tenía la esperanza de que él viera más allá de lo superficial, que rascara un poco… Dicho esto, yo sabía que por su oficio él debía tener una pareja que fuera cuando menos presentable. El negocio de la música, del espectáculo, está muy influenciado por la imagen, y él no podía dejarse ver con una mujer con un aspecto que algún mentecato podía considerar inadecuado. Yo eso lo tenía muy claro. Debía hacer todo lo posible por «dar el pego».

Había colgado varias fotos nuevas en internet, dos primeros planos, uno del perfil derecho y otro del izquierdo. Salía perfecto en ambos, y eran idénticos: objetiva y literalmente, no tenía lado malo. Desde luego, la simetría es otro de los rasgos definitorios de la belleza, también en eso coinciden todos los estudios. Me pregunté de qué acervo génico había salido progenie tan bella. ¿Tendría hermanos, por ejemplo? Si acabábamos juntos, tal vez llegara a conocerlos. Yo no sabía mucho sobre padres en general ni hermanos en particular, dada la educación tan… poco ortodoxa que tuve.

Compadezco a la gente guapa. Desde el momento en que poseen belleza, se les escapa de las manos, es efímera. Debe de ser difícil tener que demostrar continuamente que eres algo más, querer que los demás vean bajo la superficie, que te quieran por ti mismo, y no por tu cuerpo imponente, tus ojos brillantes o tu melena espesa y lustrosa.

En la mayoría de oficios, hacerse mayor supone mejorar en tu trabajo, ganarse el respeto de los demás por tu veteranía y tu experiencia. Sin embargo, si tu trabajo depende de tu aspecto, es todo lo contrario… qué deprimente. También debe de ser duro sufrir los desaires de los demás, toda esa gente amargada por no ser tan atractiva, envidiosa y resentida con tu belleza. Es muy injusto. Al fin y al cabo, la gente guapa no pidió nacer así. Es igual de injusto desagradar a alguien por ser atractivo que por tener una deformidad.

No me afecta en absoluto que la gente reaccione ante mi cara, ante los contornos arrugados y blancos del tejido cicatrizado que me atraviesa la mejilla derecha, desde la sien hasta por debajo de la barbilla. Atraigo miradas, produzco cuchicheos, vuelvo cabezas. Me resultó reconfortante pensar que él me entendería, dado que también volvía cabezas a su paso, si bien por razones harto distintas.

Ese día me abstuve del *Telegraph* en beneficio de una lectura alternativa. Me había gastado una cantidad obscena de dinero en una pequeña selección de revistas femeninas, enclenques y horteras las unas, gruesas y satinadas las otras, pero todas llenas de promesas de maravillas varias, de cambios sencillos aunque determinantes para la vida. Era la primera vez que compraba semejante cosa, aunque, por supuesto, las había hojeado en salas de espera de hospitales y otros contextos institucionales. Vi con decepción que ninguna tenía criptogramas; es más, en una encontré una «sopa de culebrones» que habría insultado la inteligencia de un niño de siete años. Por el precio de aquel montoncito de revistas, podría haber comprado tres botellas de vino o un litro de vodka del bueno. Con todo, tras considerarlo detenidamente, comprendí que eran la fuente más accesible y fiable para encontrar la información que necesitaba.

Esas revistas podían decirme qué ropa y zapatos ponerme o cómo arreglarme el pelo para estar a la moda. También podían enseñarme qué maquillaje me convenía y cómo aplicármelo. Me camuflaría de mujer corriente integrada en la sociedad. Dejarían de mirarme. Mi objetivo último era mimetizarme de mujer humana.

Mamá siempre me ha dicho lo fea que soy, lo despreciable y esperpéntica. Lleva haciéndolo desde que era muy pequeña, antes incluso de granjearme las cicatrices. Por eso hacer esos cambios me suponía una gran alegría, me emocionaba. Me sentía un lienzo en blanco.

Esa noche me miré en el espejo del lavabo mientras me lavaba las manos dañadas. Ahí estaba yo: Eleanor Oliphant. Una melena larga, lisa y castaña hasta la cintura, tez clara y una cara que era un palimpsesto cicatrizado de fuego. Nariz demasiado pequeña y ojos demasiado grandes. Orejas, nada que reseñar. Más o menos de altura media y casi peso medio. Aspirante a medio... Llevaba mucho tiempo siendo el foco de demasiada atención. Pasen, por favor, muévanse, no hay nada que ver.

No suelo mirarme al espejo. No tiene nada que ver con las cicatrices. Es por la perturbadora mezcla de genes que me devuelve la mirada. Se notan demasiado los rasgos de mamá. No distingo ninguno de mi padre porque no he llegado a conocerlo y, hasta donde yo sé, no existen registros fotográficos. Mamá casi nunca hablaba de él, y en las raras ocasiones en que lo mencionaba, la única denominación que utilizaba era «el donante de gametos». En cuanto busqué el término en el *Nuevo Diccionario abreviado Oxford* de mi madre (del griego ΓΑΜΈΤΗΣ, «marido»; ¿sería esta aventura etimológica de mi juventud la que encendió mi pasión por los clásicos?), me pasé años preguntándome cómo se había dado esa extraña concatenación de circunstancias. Incluso en mi más tierna infancia comprendí que la reproducción asistida era la antítesis de la maternidad despreocupada, espontánea y sin planificar, que no existía decisión más deliberada, tomada por mujeres que se entregaban seriamente y se dedicaban en cuerpo y alma a la búsqueda de ser madres. Lo que no podía creer, dadas mis experiencias vitales, era que mamá pudiera haber sido una de esas mujeres, que ella hubiera deseado tan intensamente tener un hijo. Tal y como más tarde se supo, yo tenía razón.

Con el tiempo, por fin reuní el valor para preguntar directamente sobre las circunstancias de mi creación y para buscar cualquier información disponible sobre el mítico donante de espermatozoides, o sea, mi padre. Como cualquier cría en tales circunstancias —y quizá con mayor razón dada la particularidad de las mías—, yo había abrigado una fantasía, leve pero intensa, sobre el carácter y el aspecto de mi progenitor ausente. Ella no pudo parar de reír.

—¿Donante? ¿De verdad dije eso? Pero, cariño, no era más que una metáfora. —Otra palabra que tenía que buscar—. Yo sólo quería evitar herir tus sentimientos. Fue más bien una... donación obligatoria, por así decirlo. Yo no tuve ni voz ni voto. ¿Entiendes lo que te digo?

Le dije que sí pero mentía.

—¿Dónde vive, mamá? —le pregunté en un arranque de valentía—. ¿Cómo es? ¿A qué se dedica?

—No me acuerdo de su cara —dijo en un tono desdeñoso y aburrido—. Olía a caza mayor y a roquefort derretido, si te sirve de ayuda. —Debí de poner cara de perplejidad, porque se inclinó sobre mí y, enseñándome los dientes, añadió—: Para que tú lo entiendas, querida, carne podrida y queso mohoso y maloliente. —Hizo una pausa y recobró la serenidad—. No sé si está vivo o muerto, Eleanor. Si aún vive, seguramente sea muy rico gracias a medios dudosos y poco éticos. Si ha muerto (y la verdad es que así lo espero), entonces imagino que estará pudriéndose en el anillo exterior del séptimo círculo del Infierno, sumergido en un río de sangre hirviendo y llamas, hostigado por centauros.

Cuando la conversación llegó a ese punto, comprendí que quizá no tenía sentido preguntarle si conservaba alguna fotografía.

4

*E*ra miércoles por la noche. La hora de mamá. Daba igual lo mucho que yo desease lo contrario, ella siempre conseguía localizarme. Suspiré y apagué la radio, a sabiendas de que tendría que esperar el resumen del domingo para saber si la sidra de Eddie Grundy lograba fermentar. Sentí un desesperado fogonazo de optimismo. ¿Y si no tenía por qué hablar con ella? ¿Y si podía hablar con otra persona, con quien fuese?

—¿Diga?

—Eo, reina, soy yo. Vaya tiempecito que ha hecho.

Que mi madre hubiera acabado institucionalizada no había sorprendido a nadie —era algo que se daba por sentado dada la naturaleza de su crimen—, pero iba demasiado lejos, mucho más de lo necesario, al adoptar el acento y la jerga de los lugares donde la encerraban. Me imaginaba que lo hacía para congraciarse con sus compañeras, o, tal vez, con los funcionarios. O quizá fuera solo para divertirse. Se le da muy bien imitar acentos, pero por algo es una mujer con una amplia gama de talentos. Me puse *en garde* para nuestra conversación, como había que hacer con ella siempre; era una rival formidable. Esa vez cometí la temeridad de dar el primer paso.

—Ya sé que solo ha pasado una semana, mamá, pero parece que hace siglos desde la última vez que hablamos. He tenido mucha tarea en el trabajo y…

Me cortó de raíz, más suave que un guante, eso sí, cambiando el registro para adecuarse al mío. Esa voz… una voz que recordaba de mi infancia, y seguía oyendo en mis pesadillas.

—Qué me vas a contar, querida —me dijo en tono apresurado—. Mira, no tengo mucho tiempo. Cuéntame qué tal la semana. ¿Qué has estado haciendo?

Le dije que había ido a un concierto y le mencioné la historia de la despedida en el trabajo. No le conté nada más. Había sido oír su voz y sentir el miedo acechante de siempre. Tenía tantas ganas de compartir mi noticia, de dejársela a sus pies como un perro que recoge una presa acribillada de perdigones... Pero no podía quitarme de la cabeza la idea de que la cogería y, con una calma brutal, se limitaría a despedazarla.

—Ah, qué bien, un concierto, suena maravilloso... A mí siempre me ha gustado la música. A veces nos permiten algún capricho, una actuación, y luego hay internas a las que les da por cantar en la sala de recreo cuando están de buen humor. La verdad es que... no se está tan mal. —Hizo una pausa y entonces oí que estallaba—: Que te den por culo, Jodi... ¿No ves que estoy hablando con mi niña y no voy a cortar la conversación por un pedazo de mierda como tú? —Se produjo una pausa—. No, y vete a la puta mierda. —Se aclaró la garganta—. Perdona, querida. La pobre es lo que se conoce comúnmente como «yonqui»... La pillaron mangando un perfume en el Boots con sus amiguitos toxicómanos. El *Midnight Heat* de Beyoncé, no te lo pierdas. —Volvió a bajar la voz—. Vamos, que no estamos hablando de mentes criminales prodigiosas... Creo que el profesor Moriarty puede quedarse tranquilo por ahora.

Rio, con un tintineo festivo, de cóctel: como sonaría, con su brillantez y su vivacidad, un personaje de Noel Coward que disfruta de un divertido intercambio de agudezas en un porche revestido de glicinas. Intenté cambiar de tema.

—Bueno y... ¿cómo estás tú, mamá?

—De maravilla, querida, de maravilla, la verdad. He estado haciendo «trabajos manuales»... Unas señoras muy agradables y bienintencionadas están enseñándome a bordar cojines. Es un detalle que nos dediquen su tiempo, ¿no te parece? —Me imaginé a mamá en posesión de una aguja larga y afilada y sentí que una corriente helada me recorría la columna vertebral—. Pero ya está bien de hablar de mí —dijo afilando el lado cortante de su voz—. Quiero que me cuentes tú. ¿Qué planes tienes para el fin de semana? ¿Vas a ir a bailar o algo? ¿Algún admirador que te haya pedido una cita?

Qué hiel. Intenté ignorarla.

—Estoy investigando para un proyecto.

Se le aceleró la respiración.

—¿Ah, sí? ¿Y de qué se trata? ¿Estás investigando sobre algo o sobre alguien?

No pude contenerme. Se lo conté.

—Sobre una persona, mamá.

Pasó a susurrar con tal melosidad que apenas la oía.

—Ajá, conque la caza ha comenzado… Venga, cuéntame. Soy todo oídos, querida.

—En realidad todavía no hay mucho que contar, mamá —dije mirando la hora—. Digamos que me he cruzado con alguien… agradable… y quería averiguar más cosas sobre… ese alguien.

Tenía que pulir y perfeccionar las cosas antes de reunir el valor para enseñarle mi nueva joya reluciente, ponerla ante sus ojos para que me diese su aprobación. Entretanto, que me soltara, que terminara ya, por favor.

—¡Pero qué maravilla! Estoy deseando que me vayas poniendo al día sobre este proyecto tuyo, Eleanor —dijo entusiasmada—. Ya sabes que me encantaría que encontraras a alguien «especial». Alguien «adecuado». Todos estos años hablando, siempre he tenido la impresión de que te estás perdiendo tener a alguien importante en tu vida. Es bueno que hayas empezado a buscar a… tu media naranja. Un cómplice, por así decirlo. —Rio quedamente.

—Yo no me siento sola, mamá —protesté—. Estoy bien así. Siempre he estado bien sola.

—Bueno, tampoco es que hayas estado siempre sola, ¿no? —apuntó en un tono malicioso y tranquilo. Noté que me brotaba un sudor por la nuca que me empapaba el pelo—. Pero puedes decirte lo que te parezca para sobrellevar el día, querida —dijo riendo; tiene el don de divertirse a sí misma, si bien nadie parece reír mucho en su compañía—. Ya sabes que puedes hablar conmigo cuando quieras, de lo que sea, de quien sea. —Suspiró—. Siempre estoy deseando saber de ti, querida… Tú no puedes entenderlo, claro, pero el vínculo entre una madre y una hija es… ¿cómo describirlo?, irrompible. Nosotras estamos unidas para siempre, ¿sabes? Por mis venas corre la misma sangre que por las tuyas. Creciste dentro de mí, tus dientes, tu lengua, tu cerviz, todo está hecho con mis células, con mis genes. A saber qué sorpresitas te dejé dentro, qué códigos activé. ¿Cáncer de mama? ¿Alzheimer? Tendrás que esperar para verlo. Estuviste fermentando dentro de mí durante meses, Eleanor, tan a gusto en mi interior. Por mucho que te esfuerces en olvidarlo, nunca podrás, querida, es simple y llanamente imposible. No se puede destruir un vínculo tan fuerte.

—A lo mejor sí o a lo mejor no, mamá —dije con tranquilidad. Qué osadía la mía. No sé de dónde saqué el coraje. Me latía la sangre por todo el cuerpo y tenía las manos temblorosas.

Hizo como si no hubiera dicho nada.

—Muy bien, pues ya hablamos, ¿no? Tú sigue con tu proyectito y hablamos la semana que viene a la misma hora. Listo entonces. Tengo que irme… ¡chao!

Hasta que no se cortó la comunicación no me di cuenta de que me había hecho llorar.

5

*P*or fin viernes. Cuando llegué al trabajo, mis compañeros ya estaban apiñados en torno al hervidor, charlando sobre culebrones. Me ignoraron, pero yo ya hacía tiempo que había desistido de iniciar cualquier tipo de conversación con ellos. Colgué mi cazadora azul marino en el respaldo de la silla y encendí el ordenador. No había dormido muy bien, la conversación con mamá me había alterado. Decidí hacerme un té reparador antes de empezar. Cogí la taza y la cucharilla que guardo en el cajón de mi mesa por motivos sanitarios. A mis compañeros les parece raro, o al menos así lo asumo por las reacciones que tienen, por mucho que ellos beban tan tranquilos de recipientes sucios, lavados descuidadamente por manos desconocidas. Yo no soporto siquiera la idea de insertar en una bebida caliente una cucharilla lamida y chupada por un extraño apenas una hora antes. Es asqueroso.

Me quedé junto al fregadero mientras esperaba a que hirviera el agua, esforzándome por no escuchar la conversación de los demás. Volví a lavar con agua caliente mi tetera, para ir sobre seguro, y me enfrasqué en ensoñaciones placenteras, pensamientos sobre él. Me pregunté qué estaría haciendo en esos momentos: ¿escribir una canción? ¿O estaría durmiendo? Intenté imaginarme el aspecto que tendría su hermosa cara en reposo.

Cuando saltó el hervidor, precalenté la tetera y luego eché una cucharada de un Darjeeling de primer brote, todo ello sin dejar de cavilar sobre la presunta belleza de mi trovador durmiente. Las risitas infantiles de mis compañeros se colaron en mis pensamientos, pero asumí que era por la elección de mi bebida. Como no conocen otra cosa, se contentan con poner en una taza una bolsita de mezcla de té de la peor calidad, escaldarla con agua hirviendo y acabar de diluir todo sabor añadiendo leche fría de la nevera. Y una vez más, por motivos desconocidos, soy yo la rara. Pero si quieres tomarte una taza de té, ¿por qué no hacer todo lo posible por maximizar el placer?

Las risitas siguieron, y Janey empezó a tararear entre dientes. No se molestaban ni en disimular, ahora reían abiertamente, en voz alta. Dejó el tarareo y empezó a cantar. No reconocí ni la melodía ni la letra. Paró, incapaz de seguir por la risa, pero sin dejar de hacer un extraño baile hacia atrás.

—Muy buenas, Eleanor Jackson —me dijo Billy—. ¿Y ese guante blanco?

De modo que esa era la fuente de su diversión. Increíble.

—Tengo un eczema —dije vocalizando bien, con paciencia, como se le explican las cosas a los niños—. El miércoles por la noche se me exacerbó y tengo muy inflamada la piel de la mano derecha. Me pongo este guante de algodón para evitar infecciones.

La risa se apagó del todo y dejó paso a una pausa prolongada. Intercambiaron miradas en silencio, más como un rebaño de rumiantes en un pasto que otra cosa.

No suelo interactuar con mis compañeros en un tono tan informal y conversacional, de modo que me detuve a considerar si tal vez debía aprovechar la ocasión. La conexión fraternal de Bernadette con el objeto de mi deseo… Seguramente no me llevaría más de unos instantes sacarle algún dato de utilidad sobre él. No me veía capaz de una interacción prolongada —mi compañera tenía un vozarrón de lo más crispante y risa de mono aullador—, pero seguro que merecía unos minutos de mi tiempo. Removí el té en sentido horario mientras preparaba mi primer envite.

—¿Qué tal fue el resto del concierto, Billy? —pregunté.

Este pareció sorprendido por la pregunta, y medió una pausa antes de la respuesta.

—Bueno, no estuvo mal —dijo. El colmo de la elaboración, como siempre. Iba a costarme lo mío.

—¿Los demás cantantes estuvieron a la altura de… —fingí estrujarme los sesos—… Johnnie Lomond?

—Podría decirse que no cantaban mal —dijo encogiéndose de hombros.

Qué lucidez, qué prosa descriptiva más depurada. Aun así, Bernadette mordió el anzuelo, como yo había previsto, incapaz de resistirse a la oportunidad de llamar la atención por cualquier medio posible.

—Yo conozco a Johnnie Lomond —me contó con orgullo—. Era colega de mi hermano en el instituto.

—¿Ah, sí? —pregunté sin tener que fingir interés por una vez—. ¿Y a qué instituto iban?

Por su manera de decir el nombre de la institución educativa se suponía que debía conocerla. Intenté parecer impresionada.

—¿Y siguen siendo amigos? —pregunté removiendo de nuevo el té.

—En realidad no. Vino a la boda de Paul, pero creo que después se distanciaron. Ya se sabe cómo son estas cosas: cuando te casas y tienes hijos, como que pierdes el contacto con tus colegas solteros, ¿no? Ya no hay tantas cosas en común…

Yo no tenía ni conocimientos ni experiencia propia sobre el cuadro que me acababa de pintar, pero asentí como si tal cosa, mientras en mi cabeza se repetía una misma frase: «Está soltero, está soltero, está soltero».

Me llevé el té a la mesa. Las risas parecieron entonces mutarse en susurros en voz baja. Nunca deja de alucinarme lo que puede llegar a parecerles interesante, divertido o insólito. No puedo por más que concluir que se criaron en burbujas de cristal.

Janey, la secretaria, se había prometido con su último neandertal y esa tarde le hacían una fiestecita. Yo había puesto 78 peniques para la colecta. En el monedero solo llevaba calderilla y un billete de cinco libras, y desde luego no pensaba aportar una suma tan extravagante en un sobre comunal para comprar una inutilidad a alguien que apenas conozco. En todos estos años debo de haber contribuido ya con cientos de libras para los regalos de despedidas, nacimientos y aniversarios especiales… y ¿qué he recibido yo a cambio? Mis cumpleaños siempre pasan sin pena ni gloria.

Los que habían decidido el regalo de compromiso habían optado por unas copas de vino con un decantador a juego, artilugios estos totalmente innecesarios cuando se bebe vodka. Yo en cambio me limito a utilizar mi taza favorita. La compré hace años en una tienda benéfica, y tiene una foto de un hombre con cara de pan y una cazadora de cuero marrón. Por arriba, en una extraña fuente amarilla, se lee TOP GEAR. No presumo de entender la taza, pero le cabe la cantidad perfecta de vodka, lo que evita la necesidad de rellenarla continuamente.

Por lo demás, Janey había dicho con sonrisita necia que no pensaba tener un noviazgo muy largo, lo que por supuesto implicaba que pronto llegaría la inevitable colecta para el regalo de boda. De todas las contribuciones económicas obligatorias, esta es la que más me irrita: dos personas dando vueltas por los almacenes John Lewis escogiendo preciosos artículos para ellos, para que luego se los compraran otros. Es una desfachatez a mano armada. Eligen bandejas, cuencos y cubertería… Porque ¿qué han estado haciendo hasta ese momento, cogiendo con la mano comida de paquetes y metiéndosela en la boca? Sencillamente no consigo entender que el mero acto de formalizar por lo legal una relación humana haga necesario que sus amigos, familiares y compañeros de trabajo les renueven el contenido de la cocina.

En realidad nunca he estado en una boda. Hace unos años me invitaron al convite de Loretta junto al resto de la oficina. Era en un horrible hotel cercano al aeropuerto y alquilamos un minibús para llegar hasta allí; me vi obligada a contribuir a todos esos gastos, aparte del billete de ida y vuelta en autobús. Los invitados tuvieron que pagarse las copas durante toda la noche, cosa que me sorprendió. He de admitir que el ocio no es mi especialidad, pero digo yo que si eres el anfitrión, debes responsabilizarte de asegurar la libación de tus huéspedes, ¿no? Es un principio básico de hospitalidad en cualquier sociedad y cultura, y ha sido así desde el principio de los tiempos. En aquella ocasión, me limité a beber agua del grifo: apenas ingiero alcohol en público. Solo lo disfruto cuando estoy sola en casa. Por fin, al cabo de la noche, pasaron sirviendo té y café gratis, con bandejitas de saladitos de baja calidad y, por extraño que parezca, trozos de tarta de Navidad. Hubo una pista de baile abierta durante horas y gente horrible que danzaba de la manera más horrible al son de la música más horrible. Yo me quedé sentada a mi aire, nadie me invitó a bailar y no tuve ningún problema.

El resto de invitados parecían estar divirtiéndose, o al menos así lo asumí. Daban tumbos por la pista de baile, con la cara colorada, borrachos. Parecían incómodos con sus zapatos y gritaban la letra de las canciones en la cara de los demás. No volveré a ir a nada parecido en mi vida. No me mereció la pena, por una taza de té y un trozo de tarta. Así y todo, la noche no fue en balde porque conseguí meter casi una docena de saladitos de salchicha en mi bolsa de la compra, envueltos en servilletas, para comérmelos luego. Por desgracia no estaban muy ricos, nada que ver con los de Greggs, mi panadería de confianza.

Cuando terminó la sórdida fiesta de compromiso, me subí la cremallera de la cazadora y apagué el ordenador, entusiasmada ante la idea de encender mi portátil en casa a la mayor celeridad. Tal vez encontrara nueva información por internet sobre sus años de instituto gracias al pequeño dato que había logrado engatusando a Bernadette. ¡Qué bonito sería encontrar una fotografía de su clase! Me encantaría ver cómo era de joven, si siempre había sido apuesto o si se había convertido en una prodigiosa mariposa en una fase relativamente tardía. Pero, si tuviera que apostar algo, habría dicho que ya de bebé era guapísimo. ¡Quizás incluso hubiera una lista de las menciones especiales que había ganado! En música, evidentemente, y en lengua, por qué no; al fin y al cabo escribía unas letras preciosas. Fuera como fuese, no me cabía duda de que era de los que ganaban menciones en el instituto.

Intento planear mis salidas del trabajo para no tener que hablar con nadie de camino a la puerta. Siempre se exceden con las preguntas. «¿Qué vas a hacer esta noche? ¿Tienes planes para el finde? ¿Todavía no has pedido las vacaciones?» Ignoro por completo por qué la gente se muestra siempre tan interesada en mi agenda. Ese día lo tenía todo cronometrado a la perfección, y ya había conseguido pasar la bolsa por el umbral cuando vi que alguien tiraba de la puerta y la sujetaba para dejarme pasar. Me volví.

—¿Cómo va eso, Eleanor? —me preguntó el hombre, que sonrió pacientemente mientras yo desenrollaba la cuerda de los mitones, que se me habían enganchado en la manga.

Aunque las temperaturas templadas que teníamos ya no los requerían, yo seguía llevándolos, preparados para ser enfundados en el caso de un inesperado cambio de estación.

—Bien —le dije y luego, recordando mis modales, mascullé—: Gracias, Raymond.

—No es nada. —Para mi decepción, empezamos a andar en la misma dirección—. ¿Hacia dónde vas? —me preguntó, y le señalé vagamente hacia la cuesta—. Yo también.

Me agaché y fingí reajustarme el velcro de los zapatos. Me tomé todo el tiempo que pude, con la esperanza de que captara la indirecta. Cuando por fin me incorporé, seguía allí, con los brazos colgándole a ambos lados. Me fijé en que llevaba una trenca. ¡Una trenca! Pero ¿no era una prenda exclusiva de niños y ositos? Cuando empezamos a bajar juntos la cuesta, sacó un paquete de tabaco y me ofreció un cigarro. Di un paso atrás.

—Qué desagradable —dije.

Lejos de amilanarse, se encendió el suyo.

—Perdón —musitó—, una fea costumbre, lo sé.

—Desde luego. Fumando, morirás muchos años antes, de cáncer o alguna enfermedad cardiaca, probablemente. Tardarás un tiempo en ver los efectos en tu corazón o tus pulmones, pero lo notarás pronto en la boca (gingivitis, caída de dientes…), por no hablar de que ya tienes la piel típica del fumador, con arrugas prematuras y color apagado. Entre las sustancias químicas del tabaco se cuentan el cianuro y el amoniaco. ¿Realmente quieres seguir ingiriendo sustancias tan tóxicas *motu proprio*?

—Para no ser fumadora, pareces saber un montón de cosas sobre el tabaco —dijo soltando una bocanada nociva de carcinógenos entre sus finos labios.

—Durante un tiempo contemplé la idea de empezar a fumar —admití—, pero, como siempre hago una investigación bastante concienzuda sobre todas las actividades qué pretendo acometer, resultó que el tabaco no era un pasatiempo ni viable ni sensato. Por no hablar de que es devastador para el bolsillo.

—Sí, sí, cuesta un ojo de la cara, no te lo niego. —Hubo una pausa—. ¿Hacia dónde vas tú, Eleanor?

Consideré cuál sería la mejor respuesta a esa pregunta. Me dirigía a casa para una cita estimulante. Esa circunstancia de lo más insólita —tener visita en casa— significaba que debía poner fin a aquella tediosa interacción imprevista lo antes posible. Debía, por tanto, tomar cualquier ruta menos la que pretendía coger Raymond. Pero ¿cuál sería la suya? Estábamos pasando a la altura de la clínica podológica cuando me vino la inspiración.

—Tengo cita aquí —le dije señalando la clínica de la acera de enfrente. Se me quedó mirando—. Juanetes —improvisé.

Vi que me miraba los zapatos.

—Vaya, qué mala pata, Eleanor. A mi madre le pasa lo mismo. Tiene los pies fatal.

Esperamos en el paso de peatones y por fin se quedó callado. Me fijé entonces en un viejo que había balanceándose al otro lado de la carretera. Era bajo y fornido, y me llamó la atención por el jersey rojo tomate que sobresalía bajo los reglamentarios tonos pasteles apagados y grises de pensionista. Casi a cámara lenta, el hombre empezó a hacer eses y ochos, balanceándose como loco a ambos lados y formando un péndulo humano con la oscilación de sus bolsas cargadas.

—Borracho a estas horas del día… —dije en voz baja, más para mí que para Raymond.

Mi compañero de trabajo se disponía a responder cuando por fin el hombre perdió el equilibrio, se cayó hacia atrás con todo su peso y se quedó inmóvil en el suelo. Las compras explotaron alrededor y vi que había comprado Caramel Logs de Tunnock y un paquete de salchichas gigantes.

—Mierda —dijo Raymond, que presionó con fuerza el botón del semáforo para peatones.

—Déjalo. Es un borracho. No le pasará nada.

Raymond me miró de hito en hito.

—Es un pobre abuelo, Eleanor. Se ha dado un cabezazo muy feo contra la acera.

Me sentí mal. Supongo que hasta los alcohólicos merecen ayuda, por mucho que harían mejor en beber en sus casas, como hago yo, para no causarle problemas a nadie. Pero, bueno, no todo el mundo es tan sensato y considerado como yo.

Cuando por fin el hombrecito verde empezó a parpadear, Raymond corrió al otro lado después de tirar el cigarro a la alcantarilla. «Tampoco hace falta ser un guarro», pensé, mientras le seguía a un paso más moderado. Raymond ya se había agachado junto al hombre y estaba tomándole el pulso en el cuello. Le hablaba en voz alta, despacio, diciendo tonterías del tipo: «Eh, abuelo, ¿cómo va eso?», «¿Me oye, caballero?». El anciano no respondía. Me incliné sobre él y olisqueé con fuerza.

—No está borracho. Si estuviera tan borracho como para caerse y desmayarse, se olería.

Raymond empezó a desabrocharle la ropa.

—Llama a una ambulancia, Eleanor —me dijo en voz baja.

—No poseo teléfono móvil —le expliqué—, aunque estoy abierta a que me convenzan de su conveniencia.

Raymond rebuscó en el bolsillo de la trenca y me tendió el suyo.

—Corre, se está quedando frío.

Empecé a marcar el 999 pero entonces un recuerdo me golpeó en toda la cara. No podía volver a hacerlo, comprendí, no podía vivir para escuchar otra vez la voz diciendo: «¿En qué puedo ayudarla, señorita?», seguida del aullido de las sirenas. Me toqué las cicatrices y luego le devolví el teléfono a Raymond.

—Llama tú, yo me quedo con él.

Raymond maldijo entre dientes y se levantó.

—Sigue hablándole y no lo muevas.

Me quité la cazadora y se la puse sobre el pecho.

—Hola, me llamo Eleanor Oliphant. —«Sigue hablándole», me había dicho Raymond, y eso hice—: Lleva un jersey precioso. No es un color muy corriente en una prenda de lana. ¿Lo describiría usted como bermellón? ¿O quizá carmín? Me gusta mucho. Yo no me atrevería con un tono así, desde luego, pero, contra todo pronóstico, creo que a usted le va la mar de bien. Pelo blanco y ropa roja… como Papá Noel. ¿Se lo regalaron? Tiene pinta de ser un regalo, tan suave y caro. Es una cosa demasiado bonita para comprárselo uno mismo. A lo mejor usted sí que se compra cosas bonitas… hay gente que lo hace, es verdad. Hay gente que no tiene reparo en darse caprichos y comprarse lo mejor de todo. Pero, viendo el resto de su ropa, y por el contenido de su bolsa de la compra, parece harto improbable que pertenezca usted a esa categoría de personas.

Tuve entonces que rodearme la cintura con los brazos y respirar hondo tres veces antes de extender lentamente la mano para ponerla sobre la del hombre. Se la cogí con cuidado todo el tiempo que me fue posible.

—El señor Gibbons está llamando a una ambulancia, de modo que no se preocupe, no tendrá que estar mucho más tiempo aquí tirado en medio de la calle. Tampoco hay que angustiarse: la asistencia médica no entraña gasto alguno en este país, incluso a pesar de tener unos estándares de calidad que se consideran entre los más altos del mundo. Es usted un hombre con suerte. Vamos, que no le gustaría caerse y abrirse la cabeza en, pongamos, el nuevo estado de Sudán del Sur, dada la actual situación económica y política. Pero aquí en Glasgow… Digamos que lo suyo ha sido un golpe de suerte, si me permite el juego de palabras.

Raymond colgó la llamada y se agachó a mi lado.

—¿Cómo va, Eleanor? ¿Todavía no ha vuelto en sí?

—No, pero he estado hablándole, como me dijiste.

Raymond le cogió la otra mano.

—Pobrecillo.

Asentí. Para mi sorpresa, sentí una emoción que reconocí como angustia o preocupación hacia aquel anciano desconocido. Me eché hacia atrás y fui a dar con las nalgas en algo grande y curvo. Cuando me volví para ver, era una botella enorme de Irn-Bru. Me incorporé, estiré la columna y luego me puse a recoger la compra desperdigada y a meterla en las bolsas de plástico. Una estaba rota, de modo que rebusqué en mi bolso y saqué mi bolsa favorita, la reutilizable del Tesco con leoncitos. Recogí todos los comestibles y dejé las bolsas a los pies del hombre. Raymond me sonrió.

Por fin se oyeron las sirenas y mi compañero me tendió la cazadora. La ambulancia se detuvo a nuestro lado y bajaron dos hombres. Estaban charlando animadamente y me sorprendió lo proletario de su habla. Me los imaginaba más parecidos a médicos.

—Muy bien —dijo el mayor—, ¿qué tenemos por aquí? ¿Al abuelete le ha dado un chungo?

Raymond lo informó de todo y yo me quedé observando al otro, que estaba agachado sobre el anciano, tomándole el pulso, pasándole una linternita por los ojos y dándole suaves golpecitos para suscitar alguna reacción en él.

—Tenemos que aligerar —le dijo a su compañero.

Cogieron una camilla y, con movimientos rápidos y sorprendentemente delicados, levantaron al anciano y lo ataron con unas correas. El más joven le puso una mantita roja de tela de forro polar por encima.

—Le va a juego con el suéter —comenté, pero me ignoraron.

—¿Viene alguien con él? —preguntó el mayor—. Detrás solo hay sitio para uno.

Raymond y yo nos miramos. Yo miré el reloj. La visita *chez* Oliphant llegaría en media hora.

—Ya voy yo, Eleanor —me dijo—. No es cuestión de que pierdas tu cita con el podólogo.

Asentí, y Raymond subió a la ambulancia y se colocó junto al anciano y el auxiliar, que estaba ocupado conectando goteros y monitores. Recogí las bolsas y las levanté en el aire para que se las pasaran a mi compañero.

—Mire —me dijo el hombre con cierto retintín—, esto no es una furgoneta del Asda. No hacemos entrega a domicilio.

Raymond tenía el teléfono en la oreja, y me pareció que hablaba con su madre para decirle que llegaría tarde. La conversación terminó ahí.

—Eleanor —me dijo—, ¿por qué no me llamas dentro de un rato y vienes luego a traerle las compras?

Medité al respecto, mientras él rebuscaba en el bolsillo del abrigo y sacaba un rotulador. Me cogió la mano. Yo ahogué un grito y me aparté, conmocionada y escondiéndome la mano tras la espalda.

—Tengo que darte mi número de teléfono —dijo pacientemente.

Saqué mi cuadernito de la bolsa y me lo devolvió con una página llena de garabatos azules, con su nombre apenas legible y una serie de números escritos con una caligrafía torpe e infantil.

—Dentro de una hora o así. Para entonces ya habrás acabado con los juanetes, ¿no?

6

Apenas había tenido tiempo de llegar a casa y despojarme de mi vestimenta exterior cuando sonó el timbre, diez minutos antes de lo previsto. Para intentar pillarme en falta, seguramente. Cuando abrí, sin prisas y sin quitar la cadena, no era la persona que esperaba. Fuera quien fuese, no sonreía.

—¿Eleanor Oliphant? June Mullen, servicios sociales —dijo dando un paso el frente, en un avance obstaculizado por la puerta.

—Esperaba ver a Heather —dije escrutando por la rendija.

—Me temo que está enferma. No tenemos ni idea de cuándo volverá. Ahora me encargo yo de sus expedientes.

Le pedí que me enseñara algún tipo de identificación oficial… a ver, la cautela nunca está de más en estos casos. La mujer soltó un suspirito y rebuscó en el bolso. Era alta e iba bien vestida, con traje pantalón negro y camisa blanca. Cuando agachó la cabeza, le vi la nítida raya blanca de cuero cabelludo que le partía en dos el reluciente corte a lo *garçon*. Por fin levantó la vista y sacó un pase de seguridad con un gran logo del ayuntamiento y una foto enana. Lo escudriñé con cuidado, mirando varias veces de la fotografía a la cara. La instantánea no la favorecía, pero no se lo tuve en cuenta. Yo tampoco soy muy fotogénica. En la vida real parecía de mi edad, con una piel suave y sin arrugas y los labios de un intenso rojo carmín.

—No parece una trabajadora social —le dije.

Se me quedó mirando sin decir nada. ¡Otra vez no! Con una frecuencia alarmante me encuentro tras cada esquina gente con habilidades sociales mermadas. ¿Por qué los trabajos de cara al público ejercen semejante atracción sobre los misántropos? Es un enigma. Tomé nota mental de regresar más tarde al tema antes de descorrer la cadena e invitarla a pasar. La conduje hasta el salón, con el sonido de sus tacones altos repiqueteando por el suelo. Me preguntó si podía dar una vuelta rápida; por supuesto, no me sorprendió. Heather también tenía esa costumbre. Doy por hecho que forma parte del trabajo, para comprobar que no estoy almacenando mi propia orina en damajuanas o secuestrando urracas y rellenando almohadas con ellas. Mientras íbamos a la cocina, me felicitó sin mucho entusiasmo por la decoración interior.

Intenté ver mi casa con los ojos de una visita. Soy consciente de la suerte que tengo de vivir aquí, porque en esta zona las viviendas sociales son prácticamente inexistentes. Desde luego, de otra forma no podría permitirme vivir en este código postal, y menos con la miseria que me paga Bob. Servicios Sociales gestionó los trámites para que me mudara aquí cuando tuve que dejar mi último hogar de acogida, el verano de antes de empezar la universidad. Acababa de cumplir los diecisiete. Por entonces, a una persona joven y vulnerable que se había criado en hogares de acogida tenían el detalle de alojarla en una vivienda protegida cerca de donde cursaba estudios sin que eso supusiera mucho problema. Inimaginable ahora.

Recuerdo que me costó decidirme a decorarla y que al final pinté el piso el verano que terminé la carrera. La pintura al agua y las brochas las compré con el dinero de un cheque que me llegó al buzón desde el registro de la universidad, junto con el título: resultó que había ganado un pequeño premio, fundado en nombre de un difunto latinista y concedido a los mejores trabajos de final de carrera; me lo dieron por uno sobre las *Geórgicas* de Virgilio. Por supuesto, me licencié *in absentia*: me pareció del todo absurdo subir a un escenario sin tener nadie que me aplaudiera. Desde entonces, no había tocado el piso.

Supongo que, siendo objetiva, debía de parecer consumido. Mamá siempre decía que obsesionarse con la decoración interior era de burguesa aburrida y, lo que es peor, que cualquier actividad de bricolaje era del dominio exclusivo de la plebe. Es muy aterrador pensar en las ideas que he podido absorber de mamá.

Los muebles me los proporcionó una entidad benéfica que ayuda a jóvenes y expresidiarios necesitados cuando se mudan a una casa nueva; donaciones desparejadas que agradecí mucho en su momento, y seguía haciéndolo. Eran cosas extremadamente prácticas y no había visto la necesidad de sustituirlas. Supongo que no limpio muy a menudo, lo que podría contribuir a lo que algunos describirían como un aire general de dejadez. No le veo el sentido; soy la única persona que come aquí, se lava aquí y se acuesta y se levanta aquí.

Esta tal June Mullen era la primera persona que entraba en mi casa desde noviembre del año pasado. Por lo general los Servicios Sociales me hacen dos visitas anuales y esa era la primera del año. El del contador todavía no había pasado, aunque he de decir que prefiero cuando dejan la tarjeta y puedo llamarlos yo con la lectura. Me encantan los teleoperadores; me fascina oír los distintos acentos e intentar deducir cosas de la persona con la que hablo. La parte que más me gusta es cuando al final te preguntan: «¿Puedo ayudarte en algo más, Eleanor?», y entonces me alegra poder responder: «No, gracias, ha resuelto todos mis problemas con gran exhaustividad». También es bonito oír tu nombre de pila dicho en voz alta por un ser humano.

Aparte de los Servicios Sociales y de las empresas de suministros, a veces vienen de visita representantes de una u otra iglesia para preguntarme si he acogido a Jesús en mi vida. He visto que no parece hacerles gracia debatir sobre el concepto de proselitismo, lo que es bastante decepcionante. El año pasado vino un hombre para entregarme un folleto de Betterware, que resultó ser una lectura de lo más amena. Todavía me arrepiento de no haber comprado el atrapaarañas, que me parece un invento de lo más ingenioso.

June Mullen rechazó la taza de té que le ofrecí cuando regresamos al salón y, en cuanto se sentó en el sofá, sacó mi expediente del maletín. Tenía varios centímetros de grosor y se mantenía unido por una precaria gomilla elástica. Algún desconocido había escrito OLIPHANT, ELEANOR con rotulador en la esquina superior derecha, a fecha de julio de 1987, el año que nací. La carpeta beis, destrozada y llena de manchas, parecía un artículo histórico.

—La letra de Heather es un horror —masculló pasando una uña de manicura por el primer folio del montón. Hablaba en voz baja, más para sí que para mí—. Dos visitas al año… Integración continuada en la comunidad… Identificación temprana de necesidades de apoyo adicional…

Siguió leyendo, y vi entonces que le cambiaba la cara y me miraba de hito en hito, su expresión una mezcla de horror, alarma y compasión. Debía de haber llegado a la parte sobre mamá. Miré a otra parte. La mujer respiró hondo, fijó los ojos en los papeles y luego exhaló lentamente mientras volvía a posarlos en mí.

—No tenía ni idea —me dijo con una voz eco de su expresión facial—. ¿La…? Tienes que echarla mucho de menos.

—¿A mamá? Apenas.

—No, me refiero…

No terminó la frase y se quedó con cara de incomodidad, tristeza y bochorno. Bah, las conocía perfectamente: la santa trinidad de las expresiones Oliphant. Me encogí de hombros, sin tener ni idea de qué estaba hablándome.

Se hizo un silencio estremecido por la desdicha. Después de lo que parecieron días, June Mullen cerró la carpeta sobre su regazo y me dedicó una sonrisa exageradamente radiante.

—Entonces, Eleanor, ¿cómo te ha ido, así en general, desde la última visita de Heather?

—Bueno, no he notado ninguna necesidad de apoyo adicional y estoy perfectamente integrada en la comunidad, June.

Esbozó una sonrisa leve.

—¿El trabajo va bien? Veo que eres… —Volvió a consultar el expediente—. ¿Trabajas en una oficina?

—El trabajo va bien. Todo está bien.

—¿Y qué tal con la casa? —me preguntó mirando la estancia.

Sus ojos se detuvieron en mi gran puf verde, que tiene forma de rana gigante y es parte de la donación que recibí al mudarme aquí. Con los años le he cogido cariño a sus ojos bulbosos y su enorme lengua rosa. Una noche, una madrugada de vodka, le dibujé en la lengua una mosca doméstica, *Musca do-*

mestica, con un Sharpie sustraído de la oficina. Desde luego, no tengo ningún talento artístico pero, en mi humilde opinión, era una representación bastante fiel del modelo. Sentí que esa acción me había ayudado a tomar posesión del objeto donado, y a crear algo nuevo a partir de un objeto de segunda mano. Además, siempre me había parecido hambrienta. June Mullen se veía incapaz de apartar la vista de ella.

—Todo está bien, June —reiteré—. Tengo todas las facturas pagadas, una relación cordial con los vecinos. Me siento a gusto.

Hojeó una vez más el expediente y tomó aire. Sabía lo que iba a decir, reconozco perfectamente el cambio en el tono —el miedo, la vacilación— que precede siempre al tema en cuestión.

—Entiendo que sigues sin querer saber nada sobre el incidente o sobre tu madre, ¿no es eso? —Esta vez no hubo sonrisa.

—Así es. No hace falta… Hablo con ella una vez a la semana, todos los miércoles por la noche, puntual como un reloj.

—¿De veras? Después de todo este tiempo, ¿sigue así? Interesante… ¿Y estás por la labor de… mantener el contacto?

—¿Por qué no habría de estarlo? —repliqué incrédula. ¿De dónde sacan a sus trabajadores los Servicios Sociales, si puede saberse?

La mujer dejó que se impusiera el silencio y, aunque reconocí la estrategia, no pude evitar rellenar el vacío.

—Creo que a mamá le gustaría que intentara averiguar más sobre… el incidente… pero no tengo ninguna intención.

—No —dijo corroborando con la cabeza—. Bueno, lo que quieras saber o dejar de saber es cosa tuya, ¿no? Ya por entonces los tribunales dejaron bastante claro que todo eso quedaba completamente a discreción tuya.

—Correcto, eso fue justo lo que dijeron.

Me miró con más detenimiento, como muchas personas lo habían hecho antes, escrutando mi cara en busca de cualquier rastro de mamá, experimentando una extraña emoción por estar «tan cerca» de una consanguínea de la mujer a la que la prensa sigue refiriéndose de vez en cuando, a pesar de los años que han pasado, como «la cara bonita del diablo». Vi cómo repasaba mis cicatrices con los ojos. La boca le colgaba ligeramente abierta, y se hizo evidente que el traje y el corte a lo *garçon* eran un disfraz poco adecuado para la pueblerina balbuceante que era.

—Si quiere, podría buscarle una foto —le dije.

Parpadeó dos veces, se puso colorada y se empleó en forcejear con la carpeta abultada, intentando colocar todos los papeles sueltos en un montón ordenado. Me fijé en que salía volando una hoja suelta y acababa bajo la mesa de centro. La mujer no se había percatado de la fuga, y consideré si decírselo o no. Al fin y al cabo, si era sobre mí, ¿no era técnicamente mía? Se la devolvería en la siguiente visita, por supuesto… No soy ninguna ladrona. Me imaginé la voz de mamá, susurrando y diciéndome que tenía toda la razón, que los trabajadores sociales eran unos entrometidos, hermanitas de la caridad chismosas. June Mullen chasqueó la gomilla contra la carpeta y la ocasión de contarle lo de la hoja suelta pasó.

—Eh… ¿Hay algo más de lo que quieras que hablemos hoy? —preguntó.

—No, gracias —le dije intentando poner mi mejor sonrisa.

Pero parecía más bien desconcertada, incluso algo asustada. Me sentí decepcionada. Había esperado «agradable y simpática».

—Pues nada, parece que de momento es todo, Eleanor. Te dejo en paz —dijo. Siguió hablando mientras guardaba la carpeta en el maletín, adoptando un tono ligero y desenfadado—. ¿Algún plan para el fin de semana?

—Tengo que ir de visita al hospital.

—Ah, qué bien. Los enfermos siempre se alegran de recibir visitas, ¿no?

—¿Ah, sí? No lo sé, nunca he ido a visitar a nadie.

—Pero tú sí que has pasado mucho tiempo ingresada, claro.

La miré fijamente. La descompensación de los conocimientos que teníamos la una de la otra se manifestó en toda su injusticia. Creo que los trabajadores sociales deberían presentarse con una breve biografía para intentar enmendar esa situación. Al fin y al cabo, ella tenía acceso total a la gran carpeta marrón, al libro gordo de Eleanor, dos décadas de información sobre las minucias más íntimas de mi vida, mientras que yo lo único que sabía de ella era su nombre y para quién trabajaba.

—Si sabe eso, entonces también estará al tanto de que las circunstancias no permitían que me visitara nadie, aparte de la policía y mis representantes legales.

Se le desencajó la mandíbula. Me recordó a los payasos esos de las ferias a los que tienes que colarle una pelota de pimpón en la boca abierta para ganar un pez de colores. Le abrí la puerta y vi como sus ojos volvían insistentemente a la rana gigante customizada.

—Te veo dentro de seis meses, Eleanor —dijo a duras penas—. Buena suerte.

Cerré la puerta tras ella con una suavidad extrema.

No había comentado nada sobre Polly, pensé entonces, era raro. Sé que es ridículo pero casi me sentí ofendida. Había estado todo el rato en la esquina durante la entrevista, y era sin duda lo más llamativo de la habitación. La bella Polly, cuya denominación más prosaica la define como planta cotorra, conocida también como cacatúa del Congo, aunque para mí siempre se llamará, en todo su esplendor latino, *Impatiens niamniamensis*. Suelo decirlo en voz alta: *niamniamensis*. Es como un besuqueo, con las emes que te obligan a juntar los labios, las consonantes revolcándose, la lengua despuntando en las enes y las eses. Los antepasados de Polly provienen ni más ni menos que de África. Bueno, como los de todos nosotros, en realidad. Es la única constante desde mi infancia, la única superviviente Me la regalaron por mi cumpleaños, aunque no recuerdo quién me la dio, es raro, porque digamos que no era una niña a la que hundieran en regalos.

Me ha acompañado desde mi cuarto de niña, sobrevivió en los hogares de acogida y en los orfanatos y, como yo, aquí sigue. La he cuidado, la he asistido, la he recogido y la he devuelto a su tiesto cuando se ha caído o la han tirado. Le gusta la luz y siempre tiene sed. Aparte de eso, las atenciones que requiere son mínimas y, en gran medida, se cuida sola. En ocasiones le hablo, no me avergüenza admitirlo. Cuando el silencio y la soledad se hacen pesados y me rodean, aplastándome, cortándome como si fueran hielo, a veces necesito hablar en voz alta, lo necesito, aunque solo sea a modo de prueba de vida.

Una pregunta filosófica: si se cae un árbol en medio del bosque y no hay nadie cerca para oírlo, ¿cómo suena? Y si una mujer totalmente sola le habla en ocasiones a una planta en una maceta, ¿está para que la encierren? Estoy convencida de que hablar con una misma de vez en cuando es de lo más normal. No es que espere una respuesta. Soy perfectamente consciente de que Polly es una planta doméstica.

La regué entonces y luego seguí con otras tareas de la casa, deleitándome con la perspectiva del momento en que pudiera abrir el portátil y comprobar si cierto cantante muy guapo había colgado alguna información nueva. Facebook, Twitter, Instagram. Ventanas a un mundo de prodigios. Estaba poniendo la lavadora cuando sonó el teléfono. ¡Una visita y una llamada! Un día en letras rojas, qué duda cabía. Era Raymond.

—He llamado a Bob al móvil, le he contado la situación y me ha buscado tu número en los archivos de recursos humanos —me explicó.

Pero ¿de verdad? ¿Qué pasaba conmigo, por qué tenía la gente que exponerme en carpetas beis y abrirlas para que todo el que pasase las hojease y las utilizara a su antojo?

—Qué violación más desagradable de mi intimidad, por no hablar del delito contra la ley de Protección de Datos. La semana que viene se lo diré a Bob. —Al otro lado de la línea se hizo el silencio—. ¿Y bien?

—Eh… ajá. Sí, perdona. Es que, como dijiste que ibas a llamar y no lo has hecho, yo, en fin, que estoy en el hospital y me preguntaba si… querías traer las cosas de este hombre. Estamos en las urgencias del ala oeste. Ah, y se llama Sami-Tom.

—¿Cómo? No, debe de ser un error, Raymond. Es un hombrecillo gordo y anciano de Glasgow. Bajo ningún concepto pudo ser bautizado con el nombre de Sami-Tom. —Empezaba a albergar serias dudas sobre la capacidad mental de Raymond.

—No, no, Eleanor… Es Sammy, como… apócope de Samuel. Y el apellido Thom, con hache, T-H-O-M.

—Ah. —Otra pausa larga.

—Entonces… Lo que te decía, que está en el ala oeste. El horario de visitas empieza a las siete, por si quieres venir.

—Ya dije que pensaba ir, y soy una mujer de palabra, Raymond. Aunque es un poco tarde. Me vendría mejor mañana después de comer, si te parece oportuno.

—Claro. —Otra pausa—. ¿Quieres saber qué tal está?

—Sí, por supuesto. —El tipo era un conversador de lo más inepto y estaba convirtiendo nuestro intercambio en todo un calvario.

—No son buenas noticias. Se encuentra estable pero la cosa es grave. Te lo digo para que estés preparada. Todavía no ha recobrado el conocimiento.

—En tal caso no creo que le hagan mucha falta los Irn-Bru y la salchicha cuadrada mañana, ¿no? —pregunté.

Oí que Raymond respiraba hondo.

—Mira, Eleanor, decide tú si quieres venir o no. El hombre no necesita nada de eso urgentemente, y de hecho supongo que puedes tirar todo lo que pueda ponerse malo. Como tú has dicho, no creo que el pobrecillo vaya a hacerse un desayuno completo de aquí a poco.

—Sí, desde luego. Es más, me imagino que justo esos desayunos deben de haberlo llevado adonde está en estos momentos.

—Tengo que dejarte, Eleanor —me dijo, y colgó de forma un tanto abrupta. Qué maleducado.

Estaba entre la espada y la pared; por un lado, ir a visitar a un desconocido comatoso para dejarle unos refrescos gaseosos al lado de una cama de hospital no parecía tener mucho sentido; por otro, podría ser interesante la experiencia de ir a visitar a alguien al hospital, y siempre estaba la remota posibilidad de que se despertara cuando yo estuviera presente. Pareció complacido por mi monólogo mientras esperábamos la ambulancia; bueno, tampoco podía saberlo a ciencia cierta porque el hombre estaba inconsciente.

Mientras consideraba todo esto, recogí la hoja que se había caído al suelo y le di la vuelta. Estaba amarilleada por los bordes, olía a burocracia y a metal, como de archivadores, y tenía mugre, tocada por la piel sin lavar de múltiples manos anónimas. Me he fijado en que los billetes tienen un olor parecido.

MINISTERIO DE SERVICIOS SOCIALES

INFORME DE SEGUIMIENTO
15 de marzo de 1999, 10.00 h.
Encuentro con: OLIPHANT, ELEANOR (12/07/1987)

Estando presentes: Robert Brocklehurst (director de sección, Familias e Infancia, ministerio de Servicios Sociales); Rebecca Scatcherd (trabajadora social, ministerio de Servicios Sociales); señores Reed (padres adoptivos).

El encuentro tuvo lugar en el hogar de los señores Reed, cuyos hijos, incluida Eleanor Oliphant, estaban en ese momento en el colegio. El matrimonio había solicitado la reunión, fuera del calendario de sesiones asignado, para hablar de sus inquietudes cada vez mayores con respecto a Eleanor.

La señora Reed informó de que la conducta de la niña se había deteriorado desde nuestra anterior reunión, unos cuatro meses atrás. El señor Brocklehurst exigió algún ejemplo y el matrimonio Reed citó los siguientes:

- La relación de Eleanor con el resto de hijos de la familia se ha roto en lo esencial, en especial con John (14), el mayor;
- Eleanor se muestra a diario insolente y maleducada con la señora Reed. En las ocasiones en que esta ha intentado disciplinarla mandándola, por ejemplo, al cuarto de invitados para que reflexione sobre su conducta, se ha puesto histérica y, en un caso concreto, adoptó una actitud de intimidación física.
- Eleanor, en una ocasión, fingió desmayarse para evitar que la castigaran, o como respuesta al castigo prescrito.
- A Eleanor le aterra la oscuridad y no deja dormir a la familia con sus llantos histéricos. En su momento le facilitaron una luz nocturna pero, ante la sugerencia de quitársela, por ser ya mayor para tenerla, reaccionó con sollozos y temblores violentos;
- Eleanor se niega a menudo a comer lo que le ponen; las comidas se han convertido en una fuente de conflictos en la mesa familiar;
- Eleanor se niega en redondo a ayudar a cualquier tipo de

tarea del hogar, por sencilla que sea, como encender la chimenea o retirar las cenizas.

Los señores Reed nos han trasmitido su gran inquietud por los efectos que pueda tener la conducta de Eleanor en los otros tres niños (John de 14, Eliza de 9 y Georgie de 7), y, a raíz de tales preocupaciones y de las ya planteadas en las reuniones regulares, les gustaría contemplar mejores opciones para Eleanor en el futuro.

El matrimonio ha vuelto a exigir tener más información sobre el pasado de Eleanor, pero el señor Brocklehurst le ha explicado que no es posible y que, de hecho, iría contra la ley.

Previamente al encuentro, la señorita Scatcherd solicitó un informe escolar a la tutora de Eleanor, en el que queda constancia de que los rendimientos de Eleanor son buenos, con notas muy altas en todas las asignaturas. La tutora comenta que Eleanor es una niña de una brillantez excepcional que se expresa perfectamente y que posee un léxico impresionante. Sus maestras ya habían informado de su buena conducta en clase, aunque no habla ni participa en los debates, si bien es una oyente activa. Varios miembros del claustro han notado que Eleanor está muy aislada y apartada en los recreos, y no parece socializar con sus semejantes.

Tras una dilatada discusión, y a tenor de las preocupaciones expresadas y recalcadas por el matrimonio sobre el impacto de la conducta de Eleanor en sus otros hijos, se acordó que el proceder más adecuado sería apartar a Eleanor del hogar familiar.

Los señores Reed quedaron satisfechos ante esta resolución y el señor Brocklehurst les informó de que el ministerio se pondría en contacto con ellos a su debido tiempo para informarles sobre los siguientes pasos.

NOTA DE ARCHIVO: el 12 de noviembre de 1999 se celebró una vista de la junta de supervisión infantil obligatoria sobre el caso de Eleanor Oliphant, en la que estuvieron presentes el señor Brocklehurst y la señorita Scatcherd.

La Junta para la Infancia concluyó que, dada la actitud desafiante tanto en este como en anteriores destinos, la acogida en un entorno familiar no es adecuada en el estado actual. Se decidió, por tanto, que de momento Eleanor se alojaría en una institución gubernamental y que la junta reconsideraría esta decisión al cabo de doce meses.

(Actuación: R. Scatcherd investigará la disponibilidad de plazas en las instituciones locales y notificará a los señores Reed la fecha estimada de baja.)

R. SCATCHERD, a 12 de noviembre de 1999

*M*entirosos. Mentirosos, mentirosos, mentirosos.

7

No había mucha gente en el autobús y tenía dos asientos para mí sola, con las compras del hombre en dos bolsas reutilizables a mi lado. Había tirado las salchichas y el queso naranja, pero me había quedado con la leche tras decidir que eso no podía considerarse robar porque él, de todas formas, no iba a poder usarla. Me dio cierto reparo tirar el resto de artículos perecederos. Entiendo que haya gente que piense que desechar comida está mal y, si lo pienso concienzudamente, estoy de acuerdo en gran medida. Pero a mí me habían criado de otra forma muy distinta: mamá siempre decía que solo los campesinos y las hormiguitas trabajadoras mugrientas se preocupaban por cuestiones tan triviales.

También decía que nosotras éramos emperatrices, sultanas y maharanís en nuestra propia casa, y que era nuestro deber llevar una vida de indulgencia y placer sibarita. Toda comida debía ser un festín epicúreo para los sentidos, y era mejor pasar hambre que ensuciarse el paladar con todo lo que no fueran bocados exquisitos. Me contaba que había comido tofu frito picante en los mercados nocturnos de Kowloon, que el mejor sushi fuera de Japón se comía en São Paulo. El plato más rico de su vida había sido un pulpo a la brasa que se había tomado mientras se ponía el sol en una modesta taberna en el muelle de Naxos, una noche de finales de verano; esa misma mañana había visto llegar al pescador, y se había pasado la tarde bebiendo *ouzo* mientras los cocineros lo golpeaban una y otra vez contra el muro del muelle para ablandar su carne pálida y llena de ventosas. Tengo que preguntarle cómo es la comida en ese sitio donde está. Algo me dice que no abundarán las lenguas de gato y el *lapsang souchong*.

Me acuerdo de cuando una compañera de clase me invitó un día a su casa después de comer. Solo yo. Era para «merendar». Un concepto confuso en sí mismo. Yo, con razón, había esperado té y galletas, pero su madre nos había preparado una especie de merienda cena. Todavía puedo verla, en naranja y beis, tres luminosas barritas de pescado, un cucharón de habichuelas de lata y una pálida montaña de patatas precongeladas. Como nunca había visto ninguna de esas cosas, y menos aún probado, tuve que preguntar de qué se trataba. Al día siguiente Danielle Mearns se lo contó a toda la clase, y todos se rieron y empezaron a llamarme Rara de Lata (acortado en un más pegadizo y duradero Raralá). Poco importó; para mí la escuela fue una experiencia de corta vida. Después de tener un incidente en que una maestra demasiado entrometida sugirió que fuera a la enfermería del colegio, mamá decidió que la profesora en cuestión era una paleta monolingüe apenas letrada, cuyo único título serio era el de primeros auxilios. A partir de ahí mi escolarización siguió en casa.

En esa única merienda en casa de Danielle su madre nos puso de postre un yogur de La Pandilla Vegetal, y me guardé a escondidas el vaso vacío en la mochila para poder estudiarlo más tarde en casa. Al parecer, era propaganda de un programa infantil de televisión protagonizado por frutas animadas. ¡Y luego era yo la rara! A los niños del colegio parecía enfadarles que yo no pudiera hablar de programas de televisión. No teníamos aparato: mamá lo llamaba el carcinoma catódico, el cáncer del intelecto, así que nos dedicábamos a leer o a escuchar discos, y, cuando estaba de buen humor, a veces incluso jugábamos al *backgammon* o al *mahjong*.

Desarmada ante mi falta de familiaridad con los productos congelados, la madre de Danielle Mearns me preguntó qué solía cenar yo los miércoles.

—No hay nada fijado —respondí.

—Pero ¿qué clase de cosas sueles comer? —insistió, realmente perpleja.

Le enumeré algunas: *velouté* de espárragos con huevo de pato pochado y aceite de avellana, bullabesa con *rouille* casera, pularda con glaseado de miel y apionabo, trufas frescas de temporada ralladas sobre unos *linguine* con *porcini* y mantequilla. La mujer se me quedó mirando de hito en hito.

—Suena todo muy… elegante.

—No, qué va, a veces son cosas sencillas, como unas torrijas de masa madre con queso manchego y carne de membrillo.

—Ajá —dijo intercambiando una mirada con la pequeña Danielle, que me observaba boquiabierta, dejando a la vista una cuchara de judías a medio masticar.

Sin embargo, ninguna dijo nada más, y la señora Mearns dejó en la mesa un bote de cristal con un espeso líquido rojo que Danielle procedió a agitar como loca y a volcar sobre la comida naranja y beis.

Por supuesto, en cuanto pasé al sistema de acogida, no tardé en conocer una nueva familia gastronómica: la Aunt Bessie, el Captain Birdseye y el Uncle Ben eran unos habituales, y ahora soy capaz de distinguir la salsa HP de la Daddies con solo olerla, como una sumiller de salsas. Era una de las innumerables diferencias entre mi antigua vida y la nueva. El antes y el después del incendio. Un día estaba desayunando sandía, feta y granada, y al siguiente comía Mother's Pride tostado y untado de margarina. O al menos eso me contaba mamá.

El autobús se detuvo justo en la puerta del hospital. En la planta baja había una tienda donde vendían una ecléctica variedad de productos. Estaba al tanto de que era muy recomendable llevar un regalo cuando uno va a visitar a un paciente, pero ¿qué podía comprar? No conocía a Sammy de nada. Regalarle comestibles no parecía una opción muy práctica, puesto que el objeto de mi visita era llevarle su propia comida, artículos que él mismo había seleccionado no hacía tanto. Teniendo en cuenta que estaba en coma, el material de lectura tampoco parecía pertinente. Pero no había muchas más cosas que pudieran ser adecuadas. El establecimiento ofrecía una pequeña selección de productos higiénicos, pero se me antojó fuera de lugar que yo, poco versada en el sexo opuesto, le regalara algo relacionado con sus funciones corporales y, en cualquier caso, un tubo de pasta de dientes o un paquete de maquinillas desechables tampoco prometían ser el regalo más fascinante.

Intenté recordar los regalos más bonitos que me habían hecho. Pero, aparte de la planta Polly, no se me ocurría nada más. Fue alarmante pero me vino a la cabeza Declan. Mi primer y único novio, al que casi había conseguido borrar de mi recuerdo, de ahí que me angustiara volver a pensar en él de repente. Rememoré un incidente en que, al ver la única tarjeta de felicitación que había recibido ese año (de una periodista que había conseguido localizarme, a saber cómo, con una nota en la que me recordaba que estaba dispuesta a pagar una cantidad sustanciosa por una entrevista, cuando y donde fuera), me acusó de haberle ocultado adrede la fecha de mi cumpleaños. Así que, por mi vigésimo primer aniversario, me regaló un puñetazo en los riñones y una serie de patadas, mientras yo estaba tirada en el suelo, hasta que me desmayé; la guinda del pastel, fue el ojo morado que me puso cuando recobré el sentido, por «retener información». El otro cumpleaños del que me acuerdo fue el undécimo. La familia de acogida con la que vivía en esa época me regaló una pulsera de plata de ley con un colgante de un osito. Agradecí mucho tener un regalo, pero nunca llegué a ponérmela. Yo no soy muy de ositos, la verdad.

Me pregunté qué clase de regalo me haría el apuesto cantante, por un aniversario, por ejemplo, o por Navidades. No, un momento… por el día de San Valentín, el día más romántico y especial del año. Me escribiría una canción, algo bonito, y luego me la tocaría con la guitarra mientras yo bebía de un champán en su punto ideal de frío. Pero no, con la guitarra no, sería demasiado evidente. Me sorprendería aprendiendo a tocar el… fagot. Sí, me tocaría la melodía con el fagot.

Pero volviendo a temas más prosaicos, a falta de algo más apropiado, le compré a Sammy unos periódicos y unas revistas, pensando que al menos podría leérselos en voz alta. Tenían disponible una selección nada desdeñable. Por el aspecto y el contenido de sus bolsas, deduje que Sammy era más un lector del *Daily Star* que del *Daily Telegraph*. Compré unos cuantos tabloides y decidí llevarle también una revista. Eso fue más difícil. Había muchas. *Condé Nast Traveler*, *El mundo del yate*, *¡Ahora!*... ¿Cómo decidirme por una? No tenía ni idea de qué podía interesarle. Seguí un cuidadoso proceso racional para llegar a la respuesta. Lo único que sabía con seguridad de él era que se trataba de un varón adulto; todo lo demás era pura especulación. Me encomendé a la ley de los grandes números, me puse de puntillas y cogí un ejemplar de la revista erótica *Razzle*. Misión cumplida.

Hacía mucho calor dentro del hospital y los suelos rechinaban. Al entrar en la planta, vi un dispensador de jabón para manos y una gran señal amarilla que advertía de no beber. ¿De veras había gente que se bebía el gel desinfectante? Supongo que sí... de ahí la señal. Una parte de mí, una porción mínima, consideró por un momento la posibilidad de agachar la cabeza para probar una gota, más que nada porque me lo habían prohibido. «No, Eleanor —me dije—. Doblega tus tendencias rebeldes. Limítate al té, el café y el vodka.»

Me daba aprensión echármelo en las manos, por miedo a que se me inflamase el eczema, pero aun así lo hice. Una buena higiene es importantísima: lo último que quería era convertirme en un vector de infección. Era una sala grande, con una larga fila de camas a cada lado. Todos los residentes eran intercambiables entre sí: ancianos sin pelo ni dientes que estaban o bien dormidos, o bien mirando al frente con ojos vacíos y la barbilla caída hacia delante. Distinguí a Sammy, el último por la fila de la izquierda, pero solo por su tamaño. Los demás eran puro hueso envuelto en piel gris plisada. Me senté en el sillón de vinilo satinado junto a su cama. No había rastro de Raymond.

Sammy tenía los ojos cerrados, pero era evidente que no estaba comatoso, de lo contrario lo habrían llevado a una sala especial y lo habrían enganchado a varias máquinas, ¿no? Me pregunté por qué Raymond me habría mentido. Supe que dormía por la regularidad con que le subía y le bajaba el pecho. Decidí no leerle para no despertarlo, y dejé el material de lectura encima del armarito junto a su cama. Abrí el compartimento frontal pensando que sería el mejor sitio para guardar las bolsas reutilizables. Lo encontré vacío salvo por una cartera y un juego de llaves. Me pregunté si debería mirar dentro para ver si contenía alguna pista sobre él, y a punto estaba de alargar la mano cuando oí que alguien se aclaraba la garganta a mi espalda, un sonido lleno de flema que solo podía venir de un fumador.

—Eleanor, estás aquí —dijo Raymond retirando una silla al otro lado de la cama. Me quedé mirándolo.

—¿Por qué me has mentido, Raymond? Sammy no está en coma. Solo duerme. No tiene nada que ver.

Raymond rio.

—Pero eso es buena señal, Eleanor. Se despertó hace un par de horas. Al parecer tiene una seria contusión y una cadera rota. Se la recolocaron ayer… Está muy cansado por la anestesia pero dicen que se va a poner bien.

Asentí y me levanté bruscamente.

—Entonces será mejor que lo dejemos tranquilo —comenté.

He de confesar que me alegró salir de aquella sala. Hacía mucho calor y me resultaba demasiado familiar: las mantas de tela gofrada, los olores químicos y humanos, la rigidez de las estructuras metálicas de las camas y las sillas de plástico. Tenía las manos ligeramente pegajosas por el gel, que se me había colado por las grietas de la piel. Fuimos juntos hasta el ascensor y bajamos en silencio. Las puertas se abrieron a la planta baja y sentí que mis piernas aceleraban solas hacia la salida.

Era una de esas bonitas tardes de mediados de verano, las ocho de la tarde, y aún reinaba el calor y la luz suave. No anochecería hasta casi las once. Raymond se quitó la chaqueta y dejó a la vista una camiseta absurda. Era amarilla y tenía dos dibujos de gallitos blancos con la leyenda LOS POLLOS HERMANOS. Sin sentido. Miró el reloj.

—Voy a comprar algo de comer para llevar y me iré a casa de un colega, Andy. Los sábados por la noche solemos juntarnos unos cuantos, a darle a la PlayStation y echar unas birras y unos cigarros.

—Suena de lo más encantador.

—¿Y tú qué? —quiso saber.

Yo, por supuesto, me iba a casa a ver algo por la televisión o a leer un libro. ¿Qué quería que hiciera?

—Regresaré a mi piso. Creo que más tarde dan un documental sobre los dragones de Komodo en BBC4.

Volvió a consultar la hora y luego miró hacia el cielo azul infinito. Medió un silencio en el que un mirlo empezó a pavonearse cerca de nosotros, con un canto tan vistoso que rayaba en lo vulgar. Nos quedamos los dos escuchando y, cuando le sonreí a Raymond, me devolvió la sonrisa.

—Mira, hace una noche demasiado buena para que te metas en tu casa sin más. ¿Te hace una pinta rápida en alguna parte? Yo tengo que irme dentro de una hora o así, antes de que me cierren la tienda de licores, pero...

Aquello merecía una reflexión cuidadosa. Llevaba muchos años sin ir a un pub, y Raymond no podía describirse precisamente como una compañía apasionante. Sin embargo, no tardé en concluir que podría tener una doble utilidad: en primer lugar, para practicar, porque, si todo iba bien, seguramente Johnnie Lomond querría llevarme a un pub en una de nuestras primeras citas, y debía sin falta familiarizarme de antemano con el entorno general y los comportamientos que se esperaban en tales locales; en segundo lugar, Raymond era experto en informática —o eso decía— y necesitaba consejo. Ese tipo de asistencia podía ser cara si se obtenía por medios oficiales, pero podía aprovechar para preguntarle gratis. Dicho lo cual, me parecía apresurado acceder a la petición de Raymond. Pero entonces lo vi mirando a media distancia, y me fijé en que había encendido un cigarro y casi se había fumado la mitad mientras yo me lo pensaba.

—Sí, Raymond. Iré contigo al pub para tomar una copa —dije asintiendo.

—De lujo.

Acabamos en un bar a cinco minutos del hospital, en una calle con bastante ajetreo. Había una mesa libre en la terraza. Su superficie metálica estaba cubierta de manchas circulares y las patas parecían poco estables, pero Raymond pareció encantado.

—¡Sitio fuera! —exclamó, y acto seguido se sentó alegremente y colgó la chaqueta en el respaldo de la silla—. Venga, pues voy a pedir a la barra. ¿Qué va a ser, Eleanor?

Sentí un pellizco de preocupación en el estómago. Por un lado, si nos sentábamos fuera, no vería el interior de un pub y no podría observar lo que pasaba dentro. Por otro, no sabía qué pedir. ¿Qué bebía la gente normal en un pub? Decidí tomar las riendas de la situación.

—Raymond, voy yo a pedir. Insisto. ¿Qué te gustaría tomar?

Intentó replicar, pero me mantuve en mis trece y acabó cediendo, si bien con cierto fastidio. Yo no entendía a qué venía tanto remilgo.

—Vale, bueno, pues pídeme una pinta de Guinness. Pero me gustaría que me dejaras entrar a mí, Eleanor.

Puse las dos manos sobre la mesa y me incliné hasta que nuestras caras quedaron muy cerca.

—Raymond, voy a ir yo a adquirir las bebidas. Es importante para mí, por razones que no querría tener que explicarte.

Se encogió de hombros, asintió y por fin me fui hacia la puerta.

Al entrar desde la luz del día, me pareció muy oscuro… y ruidoso: una música de un género con el que no estaba familiarizada hacía retumbar los altavoces. No había mucha gente y yo era la única clienta de la barra. La atendían dos jóvenes, o lo que es lo mismo, estaban enfrascados en una conversación y, a cada tanto, la chica reía como una necia y se removía su pelo rubio oxigenado, o él le daba un puñetazo de broma y reía de una forma muy exagerada y falsa. Resulta increíblemente tedioso asistir a los rituales humanos de apareamiento. Por lo menos, en el reino animal nos regalan en ocasiones un destello de plumas vistosas o una demostración de violencia espectacular. El revoleo del pelo y las peleítas de mentira no estaban a la altura.

Como me aburría, golpeé tres veces sobre la barra de madera, como si fuera la puerta de una casa. Ambos me miraron. Pedí una pinta de Guinness, que el chico empezó a servir de un grifo.

—¿Algo más?

Yo seguía atascada. Llegué a la conclusión de que parte de su trabajo tal vez consistiera en ayudar a los clientes en tales circunstancias.

—¿Qué me recomendaría? —le pregunté.

Levantó la vista del líquido negro que caía a cuentagotas en el vaso.

—¿Eh?

—He dicho que qué me recomendaría. No tengo costumbre de beber en pubs.

Miró a izquierda y a derecha, como esperando que hubiera alguien más. Hubo una pausa larga.

—Em… Bueno… La Magners es muy popular. ¿Con hielo quizá? En verano entra muy bien así.

—De acuerdo, gracias. En tal caso, siguiendo sus recomendaciones, tomaré una bebida de Magners, por favor.

Cogió un botellín marrón y lo dejó en la barra. Luego echó unos hielos en un vaso alto y lo colocó junto al botellín.

—¿Qué es eso?

—La Magners.

—¿Y para qué es el vaso vacío?

—Para la Magners.

—¿Y se supone que yo he de echar la bebida de la botella al vaso? —pregunté sin dar crédito—. ¿No es ese su trabajo, en teoría?

Se me quedó mirando, hasta que vertió lentamente el líquido marrón sobre el hielo y lo depositó con fuerza; de hecho, prácticamente estampó el botellín contra la barra.

—Ocho con setenta —me dijo con modales nefastos.

Le tendí un billete de cinco y cuatro monedas de cuatro, esperé el cambio y lo metí cuidadosamente en el monedero.

—¿No tendrá por casualidad una bandeja? —le pregunté.

Me lanzó una bandeja mugrienta y pegajosa y me observó mientras ponía las bebidas encima y le daba luego la espalda. ¡Qué falta más absoluta de buenos modales en el llamado sector servicios!

Υ

Raymond me agradeció la bebida y luego le dio un buen trago. La Magners estaba bastante rica, de modo que reconsideré mi opinión sobre el joven barman. Sí, no era muy ducho en la atención al público, pero por lo menos sabía hacer recomendaciones alcohólicas adecuadas. Sin yo darle pie, mi compañero de trabajo empezó a contarme cosas sobre su madre, a la que iría a ver al día siguiente, como tenía por costumbre hacer todos los domingos. Era viuda y no estaba muy en forma. Tenía muchos gatos y él la ayudaba con su cuidado. Y así siguió y siguió, y siguió. Lo interrumpí.

—Raymond, ¿puedo preguntarte una cosa?

Le dio un sorbo a la pinta.

—Claro.

—Si tuviera que adquirir un *smartphone*, ¿qué modelo me recomendarías? He estado indagando sobre las ventajas relativas del iPhone en comparación con los aparatos Android, y apreciaría una opinión experta sobre la relación calidad-precio, si fuera posible.

Mi pregunta pareció sorprenderle, cosa que me extrañó teniendo en cuenta que era informático y, por lo tanto, debían de formularle a menudo preguntas tecnológicas.

—Bueno, a ver… —Sacudió la cabeza de una forma ligeramente canina, como si estuviera despejándola de pensamientos—. Depende de muchos factores.

Pasó a exponer estos factores con cierta extensión —sin llegar a ninguna conclusión útil— y luego miró el reloj.

—Mierda. Será mejor que corra… Tengo que pillar unas birras antes de llegar a casa de Andy y ya son casi las diez. —Apuró la pinta, se levantó y se puso la chaqueta, a pesar de que no hacía nada de frío—. ¿Llegarás bien a casa, Eleanor?

—Sí, sí. Iré andando… hace una noche muy bonita, y todavía hay luz.

—Estupendo entonces, nos vemos el lunes. Disfruta lo que queda de fin de semana. —Se volvió para irse.

—¡Raymond, espera!

Se volvió con una sonrisa.

—¿Qué pasa, Eleanor?

—La Guinness. Ha sido tres cincuenta. —Se me quedó mirando—. No pasa nada, no hay prisa. Puedes dármelo el lunes si te resulta más cómodo.

Contó cuatro monedas de una libra y las dejó en la mesa.

—Quédate con la vuelta —me dijo, y se fue.

¡Qué extravagancia! Guardé el dinero en el monedero y me terminé la Magners. Envalentonada por la sidra, decidí dar un rodeo antes de volver a casa. Sí. ¿Por qué no? Era hora de hacer una pequeña batida de reconocimiento.

8

*E*videntemente, el Infierno no existe pero, de lo contrario, la música de fondo para los chillidos, los zarpazos de las horquetas y los gemidos infernales de las almas condenadas sería una selección en bucle de éxitos de los grandes musicales de todos los tiempos. En el abismo infernal se representarían ininterrumpidamente las obras completas de Lloyd Webber y Rice, con un público de pecadores al que obligarían a verlas —y escucharlas— durante el resto de la eternidad. Los peores, los violadores de niños y los dictadores genocidas, tendrían que representarlas.

Salvo por la exquisita obra de un tal señor Lomond, todavía no he encontrado un género musical de mi gusto; se trata, a grandes rasgos, de física acústica, ondas y partículas energizadas y, como la mayoría de las personas cuerdas, no tengo ningún interés por la física. Por esa razón me resultó raro encontrarme tarareando una canción de *¡Oliver!* Añadí mentalmente las exclamaciones, que, por primera vez, me parecieron oportunas. «*Who will buy this wonderful morning?*», decía la letra, y yo pensaba: «¿Quién me compra esta noche maravillosa?». Eso, ¿quién?

En uno de mis hogares de acogida había una videoteca de musicales que teníamos que repasar en familia los fines de semana, de modo que, aunque en mi fuero interno desearía que no fuese así, estoy muy familiarizada con la obra de Lionel Bart, Rodgers y Hammerstein *et al*. Saber que estaba «en la calle donde vive él» estaba produciéndome una extraña sensación, un revoloteo a flor de piel, rayano en la euforia.

Casi podía entender por qué ese bufón con traje de *My Fair Lady* había sentido la necesidad de aullar bajo la ventana de Audrey Hepburn.

Había sido fácil averiguar dónde vivía el músico. Tenía colgado en su perfil de Twitter una foto de un hermoso atardecer:

@johnnieLamonda
La vista desde mi ventana: a que soy afortunado?
#veranoenlaciudad #suertelamía

Aparecían tejados, árboles y cielo, pero también un pub en una esquina de la fotografía, al fondo de la calle, con el nombre bien visible. Lo localicé en cuestión de segundos gracias a Google.

Como la mayoría en esa parte de la ciudad, era una calle con bloques de pisos. Todos tenían portales con puertas de seguridad e interfonos con nombres en la fachada, uno por cada piso del edificio. Estaba en la calle correcta. ¿Por qué parte empezar? Me decidí por los números pares. Él era un hombre par, no impar. Tenía ante mí un rompecabezas. Fui tarareando mientras trabajaba, y no recordaba la última vez que me había sentido así: ligera, chispeante, rápida. Me dije que la felicidad debía ser algo así.

Era fascinante observar todos los apellidos de los interfonos y las distintas maneras en que figuraban. Algunos los habían garabateado a bolígrafo sobre una pegatina y puesto descuidadamente sobre el botón; otros habían escrito a ordenador sus nombres en mayúsculas y negritas, los habían impreso y los habían fijado con tres capas de cinta adhesiva. Había incluso quienes los habían dejado en blanco o no se habían molestado en cambiarlos cuando los elementos habían corrido la tinta y los habían dejado del todo ilegibles. Deseé con todas mis fuerzas que él no fuera de esos, pero aun así hice una lista con esas ubicaciones, por si acaso; de lo contrario, si eliminaba todos los nombres legibles sin dar con el suyo, tendría que volver atrás y confeccionar toda la lista de los que estaban en blanco.

Pero ¿cómo había podido dudar de él? Hacia la mitad de la calle, en el más par de los números pares, lo encontré: «Sr. J. Lomond Esq.». Me quedé ante el interfono examinando aquellas letras. Estaban escritas en tinta negra clásica sobre un papel blanco grueso, con mucho esmero y un punto artístico. Qué típico de él.

Parecía improbable que él, un hombre guapo y popular con el mundo a sus pies, estuviera en casa un sábado por la noche, de modo que, solo para experimentar la sensación, presioné suavemente su timbre con la yema del índice. Hubo una interferencia y entonces habló una voz masculina. Me quedaría corta si dijera que me pilló con la guardia bajada.

—¿Diga? —repitió.

Una voz profunda, bien articulada, mesurada. Miel y humo, terciopelo y plata. Me apresuré a rastrear la lista y a seleccionar el apellido de otro residente al azar.

—Tengo una pizza para... ¿McFadden? —dije.

Lo oí suspirar.

—Es en el piso de arriba —dijo, y colgó.

Pero la puerta emitió un zumbido y se abrió. Entré sin pensármelo dos veces.

El músico estaba arriba, en la primera planta, en el piso a la derecha de las escaleras. Había una discreta placa de bronce con su nombre sobre el timbre. Me quedé a la escucha. No llegaba ningún ruido del interior, solo el zumbido de la luz de las escaleras y algunos sonidos apagados de la calle. En la planta de arriba se oía la voz de un televisor a todo volumen. Cogí mi libreta y arranqué una página en blanco. La puse sobre la placa, saqué mi lápiz y empecé a calcarla. A los pocos segundos tenía un impresionante facsímil de la placa, que guardé cuidosamente en el bolso, entre las hojas de la libreta. Las puertas intermedias estaban abiertas, mientras que la interior, un típico diseño victoriano en caoba y cristal opaco labrado, estaba tentadoramente cerca.

Avancé todo lo más que me atreví. No llegaba ningún sonido de dentro y tampoco se veía movimiento alguno. Casi logré distinguir una librería y un cuadro. Un hombre cultivado. ¡Cuánto teníamos en común!

Me puse tensa. Ahí estaba: dedos suaves sobre acero vibrante, y un acorde que tintineó en el aire, nebuloso y blanquecino, como la luz de una estrella muy muy antigua. Una voz: cálida, suave y baja, una voz para conjurar hechizos, encantar serpientes, moldear el devenir de los sueños. No podía hacer otra cosa que ir hacia ella y acercarme. Me pegué al cristal. Estaba escribiendo una canción, sacándola de su fuero interno: palabras, música, sentimientos. ¡Qué privilegio más único, poder escuchar a escondidas el momento mismo de la creación! Mi bello Orfeo cantaba a la Naturaleza. Su voz. ¡Qué voz!

Sin embargo, de pronto la música se detuvo y hubo un repentino movimiento borroso. Retrocedí un paso y me apresuré a subir por las escaleras, con el corazón a mil por hora. Nada. Me quedé en el rellano superior y esperé unos minutos. Nada.

Bajé de puntillas y volví a plantarme ante su puerta. La música se había reanudado, pero no quería molestarlo. Al fin y al cabo, solo había ido para ver dónde vivía… Curiosear no hacía daño a nadie. Misión cumplida.

Fue un arrebato de puro despilfarro pero, una vez en la calle, paré un taxi negro que vi pasar. La tarde había demorado en irse, pero ya era definitivamente de noche, y no tenía interés en estar en la calle. Todo lo malo pasa en la oscuridad. Calculé que el precio de la carrera estaría en torno a las seis libras, pero no tenía opción. Me puse el cinturón de seguridad y cerré la mampara de cristal que me separaba del conductor. No albergaba ningún deseo de escuchar sus opiniones sobre balompié, la política del ayuntamiento o cualquier otro tema. Solo tenía una cosa en la cabeza. O, para ser más precisa, una persona.

Al cabo de un par de horas comprendí que no iba a poder dormir después de las aventuras de esa noche. Encendí la luz y me miré el camisón. Tengo dos, para poder alternar el lavado. Son idénticos, me llegan por los talones y tienen el cuello alto, de una franela muy gustosa. Son amarillo limón (el color me recuerda a los caramelos de pica-pica explosivo, que no pertenecen a mi tierna infancia pero, aun así, son una imagen reconfortante). De pequeña, cuando quería darme una golosina, mi madre me metía en la boca una aceituna rellena de pimiento morrón o, en ocasiones, una anchoa aceitosa proveniente de una lata roja y amarilla con forma de ataúd. Siempre insistía en que los paladares más sofisticados tienden hacia los sabores salados, que los caprichos azucarados de baja calidad eran la ruina del pobre (y de sus dientes). Mamá siempre tuvo unos dientes muy afilados y blancos.

Las únicas cosas dulces que eran aceptables para ella eran las auténticas trufas belgas (marca Neuhaus, *nom de dieu*; solo los turistas compran esas asquerosas conchas de chocolate) o los rollizos dátiles de Medjoul provenientes de los zocos de Túnez, aunque era difícil proveerse de ambas cosas en el Spar del barrio. Hubo una época, poco antes de… el incidente… en que solo compraba en Fortnum, y recuerdo que en ese mismo periodo se carteó regularmente con Fauchon sobre unas imperfecciones que había encontrado en su *confiture de cerises*. Recuerdo los bonitos matasellos de las cartas de París: *Liberté, Egalité, Fraternité*. Muy lejos del credo de mamá.

Doblé la almohada en dos para incorporarme en la cama. El sueño seguía pareciendo lejano y necesitaba tranquilizarme. Metí la mano por el hueco entre el colchón y la pared y busqué a mi fiel compañera, con los bordes redondeados y pulidos por años de manoseo. *Jane Eyre*. Soy capaz de abrir la novela por cualquier página y saber al instante en qué punto de la historia me encuentro, y casi puedo visualizar la siguiente frase antes de leerla. Era una vieja edición de Penguin Classic, con la cubierta adornada por el retrato de la señorita Brontë. En el exlibris interior se leía: «Escuela dominical de la parroquia de San Eustaquio, ejemplar obsequiado a Eleanor Oliphant por su asistencia ejemplar, 1998». He de reconocer que tuve una educación muy ecuménica, puesto que fui criada por presbiterianos, anglicanos, católicos, metodistas y cuáqueros, aparte de un puñado de individuos que no sabrían reconocer a Dios ni aunque los apuntase con su dedo eléctrico de Miguel Ángel. Me sometí a todos los intentos de educación espiritual con idéntico resquemor. Aunque por lo menos la escuela dominical, o su equivalente, era una buena excusa para salir de la casa en la que vivía en esos momentos y a veces hasta había bocadillos o, más rara vez, compañía soportable.

Abrí el libro al azar, como si metiera la mano en un cajón sorpresa. Caí en un momento crucial, la primera vez que Jane ve al señor Rochester, cuando espanta su caballo en el bosque y él se cae. También aparece *Pilot*, el bello sabueso de ojos tiernos. Si el libro tiene un fallo es que no se le dé el protagonismo que merece: las escenas con perros nunca están de más en los libros.

Jane Eyre, una criatura extraña, a la que cuesta querer. Una hija única y solitaria. Desde muy joven se ve obligada a sobrellevar mucho dolor: las secuelas de la muerte, la falta de amor. Al final, el que sale malparado es el señor Rochester. Yo sé lo que se siente. Perfectamente.

En las horas más oscuras de la noche, todo parece siempre peor; me sorprendió seguir oyendo el canto de los pájaros, aunque sonaban más enfadados que otra cosa. Los pobrecillos no deben de pegar ojo en todo el verano, con esa luz perenne. Tanto en la semipenumbra como en la oscuridad absoluta, recuerdo y recuerdo. Despierta en las sombras, los latidos de dos conejitos, la respiración cortante como un cuchillo. Recuerdo, y recuerdo... Cerré los ojos. Los párpados no son más que cortinas de carne, y los ojos siempre se quedan «encendidos», siempre «miran»; al cerrarlos, ves la fina piel venosa de tus párpados interiores en lugar de contemplar el mundo. No es un pensamiento muy reconfortante. De hecho, si lo pienso más de la cuenta, seguramente quiera sacarme los ojos, dejar de mirar, parar de «ver» todo el tiempo. Las cosas que yo he visto no pueden ser desvistas. Las cosas que he hecho no pueden ser deshechas.

«Piensa en algo bueno», me decía uno de mis padres de acogida cuando no podía dormir, o en las noches en que me despertaba sudando, sollozando y gritando. Un consejo muy trillado pero que, en ocasiones, resultaba. Y por eso siempre pensaba en el bueno de *Pilot*.

Supongo que debí de dormirme —se me antojaba imposible no haber echado siquiera una cabezada de unos minutos—, pero no lo parecía. Los domingos son días muertos. Intento dormir todo lo posible para que pase antes el tiempo (al parecer, un viejo truco carcelero; gracias por el consejo, mamá), pero en las mañanas de verano puede costar bastante. Cuando el teléfono sonó pasadas las diez, yo ya llevaba horas despierta. Había limpiado el cuarto de baño y fregado el suelo de la cocina, había sacado la basura reciclada y había ordenado todas las latas del armario para que estuvieran con la etiqueta hacia fuera, por orden omegapsítico. Había abrillantado mis dos pares de zapatos. Había leído el periódico y terminado los crucigramas y los acertijos.

Me aclaré la garganta antes de hablar porque llevaba casi doce horas sin articular palabra, cuando le dije al taxista que parara. No está nada mal para mi media: por lo general, no hablo desde el momento en que le digo mi destino al conductor del autobús el viernes por la tarde hasta que saludó a su compañero el lunes por la mañana.

—¿Eleanor? —Era Raymond, quién si no.

—Sí, la misma —respondí ligeramente cortante. Por el amor de Dios, ¿quién esperaba que fuese?

Tosió de una manera muy extravagante: qué asco de fumadores.

—Esto... sí. Era solo para decirte que voy a ir hoy a ver a Sammy... y no sé si... ¿te gustaría venir?

—¿Para qué?

Hizo una pausa muy larga... Qué raro. No era una pregunta tan difícil.

—Bueno... es que llamé al hospital y por lo visto está mucho mejor, despierto y todo, y lo han subido a planta. Pensé que... No sé, supongo que me pareció que podía estar bien que nos conociera, por si quiere hacernos alguna pregunta sobre lo ocurrido.

Como no tenía la cabeza muy despejada, no me dio tiempo a evaluar las ramificaciones. Antes de darme cuenta, habíamos quedado en vernos después de comer en el hospital. Colgué y miré el reloj de la pared del salón, sobre la chimenea (comprado en la tienda de la Cruz Roja: un marco redondo azul eléctrico, POWER RANGERS; siempre he pensado que le da al salón un toque desenfadado, de *joie de vivre*). Me quedaban varias horas antes de la cita.

Decidí tomarme mi tiempo para arreglarme y me miré con mucha cautela en el espejo mientras se calentaba el agua de la ducha. ¿Podría convertirme algún día en la musa de un cantante? Porque ¿qué era una musa? Estaba familiarizada con la referencia clásica, por supuesto, pero en la vida moderna, en términos prácticos, una musa parecía no ser más que una mujer atractiva con la que el artista quería acostarse.

Pensé en todos esos cuadros; doncellas voluptuosas reclinadas en un esplendor curvilíneo, bailarinas desvalidas con ojos enormes y cristalinos, bellezas ahogadas en camisones blancos ceñidos y rodeadas de flores flotantes. Yo no era ni curvilínea ni desvalida. Tenía un tamaño normal y una cara normal (al menos, por un lado). ¿Los hombres se miraban alguna vez al espejo y sentían profundos anhelos existenciales?, me pregunté. Cuando abrían el periódico o veían una película, ¿los obsequiaban solo con jóvenes excepcionalmente guapos y eso les hacía sentirse intimidados, inferiores, por no ser ni tan jóvenes ni tan guapos? ¿Se dedicaban entonces a leer artículos de prensa en los que se ridiculizaba a esos mismos hombres guapos por haber ganado peso o llevar ropa poco favorecedora?

Desde luego, eran preguntas retóricas.

Volví a mirarme. Estaba sana y tenía un cuerpo fuerte. Poseía un cerebro que funcionaba bien, y una voz, si bien no la más melodiosa del mundo; haber inhalado tanto humo años atrás me había dañado permanentemente las cuerdas vocales. Tenía pelo, dos orejas, dos ojos y una boca. Era una mujer humana, ni más ni menos.

Incluso el lado «monstruo de feria» de mi cara —la mitad dañada— era mejor que la alternativa, que habría supuesto morir en el incendio. No quedé reducida a cenizas. Surgí de entre las llamas como un pequeño ave fénix. Me pasé los dedos por el tejido cicatrizado, acariciándome los contornos. «No me calciné, mamá —pensé—. Atravesé el fuego y sobreviví.»

En el corazón tengo cicatrices igual de gruesas y feas que las de la cara. Sé que están ahí. Pero espero que quede algo de tejido sano, un pequeño retal por el que pueda entrar el amor y colarse dentro. Ojalá.

*R*aymond esperaba a las puertas del hospital. Lo vi inclinarse para encenderle el cigarro a una mujer en silla de ruedas que iba además con un gotero móvil, para poder destrozarse la salud a la vez que empleaban el dinero de los contribuyentes en intentar curársela. Mi compañero de trabajo charlaba con ella mientras ambos fumaban, también él echando bocanadas de humo. Se acercó a la mujer y le dijo algo que la hizo reír en un cacareo de vieja bruja que acabó en un prolongado ataque de tos. Me acerqué con cautela, por miedo a la nube tóxica que podía envolverme con resultados perjudiciales para mi salud. Cuando me vio llegar, apagó el cigarro y avanzó hacia mí con paso moroso. Llevaba unos vaqueros que le colgaban por las nalgas, a una altura desagradablemente baja: cuando se volvía de espaldas se le veía un centímetro de ropa interior de lo más inoportuno (en un horrendo púrpura real) y de piel blanca pecosa que me recordó a una jirafa.

—¿Qué pasa, Eleanor? —dijo frotándose las manos contra los muslos, como limpiándoselas—. ¿Qué tal el domingo?

Para mi horror, hizo ademán de darme un beso. Yo retrocedí, no sin antes tener la oportunidad de oler el humo del tabaco y otro aroma, algo químico y penetrante, desagradable. Sospeché que se trataba de una colonia de caballero de bajo coste.

—Buenas tardes. ¿Te parece que entremos?

Subimos en ascensor hasta la séptima planta. Raymond hizo un tedioso y extenso relato de los acontecimientos de la víspera; al parecer se había quedado con sus amigos «hasta las tantas», fuese lo que fuera eso, completando una misión del *Grand Theft Auto* y jugando al póquer. No entendía muy bien por qué me contaba todo eso. Yo, desde luego, no le había preguntado. Por fin terminó de hablar y pasó a preguntarme por mi velada.

—Estuve llevando a cabo ciertas indagaciones —dije sin más, no queriendo mancillar la experiencia relatándosela a Raymond—. ¡Mira, la séptima!

Lo distraje fácilmente, como a un crío o un animalillo, y, por turnos, utilizamos el gel de manos con alcohol antes de entrar en la planta. Lo primero era la seguridad, pese a que mi pobre piel arrasada apenas se había recuperado del acceso dermatológico sufrido.

Sammy estaba en la última cama, más del lado de la ventana, leyendo el *Sunday Post*. Nos miró por encima de las gafas mientras nos acercábamos; su expresión corporal no era amistosa. Raymond se aclaró la garganta.

—Buenas tardes, señor Thom. Yo soy Raymond y esta es Eleanor. —Lo saludé con la cabeza. Mi compañero siguió hablando—: Fuimos… nosotros los que lo encontramos cuando le dio a usted el jamacuco, y yo lo acompañé hasta aquí en la ambulancia. Hemos querido pasarnos hoy a saludarlo y ver cómo iba…

Me incliné hacia delante y le tendí la mano. Sammy se quedó mirándola.

—¿Eh? ¿Quiénes dicen que son?

Parecía bastante turbado y no poco agresivo. Raymond empezó a explicárselo de nuevo, pero Sammy levantó la mano en alto, con la palma hacia fuera, para callarlo. Para ir con un pijama blanco con rayas de colores y tener el pelo cano tan de punta y esponjoso como una cría de paloma, daba una gran impresión de autoridad.

—Espere, un momento, por favor —dijo y se inclinó hacia el armarito auxiliar, de donde sacó algo.

Sin querer, di un paso atrás: a saber lo que podía estar a punto de sacar.

Pero se introdujo algo en la oreja y lo toqueteó unos instantes, hasta que surgió un pitido muy agudo desde ese lado de la cabeza. Cuando se detuvo, sonrió.

—Ahora sí, mejor. Ahora ya podemos entrar en materia. Entonces, ¿qué os contáis vosotros? ¿Sois de la iglesia? ¿O me estáis intentando alquilar otra vez la tele? No quiero, hijo... Ya se lo dije a vuestros colegas. Ni en broma pienso pagar por estar aquí tumbado viendo toda esa porquería. Gordos haciendo bailes de salón, gente adulta horneando tartas, ¡lo que me faltaba!

Raymond volvió a carraspear y repitió la presentación, mientras yo me adelantaba para estrecharle la mano a Sammy, al que le cambió la cara al instante y se le dibujó una gran sonrisa.

—Ah, así que fuisteis vosotros. No he parado de preguntarles a las enfermeras quién me había salvado la vida... «¿Quién me trajo?» «¿Cómo llegué hasta aquí?» Pero no sabían decirme. Sentaos, venga, sentaos aquí al lado y contadme qué es de vuestras vidas. Jamás podré agradeceros lo suficiente lo que habéis hecho por mí, de verdad. —Asintió pero, acto seguido, puso una cara muy seria—. Hoy en día se pasan la vida diciendo que todo el mundo va al infierno de cabeza, que el que no es pederasta es un ladrón, y eso no es verdad. Olvidamos que el mundo está lleno de gente corriente y decente como vosotros, buenos samaritanos que se paran y ayudan a un alma necesitada. ¡Veréis cuando mi familia os conozca! ¡Se van a poner como locos, os lo digo!

Volvió a recostarse sobre los almohadones, cansado del esfuerzo de hablar. Raymond acercó primero una silla de plástico para mí y luego otra para él.

—Entonces ¿cómo se encuentra, señor Thom? —le preguntó Raymond—. ¿Ha pasado buena noche?

—Tutéame, hijo, llámame Sammy... No hay por qué ser tan ceremonioso. Me encuentro muy bien, gracias. Dentro de poco estaré sano como una pera. Pero tu mujer y tú me habéis salvado la vida, y eso no tiene vuelta de hoja.

Noté que Raymond se removía en la silla y yo me adelanté en el sitio.

—Señor Thom... —Vi que el anciano arqueaba las cejas y las meneaba hacia mí de manera bastante desconcertante—. Sammy —dije corrigiéndome, a lo que el hombre asintió—. Me temo que he de aclarar un par de imprecisiones.

En primer lugar, no te salvamos la vida. El mérito es del servicio de ambulancias, cuyos técnicos, si bien con maneras algo bruscas, hicieron lo necesario para estabilizar tu estado mientras te traían aquí. El equipo médico del hospital, incluido el anestesista y el cirujano ortopédico que te intervino la cadera, junto con el resto de personal sanitario que te ha hecho el seguimiento durante tu recuperación postoperatoria... son ellos quienes te han salvado la vida, si es que es necesario poner nombres. Raymond y yo no hicimos más que requerir asistencia médica y hacerte compañía hasta que el Sistema Nacional de Salud se hizo cargo de ti.

—Pues nada, que Dios bendiga al SNS, desde luego —exclamó Raymond interrumpiendo con toda su mala educación. Le dediqué una de mis miradas severas.

—Por lo demás —proseguí—, he de aclarar a no más tardar que Raymond y yo solo somos compañeros de trabajo. No estamos casados el uno con el otro, nada más lejos.

Miré seriamente a Sammy para asegurarme de que no le quedaban dudas al respecto. Este miró a Raymond, que lo miró a su vez. Se produjo un silencio que me resultó ligeramente incómodo. Mi compañero se adelantó en su silla y le preguntó:

—Pero... dinos, ¿dónde vives? ¿Qué estabas haciendo el día del accidente?

Sammy le sonrió y respondió:

—Soy de ese barrio, hijo mío... Desde que nací. Siempre voy a hacer los recados los viernes. Es verdad que esa mañana me sentí algo extraño, pero pensé que era solo mi angina de pecho. ¡No esperaba acabar aquí!

Sacó un tofe de una bolsa grande que tenía en el regazo y nos ofreció. Raymond cogió uno y yo rechacé la oferta. La idea de un producto de confitería calentado por la temperatura de la entrepierna de Sammy (aunque bien enfundada en un pijama de franela y una manta) me provocaba repulsión.

Tanto Sammy como Raymond eran de masticar sonoramente. Mientras rumiaban, me miré las manos y vi que las tenía como en carne viva, casi quemada, pero me alegré de que el ungüento alcohólico hubiera eliminado los gérmenes y bacterias que acechaban en cada esquina del hospital. Y, teóricamente, en mí.

—¿Y vosotros qué... os pilla muy lejos el hospital? —preguntó Sammy—. Desde la casa de cada uno, me refiero —se apresuró a añadir mirándome a mí.

—Yo vivo en el South Side —explicó Raymond—, mientras que Eleanor vive más por el West End, ¿no es eso? —Asentí sin más, pues me negaba a revelar más datos sobre mi domicilio.

Sammy preguntó entonces por el trabajo y dejé que Raymond le contara, feliz de limitarme a observar. El anciano parecía bastante vulnerable, como acostumbra a pasarle a la gente que viste pijama en público, pero era más joven de lo que yo había pensado en un principio —no más de setenta, deduje—, con unos ojos de un azul especialmente intenso.

—No sé nada de diseño gráfico —comentó Sammy—, pero suena muy elegante. Yo he sido cartero toda mi vida. Pero lo dejé justo a tiempo; me apaño bien con la pensión, siempre que no se me vaya la mano. Eso ya ha cambiado... Me alegro de haberme quitado de en medio. Con la que está cayendo con el tema. En mis días, era un servicio público como Dios manda...

Raymond asintió.

—Es verdad. ¿Te acuerdas de cuando uno recibía el correo en casa antes de salir a trabajar y había hasta una entrega a la hora de comer? Ahora viene a media tarde, cuando viene...

Tengo que admitir que la cháchara de correos estaba resultándome, cuando menos, tediosa.

—¿Cuánto tiempo estarás aquí, Sammy? —tercié—. Te lo pregunto porque las infecciones postoperatorias son más frecuentes en pacientes con estancias más largas: gastroenteritis, *staphlylococcus aureus*, *clostridium difficile*...

Raymond volvió a interrumpirme.

—Sí, y seguro que la comida suena igual de asquerosa, ¿no es verdad, Sammy?

Este rio.

—No te equivocas, hijo. Tendrías que haber visto lo que nos han puesto hoy de comer. Se suponía que era estofado irlandés... pero parecía más bien Pedigree Chum. ¡Y olía igual!

Raymond sonrió.

—¿Quieres que te traigamos algo, Sammy? Podemos echar

un ojo por la tienda de abajo, o tal vez traerte cualquier cosa en algún momento de la semana, si te hace falta.

Raymond me miró como buscando mi confirmación, y asentí. No tenía razones para desdeñar la propuesta. Lo cierto era que daba una sensación agradable pensar que podía estar ayudando a una persona anciana que sufría de malnutrición. Empecé a pensar en qué podía llevarle, qué clase de comida no sufriría con el transporte. Me pregunté si le gustaría la pasta fría con pesto; cualquier noche podía hacer una ración de más y llevarle al día siguiente las sobras en un recipiente marca Tupperware. Yo no tenía fiambreras propias, pues hasta el momento no había tenido necesidad. Podía comprar una en unos grandes almacenes. Era el tipo de cosa que una mujer de mi edad y mi estatus social haría. ¡Qué emoción!

—Ay, hijo, es muy amable por tu parte —dijo Sammy, desinflando ligeramente mi sensación de tener un propósito en esta vida—, pero no hace falta, de verdad. Mi familia viene todos los días, dos veces. —Dijo esto último con orgullo manifiesto—. No me da tiempo ni a comerme la mitad de las cosas que me traen. ¡Son muy exagerados! Al final tengo que repartirlo casi todo —dijo señalando al resto de hombres de la sala con un arrogante arqueo de mano.

—¿A qué denominas familia? —le pregunté ligeramente sorprendida por la revelación—. Había asumido que eras soltero y no tenías hijos, como nosotros.

Raymond se removió incómodo en su asiento.

—Soy viudo, Eleanor. Jean murió hace cinco años… de cáncer. Se la llevó en un visto y no visto. —Hizo una pausa y se sentó más derecho—. Tengo dos hijos y una hija. El mayor, Keith, está casado y tiene dos hombrecitos, unos auténticos gamberretes —dijo arrugando los ojos—. El segundo es Gary. Gary y Michelle… que no están casados, pero viven juntos. Parece que hoy en día es la moda. Y Laura, la pequeña… que, bueno, a Laura no hay quien la entienda. Tiene treinta y cinco años y lleva ya dos divorcios, ¿os lo podéis creer? Ha montado su propio negocio y tiene una casa bonita, un coche… Pero parece incapaz de encontrar a un hombre decente. O cuando lo encuentra, no le dura.

Me pareció interesante lo que contaba.

—Yo le aconsejaría a tu hija que no se preocupara —le dije con confianza—. Por experiencias recientes, ahora sé que el hombre perfecto puede aparecer cuando menos te lo esperas. El destino lo pone en tu camino y la providencia se asegura de que terminéis juntos. —Raymond hizo un sonido extraño, a medio camino entre una tos y un estornudo.

Sammy me sonrió amablemente.

—¿Ah, sí? Bueno, puedes decírselo en persona, reina. No tardarán en llegar.

Mientras decía esto pasó una enfermera que, sin disimulo alguno escuchó lo que decía Sammy. Estaba gordísima y llevaba unos zuecos de plástico blanco bastante bonitos combinados con unos llamativos calcetines a rayas negras y amarillas: sus pies parecían unas enormes avispas cebadas. Tomé nota mental de preguntarle antes de irme dónde los había comprado.

—Tenemos un máximo de tres visitas por cama —dijo—, y hoy lo siento, pero debemos ser muy estrictos con la norma. —No parecía sentirlo mucho.

Raymond se puso en pie y dijo:

—Nosotros nos vamos y te dejamos con tu familia, Sammy.

Yo también me levanté, me pareció lo más adecuado.

—No hay prisa, hombre —dijo Sammy.

—¿Te parece oportuno que volvamos esta semana? —le pregunté—. ¿Hay alguna revista o semanario que te gustaría que te trajéramos?

—Eleanor, es lo que he dicho antes… Me habéis salvado la vida, y ahora sois de la familia. Venid a verme cuando queráis. Me encantará verte, reina.

Sammy tenía los ojos empañados, como un periscopio en medio del mar. Volví a tenderle la mano y, en vez de estrechármela, me la cogió con sus dos manos. Por lo general, me habría horrorizado pero me sorprendí: sus manos eran grandes y cálidas, como las patas de un animal, y sentí las mías pequeñas y frágiles dentro de las suyas. Tenía las uñas muy largas y curvadas, y del dorso de la mano le salían unos pelos grises rizados que le subían hasta por debajo de las mangas del pijama.

—Eleanor, óyeme —dijo mirándome a los ojos y agarrándome las manos con fuerza—: gracias otra vez, bonita. Gracias por cuidarme y por traerme la compra.

Me di cuenta de que no quería apartar las manos de su calor y su vigor. Raymond tosió, sin duda en una reacción de sus pulmones a la ausencia de carcinógenos en esa última media hora.

Tragué saliva, y de pronto sentí que me costaba hablar.

—Volveré entonces esta semana con comestibles —dije por fin—. Te lo prometo.

Sammy asintió.

—¡Hasta entonces, buen hombre! —dijo Raymond, poniendo su mano carnosa sobre el hombro de Sammy—. Nos vemos pronto.

Nos despidió con la mano mientras regresábamos hacia la puerta de la sala y siguió haciéndolo y sonriendo hasta que doblamos la esquina y nos dirigimos al ascensor.

Ninguno de los dos hablamos hasta que estuvimos fuera.

—Qué encanto de hombre, ¿verdad? —dijo Raymond, un poco innecesariamente.

Asentí, mientras intentaba seguir aferrada a la sensación de mis manos en las suyas, gustosa y segura, y la mirada bondadosa y cálida de sus ojos. Para mi total consternación, descubrí que se me estaban formando lágrimas nacientes en los ojos, y me volví para restregármelas antes de que se me derramaran. Raymond, normalmente el hombre menos observador del mundo, tuvo a bien fijarse.

—¿Qué vas a hacer el resto del día, Eleanor? —me preguntó amablemente.

Miré la hora: eran casi las cuatro.

—Supongo que volver a casa y leer un rato. Más tarde hay un programa en la radio donde la gente escribe para que le pongan fragmentos de cosas que quieren recordar de la semana. Suele ser entretenido, dentro de un orden.

También estaba contemplando la opción de comprar más vodka, una botella de las pequeñas, para redondear lo que me quedaba. Anhelé esa breve sensación aguda que me entra cuando bebo —un sentimiento triste y ardiente— y luego, dichosa yo, ningún sentimiento en absoluto. Además, había visto la fecha en el periódico de Sammy y había recordado que ese día era mi cumpleaños. Me acordé con fastidio de que había olvidado preguntarle a la enfermera donde se había comprado los calcetines de avispa, que podrían haber sido un buen autorregalo. Decidí que en su lugar me compraría unas frisias. Siempre me han encantado la suavidad de sus colores y el aroma tan delicado que tienen; irradian una especie de luminosidad sutil que me resulta mucho más hermosa que la de un estridente girasol o la típica rosa roja.

Raymond estaba mirándome.

—Yo voy ahora a casa de mi madre.

Asentí, me soné la nariz y me subí la cremallera de la cazadora para prepararme para la vuelta a casa.

—Oye… ¿te apetece venir conmigo? —me preguntó entonces, justo cuando doblaba ya hacia la verja.

«Bajo ningún concepto», fue mi pensamiento más inmediato.

—Voy casi todos los domingos —prosiguió—. Ella no sale mucho… seguro que le encantará ver una cara nueva.

—¿Incluso una como la mía?

No podía imaginar que nadie pudiera extraer placer alguno de ver mi cara, ni la primera ni la milésima vez. Raymond ignoró mi comentario y empezó a hurgarse en los bolsillos.

Consideré su sugerencia, mientras él se encendía otro cigarro. Siempre podía comprar vodka y un ramo de cumpleaños de vuelta a casa, pensé, y tal vez fuera interesante ver el interior de la casa de otra persona. Intenté pensar cuándo había sido la última vez. Hacía un par de años había estado en el vestíbulo de los vecinos de abajo, cuando les llevé un paquete que había guardado en su ausencia. La casa desprendía un fuerte olor a cebollas y había una lámpara de pie muy fea en una esquina. Unos años antes, una recepcionista de la empresa había dado una fiesta en su piso y había invitado a todas las mujeres del trabajo. Era un piso bonito, un bloque tradicional con vidrieras, caoba y cornisas muy historiadas. Con todo, la «fiesta» no había sido más que un pretexto, un ardid manifiesto para tener la oportunidad de vendernos juguetes sexuales. Fue un espectáculo muy poco edificante; diecisiete mujeres borrachas comparando la eficacia de una gama de vibradores alarmantemente grandes. Yo me fui a los diez minutos, después de tomarme un vaso de Pinot Grigio templado y de soslayar la impertinente pregunta sobre mi vida privada que me hizo una prima de la anfitriona.

Estoy familiarizada con el concepto de bacanal y de los placeres dionisiacos, desde luego, pero se me antoja extremadamente extraño que unas mujeres puedan querer pasar una noche juntas bebiendo y comprando esos artículos y que, para colmo, se considere «entretenimiento». La unión sexual entre amantes debería ser algo privado y sagrado, no un tema de discusión con desconocidas ante una muestra de lencería comestible. Cuando el músico y yo pasemos nuestra primera noche juntos, la fusión de nuestros cuerpos será un reflejo de la de nuestras mentes y almas. Su alteridad: la visión fugaz de vello en su axila, los retoños de hueso en su clavícula, el olor a sangre en el interior de su codo, la suavidad cálida de sus labios mientras me toma en sus brazos y…

—Ejem… ¿Eleanor? ¿Hola? Te decía que… tenemos que irnos ya si queremos coger el autobús, en el caso de que vengas a ver a mi madre…

Me arrastré a regañadientes hasta el ingrato presente y la figura achaparrada de Raymond, con su mugrienta sudadera con capucha y sus zapatillas de deporte sucias. Quizá su madre resultara una compañía inteligente y encantadora. Lo dudaba, dado el vástago que tenía delante, pero nunca se sabía.

—Sí, Raymond. Te acompaño a casa de tu madre.

10

*H*uelga decir que Raymond no tenía coche. Si tuviera que adivinar su edad, diría que mediaba la treintena, por mucho que tuviera un no sé qué adolescente, como si no estuviera del todo formado. Se debía en parte a la ropa que vestía. Todavía no lo había visto con un calzado normal de piel; llevaba siempre zapatillas, de las que parecía poseer una amplia gama de colores y estilos. Me he fijado en que, por lo general, la gente que usa ropa deportiva con más asiduidad es la que tiene menos probabilidad de participar en actividades atléticas.

El deporte es un misterio para mí. Cuando iba a la escuela, el Día del Deporte era el único del año en que los alumnos menos dotados en lo académico podían llegar a triunfar, ganando premios por ser los más veloces saltando en sacos o yendo del punto A al B más rápido que el resto de sus compañeros. ¡Cuánto les gustaba presumir de medalla en la chaqueta al día siguiente! Como si la de plata en una carrera de cuchara con huevo fuera una especie de compensación a no saber utilizar el apóstrofo.

En el instituto la educación física era directamente incomprensible. Teníamos que llevar ropas especiales y darle vueltas infinitas a un campo, a veces, pasándonos un tubo metálico de mano en mano. Cuando no corríamos, saltábamos sobre un montón de arena o por encima de una barra con patas. Había una forma especial de hacerlo; no podías correr y saltar sin más, antes tenías que hacer una especie de brinco. Yo preguntaba por qué, pero ninguno de los profesores de gimnasia (a la mayoría de los cuales le costaba hasta dar la hora, por lo que pude comprobar) fue capaz de ofrecerme una respuesta. Parecían actividades muy extrañas para imponer a unos jóvenes a quienes no les interesaban, y, de hecho, estoy segura de que solamente sirvieron para alienarnos de por vida de la actividad física. Por suerte, yo soy de naturaleza ágil y extremidades gráciles, y me gusta andar, de modo que siempre me he mantenido en una forma física razonable. Mamá siente una especial repugnancia por el sobrepeso («Haragán avaricioso», bufaba si nos cruzábamos con alguien andando como un pato por la calle), y quizá yo haya interiorizado hasta cierto punto esa visión.

Raymond no tenía sobrepeso, pero estaba fofo y algo panzudo. No se le veía ningún músculo, y sospechaba que solo utilizaba con cierta regularidad los de los antebrazos. Sus elecciones indumentarias tampoco favorecían su físico poco atractivo: vaqueros fondones, camisetas enormes con dibujos y eslóganes infantiles. Iba vestido más como un niño que como un hombre. También su aseo era descuidado, y solía ir sin afeitar, pero no tenía barba en sí, sino una pelusa parcheada que solo servía para darle aspecto desaliñado. Llevaba corto el pelo, de un rubio cenizo y sucio, y no le dispensaba el más mínimo cuidado, como mucho una pasada con una toalla mugrienta después de ducharse. La impresión general era la de un hombre que, sin ser exactamente un vagabundo, parecía haber dormido de mala manera en un albergue benéfico o en el suelo de un desconocido.

—Este es el nuestro, Eleanor —me dijo Raymond dándome un codazo muy grosero.

Yo tenía preparado mi abono pero él, como no podía ser de otra forma, no poseía uno, y parecía preferir pagar mucho más por no tomarse un momento para planear por adelantado. Resultó que ni siquiera tenía cambio, con lo que tuve que dejarle una libra. Me aseguraría de recuperarla en el trabajo al día siguiente.

El trayecto a casa de su madre nos llevó unos veinte minutos, que aproveché para explicarle los beneficios del abono de transportes, incluida la información sobre dónde comprarlo y cuántos viajes hacía falta hacer para que saliera rentable o, de hecho, a efectos prácticos, viajar gratis. No pareció especialmente interesado, y ni siquiera me dio las gracias cuando terminé. Era espectacular lo poco sofisticado que podía ser como conversador.

Atravesamos una pequeña urbanización de casitas cuadriculadas; había cuatro diseños distintos, intercalados en un patrón previsible. Todas tenían coches con pinta de nuevos en la entrada y rastros de niños —bicicletas con ruedines, un aro de baloncesto fijado a la pared del garaje—, pero ni se veía ni se oía a nadie. Todas las calles llevaban nombres de poetas —Wordsworth Lane, Shelley Close, Keats Rise—, sin duda una elección del departamento de marketing de la constructora. Eran literatos con los que podía identificarse el tipo de persona que aspiraba a vivir allí, bardos que escribían sobre urnas, flores y nubes errabundas. Si me basaba en mis experiencias pasadas, yo habría tenido más posibilidad de acabar en Dante Lane o Poe Crescent.

Aquel entorno no me era en absoluto ajeno, puesto que, durante mis años en acogida, había vivido en varias casas prácticamente iguales a aquellas, en calles prácticamente idénticas. Allí no había ni jubilados, ni amigos compartiendo casa ni nadie que viviera solo, salvo por algún que otro divorciado en transición. Los coches se alineaban ante las casas, dos por hogar, lo ideal. Las familias iban y venían, y daba todo impresión de provisionalidad, como un escenario de teatro que hubiesen montado a toda prisa y pudiese cambiar en cualquier momento. Me encogí de hombros, como para apartar los recuerdos.

La madre de Raymond vivía en una bonita calle de casas adosadas tras la urbanización nueva, una hilera de casitas revestidas de mortero con gravilla. Eran viviendas sociales; las calles llevaban el nombre de políticos locales desconocidos. Los que habían adquirido las casas habían puesto puertas de PVC de doble acristalamiento o añadido pequeños porches. La casa familiar de mi compañero de trabajo no había sufrido reforma alguna.

Raymond hizo caso omiso de la puerta frontal y rodeó la casa. En el jardín trasero había un cobertizo con una ventana con mosquitera y un cuadrado de césped demarcado por tendederos. La colada aleteaba en la cuerda, tendida con precisión militar, una fila de toallas y sábanas blancas lisas, seguida de otra de lencería alarmantemente dada de sí. Había un pequeño huerto, con unos ruibarbos de frondosidad tropical e hileras de zanahorias, puerros y coles. Admiré la simetría y la precisión con la que estaba todo dispuesto.

Mi compañero entró por la puerta trasera sin llamar y gritó un hola cuando estaba ya en la cocina. Olía ricamente a sopa, sabrosa y caliente, un aroma que probablemente emanaba de la gran olla que había sobre la hornilla. El suelo y todas las superficies estaban impecables y despejadas, y tuve la certidumbre de que, si abría algún cajón o armario, todo el interior estaría inmaculado y perfectamente ordenado. La decoración era sencilla y funcional, si bien había algunos destellos kitsch: un calendario grande con una fotografía muy hortera de dos gatitos en una cesta y, en el pomo de la puerta, un tubo de tela con forma de muñeca antigua, para guardar bolsas de plástico. En el escurridor solo había una taza, un vaso y un plato.

Entramos en un pasillo minúsculo y seguí a Raymond hasta el salón, que estaba también impecable y olía a cera de muebles. En la repisa de la ventana había un jarrón con crisantemos y un revoltijo sin clasificar de fotografías enmarcadas y objetos de decoración, protegidos tras las puertas ahumadas de un aparador *demodé* como si fueran reliquias sagradas. Una anciana en un sillón alargó la mano para coger el mando y silenciar un televisor enorme, donde se veía ese programa en que la gente se dedica a llevar cosas viejas para que se las tasen, por si resulta que valen algo, mientras fingen que les tienen demasiado cariño para venderlas. Había tres gatos acomodados en un sofá; dos se nos quedaron mirando mientras el tercero se limitó a abrir un ojo y a volver a dormitar, una vez nos juzgó indignos de siquiera un saludo.

—¡Raymond, hijo! Pasa, pasa —dijo la anciana señalando el sofá e inclinándose en su asiento para ahuyentar a los animales.

—He venido con una amiga del trabajo, mamá, espero que no te importe —le contó, y se adelantó para besarla en la mejilla.

Yo di un paso al frente y le tendí la mano.

—Eleanor Oliphant, encantada de conocerla.

Me cogió la mano y la apretó entre las suyas, como había hecho Sammy.

—Igualmente, reina. Siempre es una alegría conocer a amigos de Raymond. Sentaos, anda. Seguro que os apetece una taza de té. ¿Con qué lo tomas? —Hizo ademán de levantarse y vi entonces el andador con ruedas junto a la silla.

—No te muevas, mamá. Ya voy yo —dijo Raymond—. ¿Queremos todos una tacita?

—Qué detalle, hijo. También hay galletas… Wagon Wheels… tus favoritas.

Mientras él iba a la cocina, yo me senté en el sofá, a la derecha de su madre.

—Mi Raymond es muy buen chico —dijo orgullosa. Yo no supe qué debía responder y opté por un breve gesto de asentimiento—. Así que trabajáis juntos… ¿Tú también arreglas ordenadores? Santo Dios, hoy en día las chicas pueden hacer cualquier cosa, ¿verdad?

Ella estaba tan limpia y acicalada como su casa, con la blusa abrochada hasta el cuello y adornada con un broche de perlas. Llevaba unas pantuflas de terciopelo en color tinto, rematadas con borreguito, que parecían muy gustosas. Supuse que rondaba los setenta y pico, y al darle la mano me había fijado en que tenía los nudillos del tamaño de grosellas espinosas.

—Yo trabajo en contabilidad, señora Gibbons.

Le conté un poco más sobre mi trabajo, y pareció fascinada, asintiendo todo el rato y diciendo en ocasiones «No me digas» o «Vaya, vaya, qué interesante». Cuando terminé mi monólogo, una vez agotadas las oportunidades conversacionales ya de por sí limitadas que me proporcionaba el mundo de las cuentas por cobrar, sonrió y me preguntó con delicadeza:

—¿Eres de aquí, Eleanor?

Por lo general me horroriza que me interroguen de esta manera pero, viendo que su interés era genuino y no tenía malicia, le dije dónde vivía, aunque fui deliberadamente imprecisa sobre la ubicación concreta: no se debe revelar las señas exactas a los desconocidos.

—Pero ¿no tienes acento de aquí? —dijo enmarcando la frase en otra pregunta.

—Pasé la infancia más al sur, pero me mudé a Escocia con diez años.

—Ah, eso lo explica todo.

Aquello pareció contentarla. Me he dado cuenta de que la mayoría de los escoceses no indagan después del «más al sur», y no puedo por más que entender que esta descripción engloba una especie de Inglaterralandia genérica, carreras de botes y bombines, como si Liverpool y Cornualles fueran lo mismo y estuviesen habitadas por la misma gente. Por el contrario, siempre afirman con rotundidad que cada rincón de su país es único y especial. No tengo claro por qué.

Raymond regresó con una bandeja de colores chillones con las cosas del té y un paquete de Wagon Wheels.

—¡Hijo! —exclamó la madre—. Podrías haber puesto la leche en una jarrita, por el amor de Dios. ¡Que tenemos visita!

—Es solo Eleanor, mamá —dijo y luego, mirándome, añadió—: No te importa, ¿verdad?

—En absoluto. Yo en casa siempre utilizo el cartón. No es más que un recipiente del que verter el líquido en la taza; de hecho, seguro que es incluso más higiénico que utilizar una jarra sin tapa.

Alargué la mano para coger una Wagon Wheel. Raymond ya estaba masticando otra. Madre e hijo se pusieron a hablar sobre asuntos insustanciales y yo me acomodé en el sofá. Como no tenían voces especialmente estridentes, me quedé escuchando el reloj de sobremesa que había sobre la repisa de la chimenea y que sonaba con fuerza. La habitación estaba algo caldeada, pero dentro de un calor asfixiante soportable. Uno de los gatos, el que estaba echado sobre un costado delante de la chimenea, se estiró con un escalofrío cuan largo era y volvió a dormirse. Al lado del reloj había una fotografía con los colores ajados por los años. Un hombre, que no podía ser sino el padre de Raymond, sonreía ampliamente a la cámara con una copa de champán en la mano, en medio de un brindis.

—Ese es mi marido —dijo la anciana siguiendo mi mi-

rada. Sonrió—. Es del día que nuestro Raymond aprobó los
exámenes de acceso a la universidad. —Miró a su hijo con orgullo manifiesto—. Fue el primero de la familia en ir a la facultad. Su padre estaba más contento que unas pascuas. Ojalá
hubiese podido estar cuando celebramos su licenciatura. Qué
día, ¿eh, Raymond?

Este sonrió y asintió.

—Sufrió un infarto poco después de que yo entrara en la
facultad —me explicó.

—No llegó a disfrutar de la jubilación —intervino la madre—. Es algo que pasa muy a menudo.

—¿A qué se dedicaba? —pregunté, no porque me interes-
sara sino porque me pareció lo adecuado.

—Técnico del gas —respondió Raymond.

Su madre corroboró con la cabeza y añadió:

—Trabajó duro toda su vida y nunca nos faltó de nada,
¿verdad, Raymond? Nos íbamos de vacaciones todos los años
y teníamos un coche muy aparente. Por lo menos llegó a ver
casada a Denise… Algo es algo.

Debí de poner cara de perplejidad.

—Mi hermana —explicó Raymond.

—Ay, de verdad, Raymond. Demasiado ocupado hablando
de fútbol y de ordenadores, claro, ¿por qué iba ella a querer
saber eso? Hombres, ¿verdad, Eleanor? —Sacudió la cabeza
mirándome y sonriendo.

Era todo muy desconcertante. ¿Cómo podía uno olvidarse
de que tiene una hermana? Supuse que no la había olvidado,
simplemente la había dado por sentado, como un dato de su
vida que nada cambiaba, que no merecía la pena destacar o siquiera mencionar. A mí me resultaba imposible imaginár-
melo, con lo sola que estaba. En el mundo de los Oliphant
solo existíamos mamá y yo.

La mujer seguía hablando.

—Denise tenía ya once años cuando llegó Raymond…
Una sorpresita, y una bendición, eso es lo que fue.

Lo miró con tanto amor que tuve que volver la vista. «Al
menos sé reconocer el amor cuando lo veo —me dije—. Algo
es algo: a mí nadie me ha mirado nunca así pero, si llega el
día, me percataré.»

—Anda, hijo, saca el álbum. Voy a enseñarle a Eleanor las fotografías de las primeras vacaciones en Alicante, el verano de antes de que entraras en el colegio. Se quedó atrapado en unas puertas giratorias del aeropuerto —dijo en voz baja, inclinándose hacia mí en confidencia.

Tuve que reírme en voz alta al ver el pavor que se le dibujaba en la cara a Raymond.

—Mamá, no creo que Eleanor quiera aburrirse como una ostra viendo fotos antiguas —dijo sonrojándose de una manera que supongo que algunos podían considerar encantadora.

Pensé por un momento en insistir en que me encantaría verlas, pero Raymond parecía estar pasándolo tan mal que no fui capaz. Muy oportunamente, mi barriga dio entonces un sonoro rugido. Solo había comido la galleta desde el almuerzo, un ágape de aritos de pasta de lata sobre pan de molde. La anciana tosió educadamente.

—Te quedarás para la cena, ¿no, Eleanor? No es nada del otro mundo, pero eres bienvenida.

Miré la hora. No eran más que las cinco y media, una hora rara para cenar, pero tenía hambre y todavía tenía tiempo de pasar por el Tesco de vuelta a casa.

—Me encantaría, señora Gibbons.

Nos sentamos en torno a la mesita de la cocina. La sopa estaba deliciosa; nos contó que había hecho el caldo con codillo de cerdo y luego había picado la carne en la sopa, que tenía además un montón de verduras del huerto. Había pan con mantequilla y queso y luego tomamos una taza de té y tarta de nata. Durante toda la comida, la señora Gibbons nos hizo reír con anécdotas sobre distintas excentricidades y enfermedades de sus vecinos, además de ponernos al día sobre las actividades del resto de familiares, que, a juzgar por su expresión, importaron tan poco a Raymond como a mí. Él pinchaba a su madre a menudo, pero con cariño, y ella respondía fingiendo fastidio, dándole palmaditas en el brazo o reprendiéndolo por sus modales. Sentí una calidez reconfortante y plena como no recordaba haber experimentado nunca.

La madre de Raymond se levantó como pudo y se apoyó en el andador. Tenía una artritis galopante en las rodillas y las caderas, me contó Raymond mientras ella subía a trompicones las escaleras hasta el baño. La casa no estaba muy acondicionada para alguien con movilidad reducida, me dijo, pero su madre se negaba a mudarse porque había vivido allí toda su vida adulta y era donde había criado a su familia.

—Bueno —dijo la señora Gibbons al bajar—, yo voy a lavar estos platitos, que no es nada, y luego nos ponemos cómodos y vemos un poco la televisión.

Raymond se levantó como un resorte.

—Siéntate tú, mamá, ya lo hago yo… Esto es un minuto. Eleanor me ayuda, ¿verdad?

Me levanté y empecé a recoger los platos. La mujer protestó con vehemencia, pero acabó cediendo y sentándose en su silla, lenta y torpemente, con un leve suspiro de dolor.

Raymond lavó y yo sequé. Me lo sugirió él: parecía haberse fijado en la piel levantada y enrojecida de mis manos, aunque no puso el grito en el cielo; se limitó a apartarme del fregadero con un codazo y lanzar a mis dedos heridos un trapo de cocina, uno bastante gracioso de un perrito faldero con una pajarita de tela escocesa.

El trapo estaba suave y esponjoso, como si lo hubieran lavado muchas veces y lo hubieran planchado cuidadosamente hasta dejarlo en un cuadrado bien prensado. Ojeé los platos antes de apilarlos sobre la mesa para que Raymond los guardara en su sitio. La loza era antigua pero buena, decorada con rosas abullonadas y un ribete dorado algo desvaído. La señora Gibbons vio que los miraba. Desde luego, la mujer no tenía nada mermadas las dotes de observación.

—Esa es la vajilla de mi ajuar, Eleanor —me dijo—. Imagínate… ¡Sigue resistiendo con casi más de cincuenta años!

—¿La vajilla o tú? —preguntó Raymond, a lo que la mujer chasqueó la lengua, sacudió la cabeza y sonrió.

Siguió un silencio reconfortante mientras completábamos nuestras respectivas tareas.

—Y dime, Eleanor, ¿tienes novio?

Qué tedio.

—De momento no, pero le tengo echado el ojo a alguien. Es solo cuestión de tiempo.

En el fregadero hubo un pequeño estrépito cuando Raymond dejó el cucharón sobre la bandeja del escurridor.

—Raymond, ¡manos de trapo! —le dijo su madre.

Por supuesto, no había dejado de seguirle la pista al músico por internet, pero había estado muy callado en el mundo virtual. Un par de fotos en Instagram de cosas que había comido, unos cuantos tweets y actualizaciones de poca enjundia en Facebook sobre música de otra gente. No me importaba. Solo había que esperar el momento oportuno. Si algo sabía sobre romances, era que el momento perfecto para conocernos y enamorarnos llegaría cuando menos lo esperase, cuando se dieran un cúmulo de circunstancias perfectas. Dicho esto, si no ocurría pronto, tendría que tomar la iniciativa en determinadas cuestiones.

—¿Y qué me dices de tu familia, viven cerca? ¿Algún hermano o hermana?

—No, me temo que no. Me habría encantado criarme con hermanos. —Lo consideré por un momento—. De hecho, es una de las cosas que más tristeza me ha traído en esta vida —me oí decir.

Jamás había expresado en voz alta una frase así y, de hecho, el pensamiento en sí no se había materializado hasta ese preciso instante. Me sorprendí a mí misma. «¿Y quién tiene la culpa, eh?», una voz que me susurraba al oído, fría y afilada. Enfadada. Mamá. Cerré los ojos para intentar librarme de ella.

La señora Gibbons pareció notar mi malestar.

—Ah, pero seguro que eso significa que tienes una relación muy íntima con tus padres, ¿no? Seguro que, siendo hija única, te tienen en un altar.

Me miré los zapatos. ¿Por qué los había comprado? No lo recordaba. Se cerraban con velcro, fácil de usar, y negros, que va con todo. Planos, por comodidad, y cubrían el tobillo para una mayor sujeción. Eran, comprendí entonces, horrendos.

—Mamá, no seas tan preguntona —le dijo Raymond secándose las manos en el paño—. ¡Eres peor que la Gestapo!

Pensé que se disgustaría pero fue peor aún: empezó a disculparse.

—Ay, Eleanor, perdona, bonita. No quería molestarte. Por favor, reina, no llores. Lo siento mucho.

Estaba llorando. ¡A lágrima viva! Llevaba años sin llorar

de esa forma tan extravagante. Intenté recordar cuándo había sido la última vez… el día que Declan y yo cortamos. Pero ni siquiera entonces fueron lágrimas de emoción: lloraba de dolor porque, cuando por fin le pedí que se fuera de casa, me rompió un brazo y dos costillas. No, eso no podía ser, llorar a moco tendido en la cocina de la madre de un compañero de trabajo. ¿Qué pensaría mamá? Me recompuse.

—Por favor, señora Gibbons, no se disculpe —dije, con una voz que me salió ronca y se quebró luego como la de un adolescente mientras intentaba calmar la respiración y me enjugaba los ojos con el paño de cocina.

La mujer estaba retorciéndose literalmente las manos y parecía también a punto de llorar. Raymond le había pasado el brazo por encima.

—No te preocupes, mamá. No lo has hecho a mal, y ella lo sabe… ¿verdad, Eleanor?

—¡Por supuesto! —dije y, en un impulso, me acerqué y la cogí de la mano—. Su pregunta ha sido tan razonable como apropiada. Mientras que mi respuesta, en cambio, ha estado fuera de lugar. Me veo incapaz de explicarlo. Por favor, acepte mis disculpas si le he hecho sentirse mal.

Parecía aliviada.

—Gracias a Dios, reina. ¡No esperaba hoy llantos en mi cocina!

—Ya, normalmente es tu comida la que me hace llorar a mí, ma —dijo Raymond, y la mujer rio quedamente.

Me aclaré la garganta y seguí:

—Su pregunta me ha cogido desprevenida, señora Gibbons. No conocí a mi padre, y no sé nada sobre él, ni siquiera su nombre. Mamá ahora mismo está… digamos simplemente que está *hors de combat*. —Me respondieron con miradas inexpresivas: era evidente que no me encontraba entre francoparlantes—. No la veo nunca, está… inaccesible —expliqué—. Nos comunicamos una vez a la semana pero…

—Es normal… eso pondría triste a cualquiera, bonita, es normal —dijo asintiendo compasiva—. Todo el mundo necesita a su madre de vez en cuando, da igual la edad que se tenga.

—Al contrario, si acaso el contacto semanal es demasiado para mí. Mamá y yo… tenemos… Bueno, es complicado…

La señora Gibbons asintió, comprensiva, y esperó a que prosiguiera. Yo, sin embargo, sé cuándo tengo que parar. Por la calle pasó entonces una furgoneta de helados con el *Yankee Doodle* por los altavoces, a unos dolorosos hercios por debajo de las notas correctas. Rememoré la letra y me vino la imagen de unos gorros con plumas y macarrones, todo salido de alguna inútil cámara acorazada de los recuerdos.

Raymond dio una palmada con fingida cordialidad.

—Bueno, se nos va el tiempo. Mamá, ve a sentarte… Está a punto de empezar tu programa. Eleanor, ¿podrías ayudarme a recoger la ropa?

Me alegré de poder ser de utilidad y dejar así atrás la conversación sobre mamá. Había varias tareas para las que la señora Gibbons necesitaba asistencia: Raymond escogió cambiar los areneros de los gatos y vaciar la basura; sin duda yo había sacado el palito más grande, porque me tocó recoger la ropa.

Fuera, el sol del atardecer era débil y pálido. Una hilera de jardines se extendía a derecha e izquierda. Dejé el cesto de la ropa en el suelo y cogí la bolsa de las pinzas (en la que alguien, en una cursiva rizada, había bordado muy convenientemente PINZAS) y la colgué en el cordel. La ropa estaba seca y olía a verano. Oí los golpeteos sincopados de un balón de fútbol contra una pared, y niñas que cantaban al ritmo de una comba que azotaba el suelo. Los tintineos distantes de la furgoneta de los helados eran ya casi inaudibles. Se oyó un portazo en un jardín trasero y una voz masculina que gritaba una furiosa reprimenda a —esperaba— un perro. Sonó el canto de un pájaro, en contrapunto al ruido de un televisor que se filtraba al exterior por una ventana abierta. Todo parecía seguro, todo parecía normal. Qué distinta había sido la vida de Raymond de la mía: una familia decente, con su madre, su padre, su hermana, anidados entre otras familias decentes. Y qué distinta seguía siendo; los domingos, aquello, todo eso.

Cuando volvimos al interior, ayudé a Raymond a cambiar las sábanas de su madre por las que había recogido yo del tendedero. El dormitorio era todo rosa y olía a polvos de talco. Estaba limpio y no tenía ningún rasgo personal, aunque imagino que no con la parquedad de una habitación de hotel, sino más como una casa de huéspedes. Salvo por un grueso libro de bolsillo y un paquete de caramelos extrafuertes de menta en la mesita de noche, no había nada íntimo en el cuarto, ningún guiño a la personalidad de la dueña. Me asombró pensar que en realidad no tenía personalidad propia, pero en el mejor de los sentidos; era una madre, una mujer amable y cariñosa sobre la que nadie diría nunca «¡Betty estaba loca perdida!», ni «¡Adivina lo que ha hecho esta vez Betty!» ni «Tras evaluar los informes psiquiátricos, a Betty se le deniega la libertad condicional por suponer un gran riesgo para todos los ciudadanos». Era ni más ni menos que una agradable señora que había criado una familia y vivía ahora tranquila con sus gatos y su huerto. Era todo y nada a la vez.

—¿Tu hermana te ayuda con tu madre, Raymond? —le pregunté.

Lo vi forcejeando con el edredón nórdico y se lo quité de las manos. Esas cosas requieren cierta maña, y Raymond no era precisamente mañoso. Se dedicó entonces a cambiar la funda de las almohadas (de flores, con volantes).

—Qué va —dijo concentrado—. Tiene dos críos y le dan bastante guerra. Mark trabaja fuera y mi hermana pasa semanas ejerciendo de madre soltera. No es fácil. Ella dice que cuando los niños vayan al colegio será mejor.

—Ah. Y entonces ¿te… te gusta ser tío? —El tío Raymond, un modelo un tanto inverosímil.

Se encogió de hombros.

—Sí, me lo paso muy bien. Tampoco es para tanto, si te soy sincero. Les doy un dinerito por Navidades y por sus cumpleaños y los llevo al parque un par de veces al mes. Eso es todo. —Yo, por supuesto, nunca sería tía, aunque supongo que mejor así—. Esta vez te has escapado de las fotos con mi madre. La próxima vez te aburrirá a más no poder con los nietos, ya verás.

Pensé que estaba asumiendo demasiadas cosas, pero lo dejé estar. Miré la hora y me sorprendió ver que eran las ocho pasadas.

—Tengo que irme, Raymond.

—Si quieres esperarte una hora o así, ya habré terminado y podremos volver juntos en el autobús.

Naturalmente, rechacé la idea.

Bajé y le di las gracias a la señora Gibbons por la cena. Ella a su vez me agradeció profusamente haberla visitado y haberla ayudado con las tareas domésticas.

—Eleanor, ha sido una tarde muy agradable, de verdad. Llevo meses sin ir más allá del jardín, con estas rodillas que tengo, así que siempre es un placer ver una cara nueva, y además una tan simpática. Y me has ayudado mucho con la casa. Gracias, reina, muchas gracias.

Le sonreí. ¡Recibir tantos agradecimientos y tanta estima dos veces en un día! Nunca habría sospechado que unas pequeñas obras desinteresadas pudieran suscitar respuestas tan generosas y auténticas. Sentí un pequeño resplandor por dentro, pero no una llama, sino más bien una velita estable.

—Vuelve cuando quieras, Eleanor… Yo estoy aquí siempre. No tienes que venir con… —lanzó un dedo hacia Raymond— él, ven tú sola, si quieres. Ya sabes dónde estoy. No te pierdas de vista.

En un impulso me adelanté y rocé mi mejilla (la de las cicatrices no, la otra) con la suya. No fue ni un beso ni un abrazo, pero fue lo más parecido que me salió.

—¡Hasta luego! ¡Que llegues bien a casa!

Raymond me acompañó hasta el final de la calle para enseñarme dónde estaba la parada. Me dijo que seguramente tendría que esperar porque era domingo. Yo me encogí de hombros: estoy acostumbrada a esperar, y la vida me ha enseñado a ser muy paciente.

—Hasta mañana entonces, Eleanor.

Yo saqué mi abono y se lo enseñé.

—¡Pasajes ilimitados! —le dije.

Él asintió y esbozó una sonrisilla, y por arte de magia llegó el autobús. Levanté la mano y me subí. Me quedé mirando hacia delante mientras el autobús arrancaba, para evitar las incomodidades de los saludos.

Había sido un día muy completo. Me sentía agotada pero algo había cristalizado en mi cabeza. Esa gente nueva, las nuevas aventuras… el contacto. Me resultaba abrumador, pero me sorprendió constatar que no era una sensación desagradable, y lo había llevado sorprendentemente bien, pensé. Había conocido a gente nueva, me había presentado, y habíamos compartido un tiempo de socialización sin conflictos. Si podía sacar alguna conclusión de la experiencia de ese día era esa: estaba casi preparada para declararle mis intenciones al músico. La hora de nuestro primer encuentro capital estaba cada vez más cerca.

11

No vi a Raymond ni el lunes ni el martes. No pensé en él, pero mi mente sí que volvía a menudo a Sammy y a la señora Gibbons. Por supuesto, podía ir a visitarlos sin él. De hecho, el domingo ambos me habían insistido al respecto. Pero ¿no sería mejor ir acompañada? Algo me decía que sí, y no en menor medida porque, si se daba el caso, él siempre sabía rellenar los silencios con comentarios y preguntas banales e inútiles. Entretanto, me había personado en el emporio de telefonía móvil con el cartel menos vistoso del barrio donde trabajaba y, siguiendo el consejo harto sospechoso de un dependiente aburrido, había acabado comprando un aparato a un precio razonable y un «pack» que me permitía hacer llamadas, acceder a internet y hacer otras muchas cosas, la mayoría de las cuales no me interesaban. Mencionó algo de aplicaciones y juegos; le pregunté por crucigramas, pero su respuesta fue cuando menos decepcionante. Estaba familiarizándome con el manual de mi nuevo dispositivo, en lugar de completar los detalles del IVA de la factura del señor Leonard, cuando, sin yo desearlo en modo alguno, capté la conversación que tenía lugar a mi alrededor por culpa de su volumen excesivo. Hablaban sobre la comida anual de Navidad, como si no hubiera cosas más interesantes de las que hablar.

—Sí, pero hay actuaciones y cosas allí mismo. Y van también otros grupos grandes, así podemos conocer gente, reírnos un rato —estaba diciendo Bernadette.

¡Actuaciones! Me pregunté si eso implicaría un grupo de música y, en tal caso, si sería el de él. ¿Un milagro de Navi-

dad antes de tiempo? ¿Era de nuevo el destino interce-
diendo? Antes de poder preguntar más detalles, Billy irrum-
pió en la conversación.

—Tú lo que quieres es montártelo debajo del muérdago
con algún borracho de Alfombras S. A. Yo no pienso pagar sesenta libras por cabeza por comer pavo asado seco y aguantar
una tarde de música hortera. Y menos para que tú puedas buscar ganado.

Bernadette graznó y le dio una palmada en el brazo.

—No, no es eso. Solo digo que podía ser más divertido si
fuéramos más, ya está…

Janey miró a los demás con cara maliciosa, creyendo que yo
no me daba cuenta. Vi que me miraba de reojo las cicatrices,
como tienen por costumbre.

—Vamos a preguntarle a Harry Potter —dijo, no precisamente en voz baja, y todos se volvieron hacia mí.

—¡Eleanor! Oye, Eleanor. Tú que eres mujer de mundo,
¿qué dices tú? ¿Dónde podemos ir este año para la comida de
Navidad?

Miré fijamente el calendario de pared de la oficina que, ese
mes, mostraba una fotografía de un camión articulado verde.

—Estamos a mitad de verano. La verdad es que no le he dedicado muchos pensamientos.

—Ya, pero tenemos que reservar cuanto antes, si no, luego
estarán pillados los mejores sitios y tendremos que quedarnos
con el Wetherspoon o cualquier italiano cutre.

—Es un asunto que me provoca suma indiferencia. De todas formas, no tengo intención de ir. —Me froté la piel aperga-
minada de entre los dedos: se me iba curando pero estaba
siendo un proceso dolorosamente lento.

—Ah, es verdad, si tú nunca vienes. Se me había olvidado.
Y tampoco haces el amigo invisible. Tendríamos que llamarte
el fantasma gruñón de las navidades pasadas. —Todos rieron.

—No capto la referencia cultural —dije—. Sin embargo,
para que quede claro, soy atea y no comulgo con el consu-
mismo, de modo que el festival de las compras de mediados de
invierno, también conocido como Navidades, no me suscita interés alguno.

Volví al trabajo, con la esperanza de inspirarles para que hicieran lo mismo. Son como niños pequeños, se distraen con cualquier cosa y parecen felices de pasarse horas discutiendo de trivialidades y cotilleando sobre gente que no conocen.

—Parece que alguien tuvo una mala experiencia en la cabaña de Papá Noel hace años —dijo Billy, pero, por suerte, en ese momento sonó el teléfono.

Yo sonreí tristemente: él no podía ni imaginar qué clase de malas experiencias había tenido yo hacía años.

Era una llamada interna: Raymond, preguntando si quería acompañarlo esa tarde a visitar a Sammy. Era miércoles. Me perdería la charla semanal con mamá. Sería la primera vez en todos esos años. Pero ¿qué podía ella hacer al respecto? Tampoco podía ser tan horrible saltársela una vez, y Sammy estaba necesitado de comida nutritiva. Le dije que sí.

Habíamos quedado a las cinco y media y yo había insistido en encontrarnos a las puertas de la oficina de correos, por miedo a la reacción de mis compañeros de trabajo si nos veían salir juntos. Era una tarde fresca y agradable y decidimos ir andando al hospital, a solo veinte minutos a pie. Sin duda a Raymond no le vendría mal el ejercicio.

—¿Cómo ha ido el día? —me preguntó, fumando mientras caminábamos.

Me cambié de lado, en sentido contrario a las toxinas nocivas.

—Bien, gracias. He comido un bocadillo de queso con pepinillos, patatas fritas con sal y un batido de mango. —Soltó el humo por una comisura y rio.

—¿No ha pasado nada más? ¿Solo el bocadillo?

Medité.

—Hubo una discusión que se dilató en el tiempo sobre locales para comer en Navidad. Al parecer, la cosa ha quedado entre el TGI Fridays, donde se puede «reír un rato». —En ese punto, probé un pequeño movimiento de dedos para indicar unas comillas, algo que le había visto hacer a Janey y que había guardado para un uso futuro; creo que lo ejecuté con solvencia—. O el bufé de Navidad del Bombay Bistró.

—Claro, porque no hay nada más navideño que un *biryani* de cordero.

Apagó el cigarro y lo tiró en la acera. Llegamos al hospital y esperamos a que Raymond, con su habitual desorganización, fuera a la tienda de la planta baja. ¿Qué excusa tenía para esa falta de previsión? A mí me había dado tiempo de ir a Marks & Spencer antes de quedar con él y de adquirir unos cuantos artículos de calidad, entre ellos un bote de pipas de calabaza, pues sospechaba que Sammy estaría seriamente necesitado de zinc. Raymond salió de la tienda balanceando una bolsa de plástico. Una vez en el ascensor, la abrió y me enseñó lo que había comprado.

—Una bolsita de Haribo, el *Evening Times*, y una lata grande de Pringles de crema agria y cebollino. ¿Qué más puede necesitar un hombre? —dijo, con cara de estar bastante orgulloso de sí mismo.

Ni me molesté en responder.

Nos detuvimos a la entrada de la sala comunal; la cama de Sammy estaba rodeada de visitas. Pero él nos vio y nos hizo una seña para que nos acercáramos. Yo miré alrededor pero no había ni rastro de la enfermera adusta con los calcetines a rayas. Sammy estaba reclinado con gesto regio sobre una montaña de almohadones, hablando a la multitud congregada.

—¡Eleanor, Raymond! ¡Me alegro de veros! ¡Venid a conocer a mi familia! Este es Keith, los pequeños están en casa con su madre, estos son Gary y Michelle y esta... —señaló a una mujer rubia que estaba escribiendo en su móvil con una concentración alucinante— es mi hija Laura.

Todos nos sonrieron y nos saludaron y, al momento, estaban estrechándonos la mano y dándole palmaditas en la espalda a Raymond. Fue muy abrumador. Yo me había puesto mis guantes de algodón blanco —los prefería al gel de manos—, y pensé que ya me los lavaría luego en casa con agua hirviendo. La prenda causó cierta vacilación en los apretones de mano, cosa extraña porque una barrera de algodón entre nuestras respectivas pieles solo podía ser positiva, ¿no?

—Gracias por ayudar a nuestro padre —dijo el mayor, Keith, restregándose las manos en las perneras de los pantalones—. Es muy importante para nosotros saber que no estuvo solo cuando pasó, que hubo gente mirando por él.

—Oye —dijo Sammy dándole un codazo—, que no soy ningún viejo inválido y decrépito. Todavía me valgo por mí mismo.

Padre e hijo se sonrieron.

—Ya lo sé, papá. Solo digo que a veces es bueno tener cerca una cara amiga.

Sammy se encogió de hombros, sin querer dar su brazo a torcer pero dejándolo pasar con magnanimidad.

—Tengo buenas noticias para vosotros, chicos —nos dijo inclinándose sobre los almohadones mientras Raymond y yo depositábamos nuestras bolsas como incienso y mirra a los pies de su cama—. ¡Me dan el alta el sábado!

Raymond chocó los cinco con él, tras cierta incomodidad inicial porque Sammy no había comprendido para qué le ponían una mano rechoncha delante de la cara.

—Vendrá a quedarse en mi casa un par de semanas, hasta que coja confianza con el andador —comentó Laura, que por fin levantó la vista del móvil—. Vamos a dar una fiestecita para celebrarlo y, por supuesto, estáis los dos invitados —añadió sin mostrar mucha efusividad.

Se quedó mirándome fijamente. No me importó, de hecho lo prefiero a las miradas de reojo subrepticias y a hurtadillas: ella me dedicó un examen completo y directo, lleno de fascinación, pero sin muestras de miedo o asco. Me aparté el pelo de la cara para que tuviera una mejor vista.

—¿Este sábado? —pregunté.

—Vamos, Eleanor, no me digas que tienes planes —dijo Sammy—. No quiero excusas. Tenéis que venir los dos y no hay más que hablar.

—¿Quiénes somos nosotros para discutir nada? —dijo Raymond sonriendo.

Yo me quedé pensativa. Una fiesta. La última a la que había ido —aparte de aquel atroz convite de boda— fue por el decimotercer cumpleaños de Judy Jackson. Hubo patinaje sobre hielo y batidos, pero la cosa no acabó bien. De todas formas, en la celebración de vuelta a casa de un anciano inválido no era probable que nadie vomitara o perdiera un dedo, ¿no?

—Asistiré con gusto —dije inclinando la cabeza.

—Tened mi tarjeta —dijo Laura, dándonos una a cada uno.

Era negra y reluciente, repujada en pan de oro y decía: «Laura Marston-Smith, Técnica en Estética, Estilista, Consultora de imagen», seguido de los datos de contacto.

—El sábado a las siete, ¿de acuerdo? Y no traigáis nada, solo a vosotros.

Guardé con cuidado la tarjeta en el monedero, mientras Raymond se la metía de cualquier manera en el bolsillo trasero. Me fijé en que era incapaz de quitarle ojo a Laura, aparentemente hipnotizado, tal que una mangosta ante una serpiente. A ella tampoco le pasó desapercibido y sospeché, con el aspecto que tenía, que debía de estar acostumbrada. El pelo rubio y los pechos grandes son tan típicos, tan obvios. Los hombres como Raymond, zopencos pedestres, siempre se verán atraídos por mujeres con ese aspecto, al carecer del seso o la sofisticación necesarios para ver más allá de glándulas mamarias y agua oxigenada.

Raymond despegó los ojos del escote de Laura, miró el reloj de la pared y luego, con insistencia, a mí.

—Tenemos que irnos —dije—, nos vemos el sábado.

Una vez más se produjo un arranque abrumador de saludos y apretones. Sammy, mientras tanto, se puso a hurgar en las bolsas que le habíamos llevado. Sacó el paquete de col rizada ecológica.

—¿Qué demonios es esto? —preguntó con incredulidad.

«Zinc», susurré para mis adentros. Me pareció que Raymond me sacaba de la sala con cierta brusquedad, antes de poder mencionar que la ensalada de calamares había que comerla pronto. La temperatura ambiente del hospital era muy alta.

$\mathcal{A}$l día siguiente, mientras esperaba a que saltara el hervidor, mi mirada se vio atraída por un prospecto que alguien había desechado en la bolsa de reciclaje del trabajo, junto con un montón de folletos de vacaciones y prensa rosa manoseada. Era de unos grandes almacenes del centro —nunca los había visitado— y exhibía una oferta de inauguración, con un descuento del treinta por ciento realmente bueno sobre el precio de una «manicura Capricho Deluxe». Intenté en vano imaginar qué supondría. ¿Cómo introducir los conceptos de lujo y capricho en el proceso de moldear y pintar uñas? Superaba literalmente mi imaginación. Sentí una punzada de emoción. Solo había una manera de averiguarlo. Con mi régimen de espulgue animal en mente, centraría mi atención en mis garras.

En los últimos días había dejado algo de lado mis planes de mejora personal, distraída por el desafortunado accidente de Sammy y los acontecimientos que siguieron. Pero había llegado la hora de volver a concentrarme en mi objetivo: el músico. Me permití por un momento recrearme en el pecado de la soberbia. Tengo unas uñas que crecen a una velocidad alarmante, fuertes y brillantes. Lo atribuyo a mi dieta alta en vitaminas, minerales y ácidos grasos beneficiosos, que obtengo gracias a mi organizado régimen de comidas. Mis uñas son el triunfo de la excelencia culinaria del hogar medio británico. Carente de vanidad como soy, me limito a cortarlas con tijerillas cuando me crecen demasiado y dificultan la labor de introducción de datos, y a limar las esquinas afiladas resultantes para que no se enganchen en tejidos o me arañe la piel cuando me baño, algo que me da dentera. Hasta el momento, más que suficiente. Siempre las llevo limpias: las uñas aseadas, así como los zapatos, son fundamentales para el amor propio. Si bien no soy estilosa ni voy a la moda, siempre estoy limpia; de ese modo puedo al menos mantener la cabeza bien alta cuando asumo mi lugar, si bien a mi manera discreta, en este mundo.

Me dirigí al centro en la pausa del almuerzo y fui comiéndome el bocadillo por el camino para ahorrar tiempo. A modo de observación, digamos que deseé haber seleccionado un relleno menos molesto; los huevos y la escarola tal vez no sean la elección más sensata para un ajetreado y acalorado vagón de metro, y tanto el bocadillo como yo recibimos miradas de reprobación del resto de pasajeros. Aborrezco comer en público, de modo que el trayecto de ocho minutos no fue una experiencia placentera para ninguna de las partes involucradas.

Encontré la franquicia de uñas al fondo del salón de belleza, una especie de establo lleno de espejos, olores y ruido e iluminado por lámparas de araña. Me sentí como un animal atrapado —un buey o un perro rabioso— y me imaginé el caos que podría causar si, cargando desbocada, me acorralaban allí contra mi voluntad. Apreté el prospecto en el puño, que tenía cerrado dentro de la cazadora.

Uñas Etcétera —me pregunté a qué extras se referiría el término latino— parecía consistir en dos niñas aburridas vestidas con batas blancas, una barra americana con cuatro taburetes y una repisa con laca de uñas en todos los tonos existentes entre transparente y brea. Me aproximé con cautela.

—BienvenidaaUñasEtcéteraenquépuedoservirle —dijo la más pequeña.

Me costó un momento traducirlo.

—Buenas tardes —le dije vocalizando bien y con una voz exageradamente modulada, para insinuarle cómo debe comunicarse uno si quiere hacerlo con eficacia.

Tanto su compañera como ella estaban mirándome de hito en hito, con una expresión a medio camino entre la alarma y…

bueno, la alarma, principalmente. Sonreí en lo que esperé fuera una actitud tranquilizadora. Al fin y al cabo, eran tan jóvenes... Tal vez se trataba de unas prácticas laborales y estaban esperando el regreso de su profesora.

—Me gustaría una manicura Capricho Deluxe, por favor —dije con toda la claridad que pude.

Medió una pausa larga e inmóvil en la que no ocurrió nada. La más bajita fue la primera en despertar del trance.

—¡Siéntese! —me dijo indicándome el taburete más cercano.

Su compañera siguió traspuesta. La bajita (Casey, según la placa con su nombre) empezó a trajinar distraída de aquí para allá y luego fue a sentarse al otro lado de la barra, después de plantar encima una escudilla en forma de riñón, que chapoteó rellena de agua caliente con jabón. Me acercó el muestrario de pintauñas.

—¿Qué color le gustaría?

Mis ojos se posaron en un tono verde vivo, como el de las ranas venenosas del Amazonas, esas enanas y deliciosamente letales. Se lo tendí. La chica asintió. Aunque no estaba mascando chicle, sin duda su forma de conducirse era la del típico rumiante de goma de mascar.

Me cogió las manos e introdujo las yemas de los diez dedos en el agua caliente. Me cuidé mucho de que ningún otro fragmento de carne hiciera contacto con aquellos productos detergentes no identificados, por miedo a que se me inflamara el eczema. Estuve varios minutos así, con una ligera sensación de necedad, mientras ella rebuscaba en un cajón cercano y volvía con un abanico de herramientas de acero inoxidable dispuestas con primor sobre una bandeja. Su amiga la catatónica por fin había cobrado vida y estaba charlando animadamente con una compañera de una franquicia distinta; no logré identificar el tema de conversación, pero provocó muchos ojos en blanco y muchos encogimientos de hombros.

Cuando Casey consideró que había llegado el momento idóneo de sacarme los dedos del agua, me los puso sobre una toallita plegada. Los secó con esmero, yema a yema. Me pregunté por qué no se había limitado a pedirme por medio de la voz que sacara las manos y a pasarme la toalla para que me las secara, puesto que, en el momento que estoy relatando, disfrutaba del pleno funcionamiento y motricidad de todas mis extremidades. A lo mejor lo del capricho iba en ese sentido, por no tener que mover, literalmente, un dedo.

Casey emprendió la tarea con las herramientas, retrayéndome las cutículas y recortándolas en los puntos necesarios. Tanteé la cháchara, consciente de que era lo que se imponía en tales circunstancias.

—¿Llevas mucho tiempo trabajando aquí? —pregunté.

—Dos años —respondió para mi asombro (no aparentaba más de catorce años y, por lo que yo sabía, la explotación infantil seguía perseguida en el país).

—¿Y siempre quisiste ser… —me costó encontrar la palabra— manicurista?

—Técnica de uñas —me corrigió.

Estaba enfrascada en su labor y no me miraba mientras hablaba, lo que me pareció muy elogiable. Definitivamente no hay ninguna necesidad de establecer contacto ocular cuando la persona involucrada está blandiendo instrumental afilado.

—Quería o trabajar con animales o ser técnica de uñas —continuó.

Había procedido a masajearme las manos, otra parte del Capricho Deluxe, asumí, por mucho que se me antojara inútil e ineficaz, y me preocuparan más las posibles reacciones alérgicas. Tenía las manos diminutas, casi tan pequeñas como las mías (que, por desgracia, son de una pequeñez fuera de lo normal, como las de los dinosaurios). Habría preferido que me masajearan manos de hombres, más grandes, fuertes, firmes. Y peludas.

—Así que eso, que como no me decidía entre los animales y las uñas, le pregunté a mi madre y ella me dijo que tirase por lo de técnica de uñas.

Echó mano de una lima de esmeril y empezó a moldearme las uñas. Fue un proceso incómodo, de esos que sin duda es mucho más fácil hacer una misma.

—¿Tu madre es economista u orientadora laboral cualificada? —le pregunté a Casey, que me miró sin entender—. Porque, en caso contrario, no estoy segura de que su consejo tuviera el respaldo de los datos más recientes en lo que a proyección y expectativas del mercado laboral se refiere —dije, muy preocupada por su futuro.

—Trabaja en una agencia de viajes —respondió con rotundidad la chica, como si aquello zanjara la cuestión.

Lo dejé estar: a fin de cuentas, no era asunto mío y ella parecía bastante contenta con su trabajo. Mientras me aplicaba diversas capas de diversas lacas, me vino la idea de que tal vez podría combinar ambas profesiones si se convirtiera en esteticista de perros. Aun así, opté por guardarme mi consejo. A veces cuando una intenta ayudar con sugerencias puede provocar equívocos, no siempre agradables.

Me metió las manos en una maquinita que deduje que se trataba de una secadora de uñas y, al cabo de unos minutos, concluía el Capricho Deluxe. En términos generales, la experiencia resultó más bien decepcionante.

Me informó del precio, una auténtica extorsión, la verdad.

—¡Tengo un vale! —esgrimí.

La chica asintió, sin molestarse siquiera en revisarlo, dedujo el treinta por ciento y me informó de la cifra rectificada, que siguió pareciéndome desorbitada. Fui a echar mano de la cartera.

—¡Quieta! —me dijo alarmada. Obedecí—. Se las va a estropear. —Se acercó—. Si quiere, puedo sacarle yo la cartera.

Me preocupó que se tratara de una especie de treta elaborada para separarme de más dinero ganado con el sudor de mi frente, de modo que no le quité ojo, como dice la expresión, mientras metía la mano en mi bolso. Recordé demasiado tarde que las sobras sin acabar del bocadillo de huevo seguían allí: boqueó de forma ostentosa mientras sacaba la cartera. Para mí, algo sobreactuado; vale, el olor que emanaba era ligeramente sulfuroso, pero aun así no hacía falta tanta pantomima. Clavé los ojos en los dedos de la chica (sin pintar, me fijé) mientras sacaba los billetes necesarios y devolvía la cartera a la bolsa con mucho cuidado.

Me levanté, dispuesta a despedirme. Su compañera de antes había vuelto y me miró de reojo las manos, con sus puntas relucientes de verde.

—Qué monas —dijo, si bien su tono y su lenguaje corporal decían a gritos que el tema le interesaba poco o nada.

Casey se animó entonces.

—¿Quiere que le haga la tarjeta de fidelidad? ¡Con cinco manicuras le regalamos la sexta!

—No, gracias. No volveré a hacerme la manicura. Puedo hacerme lo mismo en casa yo sola y mejor, sin necesidad de pagar.

Ambas abrieron ligeramente la boca, pero, con esas, salí del establecimiento, de vuelta al mundo, mientras esquivaba atomizadores y muestras a mi paso por los mostradores de perfumería. Deseé volver a la luz natural y el aire fresco. Los confines dorados del Hall de la Belleza no eran mi hábitat preferido; como la gallina que había puesto los huevos de mi bocadillo, yo era más una criatura criada en libertad.

Cuando volví a casa después del trabajo, abrí el armario. ¿Qué podía ponerme para una fiesta? Poseía dos pares de pantalones negros y cinco blusas blancas —bueno, blancas en su momento—, la ropa del trabajo. Aparte, tenía unos pantalones de punto muy cómodos, dos camisetas y dos sudaderas, lo que me pongo los fines de semana. Eso sin contar mi traje de las ocasiones especiales. Me lo compré hace años para el convite de bodas de Loretta, y desde entonces me lo había puesto en un par de ocasiones contadas, entre ellas para una visita especial al Museo Nacional de Escocia. La exposición sobre los nuevos hallazgos arqueológicos romanos había sido espectacular; el viaje a Edimburgo, algo menos.

El interior del tren parecía más un autocar que el Orient Express, revestido como estaba de telas sufridas, en colores que disimulaban las manchas, y apliques de plástico gris. Lo peor, aparte del resto de viajeros —Dios Santo, está visto que hoy en día la plebe se mueve, y come y bebe en público sin ninguna inhibición—, fue el incesante ruido proveniente de los altavoces. Parecía haber un anuncio cada cinco minutos del revisor invisible, que impartía sagaces perlas del tipo «coloque el equipaje de grandes dimensiones en las bandejas superiores» o «los pasajeros deben comunicar lo antes posible al personal de a bordo si ven algún objeto sin supervisión». Me pregunté a quién irían dirigidas esas muestras de sabiduría; ¿a algún extraterrestre de paso, o quizá a un pastor de yaks proveniente de Ulán Bator que hubiese recorrido a pie las estepas y atravesado el mar del Norte para encontrarse en el trayecto Glasgow-Edimburgo sin experiencia previa alguna en transportes mecanizados?

Me di cuenta de que mi traje de las ocasiones especiales estaba ciertamente desfasado. El amarillo limón no era un color que me sentara especialmente bien: para los camisones pasaba, en la intimidad de mi dormitorio, pero no era en absoluto adecuado para una reunión sofisticada. Iría de compras al día siguiente y adquiriría prendas nuevas; podría ponérmelas otra vez cuando saliera a comer o al teatro con mi amor verdadero, de modo que no sería despilfarrar el dinero. Contenta con esta decisión, me hice mi típica pasta con pesto y escuché *Los Archer* por la radio. La trama principal era algo rocambolesca, con un lechero de Glasgow muy poco creíble; no me convenció mucho el episodio. Recogí la cocina y me senté en el sofá con un libro sobre piñas. Era asombrosamente interesante. Me gusta leer sobre todo tipo de temas por muchas razones, no siendo la menor mi interés por enriquecer mi vocabulario para ayudarme a resolver crucigramas. Pero de pronto, el silencio se interrumpió muy bruscamente.

—¿Diga? —pregunté como tanteando el terreno.

—Ah, con que «diga». Diga… ¿eso es todo lo que tienes que decir? ¿Dónde leches estabas anoche, señorita? ¿Eh? —Otra vez interpretando de cara a la galería.

—Mamá. ¿Cómo estás? —Hice lo que pude por mantener la calma.

—Qué importa cómo estoy. ¿Dónde estabas?

—Lo siento, mamá —dije esforzándome por no subir la voz—. Había quedado con un amigo, porque queríamos visitar a otro en el hospital.

—Mira, Eleanor —dijo con una voz que exudaba empalago—, tú no tienes amigos, querida. Así que venga, ya puedes decirme dónde estabas, y esta vez no me mientas. ¿Estabas haciendo algo malo? Sé una niña buena y díselo a mamá.

—De verdad, estuve con Raymond… —se oyó un bufido—, fuimos a ver a un amable anciano al hospital. Se cayó en medio de la calle y lo ayudamos a…

—¡DEJA DE SOLTAR EMBUSTES POR ESA BOCA SUCIA! —Pegué un bote, se me cayó el libro y lo recogí—. ¿Sabes lo que les pasa a los mentirosos, Eleanor? ¿Te acuerdas? —La voz volvía a ser de un dulzor nauseabundo—. No me importa lo mala que sea la verdad, pero no pienso aguantar mentiras, Eleanor. Tú mejor que nadie deberías saberlo, por mucho tiempo que haya pasado.

—Mamá, siento que no me creas, pero es verdad. Raymond y yo fuimos al hospital a ver a un hombre al que ayudamos cuando sufrió un accidente. ¡Es verdad, te lo juro!

—¿Ah, sí? —dijo arrastrando las palabras—. Bueno, pero eso es fantástico. No te dignas a hablar con tu propia madre pero te pasas las noches de los miércoles visitando a desconocidos antediluvianos que tienen accidentes. Maravilloso.

—Por favor, mamá, no nos peleemos. ¿Cómo estás? ¿Has tenido buen día?

—No quiero hablar sobre mí, Eleanor. Ya lo sé todo sobre mí. Quiero hablar sobre ti. ¿Cómo va ese proyecto? ¿Alguna noticia para mamá?

Debería haber sabido que se acordaría. ¿Cuánto debía contarle? Supuse que todo.

—Fui a su casa —dije. Oí el chasquido de un mechero, seguido de una larga aspiración. Casi podía oler el humo de sus Sobranie.

—Vayaaa… Qué interesante. —Llenó otro pulmón y soltó una bocanada de humo acompañada de un suspiro—. ¿De quién estamos hablando?

—Es músico, mamá. —No quise decirle todavía su nombre; nombrar las cosas tiene un poder, y aún no estaba preparada para cedérselo a ella, para escuchar esas preciosas sílabas en su boca, para que me las escupiera de vuelta—. Y es guapo e inteligente y, bueno, creo que es el hombre perfecto para mí, la verdad. Lo supe en cuanto lo vi.

—Suena todo de maravilla, querida. Y entonces ¿fuiste a su casa? Cuéntame, ¿qué había dentro?

Sorbí por la nariz.

—Bueno, el caso es que… en realidad no… entré. —No iba a ser fácil; a ella le gustaba hacer cosas malas y a mí no, era tan simple como eso. Hablé rápidamente, con la idea de adelantarme a las inevitables críticas—. Yo solo quería echar un vistazo, asegurarme de que vivía en un sitio de… decente —dije trabándome con las palabras por las prisas de soltarlas.

Suspiró.

—¿Y cómo vas a saber si está bien si no entras? Siempre has sido tan cobarde y tan pusilánime, querida —dijo con voz como aburrida.

Me miré las manos. Con aquella luz el verde de las uñas era demasiado llamativo.

—Lo que tienes que hacer, Eleanor, es coger la sartén por el mango. ¿Sabes a lo que me refiero?

—Creo que sí —susurré.

—Lo único que digo es que en la vida no hay que ser cobardica e ir de puntillas, Eleanor. —Volvió a suspirar—. En la vida hay que tomar la iniciativa, querida. Da igual lo que quieras hacer, hazlo… Da igual lo que quieras, cógelo. Da igual lo que quieras acabar, acábalo. Y vive con las consecuencias. —De pronto empezó a hablar en voz baja, hasta el punto de que apenas la oía. Sabía por experiencia que aquello no era buena señal—. Ese hombre —masculló—. Suena a que tiene potencial pero, como la mayoría de la gente, será débil, y eso significa que tú tienes que ser fuerte, Eleanor. La fuerza gana a la debilidad, la vida es así, ¿no?

—Supongo que sí —dije con ánimo sombrío, haciendo un mohín

Una infantilidad, lo sé, pero mamá siempre saca lo peor de mí. El músico era muy guapo y talentoso. Supe en cuanto le puse los ojos encima que estábamos destinados a estar juntos. El destino se encargaría de eso. Yo no necesitaba tomar… ninguna iniciativa, aparte de asegurarme de que nuestros caminos volvieran a cruzarse: una vez que nos presentáramos debidamente, sin duda el resto estaba escrito en las estrellas. Sospeché que a mamá no iba a agradarle ese punto de vista, pero estaba más que acostumbrada. La oír tomar aire y echarlo, y sentí la suave amenaza a través del éter.

—Eleanor, no te vayas a descarriar ahora… No irás a ignorar a mamá, ¿verdad? Te crees muy lista, ¿no?, con tu trabajo y tus nuevos amigos. Pero no lo eres, Eleanor. Eres de esas personas que decepcionan a los demás, que no son de fiar, que fracasan en la vida. Sí, sí, yo sé muy bien cómo eres. Y sé cómo acabarás. Así que escúchame, el pasado no ha terminado. El pasado es un ser vivo. Porque esas bonitas cicatrices que tienes... ¿son del pasado o no? Pero bien que siguen vivas en tu carita de pan. ¿Te siguen doliendo? —Sacudí la cabeza pero no articulé palabra—. Sí, sí que duelen, yo lo sé. Acuérdate de cómo te las hiciste, Eleanor. ¿Valió la pena? ¿Por ella? Pues que sepas que todavía tienes sitio en la otra mejilla para más dolor. Pon la otra mejilla por mamá, Eleanor, sé buena chica.

Y entonces solo siguió el silencio.

13

*E*l viernes, cuando iba en el autobús camino del trabajo, sentí una calma extraña. No había bebido vodka después de la charla con mamá, aunque solo porque no tenía y no quise bajar a comprar sola, estaba muy oscuro ya. Siempre a solas, siempre a oscuras. Así que, en lugar de eso, me hice una taza de té y leí mi libro, distraída de vez en cuando por el verde deslumbrante de mis uñas al pasar las páginas. En su momento, me cansé de tanta fruta tropical y sentí la necesidad de enfrascarme en algo más propicio a los asuntos del corazón, *Sentido y sensibilidad*. Es otro de mis favoritos, sin duda, entre los cinco primeros de mi clasificación. Me encanta la historia de Elinor y Marianne, cómo se va desplegando tan primorosamente. Al final todo acaba bien, algo harto irrealista, pero he de admitir que satisfactorio en lo narrativo, y puedo entender por qué Austen se adhirió a la convención literaria. Es curioso pero, a pesar de lo amplio de mis gustos literarios, no me he encontrado con muchas heroínas llamadas Eleanor, en ninguna de sus variantes ortográficas. Tal vez por eso me pusieron el nombre.

Tras unos cuantos capítulos familiares, me fui a la cama pero no dormí nada. Sin embargo, la noche sin descanso no pareció tener un efecto negativo sobre mí, por extraño que parezca, y me sentía enérgica y alerta, mientras el autobús se abría paso por el tráfico matutino. Tal vez yo fuera de esas personas que, como la difunta baronesa Thatcher, no necesitan dormir. Cogí un ejemplar de un periódico gratuito que alguien había desechado en los asientos del autobús y me puse a hojearlo. Una mujer naranja de la que nunca había oído hablar había contraído matrimonio por octava vez. Un panda en cautividad había «reabsorbido» su propio feto, y había abortado así —miré por la ventanilla unos instantes mientras intentaba sin éxito comprender el aparato reproductor de los pandas—. Por último, en la página diez, informaban de que se habían descubierto pruebas de un abuso sistemático e indiscriminado a niños y niñas en varias instituciones de menores. Las noticias aparecían en ese orden.

Sacudí la cabeza, y estaba a punto de abandonar el periódico cuando un pequeño anuncio llamó mi atención: The Cuttings, con el logo de un tren bala desbocado por una vía de tren. Me fijé porque la respuesta al doce horizontal del crucigrama del día anterior había sido «shinkansen». Este tipo de pequeñas casualidades pueden salpicar de interés una vida. Miré el contenido, que parecía proclamar acontecimientos futuros en la sala mencionada. Emparedada entre dos cantantes de los que nunca había oído hablar, aparecía la programación del viernes. De esa misma noche.

Salía el nombre de un grupo —que, por supuesto, tampoco conocía de nada— y allí, en una fuente menor, ¡estaba el músico! Dejé caer el periódico y lo recogí. Nadie se había fijado. Arranqué el anuncio, lo plegué con cuidado y lo guardé en el bolsillo interior de la bolsa. Ahí la tenía, la oportunidad que había estado esperando. Escrito en las estrellas, remitido por el Destino. Aquel autobús, esa mañana... y esa misma noche.

Busqué la ubicación del local en cuanto llegué al trabajo. Al parecer, él tocaría sobre las ocho de la tarde. Tenía que ir a comprar ropa para una fiesta —y ahora para un concierto— después del trabajo, lo que no me dejaba mucho tiempo. A juzgar por la página web, The Cuttings era la clase de local donde uno se siente más cómodo si va vestido a la moda. ¿Cómo iba a poder llegar allí a las ocho, ya cambiada y arreglada? ¿Lista para verlo? ¿No era muy pronto? ¿No debería esperar otra ocasión, para poder prepararla debidamente? No sé dónde había leído que solo tenemos una oportunidad de dar una primera impresión: en su momento rechacé la frase como una obviedad pero tal vez tuviera algo de cierto. Si el músico y yo íbamos a ser pareja, nuestro primer encuentro debía ser memorable.

Asentí para mis adentros, me había decidido. Iría de tiendas justo después del trabajo, me compraría un traje nuevo y me lo pondría para el concierto. Ay, Eleanor, no iba a ser todo fácil, ¿qué te creías? Yo sabía por experiencia que la vida nunca era sencilla, de modo que intenté anticipar los problemas potenciales y la mejor forma de encararlos. ¿Qué haría con la ropa que llevaba puesta en esos momentos? La respuesta surgió con facilidad: cabría de sobra en mi bolsa. ¿Y la cena? Yo no funciono bien con el estómago vacío, y no quería montar un espectáculo desmayándome sin más motivo que un exceso de emoción. Pero ¿acaso no podía comprar algo de comer en un bar después del trabajo y llegar a The Cuttings a las 19.45? Sí que podía. Eso me permitiría escoger un asiento cerca del escenario con la mejor vista posible. Para que yo le viese y él me viera, claro está. Todos los problemas se disiparon.

No pude resistirme a echar un vistazo rápido en internet para ver si estaba igual de emocionado que yo por lo de esa noche. Ay, Twitter, muchas gracias:

@johnnieLamonda
Prueba de sonido: listo. Barbero: listo. Mover vuestros gruesos traseros hasta The Cuttings esta noche, pendejos.
#loquestápegando #guapetón

Hombre de pocas palabras. Tuve que buscar en Google lo de «pendejos» y he de confesar que el resultado me alarmó ligeramente. Con todo, ¿qué sabía yo de las maneras asalvajadas de las estrellas del rock? Utilizaban una jerga con la que no estaba familiarizada, pero ya se encargaría él de enseñármela a su debido tiempo. ¿Y si las lecciones empezaran esa misma noche? Costaba creer que, en cuestión de horas, estaría en su presencia. ¡Ay, qué emocionante la expectación!

Llevaba en mi bolsa de la compra una misiva para él que no me había decidido a mandarle. Otra señal de que ese viernes el destino me sonreía. A principios de semana le había copiado unos versos que siempre me habían gustado, valiéndome de un bolígrafo Bic. ¡Qué milagro de la ingeniería tan rentable era aquel artilugio! Había escogido con cuidado la tarjeta: por dentro estaba en blanco y en la cubierta había un grabado de una liebre muy entrañable, con grandes orejas, patas fuertes y una cara de una seguridad sorprendente. Miraba hacia arriba, hacia las estrellas y la luna, con una expresión inescrutable.

Las tarjetas regalo son escandalosamente caras, si tenemos en cuenta que se fabrican con un pequeño trozo de cartulina impresa. Sí, van con un sobre, vale, pero aun así... Hay que trabajar al menos media hora del salario mínimo para poder comprar una bonita tarjeta de regalo y un sello ordinario. Fue una revelación para mí, era la primera vez que mandaba una. Pero, como esa noche iba a verlo, ya no tendría que pegar el sello de correos. Podría ofrecerle en persona mi humilde presente.

El bonito poema de Emily Dickinson se titula *Wild Nights-Wild Nights!* y combina dos elementos que me fascinan sobremanera: la puntuación y el tema del hallazgo, finalmente, del alma gemela.

Volví a leer el poema, lamí con cuidado el pegamento del sobre —de un rico amargor— y escribí su nombre en el anverso con mi mejor caligrafía. Vacilé al devolverlo a la bolsa. ¿Era la mejor noche para la poesía? Mis resquemores eran infundados, al fin y al cabo, la tarjeta ya estaba comprada y pagada. Me pregunté, sin embargo, si no sería mejor esperar a ver qué pasaba en el concierto antes de llevar las cosas a un nivel epistolar. No había por qué ser tan temeraria.

Las cinco tardaron una eternidad en llegar. Me desplacé al centro con el subterráneo para ganar tiempo, y fui a los grandes almacenes más cercanos a la parada, los mismos en los que había comprado el portátil. Eran las 17.20, y la tienda cerraba en menos de una hora. Ropa de Mujer estaba en la primera planta (¿desde cuándo Ropa de Señora había pasado a ser Ropa de Mujer?), de modo que subí por las escaleras mecánicas, incapaz de encontrar las normales. La planta era enorme, decidí buscar ayuda. La primera mujer que vi tenía aire de matrona, de modo que no me pareció en una buena posición para dispensar consejos de moda. La segunda estaba rondando los veinte, año arriba, año abajo, y por lo tanto demasiado verde para aconsejarme. La tercera, que tenía un aire a Ricitos de

Oro, me pareció la ideal: más o menos de mi edad, bien arreglada, me transmitió sensatez. La abordé con cautela.

—Perdone, me preguntaba si sería posible pedirle su ayuda. —Paró de doblar jerséis y se volvió hacia mí con una sonrisa forzada—. Voy a asistir a un concierto en un local de moda y me preguntaba si podría ayudarme a escoger un atuendo adecuado.

La dependienta ensanchó la sonrisa, que se volvió más auténtica.

—Para estos casos ofrecemos un servicio de asistente personal. Puedo concertarle una cita, si lo desea.

—No, no, es para esta misma noche. Me temo que es algo urgente.

Me miró de arriba abajo.

—¿Adónde tiene que ir?

—The Cuttings —dije orgullosa.

Hizo un mohín, pensativa, y asintió una vez, lentamente.

—¿Qué talla tiene, una cuarenta? —Asentí, impresionada por cómo me había medido de un solo vistazo con tanta precisión. Miró su reloj—. Sígame. —Al parecer los almacenes estaban formados por varias tiendas, y me llevó a la menos atractiva—. A ver, así a bote pronto... Esto —unos vaqueros negros ridículamente estrechos— con esto... —un top negro, parecido a una camiseta pero en seda falsa, al que le faltaba un trozo de tela en forma de cerradura en la espalda.

—¿Usted cree? Yo había pensado algo más en la línea de un vestido bonito o una falda con una blusa.

Volvió a mirarme de arriba abajo.

—Confíe en mí.

El vestidor era pequeño y olía a pies sucios y ambientador. Los vaqueros parecían enanos pero, por obra de magia, se adhirieron a mis piernas y fui capaz de cerrármelos. El top era suelto, con cuello alto. A falta de otra cosa, sentí que estaba al menos adecuadamente tapada, si bien no veía la sección recortada de la espalda. Tenía el mismo aspecto que todo el mundo, y supuse que ese era el sentido. Me dejé puesto el conjunto, arranqué las etiquetas y doblé mi ropa del trabajo y la guardé en la bolsa. Recogí las etiquetas para que la mujer las procesara en la caja registradora.

Estaba acechando fuera cuando salí.

—¿Qué me dice? Le queda bien, ¿no?

—Me lo llevo todo —le dije tendiéndole los códigos de barras.

Pero había olvidado los dispositivos de seguridad enganchados a las ropas, y hubo que forcejear un poco para quitarlos. Al final tuve que pasar tras el mostrador y arrodillarme a su lado para que me los quitara con un aparato magnético fijado a la caja. En realidad acabamos riéndonos. Creo que era la primera vez que me reía en una tienda. Después de pagar, mientras yo intentaba no pensar en el dinero que me había gastado, la dependienta volvió al otro lado del mostrador.

—¿Le importa si le digo una cosa? Es que… los zapatos. —Miré hacia abajo: llevaba los del trabajo, los planos tan cómodos con los cierres de velcro—. ¿Cómo te llamas?

No di crédito: ¿qué relevancia podía tener mi nombre para la adquisición de un calzado? Se había quedado a la espera, aguardando una respuesta.

—Eleanor —admití a regañadientes, tras considerar darle un nombre falso o un alias. Eso sí, mi apellido no pensaba decírselo.

—El caso es que con los vaqueros de pitillo lo suyo es llevar botines tobilleros, Eleanor —me dijo, tan seria como si fuera una especialista médica impartiendo consejo en un hospital—. ¿Quieres venir a la sección de calzado a echar un vistazo? —Vacilé—. No voy a comisión ni nada de eso —dijo en voz baja—, es solo que… creo que rematarías estupendamente tu conjunto con los zapatos adecuados.

—Los accesorios hacen a la mujer, ¿no? —dije. No captó la gracia.

Me enseñó unas botas que me hicieron soltar una risotada: no sabía qué era más ridículo, si la altura del tacón o la estrechez de la horma. Por fin nos pusimos de acuerdo sobre un par suficientemente estiloso, pero con los que podía andar sin riesgo a sufrir una lesión espinal, cumpliendo así nuestros dos principales requisitos. ¡Sesenta y cinco libras! «Madre del amor hermoso», pensé, mientras le tendía de nuevo la tarjeta. Hay gente que vive una semana con ese dinero.

Metí mis zapatos negros en la bolsa. La vi mirarla de reojo y cómo luego se le iban los ojos hacia la sección de bolsos.

—No, me temo que no. Ya he agotado mis fondos por hoy.

—Bueno, no pasa nada, guárdala en el guardarropas cuando llegues y ya está.

No tenía ni idea de a qué se refería, pero el carro alado del tiempo estaba acercándose a toda velocidad.

—Muchas gracias por tu ayuda, de verdad, Claire —dije inclinándome para leer la etiqueta del nombre—. Ha sido muy útil.

—De nada, Eleanor. Una última cosa: cerramos dentro de diez minutos, pero si eres rápida, puedes bajar y ponerte un poquito de maquillaje antes de irte… Cosmética está en la planta baja, al lado de la entrada. Busca a Bobbi Brown y dile que vas de parte de Claire.

Dicho esto, volvió a la caja, que escupía ya la cuenta de la recaudación del día, aumentada en parte por mi contribución nada desdeñable.

Cuando pedí hablar con Bobbi, la mujer tras el mostrador del maquillaje soltó una risita.

—Aquí hay tema —dijo a nadie en concreto. Había tantos espejos que me pregunté si eso incitaría a la gente a hablar consigo misma—. Siéntate aquí, cielo —me dijo señalando un taburete de una altura absurda.

Conseguí encaramarme, pero no fue un proceso muy digno, y mis botines nuevos no lo facilitaron. Me puse las manos bajo los muslos, para esconderlas: la piel roja y desgarrada parecía arder bajo la intensa iluminación del techo, que destacaba todas las imperfecciones y los centímetros dañados.

Me apartó el pelo de la cara.

—Vamos a ver —dijo mirándome de cerca—. Que sepas que no será ningún problema. Bobbi tiene unos correctores que van con cualquier tono de piel. No puedo quitarla, pero sin duda puedo minimizarla.

Me pregunté si siempre hablaba de sí misma en tercera persona.

—¿Habla de mi cara? —le pregunté.

—No, tonta, de tu cicatriz. Tienes una cara preciosa. Y una piel fina. Pero mira. —Llevaba un cinturón de herramientas colgado a la cintura, a la manera de un fontanero o un carpintero, y sacaba la punta de la lengua por una comisura mientras trabajaba—. Cerramos dentro de diez minutos, así que me voy a concentrar en el camuflaje y en los ojos. ¿Te gustan los ojos ahumados?

—No suelen gustarme las cosas con humo —dije, y volvió a reírse. Una mujer extraña.

—Ya verás… —me dijo, echándome la cabeza hacia atrás, y pidiéndome que mirara arriba, abajo, a un lado…

Hubo mucho toqueteo, con muchos artilugios distintos, y estaba tan cerca que podía oler su chicle de menta, que no llegaba a disimular el café que se había tomado antes. De pronto sonó un timbre y Bobbi soltó una maldición. Anunciaron por los altavoces que los almacenes cerraban en breve.

—Me temo que nos hemos quedado sin tiempo —dijo, retrocediendo para admirar su obra.

Me pasó un espejo de mano. No llegué a reconocerme. La cicatriz apenas se notaba y tenía los ojos muy perfilados y sombreados de carbón, que me recordaron a un programa que había visto hacía poco sobre lémures. Los labios me los había pintado con el rojo de la asociación Poppy Scotland.

—Bueno, ¿qué me dices?

—Parezco un pequeño primate de Madagascar, o puede que un mapache de América del Norte. ¡Es precioso!

Se rio tanto que tuvo que cruzar las piernas, mientras me hacía bajar de la silla y me dirigía hacia la puerta.

—Se supone que debería intentar venderte productos y brochas. Si quieres algo de eso, vuelve mañana y pregunta por Irene.

Asentí y me despedí con la mano. Fuera quien fuese Irene, tenía literalmente más probabilidades de comprarle plutonio enriquecido que otra cosa.

14

*E*n ese momento el músico debía de estar experimentando una vorágine de emociones. Un hombre tímido y modesto, retraído, que se ve obligado a actuar por su talento, para compartirlo con el mundo, pero no porque quiera, sino porque tiene que hacerlo, ni más ni menos. Canta como canta el pájaro; su música es algo dulce y natural que llega como la lluvia, el sol, algo que sencillamente es, en toda su perfección. Pensaba todo esto mientras comía mi cena improvisada. Era la primera vez que iba a un restaurante de comida en mi vida adulta, un local inmenso y estridente, justo a la vuelta de la sala de conciertos. Estaba lleno, lo que suponía para mí un misterio insondable. Me pregunté por qué los humanos querrían hacer cola voluntariamente ante un mostrador para pedir comida procesada, que luego tenían que llevar ellos mismos a una mesa que ni siquiera estaba puesta y comérsela medio envuelta en un papel; después, a pesar de haber pagado por ella, los propios clientes se responsabilizan de desechar los residuos. Todo muy extraño.

Tras unos momentos de reflexión, había optado por un cuadrado de pescado blanco no identificado, cubierto de pan rallado y frito, para luego ser insertado en un bollo de pan extremadamente dulce, acompañado, cosa extraña, de una rodaja de queso procesado, una triste hoja de lechuga y una salsa blanca, salada y ácida, que rayaba en lo obsceno. A pesar de los esfuerzos denodados de mamá, no me considero una epicúrea; sin embargo, ¿no es una verdad culinaria reconocida en el mundo entero que el pescado y el queso no combinan bien? Alguien debería decírselo al señor McDonald. Entre la oferta de postres, no había nada tentador, de modo que opté por un café, que estaba amargo y tibio. Por supuesto, a punto estuve de tirármelo encima pero leí justo a tiempo la advertencia impresa en el vaso de papel, que alertaba de que los líquidos calientes podían causar daños. «¡Por los pelos, Eleanor!», me dije riéndome por lo bajo. Empecé a sospechar que el señor McDonald era un hombre bastante necio, si bien, a juzgar por la cola perenne, bien rico.

Consulté mi reloj y acto seguido cogí la bolsa y me puse la cazadora. Dejé las sobras donde estaban, porque ¿qué sentido tiene comer fuera si luego tienes que limpiar? Para eso, mejor quedarse en casa.

Era la hora.

La fisura de mi plan, la *hamartia*: no quedaban entradas. De hecho, el hombre de la taquilla se rio de mí.

—Hace dos días que colgamos el cartel de «agotadas».

Yo le expliqué, paciente y lentamente, que solo quería ver la primera mitad, a los teloneros, y sugerí que sin duda podrían admitir a una persona más. Pero, por lo visto, era imposible: seguridad contra incendios. Por segunda vez en días, se me saltaron las lágrimas. El hombre volvió a reír.

—No llores, guapa, si ni siquiera son tan buenos. —Se inclinó para decirme en confidencia—: Esta tarde he estado ayudando al cantante a descargar el equipo y, si te soy sincero, el tío es un capullo. Hay gente a la que se le sube el éxito a la cabeza muy pronto. Digo yo que no cuesta tanto ser amable, ¿no?

Asentí, preguntándome de qué cantante estaría hablando, y me fui hacia la zona de la barra para evaluar la situación. No conseguiría pasar sin estar en posesión de una entrada, hasta ahí había quedado claro. Y no había entradas. Pedí una Magners, y recordé de la última vez que debía servírmela yo. El camarero medía más de uno ochenta y se había horadado unos extraños orificios de tamaño considerable en los lóbulos para introducirse unos circulitos negros de plástico y retraer así la piel. No sé por qué pero me recordó a la cortina de mi ducha.

Aquel pensamiento reconfortante de mi hogar me dio el

valor para examinar sus tatuajes, que le serpenteaban por el cuello y ambos brazos. Eran colores muy bonitos, y las imágenes, intrincadas y complejas. Qué maravilla poder leer en la piel de otro, explorar la historia de su vida por su pecho, sus brazos, la suavidad de su nuca. Tenía rosas, una clave de sol, una cruz, la cara de una mujer… Cuánto detalle, qué poca piel sin adorno. Vi que me miraba con una sonrisa.

—¿Tú tienes alguno?

Sacudí la cabeza, le sonreí a mi vez y me apresuré a ir a una mesa con mi bebida. Sus palabras resonaron en mi cabeza. ¿Por qué yo no tenía tatuajes? Nunca le había dedicado ni un minuto a la cuestión, ni tampoco había decidido conscientemente entre tener o no tener. Cuanto más lo pensaba, más me atraía la idea. Tal vez podría ponerme uno en la cara, algo complejo y enmarañado que incorporase mi cicatriz y la convirtiera en algo digno de ver. O, mejor, podía hacerme uno en algún sitio secreto. Me gustó esa idea. En la parte interior del muslo o en la corva, en la planta del pie quizá.

Cuando me terminé la Magners, el camarero se acercó para llevarse el vaso.

—¿Te pongo otra? —me preguntó.

—No, gracias. Pero ¿puedo preguntarte una cosa? —Dejé de quitarme los restos de pintauñas—. Bueno, dos. Lo primero es si duele y lo segundo es cuánto cuesta un tatuaje.

Asintió, como si esperara mi pregunta.

—Duele como sus muertos, no te voy a mentir. Y en cuanto al dinero, depende de lo que te vayas a hacer, hay mucha diferencia entre un «mamá, te quiero» en el bíceps y un tigre gigante por toda la espalda, ¿entiendes? —Asentí: tenía todo el sentido—. Pero hay mucho pirata suelto —me dijo, animándose con el tema—. Si te decides a hacerte uno, lo suyo es que vayas a Barry, en Thornton Street. Es un tío decente.

—Muchísimas gracias —le dije.

No había esperado obtener esos frutos de la velada, pero a veces la vida te sorprende cuando no te lo esperas.

Una vez fuera, comprendí que no tenía sentido quedarme a la espera. Sin duda el músico iría luego a celebrarlo a alguna fiesta glamurosa, a algún sitio de esos que centelleaban y palpitaban. Yo hasta el momento solo estaba familiarizada con dos locales, el McDonald's y el desagradable bar al que fui con Raymond, y me parecía harto improbable que lo celebrara allí.

Venga, Eleanor, me dije. «Hoy no era el día.» La tarjeta tendría que quedarse un poco más en mi bolsa. Estaba decepcionada pero me consolé pensando que, cuando por fin ocurriera, el encuentro sería perfecto, y no un tropiezo puntual en una sala de conciertos. Además, para entonces ya le habría pillado el truco a mis botines nuevos y podría andar normal. Empezaba a cansarme de las miradas que atraían mis andares semicojos.

@johnnieLamonda
Preguntándome si mi música no será demasiado exigente para algunos. Si no entiendes los sonidos nuevos, no vayas a conciertos #incomprendido #verdad

@johnnieLamonda
No les pasa a todos los grandes cuando empiezan?
#Dylan #Springsteen #deboloenbolo

15

*A*l final regresé a casa en taxi. Hasta que no estuve de vuelta no me di cuenta de que no me quedaba vodka. Me acosté sin más. Al día siguiente me levanté temprano y decidí ir al supermercado del barrio para comprar provisiones, puesto que mi rutina habitual se había visto interrumpida por mi fallido intento de conocer al cantante la noche anterior. Compré algo de leche, un paquete de bollitos de pan y una lata de aritos de pasta. Tenía pensado comprar una de sopa de letras pero, en un impulso, me decanté por los aritos. Es bueno no cerrarse a nada, por mucho que sea bien consciente de que los aritos y las letras saben igual. No soy estúpida.

El dueño era un encantador bangladesí con una interesante marca de nacimiento. Por supuesto, después de tantos años, teníamos una relación cordial, y eso era agradable. Coloqué los productos sobre el mostrador y me quedé inspeccionando las repisas de detrás mientras él pasaba los artículos por la caja. Sonrió y anunció el total.

—Gracias —le dije, y luego le señalé las repisas—. ¿Podría darme también dos botellas de litro de vodka Glen?

Las cejas se le dispararon momentáneamente hasta lo alto de la frente y luego su cara volvió a su impasibilidad habitual.

—Me temo que no puedo venderle alcohol, señorita Oliphant —me dijo, con cierto embarazo en el rostro.

Sonreí.

—Señor Dewan, por un lado me siento extremadamente halagada, pero por otro me preocupa el estado de su vista. Es más, acabo de cumplir los treinta y uno. —Sentí que me latía por dentro una burbujita de placer: Bobbi Brown me había dicho que tenía una piel bonita (al menos las partes vivas) y ahora el señor Dewan me confundía con una adolescente.

—Son las nueve y diez de la mañana —me dijo con un tono ligeramente cortante (se estaba formando una cola detrás de mí).

—Sé muy bien qué hora es. ¿Sería muy osado por mi parte sugerir que lo que sus clientes decidan desayunar no es asunto suyo?

Me respondió en voz tan baja que tuve que inclinarme para oírlo.

—Es ilegal vender alcohol antes de las diez de la mañana, señorita Oliphant. Podría perder la licencia.

—¿De veras? —pregunté fascinada—. ¡No tenía ni idea! Me temo que mis conocimientos sobre venta de alcohol son, cuando menos, incompletos.

Se me quedó mirando y repitió:

—Serían cinco libras con cuarenta y nueve.

Acto seguido, cogió mi billete de diez y me devolvió el cambio, sin perder de vista en todo momento sus zapatos. Advertí un cambio en nuestra relación cordial hasta el momento, pero me vi incapaz de comprender por qué. Ni siquiera se despidió.

Aquello significaba que tendría que fastidiarme y volver a salir más tarde para aprovisionarme de vodka. ¿Por qué no podía adquirirlo como el que compra leche, por ejemplo… es decir, en cualquier tienda a cualquier hora que esté abierta? Absurdo. Supuse que la idea era proteger a los alcohólicos de sí mismos durante al menos unas horas al día; aunque, desde un punto de vista racional, no tenía sentido. Si yo fuera química y psicológicamente adicta al alcohol, me aseguraría de tener siempre reservas a mano, comprando en cantidad y almacenándolas. Era una ley ilógica; porque, de verdad, ¿cuál era la diferencia entre comprar vodka a las nueve y diez de la mañana y comprarlo a las diez y diez?

Para mí el vodka no es más que un bien de primera necesidad, como una rebanada de pan o un paquete de té. Su principal ventaja es que me ayuda a dormir. A veces, cuando llega la noche, me quedo en la oscuridad y no puedo evitar recordar; el miedo y la presión, pero sobre todo el miedo. En noches así, la voz de mamá rebufa en mi cabeza, mientras que otra, más bajita y tímida, se acurruca junto a mi oreja, tan cerca que siento su aliento caliente y aterrado moviéndose por los pelitos que transmiten el sonido, tan cerca que apenas tiene que susurrar. Esa vocecita me parte en dos el alma con sus ruegos: «Eleanor, por favor, ayúdame, Eleanor», una y otra vez. Esas noches necesito vodka, si no, me partiría en dos para siempre.

Decidí seguir caminando en dirección al supermercado grande, que está a unos veinte minutos. Emplearía mi tiempo de forma más eficaz, pues me permitiría comprarlo todo de una vez, en lugar de volver a casa y tener que salir de nuevo. La bolsa empezaba a pesarme, así que decidí apoyarla en el suelo y sacar la estructura plegable que tiene dentro de uno de los compartimentos interiores. Lo monté, ajusté bien la bolsa *et voilà!* Un carrito de la compra. Producía un traqueteo poco armónico, pero lo compensaba de sobra con la eficacia con la que transportaba artículos más pesados.

En el supermercado en cuestión ofertan una amplia gama de artículos de calidad, no solo comida y bebida, también tostadoras, jerséis, frisbis y novelas. No era un Tesco Metro, era un Tesco Extra: en pocas palabras, uno de mis sitios favoritos de este mundo.

16

¡*T*esco! Luces brillantes, etiquetado sin trampas, 3 por 2, segunda unidad al 70 por ciento y 3 por 5 libras. Cogí un carrito porque me gusta conducirlos y metí el que llevaba en el asiento para niños; tenía que mirar por los lados para ver, pero eso solo hacía más divertida la conducción. No fui directa al vodka; en lugar de eso, inspeccioné cada pasillo por turnos, partiendo de la sección de electrodomésticos en la planta de arriba para seguir luego abajo, tomándome mi tiempo con los tampones, el fertilizante para tomates y el cuscús Experiencia Especiada de Ainsley Harriot.

Gravité en torno a la panadería y me paré en seco ante los bollitos de leche «al fuego», casi incapaz de creer lo que veían mis ojos. ¡El músico! Qué suerte tenía de vivir en una ciudad tan compacta, en la que las vidas se cruzaban tan fácilmente. «Aunque ¿quién dice que haya sido casualidad?», pensé. Como he señalado anteriormente, las maquinaciones del Destino suelen sobrepasar el entendimiento humano, y puede incluso que operen fuerzas superiores que nos arrojan en el camino de los otros en las circunstancias más improbables. Zarandeada por el Destino, esa mañana me sentí como una heroína de Thomas Hardy (aunque para mis adentros supliqué denodadamente al Destino que en el futuro no creara encuentros cerca de ovejas que caen por barrancos ni nada por el estilo).

Sin apartar la vista del músico, me escabullí tras la protuberancia de mi bolsa sentada en el carrito y luego lo empujé lentamente hacia él. Me acerqué hasta donde fui capaz. Parecía cansado y pálido, aunque seguía estando guapo, si bien con un aspecto desarreglado y los rasgos endurecidos. Lanzó una hogaza de pan blanco cortado en la cesta y se fue arrastrándose hacia la carne. Una vez más, me vi en desventaja; no estaba físicamente preparada para presentarme, pues a esas horas del fin de semana no estoy todo lo *soignée* que podría desearse, ni llevaba puesta mi ropa y mis botines nuevos. Tampoco tenía preparada una buena entrada conversacional, y ni siquiera llevaba la tarjeta en la bolsa para entregársela. Moraleja: debía estar preparada siempre.

Decidí que sería más sensato dejar de seguirlo, a pesar de mi abrumadora curiosidad por saber qué más compraba. Pero tenía miedo de que mi metacarrito despertara sospechas. En lugar de eso, fui directa a Vinos y Licores y compré tres botellas grandes de un vodka de primera calidad. Solo tenía pensado adquirir dos de Glen, pero había una promoción de Smirnoff nada desdeñable. Ay, señor Tesco, me rindo, no puedo resistirme a sus fantásticas gangas.

La suerte quiso, no obstante, que el músico estuviera en la cola cuando llegué a la caja. Solo había una persona detrás de él, de modo que me refugié en la misma cola con aquel parachoques tan oportuno entre ambos. ¡Qué selección de productos tan bien escogida! Huevos, beicon, zumo de naranja («con trocitos»… ¿Trocitos de qué?, me pregunté) y una caja de Nurofen. Tuve que contenerme para no acercarme y explicarle que estaba tirando el dinero: aquel fármaco de marca, un antiinflamatorio no esteroideo, no era ni más ni menos que ibuprofeno de 200 miligramos, cuya versión genérica estaba también a la venta por tres veces menos. Pero esa no podía ser mi tarjeta de presentación. Necesitaba algo más sugestivo, más memorable para nuestro primer intercambio de palabras.

Sacó la cartera, de un bonito cuero desgastado, y pagó con tarjeta de crédito, pese a que la suma total no superaba las ocho libras. Comprendí que simplemente, como los miembros de la realeza, era demasiado importante para llevar dinero contante encima. En su conversación con la cajera —una mujer de mediana edad que, por extraño que parezca, se mostró ajena a los encantos manifiestos del apuesto joven que tenía ante ella—, me fijé en otra oportunidad pasada. Esa vez no pude resistirme.

Saqué mi flamante móvil, accedí a mi recién estrenada cuenta de Twitter y esperé a que pagara y saliera del edificio. Escribí a toda prisa y pulsé ENVIAR.

@eloliph
La tarjeta del Club Tesco es una joya que siempre da alegrías. Tienes que hacerte una YA. Una amiga preocupada xx

@johnnieLamonda
Tesco: deja el rollo Gran Hermano con tu tarjeta de fidelidad/espionaje. Es como vivir en un estado policial, compadre #resaca #dejadmeenpaz #luchacontraelsistema

17

*D*esde luego, yo ya sabía que no vivíamos muy lejos, pero no se me había ocurrido pensar que nuestras vidas pudieran entrecruzarse sin que mediara un plan preconcebido. Lo cierto es que a veces esta ciudad parece más un pueblo que otra cosa. De modo que compartíamos la pasión por Tesco... No me extrañaba. Me pregunté en qué otros puntos se solapaban nuestras existencias. ¿Frecuentábamos quizá la misma oficina de correos, por ejemplo, o nos dispensaba nuestras recetas el mismo farmacéutico? Medité de nuevo sobre la importancia de estar siempre preparada para un encuentro, de ir lo más arreglada posible y tener algo adecuado que decir. Iba a necesitar algo más que un traje.

La fiesta de vuelta a casa de Sammy era esa tarde a las siete, y Raymond había propuesto que nos encontráramos previamente cerca de casa de Laura. En un principio pensé que era muy considerado por su parte, me sorprendió viniendo de él; pero entonces comprendí que no quería llegar solo. Hay gente, débil, que le teme a la soledad; lo que no logran comprender es que en realidad tiene una parte muy liberadora: una vez que entiendes que no necesitas a nadie, puedes ocuparte de ti mismo. Ahí está el tema: es mejor ocuparse solamente de uno mismo. No puedes proteger a los demás, por mucho que te esfuerces. Lo intentas y lo intentas pero, cuando finalmente fracasas, se te cae el mundo encima y arde hasta reducirse a cenizas.

Dicho esto, a veces sí que me pregunto cómo sería tener a alguien —una prima o un hermano, pongamos por caso— a quien acudir en momentos de necesidad, o simplemente para pasar un rato sin nada que hacer en particular. Alguien que te conozca, que se preocupe por ti y quiera lo mejor para ti. Por desgracia, una planta doméstica, por muy atractiva y recia que sea, no da la talla. En cualquier caso, era absurdo incluso especular al respecto. Yo no tenía a nadie, y era inútil desear lo contrario. Al fin y al cabo, no merecía otra cosa. Y, la verdad, yo estaba bien, perfectamente. ¿Acaso no estaba ahí, en la calle, camino de una fiesta? ¿Vestida con mis mejores galas y esperando a un conocido? ¡Cuidado, sábado noche, Eleanor Oliphant ha llegado a la ciudad! Me permití una pequeña sonrisa.

El humor, sin embargo, se me agrió ligeramente porque tuve que esperar a Raymond veinticinco minutos. La impuntualidad me parece de una mala educación insoportable; es una falta de respeto absoluta que implica a las claras que te consideras, a ti y a tu tiempo, mucho más valioso que la otra persona. Raymond apareció por fin en un taxi a las siete y cuarto, justo cuando estaba a punto de irme.

—¡Eh, Eleanor! —me saludó, derrochando alegría.

Llevaba una bolsa tintineante y un puñado de claveles baratos. Laura nos había dicho expresamente que no lleváramos nada. ¿Por qué había ignorado su educada petición?

—Raymond, nos habían citado a las siete en punto. Quedamos en vernos aquí a las siete menos diez, y ahora vamos a llegar irremediablemente tarde por culpa de tu impuntualidad. ¡Es una falta de respeto a nuestra anfitriona! —No podía ni mirarlo a la cara.

Pero él, que alguien me lo explicara, se rio.

—Tranquila, Eleanor. —¿Cómo? ¿Tranquila? ¿En serio?—. Nadie llega nunca a la hora a las fiestas. Es de peor educación llegar puntual que llegar un cuarto de hora tarde, créeme. —Me miró de arriba abajo—. Estás muy bien… Distinta.

Ignoré aquel intento descarado de cambiar de tema.

—¿Vamos? —dije en tono cortante.

Caminó a mi lado, con sus zancadas y su cigarro de siempre.

—De verdad, Eleanor, no te agobies. Cuando la gente dice las siete, en realidad quiere decir las siete y media, como pronto. ¡Ya verás que somos los primeros en llegar!

Aquello me descolocó.

—Pero ¿por qué? ¿Por qué alguien diría una hora pensando en otra totalmente distinta? ¿Y cómo podemos saberlo los demás?

Raymond apagó el cigarro y lo tiró en una alcantarilla. Ladeó la cabeza, como meditando.

—No sé cómo se sabe, ahora que lo pienso. Se sabe sin más. —Lo consideró un poco más—. Es como cuando das una cena y dices a la gente que llegue a las ocho… En realidad es una pesadilla que aparezca… que de verdad llegue alguien a las ocho, porque no has terminado, no te ha dado tiempo a recoger, a quitar toda la porquería de en medio y esas cosas. Yo diría que es casi… pasivo agresivo llegar a la hora o, peor aún, antes de tiempo.

—No tengo ni idea de qué estás hablando. Si yo extiendo una invitación para las ocho de la noche, estaré lista para atender a las visitas a esa hora. Si no, es que no sé gestionar el tiempo.

Raymond se encogió de hombros. No había hecho ningún esfuerzo visible por vestirse elegante para la fiesta y llevaba su uniforme de siempre, con las zapatillas (verdes esta vez) y una camiseta en la que ponía VOTA CARCETTI. Incomprensible. Para la ocasión se había puesto una chaqueta de una tela vaquera más clara que la de los pantalones. Nunca había pensado que existieran trajes confeccionados con tela vaquera, pero ahí lo tenía.

La casa de Laura era la última de una bonita calle sin salida, una concatenación de casas pequeñas y modernas. Había varios coches aparcados delante. Nos acercamos a la puerta principal y me fijé en que tenía geranios rojos en las macetas de las ventanas. No sé por qué pero son unas flores que me resultan inquietantes; ese aroma cargado y pegajoso cuando te rozas con ellos, un olor salobre y vegetal totalmente opuesto a lo floral.

Raymond llamó al timbre (la melodía eran las primeras notas de la *Heroica* de Beethoven). Un niño muy pequeño, con la cara manchada de —esperaba— chocolate nos abrió y se quedó mirándonos. Yo lo miré fijamente a mi vez. Raymond se adelantó.

—¿Qué tal, colega? Hemos venido a ver a tu abuelo.

El niño siguió mirándonos fijamente, aunque sin mucho entusiasmo.

—Llevo zapatos nuevos —anunció sin más.

Laura apareció en ese momento por el pasillo.

—Tita Laura —dijo el niño sin volverse y en una voz que no denotaba entusiasmo alguno—, más gente para la fiesta.

—Ya lo veo, Tyler. ¿Por qué no vas a buscar a tu hermano, a ver si podéis explotar más globos?

El niño asintió y salió corriendo y estampando los pies por las escaleras.

—Pasad —dijo sonriéndole a Raymond—. Papá se alegrará de veros. —A mí no me sonrió, pero suele ser la norma general en mis encuentros con otra gente.

Entramos y Raymond se paró a limpiarse bien los pies en el felpudo. Yo lo imité. Desde luego, no esperaba ver el día en que Raymond me diera ejemplos de etiqueta social.

Tendió las flores y la bolsa tintineante hacia Laura, que pareció complacida. Comprendí que, pese a su ruego en el hospital, yo también tendría que haber llevado algo. Iba a explicarle que ella misma nos había dicho que no, y que me había limitado a respetar sus deseos, pero antes de poder decir nada Raymond soltó bruscamente:

—De parte mía y de Eleanor.

Miró el interior de la bolsa —deseé con todas mis fuerzas que no contuviera otra vez Haribo y Pringles— y nos dio las gracias a los dos. Yo asentí dándome por aludida.

Después nos llevó hasta el salón, donde estaban sentados Sammy y los miembros de su familia. Sonaba música pop banal a un volumen moderado y había una mesa baja cubierta de pequeños cuencos con aperitivos beis. Laura llevaba un vestido con el que parecía haberse envuelto, como si fuera de vendas negras, y se tambaleaba sobre unos tacones con una plataforma de cinco centímetros. Tenía la reluciente melena rubia recogida en alto y en grueso —se me escapaban los términos correctos—, con algunas ondas sueltas que le caían bien por debajo de los hombros. En cuanto al maquillaje, hasta a Bobbi Brown le habría parecido una cantidad excesiva. Raymond se había quedado con la boca ligeramente abierta, lo justo para meterle una carta, y parecía como mareado. Laura ignoró por completo la reacción de mi amigo.

—¡Raymond! ¡Eleanor! —gritó Sammy agitando la mano desde las profundidades de un inmenso sillón de terciopelo—. Laura, anda, ponles algo de beber. Estamos con el *prosecco* —dijo como en confidencia.

—Tú ya no más, papá —intervino el hijo mayor—. Que estás con los analgésicos.

—Tsk, venga, vamos, hijo… ¡solo se vive una vez! —dijo animadamente Sammy—. Al fin y al cabo, hay peores formas de irse de este mundo, ¿verdad, Eleanor?

Asentí: desde luego, tenía toda la razón. Yo sabía de lo que hablaba.

Laura apareció con dos copas de champán rellenas de un líquido gaseoso color orina. Me sorprendí bebiéndome la mía en solo tres sorbos. Era seco y sabía como a galletas, y estaba riquísimo. Me pregunté si sería una bebida cara y si, a su debido tiempo, podría llegar a sustituir al vodka como mi trago de confianza. Laura se dio cuenta y me rellenó la copa.

—Tú eres como yo… Solo bebo burbujas —dijo con gesto de aprobación.

Miré a mi alrededor.

—Tienes una casa muy bonita —le dije.

Ella asintió y respondió:

—Sí, me ha costado un par de años arreglarlo todo, pero estoy contenta de cómo ha quedado.

Me asombró lo combinado que estaba todo, lo limpio y reluciente. Había texturas por doquier —plumas, borra, terciopelo, seda— y colores suntuosos.

—Parece una aguilera donde anidaría una bonita ave —comenté—. Un águila quetzal o imperial.

Pareció esforzarse por buscar una respuesta adecuada. Era raro, ¿no habría bastado con un simple «gracias»?

Tras un silencio que hizo menos incómodo la bebida burbujeante, me preguntó sobre mi trabajo y le expliqué a qué me dedicaba y de qué conocía a Raymond. Nos quedamos mirándolo: estaba encaramado en el brazo del sillón de Sammy, riendo por algo que había dicho uno de los hijos.

—Podría ser peor —me dijo con una media sonrisa—. A ver, si lo arreglas un poco, con un corte de pelo decente y…

Me llevó un momento entender a qué se refería.

—Ah, no, me has entendido mal. Yo ya tengo a otra persona. Es guapo, sofisticado y talentoso… Un hombre culto y educado.

Laura sonrió.

—¡Vaya, qué suerte! ¿Y cómo os conocisteis?

—Bueno, todavía no nos conocemos —le expliqué—, pero es cuestión de tiempo.

Echó la cabeza hacia atrás y emitió un profundo sonido gutural a modo de risa que quedaba extraño viniendo de una mujer tan delgada y femenina.

—Eres para partirse, Eleanor. Tienes que pasarte un día a echar unas copas. Y si alguna vez decides cortarte el pelo, cuenta conmigo, ¿vale? Te haré precio de amigo.

Lo pensé unos instantes. Había destensado un poco el hilo de mi lista de renovación integral, tras las francamente desconcertantes experiencias en el salón de depilación y los cambios poco destacables que había recibido en mis uñas. Supuse que debía reanudar el ritmo. Por lo general mi pelo era algo que me interesaba más bien poco y no me lo había cortado desde los trece años. Me llegaba por debajo de la cintura y lo tenía liso y castaño claro. Era pelo, solo eso, ni más ni menos. En realidad apenas reparaba en él. Sabía, sin embargo, que si quería que el músico se enamorara de mí, tendría que esforzarme bastante más.

—Pues, Laura, parece que se ha producido cierta serendipia —dije bebiendo más burbujas deliciosas (mi vaso se había rellenado por arte de magia)—. Tenía pensada una especie de reinvención. ¿Te convendría efectuarme ese cambio de estilo la semana que viene?

Cogió el teléfono que tenía sobre una consola y toqueteó varias pantallas.

—¿Cómo te viene el martes a las tres?

En el trabajo tenía asignados veinticinco días libres al año, y hasta la fecha solo había utilizado tres: uno para recuperarme de una dolorosa ortodoncia, otro para una de las dos visitas en día laborable de los servicios sociales y un tercero que había sumado a un puente para poder terminar sin interrupciones un volumen especialmente extenso pero apasionante sobre la historia de la antigua Roma.

—El martes me vendría de maravilla.

Laura se fue radiante a la cocina y volvió con una bandeja de aperitivos tibios y malolientes que hizo pasar por la habitación. La estancia se había llenado de gente y el volumen general había subido considerablemente. Pasé varios minutos examinando las figuritas y los bibelots que había dispuesto con gusto por la habitación. Más por aburrimiento que por necesidad, fui a hacer uso del baño, un pequeño aseo en el hueco de las escaleras que estaba igual de reluciente y caliente, todo blanco satinado y con aroma a —¿podéis creerlo?— higos, olor que deduje que emanaba de una velita encendida en un jarrito de cristal sobre la repisa del espejo. ¡Velas en un baño! Algo me decía que Laura era un poco sibarita.

Fui hasta la habitación que había al fondo del pasillo y que resultó ser, como yo había adivinado, la cocina. Estaba igualmente llena de gente y ruido, pero distinguí unas encimeras de mármol negro, unos armarios satinados en color crema y mucho acero inoxidable. Tenía una casa tan… reluciente. Igual que ella, con su piel, su pelo, sus zapatos, sus dientes. No me había dado cuenta hasta entonces: yo soy mate, apagada y roma.

Sentí la necesidad momentánea de escapar del ruido y el calor y abrí la puerta trasera, que daba al patio. Era un jardín pequeño que no contenía mucho en lo que a vida botánica se refería, puesto que estaba pavimentado en gran medida con grandes losetas de cemento o recubierto por una superficie de madera escurridiza. Empezaba a anochecer, pero el cielo se me antojó allí muy pequeño y me sentí acorralada por la valla alta que rodeaba los tres lados exteriores. Tomé aire, una inspiración profunda, deseando respirar la brisa fresca de la noche. Sin embargo, mis orificios nasales se vieron asaltados por alquitrán, nicotina y otros venenos.

—Bonita noche, ¿verdad? —me dijo Raymond, que acechaba camuflado en las sombras y, para variar, estaba fumándose un cigarro. Asentí—. He salido a tomar un poco de aire fresco —dijo sin asomo alguno de ironía—. No debería beber cosas con burbujas, me noquean en menos que canta un gallo.

Me di cuenta entonces de que yo también me encontraba ligeramente trastocada.

—Yo creo que ya es hora de irme —dije, notando cierta inestabilidad en posición vertical. Era, con todo, una sensación hermosa.

—Ven a sentarte un minuto —dijo Raymond, arrastrándome hacia un par de sillones de madera.

No me importó aceptar la propuesta porque mis botines nuevos hacían que mi equilibrio fuera, cuando menos, precario. Raymond se encendió otro cigarro, parecía haberse convertido en un fumador en cadena.

—Son una familia agradable, ¿no te parece?

—Laura me va a cortar el pelo —solté sin más. No sé por qué.

—¿Ah, sí? —Sonrió.

—A ti te gusta ella —afirmé asintiendo como una sabia. Al fin y al cabo, yo era una mujer de mundo.

Raymond rio, sin embargo.

—Eleanor, es guapísima, pero no es para nada mi tipo. —La punta de su cigarro resplandeció en la semipenumbra.

—¿Y cuál es tu tipo? —pregunté descubriendo para mi sorpresa que realmente me interesaba saberlo.

—No sé, alguien con menos… necesidades, supongo. Alguien… espera un momento.

Me complació quedarme allí tranquila en su ausencia, aunque no tardó en regresar con una botella de vino y dos vasos de papel con muchos dibujos de roedores sobre patines.

—Rastamouse —leí en voz alta, lentamente—. ¿Qué es eso, si puede saberse?

—A ver que vea —dijo Raymond, que sirvió un… vaso para cada uno.

Entrechocamos los recipientes. No hubo chin-chin.

—Yo creí haber encontrado a la persona perfecta —dijo mirando hacia el fondo del patio—, pero no funcionó.

—¿Por qué no? —quise saber, aunque en realidad podía imaginar numerosas razones por las que alguien no querría estar con Raymond.

—La cosa es que todavía no lo tengo claro. Ojalá lo supiera… así todo sería más fácil…

Asentí: sí, parecía lo más lógico.

—Helen dijo que no era por mí, que era por ella. —Rio aunque no había diversión en la risa—. No puedo creer que me viniera con ese cuento. Después de tres años... ya podía haberse dado cuenta antes de que yo no era suficiente para ella. No sé qué cambió. Yo no cambié... O al menos eso creo.

—La gente puede ser muy... inescrutable —dije trastabillándome con la palabra—. A mí me sucede a menudo, que no entiendo por qué hacen o dicen algunas cosas.

Raymond corroboró con la cabeza.

—Teníamos un pisito estupendo, hicimos unos viajes geniales. Yo... en realidad pensaba pedirle que se casara conmigo. Joder... —Se quedó mirando las baldosas e intenté sin éxito imaginarme a Raymond con frac, chistera y el pañuelo del cuello, por no hablar de la falda escocesa—. No pasa nada —dijo al cabo de un rato—. Es muy divertido compartir piso con mis colegas y estoy contento con el trabajo nuevo. Me va bien. Es solo que... No sé. Ella decía que yo era demasiado bueno. ¿Qué significa eso exactamente? A ver... ¿tengo que ser más cabrón? ¿Tendría que haberle pegado o engañado?

Comprendí que no estaba hablándome a mí; era como en una obra de teatro, cuando un personaje habla en voz alta sin razón aparente. Pero yo sabía la respuesta a su pregunta.

—No, Raymond, tú nunca serías capaz de ninguna de esas cosas. —Apuré el vaso de vino y me eché otro—. Yo viví un par de años con un hombre que se llamaba Declan. Solía pegarme en los riñones, abofetearme... En total me fracturó doce huesos. Había noches que no venía y cuando volvía a casa me contaba sobre las mujeres con las que había estado. Fue mi culpa, todo culpa mía, pero, aun así, sé que él no debería haberlo hecho. Al menos ahora lo sé.

Raymond me miró de hito en hito.

—Dios, Eleanor, ¿cuándo fue eso?

—Hace unos años, cuando estaba todavía en la facultad. Me vio un día en el jardín botánico y se me acercó sin más y empezó a hablarme. Sé que, visto ahora, suena absurdo. A finales de esa semana se había venido a vivir a casa.

—¿Él también estudiaba?

—No, creía que leer libros era una pérdida de tiempo, un

aburrimiento. Tampoco trabajaba; decía que no encontraba trabajos que fueran con él. Supongo que no es fácil encontrar un trabajo que vaya con uno, ¿no? —Raymond estaba mirándome con una extraña expresión en la cara—. Declan quería ayudarme a ser mejor persona.

Se encendió ooootro cigarro.

—¿Y cómo terminó? —me preguntó mirando a otra parte y soltando el humo hacia arriba, en una larga estela, como un dragón poco temible.

—Bueno, cuando me volvió a romper el brazo —le conté— y fui al hospital, no sé cómo, pero averiguaron que no había pasado lo que yo les había contado. Él me había dicho que les dijera que me había caído, pero no me creyeron. —Di otro sorbo largo—. El caso es que una enfermera muy agradable vino a hablar conmigo y me explicó que la gente que te quiere de verdad no te hace daño, y que no debía estar con alguien que me lo hiciera. Tal y como me lo explicó, tenía todo el sentido del mundo. En realidad debería haberlo comprendido por mi cuenta. Le pedí que se fuera en cuanto llegué a casa y, cuando se negó, llamé a la policía, tal y como ella me había aconsejado. Y hasta ahí. Ah, y cambié la cerradura.

Raymond se quedó sin decir nada, concentrado intensamente en sus zapatillas. Sin mirarme, extendió la mano y me tocó el brazo, dándome unas palmaditas con mucho tiento, como a un caballo o a un perro (cuando te dan miedo). Sacudió la cabeza suavemente, un rato largo, pero parecía incapaz de articular respuesta alguna. No me importó, no la necesitaba. Era ya agua pasada. Me alegraba de estar sola. Eleanor Oliphant, la única superviviente… esa era yo.

—Me voy a ir ya a casa, Raymond —le dije apresurándome a levantarme—. Buscaré un taxi.

—Buena idea —dijo apurando su vaso. Sacó el móvil—. Pero no vayas a estar vagando sola por la calle para parar uno, a estas horas de la noche no. Yo te llamo uno… Mira, tengo una aplicación. —Me enseñó su teléfono, radiante.

—¿Qué se supone que tengo que mirar? —pregunté escrutando la pantalla.

Me ignoró y leyó el mensaje.

—Llegará dentro de cinco minutos.

Esperó conmigo en la entrada hasta que llegó el taxi y luego me acompañó hasta el vehículo y me abrió la puerta. Vi que miraba de reojo a la taxista, una mujer de mediana edad con cara de cansancio y hastío, mientras yo subía detrás.

—¿Tú vienes? —le pregunté al no entender por qué vacilaba en la acera. Miró la hora, se revolvió el pelo y miró a la casa, al taxi y de vuelta a la casa.

—No, creo que me voy a quedar un rato. A ver qué pasa.

Cuando el coche arrancó, me volví para mirarlo y lo vi tambalearse ligeramente por el camino de entrada. Luego vislumbré a Laura enmarcada en el umbral de la puerta, con dos copas en la mano y una tendida hacia él.

$\mathcal{A}$ la semana siguiente Raymond me envió un correo de mensaje electrónico al trabajo. Me resultó muy extraño ver su nombre en la bandeja de entrada. Como esperaba, era semiiletrado.

Buenas, E, espero que estés OK. Puedo pedirte un favorcito? Keith, el hijo de Sammy, me ha invitado a su 40º cumpleaños el sábado que viene (al final me quedé hasta tarde en la fiesta, echamos unas buenas risas). Te hace venir de acompañante? Es en el club de golf y habrá bufé. No pasa nada si no puedes... ya me dices. R

Bufé. Club de golf. Los designios de Dios son inescrutables. ¡Y dos fiestas en un mes! Más de las que había asistido en dos décadas. Pulsé Responder:

Estimado Raymond:
Me encantaría acompañarte a la celebración del cumpleaños.
Saludos cordiales,
Srta. Eleanor Oliphant

A los pocos instantes recibí la respuesta:
La comunicación en el siglo XXI; me preocupa seriamente el nivel de alfabetización de este país.
Aunque había pedido la tarde libre para ir a la peluquería, decidí tomarme el almuerzo en la sala de personal, como todos los días, con el crucigrama del *Telegraph*, una baguette cru-

jiente de atún con maíz dulce, patatas sabor sal y vinagre y un zumo de naranja con trocitos. Cuando llegue la hora, tendré que darle las gracias al músico por descubrirme los placeres de los trocitos. Tras tan delicioso ágape, y con una leve sonrisa triunfal ante la idea de dejar atrás a mis compañeros trabajando el resto de la tarde, me dirigí en autobús al centro.

Heliotropo estaba en una elegante calle del centro de la ciudad, en la planta baja de un edificio victoriano de piedra caliza. Desde luego, no era la clase de sitio que suelo frecuentar: música a todo volumen, un personal tan moderno que daba miedo y demasiados espejos. Me supuse que era el tipo de local donde el músico iría a cortarse el pelo, y eso me hizo sentirme ligeramente mejor. Quizá un día estaríamos los dos sentados codo con codo en esos sillones de cuero negro, con las manos entrelazadas bajo los secadores.

Esperé a que la recepcionista terminara de hablar por teléfono a cierta distancia del enorme jarrón de lirios blancos y rosas que había en el mostrador. El olor me arañaba la garganta, como si estuviera hecho de cerdas o plumas. Boqueé; no era una fragancia pensada para el ser humano.

Había olvidado lo ruidosas que pueden ser las peluquerías, con el zumbido constante de los secadores y la charla fútil, y me aposté en el murete de la ventana, tras anudarme un kimono de nailon negro que, para mi espanto, vi que estaba salpicado de pelitos cortados de un cliente anterior. Me apresuré a sacudírmelos.

Laura llegó con su habitual derroche de glamour y me condujo hasta un asiento frente a una aterradora hilera de espejos.

—¿Te lo pasaste bien el sábado? —me preguntó mientras trasteaba en su taburete hasta quedarse sentada a la altura de mi espalda.

En lugar de mirarme directamente, le hablaba a mi reflejo en el espejo; me vi haciendo lo mismo y me sorprendió lo relajante que resultaba.

—Sí, mucho. Fue una velada magnífica.

—Mi padre está ya volviéndome loca. Lo tengo en el cuarto de invitados —me contó sin dejar de sonreír—, y todavía me quedan dos semanas. No sé cómo me las voy a arreglar.

Yo asentí.

—La experiencia me dice que los padres pueden ser un auténtico desafío —comenté.

Intercambiamos una mirada de solidaridad.

—Bueno, ¿qué quieres que te haga? —me preguntó mientras me quitaba la gomilla de la trenza y me iba separando el pelo.

Me miré en el reflejo: tenía el pelo castaño claro, con la raya en medio, liso y no especialmente poblado. Pelo humano haciendo funciones de pelo humano: crecer en la cabeza.

—Me gustaría un cambio. ¿Qué me sugerirías tú?

—La cuestión, Eleanor, es el valor que quieras echarle —respondió Laura.

Era la pregunta correcta. Soy una mujer atrevida, Eleanor Oliphant es atrevida y valiente.

—Haz lo que quieras.

Pareció encantada con mi respuesta.

—¿También el color?

Lo pensé.

—¿Sería un color de pelo humano normal? No me veo con un rosa, un azul ni nada de eso.

—Te lo voy a cortar por los hombros, cortito pero a capas y desigual, con algunas mechas sueltas en tono caramelo y miel y con el flequillo largo, para que puedas echártelo a un lado. ¿Te suena bien?

—Me suena a galimatías incomprensible.

Laura rio mirándome en el reflejo pero paró en seco, quizá al ver que yo no reía.

—Confía en mí, Eleanor. Te va a quedar muy bonito —afirmó con rotundidad.

—Bonito no es una palabra que suela ir asociada con mi aspecto —dije en un tono bastante escéptico.

Me dio una palmadita en el brazo y me dijo en voz baja:

—Tú, tranquila, ya verás. ¡MILEY! —llamó, con un grito que por poco no me tiró de la silla—. ¡Ven a ayudarme a mezclar unos colores!

En el acto llegó al trote una chica bajita y regordeta con piel grasa y ojos bonitos. Laura le dio una receta que incluía unos porcentajes y unos códigos que bien podrían haber servido para fabricar pólvora.

—¿Té? ¿Café? ¿Una revista? —me preguntó Laura.

Apenas podía creérmelo cuando a los cinco minutos me vi sorbiendo un capuchino y hojeando la última edición de la revista *OK!* «Quién me ha visto y quién me ve», pensé.

—¿Lista?

Laura me acarició la nuca con una mano caliente y suave mientras sopesaba mi pelo y lo enroscaba por detrás como una cuerda. El sonido quedo de las tijeras al atravesarlo me recordó a cuando las ascuas crepitan en la chimenea, un tintineo peligroso. En cuestión de segundos todo había terminado: Laura blandía mi pelo en alto, como una Dalila triunfante.

—Luego, después del tinte, te doy la forma. Ahora mismo solo necesitamos allanar el terreno.

Inmóvil como estaba en mi asiento, no noté nada distinto. Laura dejó caer el pelo al suelo, donde yació como un animal muerto. Un niño esmirriado, que estaba barriendo con una parsimonia considerable y cara de querer estar haciendo cualquier otra cosa, arrinconó mi aborto de pelo en el recogedor con un cepillo de palo largo. Seguí su avance por el salón a través del espejo. ¿Adónde iba a parar luego todo ese pelo? La idea de los desechos de todo un día o una semana hechos una bola, para usarlos de relleno de un puf, su olor y la textura algodonosa del interior, como de nube de gominola, me provocó un ligero vahído.

Laura se acercó tirando de un carrito y luego procedió a embadurnarme varios mechones de pelo con distintas pastas espesas, alternando entre cuencos. Conforme me iba aplicando las raciones de pringue pertinentes, iba plegando el pelo teñido en cuadraditos de papel de aluminio. Era un proceso fascinante. Al cabo de media hora me dejó allí sentada con la cabeza en aluminio y la cara en rojo y volvió al poco empujando una lámpara de calor que colocó a mi lado.

—Veinte minutos y listo.

Me trajo más revistas pero el placer había decaído: no había tardado en cansarme de los cotilleos sobre famosos y, al parecer, para mi desgracia el salón de belleza no estaba suscrito ni a *Which?* ni a *BBC History*. Sin embargo, tenía la sensación de que algo me escocía por dentro, pero lo ignoré. ¿Yo cepillando el pelo de alguien? Sí. Alguien más pequeño que yo, en una silla, y yo detrás, desenredándole el pelo, con mucho cuidado. Odiaba los tirones. Eran justo ese tipo de pensamientos —vagos, misteriosos, inquietantes— los que el vodka sabía borrar, pero por desgracia no me habían ofrecido a elegir más que té o café. Me pregunté por qué no tendrían nada más fuerte en las peluquerías; a fin de cuentas, un cambio de estilo puede ser muy estresante, y cuesta relajarse en un ambiente tan ruidoso e iluminado. Además, seguro que también animaba a los clientes a dejar más propina. «La borrachera suelta la cartera», pensé, y me reí para mis adentros.

Cuando sonó la alarma de la lámpara de calor vino la chica que mezclaba colores y me llevó al «lavacabezas», que resultó no ser otra cosa que un lavabo. Dejé que me desenvolviera el papel de aluminio del pelo. Me lo lavó con agua caliente y luego me echó champú. Tenía dedos firmes y diestros, y una vez más me maravilló la generosidad de los humanos que ejecutan servicios íntimos para los demás. No recordaba que nadie me hubiese lavado el pelo en mi vida; mamá debió de hacerlo siendo yo muy pequeña, pero me costaba imaginarla administrando cualquier tipo de cuidado afectuoso.

Después de enjuagar el champú, la chica me practicó un «masaje capilar de *shiatsu*». No conocía semejante bendición. Me masajeó el cuero cabelludo con suavidad y precisión, pero con manos firmes, y sentí que el vello del antebrazo se me erizaba y que una corriente eléctrica me recorría la columna. Terminó unas nueve horas antes de lo que me habría gustado.

—Tienes mucha tensión acumulada en el cuero cabelludo —comentó muy sagaz, mientras me enjuagaba el acondicionador.

Como no tenía ni idea de cómo responder, opté por sonreír, un recurso que suele servirme en la mayoría de las ocasiones (aunque no cuando es algo relacionado con muertes o enfermedades… eso ya lo he aprendido).

De vuelta al sillón de antes, con mi pelo más corto y coloreado, peinado hacia atrás, Laura volvió con sus tijeras afiladas.

—Hasta que no se seca no se ve bien el color. ¡Tienes que esperarte!

Al final el corte en sí no duró más de diez minutos. Admiré la destreza y la confianza con que abordaba la tarea. El secado fue mucho más largo, acompañado de un acción de ce-pillado muy prolongada. Yo seguí leyendo y evité mirar, como ella me había sugerido, hasta que no terminara con el corte y el peinado. Se apagó el secador, se rociaron químicos, se examinaron el largo y los picos y se dieron unos tijereta-zos finales aquí y allá. Oí que Laura reía encantada.

—¡Mira, Eleanor!

Levanté la cabeza del reportaje en profundidad sobre la mu-tilación genital femenina que estaba leyendo en *Marie Claire*. Mi reflejo mostraba a una mujer mucho más joven, segura de sí misma, con una melena reluciente que le llegaba por los hombros y un flequillo cruzado que reposaba justo sobre su mejilla cicatrizada. ¿Yo? Me volví a derecha e izquierda. Me miré en el espejo de mano que Laura sujetaba a mis espaldas para que me viera la nuca, suave y despejada. Tragué saliva.

—Me has hecho relucir, Laura —le dije. Intenté detenerme ahí, pero me rodó una lágrima por un lado de la nariz. Me la enjugué con la mano para que no me mojara las puntas de mi nuevo pelo—. Gracias por hacerme relucir.

19

*B*ob me había convocado para una reunión. Cuando entré en su despacho, se me quedó mirando. No entendía por qué.

—¡Tu pelo! —dijo por fin como si adivinara la respuesta a una pregunta.

Esa mañana me había costado peinarme, pero creía que no me había salido tan mal. Me llevé las manos a la cabeza.

—¿Qué le pasa?

—Nada, nada malo. Se ve… te queda muy bien —dijo sonriendo y asintiendo.

Medió una pausa incómoda: ninguno de los dos estábamos acostumbrados a que Bob hiciera comentarios sobre mi aspecto.

—Me lo he cortado, como es evidente.

Asintió.

—Siéntate, Eleanor.

Miré a mi alrededor. Decir que su despacho estaba desordenado era un eufemismo teniendo en cuenta el grado de caos en que siempre se encontraba. Quité una pila de folletos de la silla frente a su escritorio y la dejé en el suelo. Él se inclinó hacia delante. Bob había envejecido muy mal desde que lo conocía; se le había caído casi todo el pelo y había ganado bastante peso. Tenía aspecto de crío disoluto.

—Llevas trabajando aquí mucho tiempo, Eleanor —empezó a decir. Asentí: era un dato correcto—. ¿Sabías que Loretta se va a dar de baja en un futuro muy próximo? —Sacudí la cabeza: no me interesaban los chismes de medio pelo de la cotidianeidad oficinaria (a no ser que fueran cotilleos sobre cierto cantante, por supuesto).

—La verdad es que no me extraña. Siempre he dudado de su dominio de los principios básicos del impuesto sobre el valor añadido, así que tal vez sea lo mejor —dije encogiéndome de hombros.

—Eleanor, su marido tiene cáncer de testículos y quiere cuidarlo.

Medité al respecto.

—Debe de ser muy duro para los dos. Pero, si se detecta a tiempo, el índice de supervivencia y recuperación de ese cáncer en particular es bueno. Digamos que, si se es hombre y se tiene la mala suerte de contraer cáncer, es de los mejores que se puede tener.

Bob jugueteó con uno de sus elegantes bolígrafos negros.

—Así que he pensado que vamos a necesitar una nueva jefa de personal, al menos durante los próximos meses. —Asentí—. ¿Te interesaría, Eleanor? Supondría un poco más de dinero, aunque también más responsabilidades. Pero yo creo que podrías perfectamente.

Evalué mis opciones.

—¿Cuánto más? —pregunté.

Escribió una suma en un *post-it*, lo despegó del taco y me lo pasó. Ahogué un grito.

—¿Además de mi sueldo actual?

Tuve visiones de ir al trabajo en taxi en lugar de en autobús, de comprarlo todo de la marca Tesco Finest, la de más calidad, y de beber de esos vodkas que vienen en botellas opacas rechonchas.

—No, Eleanor, ese sería tu nuevo salario.

—Ah.

Si tal era el caso, entonces tenía que evaluar con mucho cuidado si me compensaba o no. ¿El incremento en el sueldo sería recompensa suficiente por el incremento en tedioso trabajo administrativo que tendría que asumir, por el aumento de responsabilidad para el buen funcionamiento de la oficina y, lo peor de todo, la interacción significativamente superior que me vería obligada a tener con mis compañeros de trabajo?

—¿Podría tomarme unos días para pensarlo, Bob?

Asintió.

—Claro que sí, Eleanor. Esperaba que me lo pidieras. —Me miré las manos—. Eres una buena trabajadora, Eleanor. ¿Cuánto tiempo va ya... ocho años?

—Nueve.

—Nueve años, y no has faltado ni un día por enfermedad ni utilizas nunca todas las vacaciones Eso es dedicación, ¿sabes?, y en los tiempos que corren no es algo que se encuentre fácilmente.

—No es dedicación, es solo que tengo una constitución fuerte y no sé con quién irme de vacaciones.

Apartó la vista y yo me levanté, dispuesta a irme.

Se aclaró la garganta.

—Ah, otra cosa, Eleanor. Como Loretta está muy ocupada preparando toda la historia para su sustitución... había pensado pedirte que me ayudaras con una cosa.

—Cuéntame, Bob.

—Es la comida de empresa de Navidad... ¿crees que podrías organizarla tú este año? Ella no va a tener tiempo de terminar los preparativos y ya ha venido gente a quejarse de que todavía no hayamos reservado nada...

—Y acabaremos en el Wetherspoons —dije asintiendo—. Sí, estoy familiarizada con el tema, Bob. Si es lo que quieres, estaré encantada de organizar la comida. ¿Tengo *carte blanche* en cuanto al local, el menú y la temática?

Bob asintió, ya enfrascado en su ordenador.

—Por supuesto. La empresa aportará diez libras por cabeza. Al fin y al cabo, vosotros sois los que escogéis el sitio y cuánto más queréis pagar.

—Gracias, Bob. No te decepcionaré.

No me estaba escuchando, atareado ya con lo que quiera que tuviese en la pantalla. Me hervía la cabeza. Dos decisiones importantes que tomar. Otra fiesta a la que ir. Y, en el horizonte, un apuesto y talentoso Johnnie Lomond, *chanteur extraordinaire* y compañero de vida en potencia. La vida podía ser muy intensa.

Cuando volví ante mi ordenador, me pasé un rato mirando la pantalla sin leer las palabras. Sentía un ligero mareo al pensar en todos los dilemas a los que me enfrentaba, hasta el punto de que, aunque era casi la hora de comer, no tenía deseo alguno ni de ir a comprar ni de comerme el menú de mediodía. Pensé que tal vez me ayudara hablarlo con alguien. Me vino ese recuerdo del pasado: por lo visto, hablar era bueno, ayudaba a ver los agobios con perspectiva. La gente no había parado de decírmelo en su momento: «Habla con alguien, ¿quieres hablar con alguien? Dime cómo te sientes. ¿Algo que quieras compartir con el grupo, Eleanor? No tienes que decir nada, pero podría perjudicar tu defensa si no mencionas durante el interrogatorio algo que más tarde pueda surgir en el juicio. Señorita Oliphant, ¿puede contarnos con sus propias palabras lo que recuerda de los acontecimientos que tuvieron lugar esa noche?»

Sentí que me surcaba la espalda un diminuto riachuelo de sudor, así como un revoleteo en el pecho, como si tuviera un pájaro atrapado dentro. El ordenador emitió el fastidioso *ping* que indicaba la llegada de un mensaje electrónico. Lo abrí sin pensar. ¡Aborrezco tener respuestas tan pavlovianas!

Eh, E, sigue en pie lo del sábado? Nos vemos en la parada para ir a la fiesta de Keith… tipo 8? R

Había adjuntado un gráfico: una fotografía de la cara de un famoso político junto a un retrato de un perro que era idéntico a él. Solté una risa: el parecido era innegable. Debajo se leía «mememiércoles por la mañana», signifique lo que signifique.

Llevada por un impulso le respondí directamente:

Buenos días, Raymond. El gráfico canino-ministerial me ha resultado muy ameno. ¿No estarás por casualidad libre para comer a las 12.30? Saludos, Eleanor.

Pasaron casi quince minutos sin respuesta, y empecé a arrepentirme de lo impulsivo de mi decisión. Nunca había invitado a nadie a comer. Conduje mis comprobaciones cibernéticas de rigor, para ver si había alguna actualización del músico: por desgracia, no había nada nuevo ni en Facebook, ni en Twitter ni en Instagram. Me daba angustia cuando se quedaba callado. Sospeché que eso significaba o que estaba muy triste o, lo que era más preocupante, muy feliz. ¿Novia nueva?

Me sentí mareada, y estaba pensando que tal vez no debiera apostar hoy por el menú del día completo y no tomarme más que un batido antioxidante y una bolsita de cacahuetes con wasabi, cuando llegó otro mensaje.

Sorry… me ha surgido una asistencia en mesa. Le he dicho que reinicie, JAJA. Chachi, me parece bien comer. Nos vemos en la entrada en 5? R

Le di a Responder.

Me parece bien. Gracias.

En un arrojo de osadía no firmé con mi nombre, pues di por hecho que ya sabía que se trataba de mí.

Raymond llegó tarde —apareció a los ocho minutos en lugar de a los cinco que él mismo había propuesto—, pero por una vez decidí dejarlo correr. Me sugirió que fuéramos a un bar al que solía ir y que estaba a la vuelta de la esquina.

No era el tipo de establecimiento que yo frecuentaría, con un aspecto entre bohemio y descuidado, muebles desparejados y un montón de cojines y mantitas. Me pregunté qué probabilidades habría de que los lavaran con cierta regularidad; mínimas, cuando menos. Me estremecí al pensar en todos aquellos microbios: el calor del bar y la densidad de las fibras eran un campo de cultivo ideal para ácaros y, quizá, incluso piojos. Me senté a una mesa con sillas de madera normales, sin ninguna cobertura blanda.

Raymond parecía conocer al camarero, que lo saludó por su nombre cuando nos trajo la carta. El personal, tanto hombres como mujeres, tenía el mismo porte que él: desaliñado, dejado, mal vestido.

—El falafel suele estar rico —dijo—, o la sopa… —Señaló la pizarra de Especialidades.

—Crema de coliflor con comino —leí en voz alta—. Uy, no, no lo veo en absoluto.

Seguía en un estado de tormento gástrico tras mi reunión

con Bob, de modo que pedí solamente un café con mucha espuma y un *scone* de queso. No sé qué comió Raymond pero olía asqueroso, a vómito recalentado a fuego lento. Hacía ruido al comer, con la boca ligeramente abierta, hasta el punto de que tuve que apartar la vista. Así fue más fácil sacar el tema de la oferta de Bob y la tarea que me había encomendado.

—¿Puedo preguntarte una cosa, Raymond?

Le dio un sorbo a su coca-cola y asintió. Volví a apartar la vista. El hombre que nos atendía estaba recostado sobre la barra, moviendo la cabeza al ritmo de la música. Era un estruendo cacofónico, con demasiadas guitarras y poca melodía. Se me ocurrió que así sonaba la locura, que ese sería el tipo de música que escuchaban los lunáticos en su cabeza justo antes de decapitar zorros y tirar cabezas por los jardines traseros de los vecindarios.

—Me han ofrecido un ascenso, para el puesto de jefa de personal. ¿Crees que debería aceptar?

Dejó de masticar y tomó otro sorbo de su bebida.

—Eso es genial, Eleanor —dijo sonriendo—. ¿Qué es lo que te retiene?

Tomé un trocito del *scone*, que estaba delicioso (no me lo esperaba, mucho más rico que los que venden en el Tesco, por mucho que nunca habría imaginado que acabaría pensando eso de nada).

—Bueno, entre las ventajas está un sueldo mayor. No es un aumento sustancial, pero en fin… Lo suficiente como para permitirme subir el nivel de ciertas cosas. Por otra, implicaría más trabajo y más responsabilidad. El personal de la oficina está compuesto en su vasta mayoría por haraganes e idiotas, Raymond. Organizarlos tanto a ellos como sus cargas de trabajo sería todo un reto, te lo aseguro.

Soltó una risotada y luego tosió, al parecer se le había ido la coca-cola por el otro lado.

—Entiendo por dónde vas. Entonces la cosa se reduciría a si el dinero extra merece el jaleo extra, ¿no?

—Exacto, has hecho un resumen muy clarividente de mi dicotomía.

Hizo una pausa y mascó un poco más.

—¿Cuál es tu plan de vida, Eleanor? —me preguntó, pero

yo no sabía a qué se refería y debió de notarlo en mi expresión facial, porque añadió—: Lo que quiero decir es si, a largo plazo, tu idea es seguir en administración. Si es así, podría estar bien, supondría un puesto nuevo y un sueldo mejor. Cuando quieras dar el siguiente paso, ya estarás en una posición mucho mejor.

—¿A qué te refieres con «siguiente paso»? —Raymond era incapaz de hablar con claridad.

—Cuando quieras buscar otro trabajo, en otra empresa —me explicó mientras blandía el tenedor en el aire y me hacía retroceder, por miedo a que me alcanzaran microgotas de saliva—. Porque no querrás trabajar toda la vida en Diseño con De, ¿no? ¿Qué tienes, veintiséis, veintisiete años?

—He cumplido treinta recientemente, Raymond —dije, con una satisfacción que me sorprendió hasta a mí.

—¿En serio? Bueno, no tendrás pensado pasarte el resto de tu vida llevándole las cuentas a Bob, ¿no?

Me encogí de hombros; lo cierto era que no le había dedicado un solo pensamiento.

—Supongo que sí. ¿Qué iba a hacer si no?

—¡Eleanor! —exclamó, conmocionado por alguna razón que se me escapaba—. Eres brillante, aplicada, eres… te organizas muy bien. Hay un montón de trabajos que podrías hacer.

—¿Tú crees? —le pregunté dudosa.

—¡Por supuesto! —dijo asintiendo enérgicamente—. A ver, llevas bien las matemáticas, hablas muy bien. ¿Sabes algún idioma?

Asentí.

—He de admitir que tengo un buen dominio del latín.

Frunció su boquita bigotuda.

—Ajá… —musitó, y llamó entonces al camarero, que vino a despejar la mesa y volvió luego con dos cafés y un platito de trufas de chocolate que nadie le había pedido.

—¡Ahí tenéis, chavales! —nos dijo colocando el plato sobre la mesa con un aspaviento.

Sacudí la cabeza, no creía que nadie pudiera decir ese tipo de cosas.

Raymond volvió al tema.

—Hay muchos sitios que podrían querer contratar a una jefa de personal con experiencia, Eleanor. Y no solo en el ámbito del diseño gráfico… Podría ser una clínica ginecológica, una empresa tecnológica o… no sé… ¡un montón de sitios!

—Se metió una trufa en la boca—. ¿Tienes pensado quedarte en Glasgow? Podrías mudarte a Edimburgo… o a Londres o… adonde te lleve el viento.

—¿Ah, sí? —Tampoco se me había ocurrido nunca mudarme de ciudad, vivir en otra parte. Bath, con sus fabulosos restos romanos, York, Londres… Me sobrepasaba—. Esto me hace pensar que hay muchas cosas en la vida que nunca me he planteado, Raymond. Supongo que no era consciente de que tenía control sobre ellas. Ya sé que suena absurdo.

Se lo veía muy serio, y entonces se acercó en el sitio.

—Eleanor, por lo que sé, no lo has tenido fácil en esta vida. No tienes hermanos, nunca tuviste un padre cerca, y dijiste que tienes una relación… complicada con tu madre. —Asentí—. ¿Estás viendo a alguien? —preguntó.

—Sí.

Se quedó expectante; yo no entendía por qué pero pareció necesitar una respuesta más detallada. Suspiré, sacudí la cabeza, y hablé todo lo lenta y claramente que pude.

—Te estoy viendo a ti ahora mismo, Raymond. Estás sentado enfrente.

Soltó una risotada.

—Sabes perfectamente de qué te hablo, Eleanor. —Quedó patente que no era así—. ¿Tienes novio? —me preguntó con paciencia.

Vacilé.

—No. Bueno, hay alguien. Pero no, supongo que la respuesta que más se ajusta a la realidad de este momento es que no, al menos por ahora.

—Pues por eso, que llevas muchas cosas tú sola —dijo, no a modo de pregunta sino como una constatación de hechos—. No deberías fustigarte por no tener planes de vida y de trabajo para los próximos diez años.

—¿Tú tienes planes de vida y de trabajo? —pregunté, aunque me parecía poco probable.

—Qué va —dijo sonriendo—. ¿Quién tiene de eso? Qué gente normal, me refiero.

Me encogí de hombros.

—En realidad no estoy segura de conocer a nadie normal.

—Sin rencor y eso... —dijo riendo.

Dudé un momento, confundida, y luego comprendí.

—No quería ofenderte, Raymond. Lo siento.

—No seas tonta —dijo, y señaló la cuenta—. Bueno, ¿cuándo tienes que decidir lo del puesto nuevo? Yo creo que deberías aceptarlo, si te sirve de ayuda. El que no arriesga no... Además, seguro que se te daría muy bien ser jefa.

Me quedé mirándolo fijamente, a la espera de que desarrollara el tema o hiciera algún comentario jocoso, pero me sorprendió ver que no siguió ni lo uno ni lo otro, y en cambio sacó la cartera y pagó la cuenta. Yo protesté con vehemencia pero se negó en redondo a dejarme contribuir con lo que me correspondía.

—Solo te has tomado un café y un *scone*. ¡Ya me invitarás a comer cuando te llegue tu primer sueldo de jefa de personal! —Sonrió.

Le di las gracias. Nunca nadie me había invitado a comer. Fue una sensación muy agradable, tener a alguien que incurriera en gastos por mí, de forma voluntaria y sin esperar nada a cambio.

La hora de la pausa estaba acabando cuando regresamos al edificio del trabajo, de modo que nos despedimos rápidamente antes de volver a nuestras respectivas mesas. Era el primer día en nueve años que almorzaba con un compañero y no hacía el crucigrama. Por raro que parezca, no me preocupó en absoluto el tema de los pasatiempos. Podría hacerlo esta noche. O a lo mejor podía hasta reciclar el periódico sin siquiera probar a rellenarlo. Como Raymond había señalado, el mundo estaba lleno de posibilidades infinitas. Abrí el correo y le escribí un mensaje.

Estimado R: muchas gracias por el almuerzo. Un saludo, E.

Supongo que en cierto modo tenía sentido abreviar los nombres. Al fin y al cabo, era evidente a quién me dirigía. Me respondió al momento:

De nada, buena suerte con tu decisión. Nos vemos el sábado! R.

Tenía la sensación de que en los últimos tiempos la vida se movía muy rápido, en un torbellino de posibilidades. Ni siquiera había pensado en el músico en toda la tarde. Me metí en internet y empecé a buscar locales para la comida de Navidad. Decidí que sería todo un acontecimiento, que no se parecería a ninguna otra anterior. Era importante abstenerse de clichés y precedentes. Quería hacer algo distinto, que sorprendiera y agradara a mis compañeros de trabajo, que trastocara sus expectativas. No era tarea fácil. Una cosa, sin embargo, la tenía clara: con el presupuesto de diez libras por cabeza que aportaba la empresa pagaríamos la comida, nadie tendría que poner nada más. Todavía me arrepentía de las derramas monetarias que había tenido que hacer durante años para pasar un rato horrible en un sitio horrible con gente horrible el último viernes antes del veinticinco de diciembre.

Al fin y al cabo, no podía ser tan difícil. Desde luego, Raymond se había mostrado muy alentador durante la comida. Si era capaz de hacer un análisis métrico de la *Eneida*, si sabía hacer una macro en una hoja de Excel, si había podido pasar los últimos nueve cumpleaños, navidades y fines de año sola, entonces seguro que sabría organizar una deliciosa comida festiva para treinta personas con un presupuesto de diez libras por cabeza.

20

*E*l sábado por la mañana pasó en una nube de tareas domésticas. Había empezado a utilizar guantes de goma para protegerme las manos y, aunque antiestéticos, ayudaban. La fealdad no importaba, al fin y al cabo no había nadie que pudiera verme.

Al recoger los restos de la velada pasada, me fijé en que no había llegado a consumir mi ración de vodka diaria; la mayor parte de una botella pequeña de Smirnoff seguía intacta. Consciente de mi traspié en la fiesta de Laura, la metí en una bolsa del Tesco para esa noche llevársela de regalo a Keith. Consideré qué más podía llevarle. Las flores no parecían oportunas, a fin de cuentas, suelen ser una muestra de amor. Miré en la nevera y eché al bolso un paquete de queso en lonchas. A todos los hombres les gusta el queso.

Llegué cinco minutos antes de la cuenta a la estación de metro más cercana al lugar de la fiesta. *Mirabile dictu*, ¡Raymond ya estaba allí! Me saludó con la mano y yo hice otro tanto. Emprendimos la marcha hacia el club de golf. En cierto momento aceleró el paso y empezó a preocuparme no poder seguirlo con mis botines nuevos. Pero vi entonces que me miraba de reojo y reducía la marcha para acompasarla con la mía. Me di cuenta de que esos pequeños detalles —igual que su madre me había hecho una taza de té después de comer sin preguntar y había recordado que no tomaba azúcar, o como cuando Laura puso dos galletitas en el platito del café que me trajo en la peluquería—, ese tipo de cosas, pueden significar mucho. Me pregunté cómo se sentiría uno haciendo este tipo de pequeñas buenas acciones por otras personas. No lo recordaba, aunque sabía que lo había hecho en el pasado, procurar ser amable, intentar cuidar; era consciente de que había sido ese tipo de persona, pero eso había sido «antes». Lo intenté, pero fracasé, y después lo perdí todo. La única culpable era yo.

Estaba todo muy tranquilo en las afueras; las vistas eran extensas, sin pisos ni bloques altos que ocultaran las colinas lejanas. Había una luz suave y agradable: el verano navegaba a la deriva, alejándose cada vez más mientras la noche parecía aún delicada, frágil. Se hizo el silencio, pero de esos que no sientes el deseo de rellenar.

Casi me dio pena cuando llegamos al edificio achaparrado y blanco del club. Para entonces ya medio había oscurecido, y se veían tanto la luna como el sol en lo alto de un cielo rosa almendra dulce tornasolado de oro. Los pájaros cantaban valerosos contra la noche que caía, abatiéndose en grandes bucles ebrios sobre los campos verdes. El aire olía a hierba, con pinceladas de flores y tierra, y el cálido y dulce estertor del día nos acariciaba el pelo y la piel. Me entraron ganas de sugerirle a Raymond que siguiéramos andando, que camináramos por las ondulaciones verdes y continuáramos hasta que los pájaros se callaran en las enramadas y solo se viera la luz de las estrellas. Tuve incluso la impresión de que él mismo lo habría propuesto.

La puerta principal se abrió entonces de golpe y salieron corriendo tres niños que reían a voz en grito, uno de ellos con una espada de plástico en la mano.

—Pues aquí estamos —dijo Raymond en voz baja.

Era un extraño lugar para una reunión social. Los pasillos estaban llenos de tablones de anuncios, todos con mensajes insondables sobre ligas y horarios de *tee*. Al fondo del vestíbulo había un panel de madera con una larga lista de hombres en letras de oro, de 1924 al año en curso, que terminaba con un nombre harto improbable, un tal doctor Terry Berry. El interiorismo era una desconcertante mezcla entre el estilo institucional (con el que estaba muy familiarizada) y el de casa familiar anticuada, con unas feas cortinas estampadas, suelos sufridos y polvorientos arreglos de flores secas.

Cuando entramos en el salón de actos, nos vimos ante un muro de sonido; habían instalado una discoteca portátil y la pista estaba ya llena de bailarines, de edades comprendidas entre los cinco y los ochenta años, todo ello iluminado al azar por luces de colores bastante mediocres. En la pista todos parecían fingir montar un caballo al ritmo de la música. Miré a Raymond, totalmente desubicada.

—Dios santo, necesito un trago —dijo él.

Lo seguí agradecida hasta la barra. Los precios eran satisfactoriamente bajos y me bebí mi Magners con bastante celeridad, aliviada por la certidumbre de haber llevado suficiente dinero para unas cuantas más, a pesar de que Raymond, ignorando mis protestas, me había invitado a la primera. Encontramos una mesa libre lo más lejos posible de la fuente de ruido.

—Reuniones familiares —dijo Raymond sacudiendo la cabeza—. Si ya las propias son un horror, imagínate las de los demás…

Miré alrededor. No tenía experiencia previa en ese tipo de actos, y lo que más me llamaba la atención era la disparidad de edad, de clase social y de elección de vestuario de los invitados.

—Ya se sabe, los amigos se pueden escoger… —dijo Raymond tendiendo su pinta para brindar conmigo.

—¡La familia no! —respondí, encantada de ser capaz de completar la famosa frase. Era una pista de crucigramas fácil, poco críptica, pero me dio igual.

—Es idéntico a cuando mi padre celebró sus cincuenta años, mi madre sus sesenta y mi hermana su boda —dijo Raymond—. Un DJ penoso, niños con subidón de azúcar, gente que no se había visto en años poniéndose al día y fingiendo que se caen bien… Te apuesto lo que quieras a que hay volovanes en el bufé y pelea en el aparcamiento a la hora del cierre.

Me dejó intrigada.

—Pero ¿no es divertido? ¿Ponerse al día con la familia? Toda esa gente, interesada por tu vida, encantada de verte.

Me miró con cautela.

—¿Sabes qué, Eleanor? Tienes razón, me estoy comportando como un gruñón de mierda… Perdona. —Apuró la pinta—. ¿Otra? —Yo asentí, pero recordé entonces.

—No, no, me toca a mí. ¿Tú vas a querer lo mismo?

Sonrió.

—Me encantaría. Gracias, Eleanor.

Cogí mi bolsa del suelo y me dirigí a la barra. De camino me encontré a Sammy, que estaba en un sillón rodeado de amigos y parientes, como siempre. Me acerqué.

—¡Eleanor, cielo! ¿Cómo estás? Menuda fiesta, ¿eh? —Asentí—. No puedo creer que mi pequeño cumpla cuarenta. Me parece que su primer día de colegio fue ayer. Tendrías que ver la foto: el puñetero tenía toda la boca mellada. Y míralo ahora.

Me señaló hacia el otro lado de la sala, donde estaba Keith con su mujer, cogidos de la cintura y riendo por algo que decía un hombre mayor.

—Uno no quiere otra cosa para sus hijos, que sean felices, eso es todo. Ojalá Jean estuviera aquí para verlo…

Reflexioné al respecto. ¿Era eso lo que la gente quería para sus hijos, que fueran felices? Desde luego, sonaba plausible. Le pregunté a Sammy si podía invitarlo a una copa, aunque, incluso para mi ojo no avezado, ya parecía más bien ebrio.

—No te preocupes, reina. ¡Ya tengo unas cuantas esperándome!

La mesa estaba llena de vasitos de un líquido ámbar. Le dije que me pasaría luego a verlo y seguí mi camino hacia la barra.

A pesar de la cola, disfruté del ambiente. Había una tregua, por suerte: el DJ se había tomado un descanso y lo vi en una esquina, bebiendo de una lata y hablando desganado por un teléfono móvil. De fondo se oía un zumbido de voces de hombres y mujeres, y muchas risas. Los niños parecían haberse multiplicado y gravitado hasta juntarse y formar una alegre banda de malhechores. Era evidente que todos los adultos estaban ocupados con la fiesta, así que podían correr, chillar y perseguirse con el abandono de no ser vigilados. Les sonreí y los envidié ligeramente.

En aquella sala todos parecían asumir mucho: que los invitarían a actos sociales, que tendrían amigos y familias con los que hablar, que se enamorarían, que les corresponderían, quizá incluso crearían una familia propia. Cómo celebraría yo mi cuadragésimo cumpleaños, me pregunté. Deseé tener, llegado el momento, gente en mi vida para que celebraran conmigo la ocasión. Tal vez el músico, ¿la luz de mi nueva vida? Una cosa, sin embargo, estaba clara: bajo ningún concepto lo celebraría en un club de golf.

Cuando volví a la mesa, no había nadie. Dejé la pinta de Raymond en la mesa y bebí de mi Magners. Supuse que habría encontrado alguien más interesante con quien hablar. Me senté y observé los bailes: el DJ había vuelto tras la mesa de mezclas y había seleccionado un horror cacofónico de una funda plateada de discos, una canción sobre no sé qué hombre después de medianoche. Me permití divagar. He comprobado que es una forma muy eficaz de pasar el tiempo: escoges una situación o una persona e intentas imaginar todo lo bueno que podría pasar. Cuando estás teniendo una ensoñación puedes imaginar cualquier cosa, todo puede pasar.

Sentí una mano en el hombro y pegué un bote.

—Perdona —dijo Raymond—, he ido un momentito al baño y me he encontrado a alguien al volver.

Sentí el calor donde había estado su mano; había sido solo un momento pero me quedó una impronta cálida, casi como si fuera visible. La mano humana tenía el peso justo, la temperatura ideal para tocar a otra persona, comprendí entonces. A lo largo de los años había estrechado bastantes manos —sobre todo en los últimos tiempos—, pero llevaba una vida sin que me tocara nadie.

Por supuesto, Declan y yo manteníamos relaciones sexuales con cierta regularidad, cada vez que él quería, pero en realidad nunca me tocó, tocarme de verdad. Me obligaba a tocarlo a él, me decía cómo, cuándo y dónde, y yo obedecía, no tenía alternativa. Pero recordé que en esos momentos me sentía otra persona, como si no fueran ni mi mano ni mi cuerpo. Tan solo tenía que esperar a que acabara todo. Ya había cumplido los treinta años, y nunca había andado por la calle cogida de la mano de alguien. Tampoco nadie me había masajeado los hombros cargados ni acariciado la cara. Me imaginé a un hombre rodeándome con sus brazos y abrazándome con fuerza cuando estaba triste, cansada o enfadada, su calidez, su peso…

—¿Eleanor?

—Perdona, estaba a kilómetros de distancia —le dije dando un sorbo a la Magners.

—Parece que la gente lo pasa bien —dijo señalando la sala llena. Corroboré con la cabeza—. He estado hablando con el otro hijo de Sammy, Gary, y la novia. Son unos cachondos.

Volví a mirar alrededor. ¿Cómo sería el futuro, cuando fuese a actos como aquel del brazo del músico? Se aseguraría de que estuviese cómoda, bailaría conmigo si se lo pedía (poco probable), trabaría amistad con los demás invitados. Y luego, al final de la velada, nos escabulliríamos juntos, a casa, a nuestro nidito de amor.

—Parece que somos los únicos que no estamos emparejados —le dije observando al resto de invitados.

Arrugó el gesto.

—Sí… Oye, gracias por acompañarme. Es un rollo venir solo a cosas de estas.

—¿Ah, sí? —pregunté interesada—. La verdad es que no tengo datos con los que comparar.

Se me quedó mirando.

—O sea ¿que siempre has estado sola? Como el otro día mencionaste al tipo ese… —noté que le costaba encontrar las palabras—, ese con el que saliste en la facultad.

—Como sabes, estuve con Declan un par de años. Y también sabes que la cosa no salió bien. —Más Magners—. Al final te acostumbras a estar sola. De hecho, lo prefiero a los puñetazos en la cara y las violaciones.

Raymond se atragantó con la pinta y tuvo que tomarse un momento para recuperarse. Siguió en voz baja.

—Pero eres consciente de que esas no son tus únicas opciones, ¿verdad? No todos los hombres son como Declan.

—¡Ya lo sé! —dije animada—. ¡He conocido a uno!

Vi en mi mente al músico trayéndome un ramo de fresias y besándome la nuca. Por alguna razón, vi que Raymond se incomodaba.

—Voy un momentito a pedir. ¿Sigues con la Magners?

Me sentía rara, como revuelta por dentro.

—Tomaré un vodka con coca-cola, por favor —le pedí, sabiendo por experiencia que podía sentarme bien para lo que estuviera aquejándome, fuera lo que fuese.

GAIL HONEYMAN

Seguí a Raymond con la mirada. Si le diera por ir derecho y afeitarse… Tenía que comprarse un par de camisas bonitas, unos zapatos decentes y leer un par de libros en lugar de jugar tanto con la consola. ¿Cómo quería encontrar a una buena chica si no?

Keith se acercó a la mesa y me agradeció mi presencia. Aproveché para darle su regalo de cumpleaños, que pareció sorprenderlo realmente. Miró ambas cosas con una expresión que me costó identificar, pero pude eliminar de la lista «aburrimiento» e «indiferencia». Me sentí contenta; era un sentimiento bonito, dar un regalo, de esos únicos y pensados que no recibiría de nadie más. Dejó la bolsa en una mesa cercana.

—¿Te gustaría… te gustaría bailar, Eleanor?

El corazón empezó a aporrearme el pecho. ¡Bailar! ¿Sería capaz?

—No sé si sé cómo se hace.

Keith rio y me levantó de la silla.

—Venga, seguro que te defiendes.

Acabábamos de llegar a la pista de parqué cuando la música cambió y soltó un gruñido.

—Lo siento, pero por ahí no paso. Con esta prefiero sentarme. ¡Soy el cumpleañero y puedo decidir!

Vi que otra gente dejaba la pista al tiempo que un nuevo rebaño corría a ocupar su lugar. La música, con muchos metales, tenía un ritmo muy acelerado. Michelle, la pareja de Gary, me hizo señas para que me acercara y me introdujo en un pequeño corro de mujeres de más o menos la misma edad que me sonrieron y parecían muy contentas. Me uní al grupo e imité sus saltitos en el sitio. Había quienes movían los brazos como si corrieran, otras apuntaban a ninguna parte; al parecer la idea era zarandear el cuerpo a tu antojo, siempre y cuando fuera al ritmo de la música, que era un compás de ocho tiempos perenne, marcado además por una batería. De pronto el ritmo cambió de golpe y todo el mundo empezó a hacer lo mismo, formando extrañas formas con los brazos por encima de la cabeza. Me llevó unos instantes aprendérmelas para poder imitarlas. Saltitos libres, formas comunales en el aire; saltitos libres, formas comunales en el aire. ¡Bailar era fácil!

Al poco tiempo me encontré pensando en nada, un poco

como con el vodka, pero a la vez distinto, porque estaba rodeada de gente y cantaba. «¡YMCA! ¡YMCA!» Brazos al aire, formando las letras... ¡qué idea más estupenda! ¿Quién podía pensar que el baile fuera algo tan lógico?

En la siguiente tanda de saltitos libres, empecé a preguntarme por qué el grupo gritaba las siglas de la Young Men's Christian Association, pero mi reducida exposición a la música popular me hizo comprender que la gente parecía cantar sobre paraguas, provocar incendios y novelas de Emily Brontë,[1] de modo que me dije: ¿por qué no sobre una organización de jóvenes de un sexo y una fe en particular?

En cuanto terminó la canción, empezó otra; la siguiente no era tan divertida ni de lejos, pero aun así me quedé en la pista de baile con el mismo grupo de mujeres sonrientes y con la sensación de estar en el centro de todo. Empezaba a comprender por qué la gente se divertía tanto bailando, aunque no estaba segura de poder aguantar una noche entera. Noté que me daban un toquecito en el hombro y me volví esperando ver a Raymond, con una sonrisa preparada mientras pensaba en contarle lo del baile con los brazos, pero no era él.

Se trataba de un hombre de entre treinta y cinco y cuarenta años al que no había visto en mi vida. Sonrió y arqueó las cejas, como en un interrogante, y se limitó a empezar a dar saltitos libres delante de mí. Me volví hacia el grupo de mujeres sonrientes pero el corro se había reestructurado sin mí. El hombre, con la cara roja, bajito y de piel pálida, de no haberse comido una manzana en su vida, siguió dando saltitos exaltados, si bien algo descompasados. Al no saber cómo reaccionar, reanudé el baile. Se me acercó y me dijo algo que, evidentemente, quedó obnubilado por el volumen de la música.

—¿Perdone, qué decía? —chillé.

—Digo —gritó con mucha más fuerza— que de qué conoces a Keith.

Extraña pregunta para hacerle a una desconocida.

—Le presté auxilio a su padre cuando sufrió un accidente —grité a mi vez.

1. Guiños a canciones de Rihanna, Prodigy o Kate Bush.

Tuve que repetírselo dos veces para que comprendiera, tal vez tuviera una deficiencia acústica. Cuando por fin le caló el mensaje, se quedó un momento con cara de intrigado y luego se abalanzó sobre mí con lo que solo podría calificarse de mirada lasciva.

—¿Eres enfermera?

—No, soy técnico de administración financiera.

Aquello pareció dejarlo sin saber qué decir, y yo miré hacia el techo mientras dábamos saltitos para evitar seguir con la conversación; era bastante arriesgado bailar y hablar a la vez.

Cuando terminó la canción, sentí que ya había tenido bastante y experimenté la necesidad urgente de refrescarme.

—¿Te invito a una copa? —gritó el hombre por encima de la siguiente canción.

Me pregunté si el DJ habría considerado la opción de introducir una pausa de cinco minutos entre disco y disco para que la gente pudiera ir en paz a la barra o al aseo. Tal vez podía sugerírselo yo misma.

—No, gracias, no quiero aceptar una copa porque me vería obligada a invitarte a otra a cambio, y me temo que no estoy interesada en pasar contigo el tiempo que tardo en tomarme dos copas.

—¿Eh? —preguntó llevándose la mano a la oreja.

Era evidente que padecía de acúfenos o alguna otra afección auditiva. Me comuniqué por señas, sacudiendo sin más la cabeza y moviendo el índice mientras formaba un no con los labios. Me volví y fui en busca de los aseos antes de que intentara seguir conversando.

Me costó encontrarlos, ubicados al fondo del pasillo, con tan solo señales para indicar un tocador. Resultó que eso significaba aseos. ¿Por qué la gente no llama a las cosas por su nombre? Es muy confuso. Había cola, a la que me uní apostándome tras una mujer muy ebria con un atuendo poco afortunado para su edad. Siempre he creído que los palabras de honor le sientan mejor a las menores de veinticinco años, si es que le quedan bien a alguien.

La chaqueta transparente y centelleante no estaba cumpliendo la misión de taparle el enorme pecho de crepé. El maquillaje, que podría haber sido sutil si estuviera pensado para subir al escenario del Royal Albert Hall, se le había empezado a correr. Por alguna razón, me la imaginé sin problema llorando en las escaleras al final de la noche. Me sorprendió que me viniera aquella imagen, pero su comportamiento transmitía un desasosiego que te arrastraba a esa conclusión.

—¿Cuánto tiempo de tu vida crees que has perdido haciendo cola en el meadero? —preguntó para entablar conversación—. Siempre se quedan cortos poniendo, ¿no te parece? —No respondí porque estaba intentando calcular el tiempo aproximado de cola, pero pareció no importarle quedarse sin contestación—. A los hombres no les pasa —prosiguió en tono enfadado—. En el de hombres nunca hay cola. A veces me dan ganas de entrar y agacharme sobre el orinal. ¡Ja! ¡Imagínate la cara que pondrían! —Rio con una risa larga y ahumada que se convirtió en una tos prolongada.

—Ah, pero yo diría que el baño de caballeros tiene que ser de lo más antihigiénico. No parecen preocuparse mucho por la limpieza y esas cosas.

—No —dijo con una voz llena de amargura—, ellos llegan, mean donde les parece y luego se largan y que venga otra a limpiar detrás. —Se quedó mirando a lo lejos, en precario equilibrio, sin duda con un individuo concreto en mente.

—En realidad me dan mucha pena —comenté. La mujer me miró de hito en hito y me apresuré a aclarar mi afirmación—. Me refiero a… imagínese tener que miccionar en una fila, rodeado de otros hombres, de desconocidos, conocidos e incluso amigos. Debe de ser espantoso. ¡Figúrese lo raro que sería tener que enseñar nuestros genitales delante de otra mujer cuando por fin llegas al principio de la cola!

Mi interlocutora soltó un eructo no muy sonoro a modo de respuesta y se quedó mirándome las cicatrices sin la más mínima inhibición. Volví la cabeza.

—Tú no estás muy allá, ¿no? —me preguntó, aunque no empleó un tono agresivo, se limitó a arrastrar ligeramente las palabras. No era la primera vez que me lo preguntaban.

—Sí, supongo que no.

Asintió como si confirmara una sospecha que tenía desde hacía tiempo. Fue lo último que dijimos.

Cuando regresé al salón de actos, el ánimo había cambiado:

el ritmo de la música era más lento. Fui a la barra y adquirí una Magners y un vodka con coca-cola y, tras pensarlo un momento, una pinta para Raymond. Me costó lo suyo llevarlo hasta nuestra mesita, pero conseguí llegar sin derramar una gota. Me alegré de sentarme después de tanto brinco y tanta cola y me bebí el vodka en dos sorbos: bailar da sed. La chaqueta vaquera de Raymond colgaba del respaldo de su silla, pero ni rastro de él. Pensé que tal vez hubiera salido a fumar. Tenía muchas cosas que contarle, lo del baile y la mujer de la cola, y estaba deseando hacerlo.

La música volvió a cambiar y se volvió más lenta aún. Mucha gente salió de la pista, y los que se quedaron parecían como a la deriva. Era una extraña visión, me recordó al reino animal, a unos monos o tal vez a unos pájaros. Todas las mujeres echaron los brazos al cuello de los hombres y ellos a su vez llevaron los suyos a las cinturas de ellas. Se balancearon de un lado a otro, arrastrando extrañamente los pies, bien mirándose a la cara bien apoyando la cabeza en el hombro del otro.

Estaba claro que era una especie de ritual de apareamiento. Pero ¿no podía ser que fuese agradable balancearse al ritmo de una música lenta apretada contra alguien maravilloso? Volví a mirarlos, los distintos tamaños, formas y permutaciones. Y entonces, allí en medio, vi que Raymond bailaba con Laura. Él estaba diciéndole algo al oído, tan cerca que estaría oliendo su perfume, y ella reía.

La copa que le había comprado se iba a desperdiciar. La cogí y me bebí toda la pinta de un sorbo, con su sabor acre y amargo. Me levanté y me puse la cazadora. Iría una vez más al tocador y luego cogería el metro de vuelta al centro. Daba la impresión de que la fiesta había acabado.

21

*L*unes, lunes… No tenía buenas sensaciones; el día anterior no había podido relajarme ni había conseguido ponerme a hacer nada. Podría decirse que tenía los nervios a flor de piel. Si mi estado de ánimo hubiese sido una pista de crucigrama, la respuesta habría sido «trastocada». Intenté averiguar la razón, pero me vi incapaz de llegar a una conclusión plausible. Al final acabé yendo por la tarde al centro en autobús (sin coste alguno, gracias, abono de transportes) para volver a ver a Bobbi Brown. Una vez más no se había presentado a trabajar —temí que careciera de ética profesional— y una señora distinta me había maquillado casi igual que la otra vez. Aproveché para comprar los múltiples productos y utensilios necesarios para recrear esa misma cara en casa.

El coste total excedía por poco mi cuota mensual de impuestos municipales, pero estaba de un ánimo tan extraño que no llegó a afectarme. Me dejé la cara pintada todo el día y me la reapliqué por la mañana, en un facsímil casi perfecto. La señora me había explicado cómo hacerlo, incluida la cuidadosa mezcla de correctores sobre mis cicatrices. La sombra negra difuminada no quedó perfectamente uniforme, aunque, según la mujer, esa era la gracia de los ojos ahumados: no había por qué ser precisa.

Me había olvidado del tema hasta que llegué a la oficina y Billy silbó, un silbido lobuno, que hizo que los demás se volvieran y me miraran.

—Pelo nuevo, un poquito de carmín —me dijo dándome un codazo que me hizo retroceder—. Alguien quiere un poco de marcha, ¿me equivoco?

Las mujeres se congregaron a mi alrededor. Llevaba también puesto mi conjunto nuevo.

—¡Estás estupenda, Eleanor!

—¡Qué bien te sienta el negro!

—Me encantan los botines, ¿dónde los has comprado?

Examiné sus caras en busca de miradas maliciosas, esperando el chiste. No hubo ni lo uno ni lo otro.

—¿Y dónde te has arreglado el pelo, por cierto? —Quiso saber Janey—. Te favorece mucho el corte.

—En Heliotropo, en el centro. Me lo cortó Laura, una amiga mía —dije con orgullo.

Janey parecía impresionada.

—Voy a tener que probar. Mi peluquero va a trasladar el local más al norte y estaba buscando un sitio nuevo. ¿Sabes si tu amiga también hace peinados de boda?

Rebusqué en la bolsa.

—Aquí tienes su tarjeta. ¿Por qué no la llamas?

Janey me sonrió encantada. ¿Sería verdad? Me apresuré a devolverle la sonrisa —ante la duda, sonríe, recuerda— y me fui a mi mesa.

Entonces ¿era así como funcionaba la verdadera integración social? ¿Tan fácil era? ¿Pintarse los labios, ir a la peluquería y alternar las ropas? Alguien debería escribir un libro, o al menos un folleto explicativo, y transmitir la información. Ese día estaba recibiendo más atención de mis compañeros (de la positiva, sin malicia, me refiero) que en los últimos años. Sonreí para mis adentros, satisfecha por haber resuelto parte del puzle. Llegó un mensaje electrónico a mi bandeja de entrada.

El sábado te fuiste sin despedirte… Todo bien? R.

Pulsé Responder.

Bien, gracias. Es solo que me cansé de bailar y de tanta gente. E.

Contestó al instante.

Comemos? Donde siempre, 12.30? R

Me sorprendió sobremanera darme cuenta de que me complacía la perspectiva de comer con Raymond y de que me hacía ilusión que me lo pidiera. ¡Donde siempre! Me armé de valor y, con los dientes apretados y un solo dedo, tecleé:

TBO allí. E

Me recosté en el asiento, ligeramente mareada. No podía negar que la comunicación iletrada era más rápida, pero tampoco era para tanto; me había ahorrado la molestia de teclear dos caracteres y dos espacios. En cualquier caso, formaba parte de mi nuevo credo: probar cosas nuevas. Pero lo había intentado y definitivamente no me gustaba nada. Los PRO y los XQ y los DPM podían irse a tomar viento. No estaba hecha para el analfabetismo, no me salía del alma. Aunque fuera bueno probar cosas nuevas y ser abierta de mente, también era extremadamente importante ser fiel a tu verdadero yo. Lo había leído en una revista de la peluquería.

Raymond ya estaba allí cuando llegué, charlando con otro joven con barba pero casi idéntico al que nos había atendido la última vez. Cuando pedí un café con mucha espuma y un *scone* de queso, a mi compañero pareció hacerle gracia.

—Eres un animal de costumbres, ¿verdad, Eleanor? —Me encogí de hombros—. Te veo muy bien, por cierto. Me gusta tu… —dijo señalándome la cara en general.

Yo asentí y comenté:

—Al parecer, por alguna razón a la gente le gusto más con maquillaje.

Arqueó las cejas y se encogió de hombros, igual de perplejo que yo.

El chico barbudo nos trajo la comida y Raymond empezó a llevársela a paladas a la boca.

—Entonces ¿te lo pasaste bien el sábado? —me preguntó, pero no entre bocados, como yo habría deseado, sino, por horrible que parezca, en medio de uno.

—Sí, gracias. Era la primera vez que probaba a bailar y me divertí bastante. —Él siguió metiéndose el tenedor en la boca sin parar; el proceso, y su ruido, parecían industriales, implacables—. ¿Y tú, te lo pasaste bien?

—Hum… Fue divertido, sí. —No utilizaba el cuchillo y cogía el tenedor con la derecha, como un niño o un estadounidense. Sonrió.

Pensé en preguntarle si había vuelto a bailar con Laura esa noche, o si la había acompañado a casa, pero descarté la idea; a fin de cuentas no era asunto mío y las preguntas indiscretas son de mala educación.

—Y… ¿te has decidido a lo del ascenso? ¿Lo vas a aceptar?

Desde luego, lo había estado considerando en el tiempo libre que había tenido los días previos, sí. Había buscado señales, indicios… pero no había hallado nada, salvo por el 12 horizontal del viernes pasado: «A favor de movimiento (ascendente) (9)». Me lo había tomado como un buen augurio.

—Voy a decir que sí.

Raymond sonrió, soltó el tenedor y me tendió la mano. Comprendí que debía juntar la mía con la suya en lo que reconocí como un «choca esos cinco».

—Muy buena —dijo reanudando la comida—. Te felicito.

Sentí un fogonazo de alegría, como una cerilla al encenderse. No recordaba que me hubieran congratulado nunca por nada. Era ciertamente agradable.

—¿Cómo está tu madre? —le pregunté tras disfrutar del momento y de lo que quedaba del *scone*.

Habló un rato sobre ella, me contó que le había preguntado por mí. Aquello me preocupó —por defecto, la curiosidad materna me hacía sentir angustia—, pero Raymond me tranquilizó.

—Le caíste muy bien… Me dijo que pases cuando quieras. Está muy sola.

Asentí. De eso me había percatado. Se excusó y se fue al baño con su típico arrastrar de pies, mientras yo me quedaba contemplando el bar a la espera de su regreso. En la mesa de al lado había dos mujeres más o menos de mi edad, con sendos bebés vestidos con muchos colores. Ambos iban en cochecitos, uno estaba dormido mientras el otro miraba con ojos ensoñados un rayo de luz que bailaba por la pared. La máquina de café siseó al cobrar vida y vi cómo, al instante, la alarma le arrugaba la cara al retoño: a cámara lenta su boquita rosa hizo un puchero, formó un beso y se abrió acto seguido para soltar un gemido a un volumen bastante alto. Su madre miró hacia abajo y, al ver que estaba bien pese al ruido, siguió la conversación. El llanto se intensificó. Supuse que cuadraba con la lógica evolutiva que los gritos de angustia de los bebés estén afinados en un tono y un volumen perfectos para que los adultos no puedan ignorarlos.

Se animó aún más, los puños cerrados con furia y una cara cada vez más roja. Cerré los ojos e intenté en vano ignorar el ruido. «Deja de llorar, por favor, deja de llorar, por favor. No sé por qué lloras. ¿Qué tengo que hacer para que pares de llorar? No sé qué hacer. ¿Te duele algo? ¿Estás malo? Hambre. No sé qué hacer. Por favor, no llores. No hay nada de comer. Mamá volverá pronto. ¿Dónde está mamá?» Me temblaba la mano cuando cogí la taza de café y tomé aire todo lo lentamente que pude, sin dejar de mirar el tablero de la mesa.

El llanto amainó. Levanté la vista y vi al bebé, tranquilo ya en los brazos de su madre, que estaba cubriéndolo a besos. Solté el aire. Sentí un gran alivio por él.

Cuando Raymond regresó, pagué el almuerzo, puesto que él había pagado la última vez; empezaba a cogerle el tranquillo al concepto de alternancia en los pagos. Insistió, sin embargo, en dejar él la propina. ¡Cinco libras! Lo único que había hecho el camarero era traernos la comida de la cocina a la mesa, un trabajo por el que ya lo retribuía el dueño del café. Raymond era impulsivo y derrochador, no me extrañaba que no pudiera permitirse unos zapatos decentes o una plancha.

Mientras regresábamos lentamente a la oficina, mi compañero me contó en detalle un problema que había tenido con un servidor y que no entendí (ni me interesó especialmente) y con el que tenía que lidiar esa tarde. Ya en el vestíbulo, se dirigió hacia las escaleras de la planta de arriba, donde él tenía su mesa.

—Nos vemos pronto. Cuídate.

Al decirlo pareció hablar en serio, que realmente nos veríamos pronto y que deseaba que me cuidase. Sentí una calidez interior, una sensación agradable y resplandeciente, como un té caliente en una mañana fría.

—Cuídate tú también, Raymond —le dije, y lo deseé de veras.

Esa noche tenía pensado relajarme con una taza de Bovril y un programa de radio muy interesante sobre cuestiones políticas de América Latina; después, por supuesto, de llevar a cabo las comprobaciones habituales sobre lo que se traía entre manos Johnnie Lomond. Había enviado un *tweet* desganado sobre un personaje de un programa de televisión y había colgado una fotografía en Facebook de unas botas que quería. Un día con pocas novedades. Oír la voz de mamá un lunes fue una sorpresa tan inesperada como indeseable.

—Eleanor, querida. Sé que no es nuestro horario habitual de llamadas pero estaba pensando en ti. Solo quería saludarte, ver cómo lo llevas, esas cosas... —Me quedé callada, conmocionada por la inesperada intrusión en mi noche—. ¿Hola? Querida, estoy esperando...

Carraspeé.

—Yo... eh... estoy bien, mamá. ¿Estabas... pensando en mí? —Eso sí que era una novedad.

—Ajá. En dos cosas en realidad: lo primero, ¿quieres que vea si puedo echarte una mano con el proyecto? Desde aquí no tengo mucho margen de maniobra, claro, pero tal vez pueda, no sé, ¿mover algunos hilos? ¿Habría posibilidad de que maquináramos una visitita, para que pueda ir a ayudarte? Sé que parece imposible, pero quién sabe... La fe mueve montañas y esas cosas...

—No, mamá, no, no, no —dije atropelladamente y, al oír que respiraba hondo, me obligué a ordenar las palabras—. Me refiero a que... —oí el siseo al soltar el aire atrapado en los pulmones— es un ofrecimiento muy considerado, pero creo que voy a tener que rechazarlo.

—¿Puedo preguntar por qué? —dijo sonando ligeramente ofendida.

—No, es que... En realidad creo que lo tengo todo bajo control. Y sería mejor si... no hicieras nada, si no te importa. No creo que esté en tu mano hacer mucho más en este punto.

—Bueno, querida... si tan segura estás... Pero yo puedo ser muy eficaz, ¿sabes? Y, si te soy sincera, tú a veces eres un poco tontita. —Solté un suspiro pero cuidando de que apenas se oyera—. Además, estoy empezando a impacientarme. Las cosas tienen que avanzar con ese hombre. Un poco más de acción, Eleanor... Eso es lo que necesitas, querida. —Empezaba a calmarse.

—Sí, mamá. Tienes toda la razón, por supuesto.

No podía negar que en las últimas semanas, desde que había conocido al músico, mi interés, y por tanto mis avances, se habían visto ensombrecidos por asuntos más urgentes. Tenía tantas cosas nuevas a las que hacerme: Raymond, el puesto nuevo, Sammy y su familia... Pero ella estaba en lo cierto.

—Intentaré acelerar las cosas —dije, con la esperanza de aplacarla y, cuando empezó a despedirse, le pregunté—: Ah, un momento, mamá, espera un segundo. Habías dicho dos cosas, ¿qué era lo otro en lo que estabas pensando?

—Ah, sí —dijo, y oí su típico siseo oblicuo y desdeñoso de humo—. Solo quería decirte que eres un desperdicio inútil de tejido humano. Eso era. ¡Adiós, querida! —dijo, cortante como un cuchillo.

Silencio.

@johnnieLamonda
¡Extra, extra! Dejo los Pioneros Peregrinos. Sin rencor. Súper respeto por todos #cantautor #hanacidounaestrella (1/2)

@johnnieLamonda
Me lo monto en solitario en una nueva dirección musical más potente. Atentos a sus pantallas. Paz, hermanos #iconoclasta (2/2)

22

*M*amá volvió a comunicarse en su día habitual, el miércoles, en un intervalo entre conversaciones, cuando menos, breve.

—¡Hola, hola! ¡Yo otra vez! ¿Algo nuevo que contarle a mamá?

En ausencia de otras noticias destacables desde el lunes, le hablé del cumpleaños de Keith.

—Vaya, qué sociable te has vuelto, Eleanor, de flor en flor —dijo con su voz empalagosa. Yo callé; suele ser la opción más segura—. ¿Qué te pusiste? Me apuesto lo que sea a que ibas ridícula. Por el amor de Dios, anda, dime que no intentaste bailar, hija mía. —De algún modo intuyó mi respuesta por el silencio tenso a mi lado de la línea—. Ay, querida, bailar es para gente guapa. Pensar en ti aleteando como una morsa... —Rio con ganas—. Ah, gracias, muchas gracias, cariño. Me has alegrado la noche, de verdad. —Volvió a reír—. ¡Mi Eleanor, bailando!

—¿Cómo estás tú, mamá? —pregunté en voz baja.

—Bien, cariño, perfectamente. Esta noche toca chili con carne, que está siempre riquísimo. Y luego veremos una película. ¡Los milagros del miércoles! —Empleaba un tono animado y alegre, aunque con un matiz rayano en la manía que reconocí al instante.

—Me han ascendido, mamá —le dije, incapaz de evitar un pequeño destello de orgullo en la voz.

Resopló.

—¡Ascendido! Qué cosa más impresionante, cariño. ¿Qué supone eso... cinco libras más al mes? —No respondí—. De todas formas —dijo con una voz que rezumaba dulzor paternalista—, me alegro por ti. Lo digo en serio, ¡bien hecho! —Miré el suelo con lágrimas en los ojos. La oí hablar con alguien, una especie de gruñido—: ¡Que no, que yo no dije eso, joder! ¡Dije *Sexo en Nueva York 2*! ¡Que no, te lo dije! Creía que íbamos a votar. ¿Cómo? ¿Otra vez? Me cago en... —Volvió conmigo—: Mis compañeras internas han vuelto a escoger *Cadena perpetua*, ¿te lo puedes creer? Solo llevamos comooooo... ¡veinte miércoles seguidos!

»Oye, pero... que tanta tontería no te distraiga de tu proyecto, que si ascensos, que si fiestas de cumpleaños. Tienes una misión y no debes perder la concentración. Para cazar marido hay que poner toda la carne en el asador. Imagínate, podrías darme un yerno guapo y decente, Eleanor. Eso sería normal, cariño, ¿no te parece? Por fin seríamos una familia normal. —Rio y yo la imité: era una idea demasiado estrafalaria para tomármela en serio—. Me maldijeron con hijas —dijo tristemente—, a mí que siempre quise un varón. Podría conformarme con un yerno... siempre y cuando sea el indicado. Ya sabes: instruido, considerado, solícito, con buenos modales. Él reúne todo eso, ¿verdad, Eleanor, el de tu proyecto? ¿Un hombre bien vestido y bien hablado? Ya sabes que siempre he intentado transmitirte la importancia de hablar correctamente y de tener un buen aspecto.

—Parece muy agradable, mamá. Muy indicado. Guapo, con talento y éxito. ¡Y glamour! —dije animándome con el tema.

Evidentemente yo sabía poco o nada sobre él, de modo que me limité a embellecer la escasa información que había cosechado sobre Johnnie Lomond durante mis pesquisas. Me resultaba divertido.

El tono de su respuesta, en cambio, derrochaba desdén, con un retrogusto de amenaza. El que tenía siempre por defecto.

—Ay, Dios, me tienes harta. Esta conversación me aburre y estoy cansada de esperar a que lleves a término tu proyecto. Sanseacabó, Eleanor. Por lo que más quieras, no te molestes en ser proactiva y avanzar con el tema. No, no, Dios nos asista. Mira, mejor... sigue sin hacer nada. Ve a meterte en tu pisito vacío y a ver la televisión tú sola, como haces to-das-las-no-ches. —La oí gritar—: ¡Que ya voy! ¡No empecéis sin mí!

—El chasquido de un mechero, una inspiración—. Tengo que largarme, Eleanor. ¡Me las piro!

Línea muerta.

Me senté a ver la televisión yo sola, como hago to-das-las-no-ches.

Supongo que una de las razones que nos permiten continuar nuestra existencia durante el tiempo que se nos asigna en este valle de lágrimas verdiazul es que siempre, por remota que parezca, existe la posibilidad del cambio. Nunca pensé, ni en mis elucubraciones más disparatadas, que encontraría un trabajo que no implicara ocho horas de tareas pesadas. Para mí era un motivo de asombro mirar el reloj muchos días de la semana y ver que las horas habían pasado sin darme cuenta. El puesto de jefa de personal entrañaba una serie de tareas nuevas que debía aprender y perfeccionar. Ninguna, obviamente, estaba fuera del alcance del entendimiento humano, pero algunas eran de una complejidad considerable, y me sorprendió el entusiasmo con que mi cerebro respondió ante los nuevos retos que se le planteaban. Mis compañeros no parecieron especialmente impresionados cuando se enteraron de que yo sería la nueva jefa de personal aunque, hasta el momento, tampoco había habido señales de motín o insubordinación. Me atrincheré en mí misma, como siempre, y les permití seguir con sus trabajos (o lo que ellos entendían por hacer su trabajo, dado que en realidad nunca hacían mucho, y solían meter la pata en las pocas tareas que realmente abordaban). En cualquier caso, hasta la fecha había prevalecido el *statu quo*, y tampoco habían sido más ineficaces de lo que eran antes de mi nombramiento.

El nuevo puesto suponía interactuar más con Bob, lo que me permitió descubrir que era un interlocutor bastante divertido. Compartía conmigo muchos detalles sobre el día a día de llevar un negocio, y me encantaba la forma que tenía de soltar indiscreciones sobre los clientes. Quienes, pronto supe, podían ser muy exigentes, aunque mi contacto directo con ellos seguía siendo muy limitado, por suerte para mí.

Por lo que fui deduciendo, la mayoría de los clientes eran

completamente incapaces de articular sus exigencias, de modo que, desamparados, los diseñadores tenían que crear un material gráfico basado en las escasas y vagas insinuaciones que lograban sacarles. Tras muchas horas de trabajo, de todo un equipo de producción, el resultado se remitía al cliente para que este le diera su visto bueno. Llegados a ese punto, el cliente decía sin falta: «No. Eso es justo lo que NO quiero».

Seguía entonces una serie de iteraciones tortuosas del mismo proceso hasta que por fin el cliente se declaraba satisfecho con el resultado final. Y siempre, sin falta, según Bob, el material gráfico de la última entrega era casi idéntico al primero que se envió, que el cliente descartó en el acto como inadecuado. Pensé que no era de extrañar que siempre mantuviera la sala de personal bien surtida de cerveza, vino y chocolate, y que los del departamento de arte se aprovisionaran con tanta frecuencia.

También había empezado a planear la comida de Navidad. Hasta el momento solo albergaba ideas vagas, pero, como nuestros clientes, tenía muy claro lo que no quería: nada de restaurantes de franquicia u hoteles, nada de pavo y nada de Santa Claus; nada que dijera «entretenimiento para empresas» o «comida de empresa» en su página web. Llevaría un tiempo encontrar el local perfecto y planear el día perfecto, pero aún tenía varios meses por delante.

Raymond y yo seguimos quedando para almorzar al menos una vez a la semana. Era siempre en días distintos, algo que a mí me resultaba fastidioso, pero él era un hombre con una resistencia extrema a la rutina (algo que no debería sorprenderme). Un día me mandó un correo menos de veinticuatro horas después de haber quedado para invitarme a almorzar al día siguiente. Ya casi era capaz de creer que alguien disfrutara, o al menos tolerara, mi compañía durante un almuerzo breve, pero pensar que pudiera pasar dos veces en una misma semana desafiaba las leyes de la credibilidad.

Querido R: será un placer comer contigo de nuevo, pero te confieso mi perplejidad ante la cercanía de nuestro encuentro anterior. ¿Está todo en orden? Saludos, E.

Me respondió lo siguiente:

Tengo que contarte una cosa. Nos vemos a las 12.30 R

Estábamos tan acostumbrados a nuestras citas para almorzar que ni siquiera tuvo que especificar el lugar.

Cuando llegué al bar él no estaba todavía, de modo que me puse a hojear un periódico que había en la silla de al lado. Era raro, pero le había cogido el gusto a aquel sitio destartalado; el personal, pese a su aspecto poco halagüeño, se mostraba siempre agradable y cordial, y ya había más de uno capaz de decirme «¿Lo de siempre?» y traerme a continuación el café y el *scone* de queso sin necesidad de pedirlos. Sé que suena muy vanidoso y superficial por mi parte, pero lo de ser una «habitual» y tomar «lo de siempre» me hacía sentirme en una comedia de situación estadounidense. El siguiente paso habrían sido las chanzas ingeniosas y espontáneas, pero por desgracia todavía quedaba para eso. Un miembro del personal, Mikey, vino con un vaso de agua.

—¿Quieres que te traiga ya lo tuyo o estás esperando a Raymond?

Le dije que esperaba inminentemente a mi compañero y él se puso a pasar la bayeta por la mesa de al lado.

—¿Y cómo va la cosa?

—Bien, gracias. Tengo la impresión de que nos encaminamos hacia los últimos días del verano.

Era algo en lo que había estado pensando mientras iba hacia el bar, al sentir los templados rayos de sol en la cara y ver unas cuantas hojas rojas y amarillas entre el verde. Mikey asintió.

—Yo termino aquí a finales de mes.

—¡Anda! ¡Qué pena! —Era un chico simpático y educado, y siempre traía trufas con el café sin que se las pidiéramos y sin buscar una retribución posterior—. ¿Es que has encontrado trabajo en otro sitio?

—No —dijo apoyándose en una silla a mi lado—. Es que Hazel está otra vez mal. —Sabía que me hablaba de su novia, con la que vivía no muy lejos, junto con su bichón frisé y su retoño, Lois.

—Lo siento mucho, Mikey —dije.

Asintió y me explicó:

—Creían que se lo habían quitado todo en la última operación, pero ha vuelto y se ha extendido a los nódulos linfáticos y al hígado. Yo solo quiero…

—Tú quieres pasar con ella y con el niño el tiempo que le quede y no estar poniéndoles *scones* de queso a desconocidas —dije, y, cosa agradable, él rio.

—Sí, podría resumirse así.

Respiré hondo y luego le puse una mano en el brazo. Tenía intención de decirle algo pero comprendí que no se me ocurriría nada y decidí quedarme callada, mirándolo, y deseando que intuyera lo que quería expresarle: que lo sentía horrores, que lo admiraba por preocuparse tanto por Hazel y Lois y cuidarlos como lo hacía, que sabía, quizá más que la mayoría, lo que significaba la pérdida, lo duro que debía de ser y seguiría siéndolo. Daba igual lo mucho que quisieras a alguien, nunca era suficiente. No podías mantenerlo a salvo solo con amor…

—Gracias, Eleanor —dijo en voz baja.

¡Él, dándome las gracias a mí!

Raymond llegó y se dejó caer en el asiento.

—¿Qué pasa, tío? ¿Cómo va Hazel? —le preguntó a Mikey.

—Ahí sigue, Raymond, ahí sigue. Te traigo la carta.

Cuando se hubo ido, me acerqué.

—¿Ya sabes lo de Hazel?

Asintió.

—Es una mierda, ¿verdad? No tiene ni treinta años y el pequeño Lois aún no ha cumplido los dos.

Sacudió la cabeza. Ninguno dijo nada: no había necesidad. Cuando pedimos, Raymond se aclaró la garganta.

—Tengo que contarte algo, Eleanor, y me temo que tampoco son buenas noticias… Lo siento.

Me recliné en la silla y miré hacia el techo para hacerme a la idea.

—Continúa.

Había poco en la vida que no pudiera imaginar o para lo que no estuviese preparada. Hay pocas cosas peores que lo que ya he vivido: sé que suena a hipérbole pero es la constatación literal de un hecho. En realidad, creo que es algo de lo que saco fuerza, por extraño que parezca.

—Es Sammy. —No me lo esperaba—. Falleció este fin de semana, Eleanor. Un infarto agudo de miocardio. Por lo menos, fue rápido…

Asentí: era una sorpresa y a la vez no lo era.

—¿Cómo fue? —quise saber.

Raymond empezó a comer y fue contándome los detalles entre —y durante— bocado y bocado. No sé qué podría dejarlo sin comer. ¿El virus del ébola, quizá?

—Fue en casa de Laura mientras veía la tele. No hubo indicios previos, nada.

—¿Estaba ella allí? —pregunté.

«Por Dios, que se lo haya ahorrado», pensé. Intentar seguir luego con tu vida, tratar de lidiar con la culpa y el dolor, el horror… No se lo desearía a ningún ser humano. Si pudiera, asumiría con gusto su carga; estoy convencida de que, con la que llevo ya encima, apenas la notaría.

—Estaba arriba, arreglándose para salir. Cuando bajó y se lo encontró así en el sofá, se quedó muerta.

Entonces no había sido culpa de ella. No podría haberlo salvado ni aunque lo hubiera intentado. No pasaba nada… bueno, teniendo en cuenta que había habido una muerte. Medité en profundidad sobre los acontecimientos.

—Entonces estaba solo cuando sucedió la muerte —dije, intrigada—. ¿Sospecha la policía de algún tipo de juego sucio?

Raymond se atragantó con la hamburguesa con *halumi* y tuve que pasarle un vaso de agua.

—¡Eleanor, qué coño dices!

—Lo siento, es algo que me ha venido a la cabeza sin más.

—Ya, claro, pero es que a veces es mejor no decir lo primero que le viene a uno a la cabeza —dijo en voz baja pero sin mirarme a la cara.

Me sentí fatal. Por Sammy y su familia, por haber molestado a Raymond sin querer, por el camarero y su novia y su pobre pequeñajo. Tanta muerte, tanto sufrimiento para personas buenas, personas agradables que no habían hecho nada para merecérselo, y sin que nadie pudiera hacer nada por evitarlo... Se me saltaron las lágrimas, y cuanto más intentaba combatirlas, más salían. El nudo que tenía en la garganta me ardía, como fuego, no, por favor, fuego no...

Raymond se había corrido en el asiento hasta mi lado y me había pasado el brazo por los hombros. Me habló con una voz muy suave y baja.

—Eleanor, por favor, no llores. Lo siento mucho... No quería hablarte así, de verdad... Por favor, Eleanor.

Lo raro —totalmente inesperado para mí— fue comprobar que realmente una se siente mejor cuando te rodean con el brazo y te aprietan fuerte. ¿Por qué? ¿Sería una cosa de los mamíferos, esa necesidad de contacto humano? Raymond era algo cálido y sólido. Olí su desodorante y el detergente que usaba para la ropa (y por encima de ambos perfumes había una ligera pátina de tabaco... un olor muy Raymond). Me acurruqué en él.

Por fin conseguí recobrar el control de mis emociones y el bochorno de las lágrimas remitió. Sorbí por la nariz, y Raymond volvió a su lado de la mesa, rebuscó en el bolsillo de la chaqueta y me tendió un paquete de pañuelos. Le sonreí, cogí uno y me soné la nariz. Era consciente de estar haciendo un rebuzno poco propio de una señorita, pero ¿qué otra cosa podía hacer?

—Lo siento.

Me sonrió débilmente.

—Ya lo sé. Es que es duro.

Me tomé un momento para procesar todo lo que me había contado.

—¿Y cómo está Laura? ¿Y Keith y Gary?

—Hechos polvo, como comprenderás.

—Asistiré al funeral —dije con decisión.

—Yo también. —Sorbió de su coca-cola—. Era un abuelete muy entrañable.

Sonreí y bajé el nudo de la garganta.

—Era buena gente. Se le notaba al momento, hasta tirado inconsciente en la acera.

Raymond asintió y luego alargó la mano por encima de la mesa para apretarme la mía.

—Por lo menos disfrutó de unas semanas con su familia

después del accidente… Unas buenas semanas, con su fiestecita, el cumpleaños de Keith. Tuvo la oportunidad de pasar tiempo con toda la gente a la que quería.

Asentí.

—¿Puedo preguntarte una cosa, Raymond? —Se me quedó mirando—. ¿Cuál es la etiqueta para los funerales? ¿Todavía se sigue exigiendo que los dolientes vistan de negro? ¿Los sombreros son aún *de rigueur*?

Se encogió de hombros.

—Ni idea… Tú ponte lo que quieras, no te preocupes. Sammy no era de molestarse por ese tipo de cosas.

Reflexioné.

—Iré de negro, por si acaso. Pero sin sombrero.

—No, yo tampoco me pondré sombrero —dijo Raymond, y ambos nos echamos a reír.

Y lo hicimos más de lo que aquella pobre agudeza merecía, solo porque sentaba bien.

En el camino de vuelta no hablamos. El sol enclenque nos daba de frente y alcé la cara un momento, como un gato. Raymond iba arrastrando los pies por el ligero manto de hojas caídas, con sus zapatillas rojas destellando sobre el bronce. Una ardilla gris saltó en semicírculos fluidos por nuestro camino, y en el aire flotaba un olor casi otoñal, a manzanas y lana. No hablamos al entrar. Raymond me cogió de las manos y me las apretó, solo un segundo, y luego las dejó caer a ambos lados. Subió las escalera y yo doblé la esquina, hacia mi puesto.

Me sentía como un huevo recién puesto, timorato y pesimista por dentro, y tan frágil que la más mínima presión podía romperme. Ya había un correo esperándome cuando me senté ante el escritorio.

TBO el viernes R Bss

¿Se exigía una respuesta? Supuse que sí, de modo que me limité a escribir:

Bss

23

*E*staba cogiéndole el tranquillo a la historia de las compras. Había regresado a los grandes almacenes y, tras buscar el consejo de otra dependienta, había comprado un vestido, unas medias y unos zapatos, todo negro. Era el primer vestido que tenía desde pequeña, y se me hacía raro tener las piernas a la vista de todos. Una vez más habían intentado despacharme unos tacones vertiginosos: ¿por qué estarán tan empeñados en lisiar a sus clientas? Empezaba a preguntarme si los zapateros y los quiroprácticos habían establecido alguna especie de lobby diabólico. Sin embargo, bien pensado, la dependienta tenía razón al afirmar que el vestido negro ceñido no «pegaba» ni con mis botines nuevos (demasiado informales, al parecer) ni con mi calzado de trabajo con velcro (por lo visto, nada pegaba con ellos, dijo para mi sorpresa, ya que siempre había pensado que eran la versatilidad personificada).

En esa misma expedición compré hasta un bolso, al considerar que mi bolsa de la compra tal vez no fuera lo más apropiado para un funeral. La tela tenía un estampado muy alegre que pensé que podía llamar demasiado la atención en un camposanto, y también las ruedas rechinaban mucho.

El bolso por el que finalmente me decidí no era muy práctico, demasiado pequeño para llevar, por ejemplo, un libro en rústica o una botella de Glen. Lo examiné cuando llegué a casa, acariciando su exterior de cuero brillante y el forro sedoso. Tenía una larga cadena dorada que se colgaba al hombro para poder tener así las manos libres.

En un gasto aún más espantoso, compré asimismo un

abrigo de lana negro, sin cruzar, por la rodilla y ceñido. Era cálido y sencillo, dos rasgos que me parecieron atrayentes. Mientras contemplaba todas mis compras extendidas sobre la cama para un examen más concienzudo, aplaqué mi preocupación por el gasto asegurándome que todo podía utilizarse una y otra vez, bien en conjunto, bien por separado. Estaba en posesión de lo que llamaban un «fondo de armario», vestimenta adecuada para la mayoría de los eventos sociales a los que tendría que asistir con el músico; cuando fuera cogida de su brazo quedaría muy bien con esa ropa. ¿Una velada en el ballet? ¿El estreno de una nueva obra? Sabía que él me abriría mundos incógnitos. Al menos ahora tenía los zapatos adecuados para adentrarme en ellos.

Los gastos de las últimas semanas superaban ya los que suelo hacer en un año. Empezaba a comprender que la interacción social resultaba sorprendentemente cara: los traslados, la ropa, las bebidas, los almuerzos, los regalos. A veces acababa compensando —como con las bebidas—, pero estaba descubriendo que, en la mayoría de los casos, se incurría en puras pérdidas financieras. Tenía un poco de dinero ahorrado pero solo ascendía, como mucho, al sueldo de un mes, y la paga de Bob estaba lejos de ser generosa. Comprendí que, si era posible, se debía únicamente a que hasta la fecha no había necesitado gastar dinero en los aspectos sociales de la vida.

A mamá le gustaba vivir con extravagancia pero después… todo cambió. Aprendí así que el dinero era algo por lo que preocuparse y que debía racionarse. Había que pedirlo y luego esperar que lo contasen sobre mis manos rojas en carne viva. Nunca olvidé —nunca me lo permitieron— que alguien pagaba por mi ropa, por lo que comía, incluso por la calefacción del cuarto donde dormía. Mis padres de acogida recibían una prestación por cuidarme, y yo siempre fui consciente de que no debía hacer que la rebasaran necesitando cosas, y menos aún queriendo cosas.

«Prestación» no es una palabra muy generosa ni espléndida. Por supuesto, ahora gano mi propio dinero, pero debo tener cuidado. Planificar los gastos es una habilidad que puede resultar ciertamente útil: al fin y al cabo, si me quedo sin fondos y me veo endeudada, no tengo a nadie, ni un alma, a quien recurrir para pedir su aval. Me quedaría en la indigencia. No tengo ningún benefactor anónimo que me pague el alquiler, ningún pariente ni amigo que sea tan amable de prestarme el dinero para sustituir la aspiradora rota o pagar la factura del gas hasta poder devolverles la suma en el día de paga. No debía permitirme el lujo de olvidarlo.

Así y todo, no podía asistir al funeral de Sammy con un atuendo inapropiado. La dependienta me había asegurado que el vestido negro era elegante pero también podía combinarse con algo más informal. El abrigo podía ponérmelo todo el invierno. La cazadora ya la había más que rentabilizado con los años, aunque la conservaría, por supuesto, en caso de necesitarla de nuevo en el futuro. Lo colgué todo con cuidado. Estaba lista. Que traigan al muerto.

El viernes se levantó soleado, aunque no tenía manera de saber si permanecería así. Me duché y me puse la ropa nueva. Llevaba muchos años sin usar medias, siempre había preferido los calcetines de ejecutivo con los pantalones, pero aún recordaba cómo subírmelas. Lo hice con mucho cuidado porque eran muy finas y delicadas, y podían rasgarse con una uña sin querer. Me sentí atrapada en ellas, como si llevara la piel de otra persona.

Me había puesto las piernas negras y el pelo rubio. Me había alargado y oscurecido las pestañas, espolvoreado colorete en las mejillas y pintado los labios en un tono rojo oscuro que no tenía parangón en la naturaleza. Nadie podría negar que debía de parecer menos humana que nunca, pero, pese a todo, resultaba ser el aspecto más aceptable, más apropiado que había tenido ante el mundo. Era desconcertante. Supuse que podía llegar más lejos: hacer que me brillara la piel con bronceadores artificiales, aromatizarme con un espray fabricado con químicos manufacturados en laboratorios y destilados de plantas y partes animales... No quería llegar a eso. Cogí mi bolso nuevo y eché la llave al salir.

Por razones de seguridad, en lugar de revelar mi domicilio había especificado que me recogieran en una ubicación concreta de una avenida grande cercana a mi piso, de modo que un vehículo poco llamativo se detuvo a las puertas del edificio a la hora fijada. El conductor miró de reojo por el espejo retrovisor mientras me subía al asiento trasero, al lado de Raymond. Me costó un poco, pendiente como estaba del vestido, intentando asegurarme de que no dejara a la vista más piernas de lo que por diseño se esperaba.

Ahora todo llevaba mucho tiempo. Antes me limitaba a bañarme, pasarme el cepillo por el pelo y ponerme los pantalones. Ser femenina parecía requerir una eternidad para todo, así como mucha planificación previa. No imaginaba cómo podía nadie explorar las fuentes del Nilo o subirse a una escalera para investigar un fallo en el mecanismo de un acelerador de partículas con unos tacones de salón y medias de diez *dins*.

No alcanzaba a juzgar el efecto de conjunto del traje de Raymond, pero incluso desde mi posición quedó claro que llevaba una camisa blanca planchada, corbata negra y pantalones del mismo color. No le veía los pies pero recé una plegaria en silencio para que no estuviera calzado con zapatillas de deporte, por mucho que fueran negras.

—Estás guapa —me dijo.

Yo asentí, sintiéndome algo cohibida en mi vestido nuevo, y volví a mirarlo. No se había afeitado su extraña barbita pero se la había recortado e iba bien peinado. El taxi arrancó y nos unimos al lento tráfico de la mañana. En la radio parloteaban sobre tonterías y ni nos miramos ni hablamos. En realidad no había nada que decir.

El tanatorio estaba en las afueras, en una monstruosidad de los años setenta en cemento blanco y ángulos desproporcionados. Los jardines estaban ordenados en un estilo estéril y municipal, pero al menos sorprendían por estar llenos de rosas abiertas. Había muchos árboles adultos alrededor del recinto, algo que me agradó. Me gustaba pensar en sus raíces, transidas de vida, serpenteando bajo aquel lugar. Nos adentramos en un aparcamiento enorme que ya estaba casi lleno, pese a que no eran ni las diez y media. Estaba muy a desmano y era imposible llegar con el transporte público, algo totalmente ilógico.

«Debería haber un metro o una lanzadera, pensé—. Al fin y al cabo es un sitio al que todos, tarde o temprano, nos vemos obligados a venir.»

Raymond le pagó al taxista y nos quedamos un momento parados, asimilando la situación.

—¿Lista?

Asentí. Había muchos más dolientes recorriendo el recinto como lentos escarabajos negros. Dimos una vuelta por el camino, en un acuerdo tácito de que no teníamos prisa por dejar los árboles, las rosas y el sol para entrar. Había un gran coche fúnebre en la entrada, y vimos el ataúd, que estaba rodeado de coronas, una caja de madera en la que reposaba el cadáver de Sammy. Me pregunté qué llevaría puesto. Esperé que fuera el bonito jersey rojo, tan gustoso y aún con su olor.

Nos sentamos en la parte izquierda de la sala, en una banca no muy lejos del frente. Ya se había llenado a la mitad, y había un murmullo bajo de conversaciones murmuradas, un zumbido amortiguado, como de insectos, que no había escuchado en ningún otro acontecimiento o cúmulo de circunstancias.

Cogí una de las octavillas que había repartidas por las bancas: «Samuel McMurray Thom, 1940-2017». Dentro se explicaba en qué consistiría el acto y se enumeraban las lecturas y los himnos. De repente me vi superada por el deseo de que acabara ya, de no tener que estar allí y vivir todo aquello.

Raymond y yo nos quedamos en silencio. La sala era mucho más agradable de lo que sugería el exterior del edificio, con vigas de madera y un techo alto abovedado. Toda la pared lateral a la izquierda de nuestros asientos era de cristal, y se veía el césped ondulado, así como árboles de esos enormes y primigenios a modo de telón de fondo. Me alegré, pensando que la naturaleza debía hacerse sentir como fuera en la sala, naturaleza viva, no flores cortadas. El sol estaba bien alto ya y los árboles arrojaban sombras pequeñas, a pesar de que el otoño se colaba con sus destellos de viento entre las hojas. Me volví y vi que la sala se había llenado, habría unas cien personas, tal vez más. El zumbido vibrante amenazaba con ahogar la grabación con la lánguida música de órgano.

Algo cambió en el ambiente y se hizo el silencio. Sus dos hijos y otros cuatro hombres que reconocí de la fiesta atravesaron el pasillo central con el ataúd de Sammy y lo colocaron con cuidado sobre una especie de plataforma elevada en una cinta transportadora, que terminaba en unas cortinas de terciopelo rojo. Intenté recordar de qué me sonaba la plataforma, y entonces me vino: la cinta de la caja del Tesco, donde pones los artículos que compras y llegan hasta la cajera. Me incliné para decírselo a Raymond, pero había sacado una bolsa de caramelos de menta del bolsillo del traje y me ofreció uno antes de poder decir nada. Cogí uno y lo mastiqué en silencio.

Otra gente se había sentado en nuestra banca y habíamos tenido que apretarnos como sardinas en lata para hacerles sitio. Me encontraba por tanto muy cerca del señor Raymond Gibbons. Me fijé en que ese día tenía un olor de lo más agradable; por los caramelos, claro, pero también había un límpido aroma a jabón y un no sé qué a madera, a cedro. Todavía no le había visto fumar. Supuse que incluso él podía pensar que fumarse un cigarro a las puertas de un tanatorio era inapropiado.

El resto de la familia entró y se sentó al lado de los hijos de Sammy, en la primera bancada; Laura iba sola y tenía un aspecto de lo más glamuroso. ¡Gafas de sol! ¡En interior! Alucinante. Los siguió un pastor de aspecto alegre. En el teclado que había encajado en una esquina, un hombre flexionó los dedos y, cuando empezó a tocar, todos nos pusimos en pie. La letra del himno estaba impresa en la octavilla pero me di cuenta de que la recordaba de cuando niña. El canto coral era de una calidad extremadamente pobre, más bien un farfullo átono, con la desagradable voz del pastor demasiado estridente, tal vez por culpa del micrófono de solapa que llevaba. Pensé que debería apagarlo para los himnos: no había necesidad de amplificar sus aullidos. Raymond, menuda sorpresa, tenía una agradable y ligera voz de tenor y cantaba bien, a diferencia de la mayoría. ¿Desde cuándo a la gente le daba vergüenza cantar en público? ¿Era por el declive de la asistencia a misa? Y sin embargo, la parrilla televisiva estaba llena de concursos de canto en los que la gente, pese a la falta de talento, era de todo menos tímida a la hora de participar. Quizá a la gente solo le interesaban las actuaciones en solitario.

Desde luego, aquello era el colmo de lo irrespetuoso: ¿asistir al funeral de un hombre y farfullar unos himnos, por deprimentes que sean, que se han seleccionado especialmente para conmemorar su vida? Empecé a cantar más alto. Raymond y yo hacíamos más ruido que las cuatro bancas vecinas juntas, y me alegró. Era una letra de lo más triste y, para una atea como yo, totalmente carente de esperanza o consuelo; aun así era nuestro deber cantarlas lo mejor que supiéramos y hacerlo con orgullo, en homenaje a Sammy. Cuando terminó, me senté contenta de que Raymond y yo le hubiésemos mostrado el respeto que se merecía. Más de uno se volvió para mirarnos, entiendo que porque disfrutaron de nuestro tributo vocal.

El pastor habló entonces sobre la vida de Sammy; fue interesante saber que se había criado en un pequeño pueblo del noreste, en una granja de ovejas. Se había unido a la marina mercante tras dejar la escuela pero se cansó pronto de la vida en el mar y se plantó en Glasgow con diez libras, un traje nuevo y ni el más mínimo deseo de regresar a la ganadería. Conoció a Jean en los almacenes Woolworth, cuando buscaba aguja e hilo. El pastor, con cara de estar satisfecho de sí mismo, dijo que juntos habían «cosido» una feliz vida. Hubo un breve sermón religioso —los típicos absurdos— y luego, como si fuera el cajero del Tesco, accionó la cinta transportadora de ataúdes y Sammy pasó por caja.

Más fresco que una lechuga, con una sonrisa perenne, como si fuera lo mejor de aquel acto horrible, el pastor anunció que cantaríamos el último himno. Raymond y yo hicimos un esfuerzo valeroso, pero es imposible cantar llorando: yo tenía en la garganta un nudo como un hueso de melocotón, y la música no lograba sortearlo. Raymond se sonó la nariz y me pasó un paquete de pañuelos, que acepté agradecida.

El pastor nos dijo que la familia estaría muy agradecida si, después de la ceremonia, nos encontrábamos con ellos en el hotel La Casa del Espino para tomar un breve refrigerio. La congregación empezó a salir, estrechando manos y mascullando tópicos inútiles. Yo hice otro tanto. Había una colecta para la Fundación Británica del Corazón, «en lugar de flores», y vi que Raymond aportaba un billete de veinte. Yo introduje tres libras, que ya me pareció bastante generoso. Las investigaciones en nuevos fármacos y tratamientos eficaces para las enfermedades cardiacas cuestan cientos de millones de libras, de modo que tres libras o trescientas difícilmente iban a inclinar la balanza entre encontrar la cura o no.

Me apoyé en un murete bajo a las espaldas del tanatorio y volví la cara hacia el sol. Me sentía realmente agotada. Al cabo de un momento Raymond se puso a mi lado y oí el chasquido de su mechero. No tenía ni fuerzas para apartarme. Echó una larga bocanada de humo.

—¿Estás bien?

Asentí.

—¿Y tú?

Se encogió de hombros.

—Si te soy sincero, no soy muy fan de los funerales —me confesó apartando la mirada—. Me recuerdan al de mi padre. Hace ya años, pero me sigue costando.

Asentí, tenía sentido. El tiempo solo sirve para limar el dolor de la pérdida, pero no lo borra del todo.

—No me apetece en absoluto ir al hotel La Casa del Espino para tomar un breve refrigerio, Raymond. Quiero dejar de pensar en la muerte e irme a mi casa, ponerme ropa normal y ver la televisión.

Mi compañero apagó el cigarro y lo enterró en el parterre de detrás.

—Eleanor, nadie quiere ir a estas cosas —me dijo con tacto—. Pero hay que ir. Por la familia. —Debió de ver mi cara de pena—. No hace falta quedarse mucho tiempo —dijo con voz amable y paciente—. Déjate ver, tómate una taza de té, unos saladitos de salchicha… Ya sabes cómo va el tema.

—Bueno, espero que, por lo menos, el contenido cárnico sea de calidad y el hojaldre esté crujiente —dije, expresando más un deseo que una expectativa factible, y acto seguido me colgué el bolso al hombro.

La Casa del Espino estaba a un paseo del tanatorio. Cuando la recepcionista nos sonrió, fue imposible no fijarse en que solo tenía una paleta y el resto de molares eran del mismo color que la mostaza inglesa Colman's. Yo no soy de emitir juicios sobre el aspecto de los demás, pero de verdad… de todo el personal disponible, ¿era aquella mujer la mejor candidata a recepcionista? Nos dirigió hacia el salón Zarzamora y nos dedicó una fugaz sonrisa mellada de pésame.

Llegamos de los últimos porque la mayoría había ido en coche pese a lo corto del trayecto entre el hotel y el tanatorio. Supongo que era por el trasiego constante y la necesidad de dejar libre el aparcamiento. No tengo claro si me gustaría que me incineraran; creo que preferiría que me comieran los animales del zoológico, ser una opción ecológica y un rico bocado para los carnívoros superiores. Me pregunté si podría exigirlo. Tomé nota mental de escribir a la WWF para averiguarlo.

Me acerqué a Keith para decirle lo mucho que lo sentía y luego busqué con el mismo fin a Gary. Ambos parecían superados por las circunstancias. Era más que comprensible: lleva su tiempo aprender a vivir con la pérdida, en caso de que lo consigas; yo, tras todos estos años, sigo viéndolo como un trabajo inacabado, en curso. Los nietos, por su parte, estaban en un rincón, callados y seguramente cohibidos por el ambiente sombrío. La otra persona a la que tenía que extenderle mi pésame era a Laura, pero no conseguía encontrarla, cuando lo normal era que no costase verla. Ese día, aparte de las gafas de sol enormes, llevaba unos tacones de vértigo, un vestido negro corto con un escote caído y el pelo apilado en lo alto de la cabeza en una creativa labor estilo jaula de pájaros que añadía varios centímetros a su altura.

Al no ver rastro ni de ella ni del prometido refrigerio, fui en busca de los aseos. Habría apostado lo que fuera a que tendría un cuenco polvoriento con popurrí aroma albaricoque junto a los lavabos, y no me equivoqué. Cuando regresaba vislumbré unos reveladores tacones de plataforma tras unas cortinas festoneadas. Detrás había un recoveco con una ventana donde estaba Laura sentada en el regazo de un hombre que, pronto comprendí, se trataba de Raymond, aunque en un abrazo tan estrecho que me costó un momento verle la cara y asegurarme. Me fijé en que llevaba zapatos de cuero negro: ¡por fin poseía un par!

Regresé al salón Zarzamora sin molestarlos; no me habían visto porque estaban enfrascados en otras historias. Era un escenario social harto familiar para mí: estar sola, mirando a media distancia. No pasaba nada, era de lo más normal. Después del incendio, en cada nueva escuela yo lo intentaba con todas mis fuerzas pero no encajaba, eso era todo: al parecer no existía un hueco social con forma de Eleanor.

El problema era que no se me daba bien fingir. Después de lo sucedido en la casa en llamas, y teniendo en cuenta lo ocurrido, nunca le había visto sentido a no ser sincera con el mundo; no tenía ya nada que perder, literalmente. Pero, gracias a la observación cuidadosa desde los márgenes, había deducido que muchas veces el éxito social se basa en fingir un mínimo. En ocasiones la gente popular se ve obligada a reírse por cuestiones que no le parecen muy graciosas o a hacer cosas que no les gustan especialmente, con gente cuya compañía no disfrutan mucho. Yo no. Había decidido hacía años que si tenía que elegir entre eso e ir por solitario, entonces iría por solitario. Así era más seguro. La pena es el precio que pagamos por el amor, o al menos eso dicen. Me parece un coste de lo más desorbitado.

Habían dispuesto el bufé: sí, tenían saladitos de salchicha, pero también emparedados. El personal estaba sirviendo termos de un té inclasificable y un café que olía amargo en una vajilla industrial de loza blanca. No iba a valerme: decididamente no estaba de humor para tomar líquido marrón caliente, de eso nada, lo que me apetecía era vodka transparente y frío.

Todos los hoteles tienen bares, ¿no? Yo no soy una habitual de instalaciones hosteleras, pero sabía que las habitaciones y los bares eran su gran razón de ser. Hablé con la recepcionista de dentadura limitada, que me dirigió por otro largo pasillo, al fondo del cual estaba el salón Espino, en un arranque de imaginación denominativa. Me quedé en el umbral y miré alrededor. El lugar estaba desierto, y las maquinitas de las frutas destellaban solo para divertimento propio. Entré. Yo sola. Eleanor la solitaria.

El barman estaba viendo la tele y sacando brillo a las copas con gesto ausente.

—*Casas bajo el mazo* —me dijo volviéndose hacia mí.

Recuerdo que pensé sorprendida que tenía un atractivo más que pasable, pero en el acto me lo recriminé: era fruto del prejuicio de creer que en el hotel Casa del Espino no podía trabajar gente guapa y glamurosa un viernes a mediodía. Si bien he de admitir que la recepcionista había confirmado mis ideas iniciales, debería avergonzarme por mis prejuicios… ¿De dónde los había sacado, si podía saberse? (Una vocecita me susurró la respuesta por dentro: «Mamá».)

El barman sonrió revelando un estupendo juego de dientes y unos ojos azul claro.

—Es un mojón bien grande —dijo en una voz que podía haber desgarrado la pintura de las paredes, después de un buen lijado.

«¿Ves? Te lo dije», susurró mamá.

—¿Ah, sí? Por desgracia no suelo estar en casa a estas horas del día para verlo.

—Puedes verlo aquí si quieres —me dijo el hombre encogiéndose de hombros.

—¿Puedo?

—¿Por qué no? Tampoco es que haya mucho más que hacer. —Señaló el bar vacío a su alrededor.

Me encaramé en un taburete —algo que siempre había querido probar— y pedí un vodka con cola. Se tomó su tiempo para prepararlo, le añadió hielo y limón sin que yo se lo pidiera y me lo acercó.

—De funeral, ¿no?

Me pregunté cómo lo sabía, pero entonces comprendí que iba vestida de negro de la cabeza a los pies, que se me había corrido la sombra de ojos y que había pocas razones más para estar en ese hotel a esas horas del día. Asentí. No hizo falta más intercambio de palabras, y ambos nos pusimos a ver cómo Iain y Dorothy se las arreglaban con el adosado de los años setenta que habían comprado en una subasta por 95.000 libras, con la intención de renovar el baño, instalar una cocina nueva y «tirar tabiques» desde el salón hasta el comedor.

—El toque final —decía el presentador— fue pintar la puerta de la entrada… de este verde tan favorecedor.

—*Green door* —dijo el barman sin perder comba, y segundos después, quién lo iba a decir, sonó esa misma canción, sobre una puerta verde.

Ambos reímos y él me puso otro vodka sin necesidad de pedírselo.

Seguimos con *Mujeres desatadas*, otro programa con el que no estaba familiarizada. Iba por mi cuarto vodka, y el funeral seguía en mi cabeza pero ya no dolía: era como sentir un guijarro en el zapato pero estando sentada, no de pie.

Pensé que no vendría mal intentar pescar algún saladito de salchicha en un momento dado, o al menos guardarme unos cuantos para luego, pero recordé entonces que llevaba el bolso nuevo, donde como mucho me cabrían dos saladitos. Chasqueé la lengua y meneé la cabeza.

—¿Qué pasa? —me preguntó el barman.

No nos habíamos presentado, no nos pareció necesario. Me eché hacia delante en el taburete y me quedé mirando el interior de mi vaso, un cliché bastante trillado.

—Nada, no es nada —dije animada—. Supongo que tendría que comer algo pronto.

El camarero, que se había vuelto menos guapo con el paso del tiempo, cogió mi vaso, me lo rellenó de vodka y un chorrito de cola y me lo trajo de vuelta.

—No hay prisa, mujer. ¿Por qué no te quedas un rato más y me haces compañía? —Miré alrededor: el bar seguía desierto—. A lo mejor después de este te hace falta echarte un rato, ¿no? —dijo dándole un toquecito a mi vaso y acercándomelo más.

Le vi los poros de las aletas de la nariz aumentados, algunos llenos de puntos negros microscópicos.

—Puede ser. A veces tengo que irme a la cama después del vodka con cola.

Esbozó una sonrisa lobuna.

—Te pone, ¿no?

Intenté arquear las cejas en un gesto inquisitivo pero, por extraño que parezca, solo logré levantar una. Había bebido más de la cuenta porque había sentido demasiado dolor y solo desparecía bajándolo con vodka. Un método sencillo, la verdad.

—¿A qué te refieres? —pregunté oyendo que la pronunciación de las consonantes me salía como borrosa.

—A los funerales —dijo acercándose más, casi pegando su cara a la mía. Olía a cebolla—. No hay que sentirse mal por eso. Tanta muerte… luego ¿no te parece que te dan ganas de…?

—¡Eleanor! —Sentí una mano en el hombro y me volví en el asiento, casi a cámara lenta.

—¡Hombre, Raymond, hola! —dije—. Este es... en realidad no lo sé. Perdone, ¿cómo se llama, señor...?

Como a la velocidad del rayo, el camarero se había desplazado hasta la otra punta de la barra, donde había retomado la tarea de ver la tele y sacar brillo a los vasos. Raymond le dedicó una mirada que, sin faltar a la verdad, podía calificarse de poco amistosa y dejó un billete de veinte libras sobre la barra.

—Espera, Raymond —dije intentando coger mi bolso nuevo—. Yo tengo dinero aquí...

—Vamos —me dijo bajándome con poca elegancia del taburete—. Luego lo arreglamos.

Lo seguí correteando en mis tacones de salón.

—Raymond —le dije tirándole de la manga. Me miró desde arriba—. No me voy a poner ningún tatuaje, ya lo he decidido.

Me miró con cara de perplejidad, y me di cuenta de que se me había olvidado contarle que estaba barajando esa opción después de hablar con el camarero de The Cuttings. Me sentó en el poyete de una ventana del pasillo. Me quedé mirando alrededor y preguntándome qué hora sería y si ya habrían incinerado a Sammy o si por el contrario conservaban los cuerpos hasta el final del día para hacer una buena hoguera con todos. Raymond regresó con una taza de té en una mano y un plato con saladitos en la otra.

—Anda, cómete todo esto y no te muevas hasta que vuelva.

Descubrí que tenía un hambre feroz. Seguían pasando dolientes por delante pero ninguno reparó en mi madriguera. Me gustaba. El asiento era cómodo y en el pasillo hacía un calor agradable, me sentía como un pequeño lirón en un nido reconfortante. Lo siguiente que supe fue que Raymond había vuelto y me estaba sacudiendo suave pero insistentemente.

—Despierta, Eleanor. Son las cuatro y media. Hora de irse.

Cogimos un taxi hasta el piso de Raymond, que estaba en la parte sur de la ciudad, una zona que no conocía muy bien y que, por lo general, no tenía motivos para visitar. Mientras me tambaleaba ligeramente al entrar en el pasillo y me esforzaba por no reírme, me informó para mi alivio de que sus compañeros de piso no estaban. Me condujo sin mucha galantería hasta el salón, que estaba dominado por un televisor enorme, con una gran cantidad de lo que asumí que eran consolas de videojuegos desperdigadas. Más allá de los trastos informáticos, estaba sorprendentemente ordenado.

—No parece que vivan hombres —dije sorprendida.

Raymond rio.

—No somos animales, Eleanor. Yo me entiendo bien con la aspiradora y la verdad es que Desi es un poco maniático de la limpieza.

Asentí en un gesto apreciativo y me senté, aliviada al saber que no se me adheriría nada perjudicial ni al vestido ni a las medias nuevos.

—¿Un té?

—Supongo que no tendrás vodka o esa bebida, Magners, por casualidad —dije. Arqueó una ceja—. Estoy ya perfecta, después de los saladitos y de la cabezada. —Era cierto: me sentía como flotando, limpia y lejos de la embriaguez, solo agradablemente inmune a los sentimientos hirientes.

Se rio.

—Bueno, supongo que una copa de tinto no entraría mal.

—¿De qué?

—De vino tinto, Eleanor, un Merlot, creo… El que estaba de oferta la semana pasada en el Tesco.

—Ah, el Tesco. En tal caso creo que me uniré. Pero solo una. —No quería que creyera que era dipsómana.

Regresó con dos copas y una botella con un cierre de rosca.

—Yo creía que el vino tenía corcho.

Me ignoró.

—Por Sammy —brindó, y entrechocamos las copas como la gente en la televisión.

Sabía a calor y a terciopelo, con un ligero regusto a mermelada quemada.

—¡Tómatelo despacio! —me dijo agitando el índice en un gesto que reconocí como supuestamente gracioso—. ¡No quiero que te me caigas del sofá!

Sonreí.

—¿Qué tal tú en el funeral? —pregunté tras otro sorbo delicioso.

Él le dio un buen trago.

—¿Aparte de tener que rescatarte de las garras de un pervertido? —No tenía ni idea de qué me estaba hablando—. Bah, no ha ido mal —dijo cuando comprendió que yo no sabía qué responder—. Al menos todo lo bien que pueden ir estas cosas. Hasta mañana no sentirán el golpe. Lo del funeral es una gran distracción, te mantiene atareado con los trámites, las decisiones estúpidas sobre si *scones* o galletas, himnos...

—¡Qué himnos más feos! —exclamé.

—... y luego el día en sí, entre darle las gracias a la gente, que si el cortejo y todas esas historias... Por cierto, me ha dicho la familia que te dé las gracias por venir —comentó sin terminar la otra frase.

Me fijé en que era él quien estaba bebiéndose todo el vino: ya se había rellenado la copa mientras que yo solo le había dado un par de sorbos a la mía.

—Pero los días y semanas que siguen... Ahí es cuando se te cae el mundo encima.

—¿A ti te pasó eso?

Asintió. Encendió el fuego, uno de esos de gas que en teoría parecen de verdad, y nos quedamos los dos mirando. Nuestros antepasados debieron de legarnos algún cableado residual en el cerebro, algo que hace que seamos incapaces de no mirar un fuego, verlo moverse y danzar, ahuyentando los malos espíritus y los animales peligrosos... Para eso eran los fuegos, ¿no? Aunque también pueden hacer otras cosas...

—¿Quieres ver una película, a ver si así nos animamos un poco?

Reflexioné al respecto.

—Sería perfecto.

Salió del salón y volvió con otra botella de vino y un paquete de patatas grandes, «tamaño familiar». Nunca las había probado, precisamente por esa misma denominación. Rasgó la bolsa por la mitad y la extendió sobre la mesa, ante el sofá donde estábamos los dos sentados, y luego rellenó las copas. Volvió a salir y regresó con un edredón que habría cogido de su propia cama para él y una mantita para mí que parecía muy gustosa, del mismo rojo que el jersey de Sammy. Me quité los tacones de salón y me arrebujé bajo la mantita mientras él trasteaba con al menos diez mandos a distancia. La pantalla gigante cobró vida y él fue cambiando de canal.

—¿Qué te parece esta? —me dijo señalando la pantalla mientras se envolvía con el edredón.

La selección destacada era *Compañeros de juergas*. No tenía ni idea de qué iba pero comprendí que, por mí, mientras estuviese allí calentita con él, podía ver hasta una partida de golf, si hacía falta.

—Vale —dije. Se disponía a pulsar el *play* cuando lo detuve—. Raymond, ¿no deberías estar con Laura?

Lo pillé con la guardia baja.

—Os he visto hoy, y el otro día en el club de campo, en el cumpleaños de Keith.

No mudó el gesto.

—Ahora mismo está con su familia, que es como tiene que ser —dijo encogiéndose de hombros. Tuve la sensación de que no quería decir más, de modo que asentí con la cabeza—. ¿Lista?

Era una película en blanco y negro de un hombre gordo listo y un hombre delgado tonto que se unían a la Legión Extranjera. Pronto se hizo evidente que no eran adecuados para la misión. En cierto momento Raymond se rio tanto que tiró el vino sobre el edredón. Al poco yo me atraganté con una patata familiar y tuvo que parar la película y darme palmadas en la espalda para que la tragara. Me quedé muy chafada cuando terminó, y también al ver que nos habíamos comido todas las patatas y casi no quedaba vino, a pesar de que Raymond había tomado mucho más que yo. Estaba visto que no me bajaba tan rápido como el vodka o la Magners.

Fue con paso inestable hasta la cocina y volvió con un paquete grande de cacahuetes.

—Mierda, el cuenco.

Volvió con un recipiente en el que intentó decantar los cacahuetes. Con una puntería horrible, empezó a desperdigarlos por la mesa de centro. Yo me eché a reír, porque era muy del Gordo y el Flaco, y luego él se unió a las risas. Apagó el televisor y puso música a través de otro misterioso aparato por control remoto. No la reconocí pero era agradable, tranquila y poco exigente. Se puso a mascar un puñado de cacahuetes.

—Eleanor, ¿puedo preguntarte una cosa? —me dijo escupiendo trocitos de frutos secos por la boca.

—Desde luego que sí —le dije, con la esperanza de que hubiera tragado cuando volviera a hablar.

Me miró fijamente.

—¿Qué te pasó en la cara? No tienes que… —se acercó rápidamente y me tocó el brazo por encima de la manta—, no tienes que contármelo si no quieres, faltaría más. ¡Soy un capullo metomentodo!

Le sonreí y le di un trago al vino.

—No me importa contártelo a ti, Raymond —le dije comprendiendo para mi sorpresa que era cierto: en realidad, ya que me lo había preguntado, me apetecía contárselo. No quería saberlo por morbo o por una curiosidad de puro aburrimiento, se lo veía realmente interesado, lo notaba, sé distinguir ese tipo de cosas.

—Fue en un incendio, cuando tenía diez años. En mi casa.

—¡Dios! Tuvo que ser horrible. —Hubo una pausa larga y casi pude sentir que las preguntas cristalizaban, como letras que surgieran del cerebro y formaran palabras en el aire—. ¿Un mal cableado? ¿La freidora?

—No, fue deliberado —dije sin querer entrar en más detalles.

—¡Hostia puta, Eleanor! ¿Provocado? —Bebí más vino aterciopelado, pero no dije nada—. ¿Y qué pasó después?

—Bueno, como ya te comenté en otra ocasión, nunca conocí a mi padre, de modo que después del incendio entré en el sistema de tutela legal. Hogares de acogida, orfanatos, de vuelta a otro hogar… Me mudaba cada dieciocho meses o así. A los diecisiete conseguí entrar en la universidad, y el Ayuntamiento me facilitó un piso donde alojarme. Y ahí sigo viviendo.

—El pobre tenía una cara tan triste que empezaba a entristecerme a mí también—. Raymond, tampoco es tan raro. Hay mucha gente que se cría en circunstancias mucho más adversas. La vida tiene estas cosas.

—Ya, pero eso no quiere decir que estén bien.

—Nunca me ha faltado una cama donde dormir, ni comida que echarme a la boca, ropa o zapatos. Siempre he tenido supervisión adulta. Por desgracia hay millones de niños en el mundo que no pueden decir lo mismo. Si lo pienso, soy una persona muy afortunada.

Parecía a punto de llorar: debía de ser por el vino. Cuentan que la gente se pone demasiado sensible. Sentía que la pregunta sin formular nos acechaba como un fantasma. «No lo hagas, no preguntes», pensé, deseándolo con todas mis fuerzas y cruzando los dedos bajo la manta.

—¿Y tu madre, Eleanor? ¿A ella que le pasó?

Me bebí el resto del vino todo lo rápido que pude.

—Si no te parece mal, preferiría no discutir el tema de mamá, Raymond.

Pareció sorprendido y —en una reacción esa sí muy habitual— ligeramente decepcionado; en su descargo, he de decir que no insistió en el tema.

—Lo que tú quieras. Pero sabes que puedes hablar conmigo cuando te haga falta, ¿vale?

Asentí, y, sorprendentemente, sentí que era cierto.

—Lo digo en serio, Eleanor —dijo, con una rotundidad alentada por el vino—. Ahora somos colegas, ¿no?

—Sí —dije radiante.

¡Mi primer colega! Vale, era un técnico de averías poco presentable pero… ¡colegas! Desde luego, me había costado mucho, mucho tiempo conseguir uno; era bien consciente de que la gente de mi edad suele tener por lo menos uno o dos amigos. No había intentado rehuirlos pero tampoco los había buscado; siempre me había resultado difícil conocer gente afín. Después del incendio nunca conseguí encontrar a nadie que pudiera rellenar los huecos que habían quedado en mi fuero interno. No me quejo, a fin de cuentas fue mi culpa. Y además, durante mi infancia me mudé tantas veces que costaba mantener el contacto con la gente, por mucho que me hubiese gustado. Tantos hogares de acogida y tantos colegios nuevos… En la universidad me enamoré de la cultura clásica y me consagré felizmente al estudio. Perderme unas cuantas salidas nocturnas para quedarme estudiando, sacar las mejores notas y conseguir el generoso aplauso de mis tutores me había parecido un trueque más que justo. Y, por supuesto, durante unos años, había estado Declan, al que no le gustaba que me relacionara con otra gente sin él (ni con él, ya puestos).

En cuanto terminé la carrera, empecé a trabajar directamente en la empresa de Bob, y allí tampoco encontré personas afines, muy a mi pesar. Cuando te acostumbras a estar sola, se vuelve algo normal, o al menos así había sido para mí.

Pero ¿por qué querría Raymond ser mi amigo? Tal vez también se sintiera solo. O a lo mejor le daba pena. Quizá, por increíble que pareciera, pero factible, le resultaba simpática. A saber… Me volví hacia él, dispuesta a preguntarle por qué, queriendo decirle que me alegraba haber encontrado por fin un amigo, pero se le había caído la cabeza sobre el pecho y la boca le colgaba ligeramente abierta. Sin embargo, no tardó en volver a la vida.

—No estaba dormido —dijo—, es que… estaba descansando los ojos un momento. Ha sido un día duro.

—Es verdad —le dije, y así lo sentía.

Me calcé mis tacones de salón y le pedí que llamara un taxi. Me horrorizó ver que eran casi las nueve. Escruté por las cortinas, angustiada. Ya era de noche. Pero en el taxi estaría a salvo. La policía comprobaba los antecedentes de todos los taxistas, ¿no?

Raymond me acompañó hasta la puerta de la calle y me abrió la portezuela del taxi.

—Que llegues bien. Y que tengas buen fin de semana. Nos vemos el lunes.

—Hasta el lunes —le dije, y agité la mano hasta que el taxi dobló por la esquina y dejé de verlo.

24

@johnnieLamonda
Au revoir Pioneros Peregrinos, alerta, bolo! Despedida por todo lo alto, fuera penas. Más detalles pronto.
#notelopierdas #conciertodelsiglo #soltandolastre

*E*sta vez sería perfecto. Había visto el *tweet* y luego, a las pocas horas, tenía los ojos clavados en el pequeño cartel del escaparate de la tienda de discos independiente junto a la oficina. Su apuesto rostro me hizo detenerme en seco. Dos semanas. Una noche de martes. Perfecto. De nuevo la mano del destino, moviéndonos como piezas de ajedrez. Tenía el rey a tiro.

Recordando el error en The Cuttings, memoricé el nombre del local y, en cuanto llegué a casa, compré dos entradas a través de la página web, la segunda a modo de seguro, por si perdía la primera. Tal vez Raymond pudiera usarla, acompañarme. Aunque, bien pensado, quizá no fuera lo mejor: no quería que me cortara las alas. En cualquier caso, comprar dos entradas resultó innecesario puesto que, hasta que no terminé la transacción, no me fijé en que había que recoger las entradas en persona la misma noche. Daba igual.

Tras cenar y escuchar *Los Archer*, me senté con un lápiz y una libreta y confeccioné una lista con todas las cosas que debía hacer para estar preparada. Una vez provista de entradas, lo más importante era ejecutar una visita de reconocimiento al local para asegurarme de que esa noche todo fuese como la seda y evitar así sorpresas desagradables. En ese caso sí que creí que Raymond podía serme de ayuda. Quizá para ir a un concierto, al día siguiente o al otro, lo que me daría la oportunidad de estudiar el decorado de mi futuro encuentro con el destino.

Después de comprobar que había entradas disponibles para el concierto programado para la noche siguiente le envié un mensaje electrónico:

Querido Raymond: ¿te gustaría venir mañana conmigo al Peste? E

Me respondió al momento.

¿Quién toca?

¿Qué demonios importaba? ¿No podía haberlo mirado por Google si era tan importante para él? Respondí:

Inspectores de Insanidad.

Pasaron varios minutos

En serio, Eleanor? No sabía que te fueran esas movidas. No es mi roll pero te acompaño, no voy a un concierto desde hace mil. ¿Has pillado entradas?

¿Por qué, ay, Dios, por qué no podía escribir normal, sin muletillas y palabras comodín?

Sí. Te veo allí a las 19.00 E

A los cinco minutos recibí lo siguiente:

Chachi. TBO mañana

Al final de aquel intercambio casi estaba inmunizada a su manera iletrada de comunicarse. La capacidad que tienen los humanos de soportarlo prácticamente todo si se ven en la obligación puede ser tan positiva como negativa.

La noche siguiente Raymond llegó, como siempre, tarde. Tenía una pinta ridícula: una sudadera negra con capucha y una chaqueta vaquera. En el pecho, el dibujo de una calavera.

—Se me ha ocurrido disfrazarme para dar el pego —me dijo radiante, mientras esperábamos en la puerta, aunque yo no tenía ni idea de qué estaba hablándome.

Entramos y recogimos las entradas que había comprado por internet. La barra tenía una iluminación pobre y, tal y como sugería el nombre del local, no podía estar más sucia. Por todo alrededor había personas rudas y desaseadas que transmitían una melancolía estigia, mientras que la música que salía por la megafonía era inenarrable en su volumen y su calidad pésima.

Bajamos a la sala de conciertos, que estaba ya casi llena. Mientras esperaba a Raymond en la puerta, había visto entrar en las instalaciones una procesión de jóvenes de aspecto ridículo, y en ese momento deduje que era allí mismo adonde se dirigían. Nos rodeaba el negro: ropa negra, pelo negro de punta, rapado o esculpido. Maquillaje negro en hombres y mujeres, pero que no habría recibido la aprobación ni de Bobbi Brown. También había pinchos por doquier, en pelo, ropa, incluso en las mochilas. Casi nadie llevaba zapatos con suelas normales: iban todos encaramados sobre gruesas plataformas. La noche de Halloween, pensé. Raymond volvió de la barra con una pinta en un vaso de plástico para él y, sin que yo se lo hubiera pedido, algo más claro para mí.

—¿Sidra? —chillé por encima del estruendo—. Pero, Raymond, ¡yo no bebo sidra!

—¿Qué te crees que es la Magners, tontorrona? —dijo dándome un codazo suave.

Bebí a regañadientes: no estaba tan buena como la Magners pero valdría. El volumen de la música impedía toda conversación, de modo que me dediqué a inspeccionar la sala. Cuando volviera para su concierto, y asumiendo que Johnnie Lomond estaría delante y en el centro, él podría verme fácilmente aunque me viera obligada a situarme hacia la mitad de la muchedumbre. Estaba visto que, a veces, hasta Cupido necesitaba un empujoncito.

El público empezó a emitir un ruido animal colectivo y cargó hacia delante, mientras nosotros no nos movimos del sitio: los músicos habían saltado al escenario y habían empezado a tocar. Me llevé las manos a los oídos, incapaz de creer lo que oía. No exagero si digo que solo podía describirse como una estridencia cacofónica del Infierno. ¿Qué demonios le pasaba a esa gente? El «cantante» alternaba los chillidos con los gañidos.

No pudiendo soportarlo ni un segundo más, eché a correr hacia la planta de arriba y salí directamente a la calle, jadeando y sacudiendo la cabeza como un perro, en un intento por quitarme aquel ruido de las orejas. Raymond me siguió al poco.

—¿Qué pasa, Eleanor? —me preguntó con cara de preocupación—. ¿Estás bien?

Me enjugué las lágrimas.

—Eso no era música, era… Ay, no sé. El horror, Raymond. ¡El horror!

Mi amigo se echó a reír, un ataque de risa de los que te duele la barriga (y a él no le faltaba), hasta que se quedó literalmente doblado en dos y empezó a costarle respirar.

—Ay, Eleanor —dijo con un resuello—. ¡Lo sabía, no podías ser aficionada al *grindcore*! ¿En qué mierda estabas pensando? —Empezó a reírse por lo bajo otra vez.

—Yo solo quería conocer el local y escuchar a algún grupo. Que pueda existir un sonido así… sobrepasa el entendimiento humano.

Raymond se había repuesto.

—Ay, ay… ¿Cómo dicen? Que en esta vida hay que probarlo todo, salvo el incesto y el baile Morris. ¿Quieres que añadamos el *death metal* a la lista?

Sacudí la cabeza.

—No tengo ni idea de lo que estás hablando… Todas esas palabras carecen de sentido para mí. —Respiré hondo varias veces hasta que volví a estar casi calmada—. Retirémonos a alguna fonda o pub, Raymond… algún sitio tranquilo y, por favor, déjame que te invite a una cerveza para compensarte por esta noche malgastada.

—De malgastada nada, Eleanor —dijo sacudiendo la cabeza—. ¡Qué cara tenías! Es una de las mejores noches que he pasado en años.

Volvió a reír y, para mi sorpresa, me uní a las risas. Era divertido haber malinterpretado de una forma tan palmaria el tipo de música que iban a tocar. Comprendí que tenía mucho que aprender del mundo de la música, y era importante que me consagrara a la tarea si quería poder interactuar adecuadamente con el músico.

—¿Has oído hablar de Johnnie Lomond y los Pioneros Peregrinos? —le pregunté.

Raymond negó con la cabeza y me dijo:

—¿Por qué?

Saqué el móvil y navegué por la página web del cantante. Raymond bajó el *scroll* un momento, leyó el texto y luego sacó unos auriculares y escuchó un par de minutos.

—Suena a culo —dijo con desdén y me devolvió el teléfono.

¡Y lo decía un hombre con una sudadera con una calavera!

—¿Tú crees?

—El tío tiene una barba prefabricada y una guitarra cara que no sabe ni tocar y habla con falso acento americano, como intentando sonar sureño… pero del sur de Lanarkshire, por supuesto —comentó Raymond echando el humo por la comisura de la boca en una mueca desdeñosa.

No tenía la información suficiente para asentir o disentir, de modo que no dije nada. En cualquier caso, necesitaba saber al menos unos cuantos hechos destacados sobre música pop y, dejando a un lado las aberrantes opiniones recién vertidas, algo me decía que Raymond era mi mejor baza.

—Entonces ¿sabes bastante de música? —pregunté mientras caminábamos hacia un pub que Raymond me había asegurado que sería tranquilo («Un pub de abuelos, muy auténtico», me había dicho, significara lo que significase).

—Bueno… eh… se podría decir que sí.

—Estupendo. Vale, pues entonces cuéntamelo todo.

*E*ra el día del concierto. Todo estaba listo. Daba el pego y me había metido en el papel. De haber podido, habría acelerado el tiempo, para que la noche llegara antes. Por fin había encontrado cómo avanzar, una manera de sustituir la pérdida por las ganancias.

El músico. Había sido una suerte que hubiese aparecido en el momento preciso. Estaba escrito que, después de esa noche, las piezas de Eleanor por fin empezarían a encajar.

Qué exquisita la expectación, ese dolor que se retorcía en mi interior. No sabía cómo aplacarlo…, y algo me decía que el vodka no lo conseguiría. Tendría que soportarlo hasta que por fin lo conociera, esa era la naturaleza dual de aquella carga tan peculiar como dichosa. Ya no quedaba mucho, era cuestión de horas. Esa noche iba a conocer al hombre cuyo amor cambiaría mi vida.

Estaba preparada para resurgir de las cenizas y revivir.

UNA MALA RACHA

26

*E*stoy desnuda, tirada en el suelo, mirando la mesa desde abajo. La madera clara no está barnizada y hay un sello desgastado con el lema MADE IN TAIWAN. En lo alto hay artículos importantes, no los veo pero los siento planear sobre mí. Esa mesa horrenda, con el tablero de melanina azul, unas patas enclenques, el barniz descascarillado en diversos puntos por las décadas de uso descuidado. ¿Por cuántas cocinas habrá pasado esa mesa hasta dar conmigo?

Imagino una jerarquía de felicidad: comprada por primera vez en la década de 1970, una pareja tomaba en ella los platos cocinados siguiendo las instrucciones de recetarios nuevos, comiendo y bebiendo de la vajilla y la cristalería del ajuar, como adultos hechos y derechos; a los pocos años se mudaron a las afueras y la mesa, demasiado pequeña para las necesidades de una familia creciente, la heredó un primo que acababa de terminar la carrera y estaba amueblando su primer piso con poco dinero. Al cabo de unos años se muda con su pareja y lo pone en alquiler. Durante una década pasará una procesión de inquilinos, sobre todo jóvenes, tristes o alegres, que a veces viven solos, otras con amigos o amantes, y que ponen en la mesa comida rápida para salir del paso, un sofisticado menú de cinco platos para seducir, carbohidratos antes de salir a correr y pudin de chocolate para el mal de amores. Al final, el primo vende el piso y los que vienen a despejar la casa se llevan la mesa. Languidece un tiempo en una nave, donde las arañas hilan su seda por sus intrincados recovecos y las moscardas ponen huevos entre las toscas astillas. La dona a otra tienda benéfica. Me la dan a mí, indeseada, herida sin remedio. Igual que la mesa.

Están todas las cosas encima. Los analgésicos (doce cajas de veinticuatro pastillas, recetadas y cuidadosamente almacenadas); cuchillo de pan (apenas usado, dientes de tiburón dispuestos a morder); desatascador («traspasa todos los tapones, incluso de pelo y grasa», así como carne y órganos internos). Esta mesa, a la que nunca me he sentado con otra persona y donde nunca he compartido una botella de vino. Esta cocina, en la que no he cocinado para nadie que no fuese yo. Tirada aquí en el suelo, como un cadáver, siento migas de pan puntiagudas pegándose por debajo de los brazos, las nalgas, los muslos, los talones. Está frío. Ojalá fuera un cadáver. Queda poco, queda nada.

En mi campo de visión, todas las botellas de vodka vacías, desperdigadas por el suelo una vez consumidas. Debería darme vergüenza que alguien encuentre la casa en este estado, pero no siento nada. De todas formas retirarán mi cuerpo y esparcirán limpiadores industriales. Realquilarán el piso. Espero que los nuevos inquilinos sean felices aquí, que dejen algún resto de amor por paredes, suelos y huecos de las ventanas para los siguientes habitantes. Yo no he dejado nada. Nunca llegué a estar aquí.

No sé cuánto tiempo llevo aquí tirada. No recuerdo cómo he acabado en el suelo de la cocina ni por qué estoy desnuda. Alargo la mano para coger la botella más cercana, ansiosa por saber cuánto queda, y aliviada al instante al notar su peso. Pero es la última. Cuando se acabe esta, tengo dos opciones: o levantarme del suelo, vestirme e ir a comprar más... o suicidarme directamente. En cualquier caso, de una forma u otra, voy a acabar matándome. Es solo una cuestión de la cantidad de vodka que puedo todavía beber antes de hacerlo. Doy otro gran sorbo y espero a que se desate el dolor.

Cuando me despierto estoy en el mismo sitio. Han pasado diez minutos, o diez horas, no tengo ni idea. Adopto posición fetal. Si no puedo ser un cadáver, entonces quiero ser un bebé aovillado dentro del útero de otra mujer, puro y deseado. Me muevo ligeramente, vuelvo la cara hacia el suelo y vomito. Me f:jo en el líquido transparente y veteado de verde y amarillo: alcohol con bilis. Llevo un tiempo sin comer.

Tengo tantos líquidos y sustancias dentro… Intento enumerarlas mientras sigo aquí tirada: está el cerumen de las orejas, el pus amarillo que se encona en los granos, la sangre, la mucosa, la orina, las heces, el quimo, la bilis, saliva, lágrimas… Soy el escaparate de una carnicería, con órganos, grandes y pequeños, rosas, grises, rojos… Todo revuelto entre huesos, encastrado en la piel y luego cubierto de un fino vello. El odre de piel está manchado, moteado de lunares, pecas, pequeñas varices. Y cicatrices, por supuesto. Pienso en el forense que examine esta carroña, fijándose en todos los detalles y pesando todos los órganos. Inspección cárnica. No apta.

Me parece incomprensible ahora cómo pude pensar que alguien llegara a querer este saco de sangre y huesos ambulante que soy. Supera todo entendimiento. Pienso en esa noche —¿cuándo fue, hace tres, cuatro días?— y busco la botella con la mano. Me viene otra arcada al recordarlo.

Desde el principio el día no había traído buenos augurios. Esa mañana había muerto mi planta, *Polly*. Soy muy consciente de lo absurdo que puede sonar. Sin embargo, ella era el único lazo vivo con mi infancia, la única constante entre mi vida antes y después del incendio, lo único, aparte de mí, que había sobrevivido. La había creído indestructible, había asumido que viviría siempre, con esas hojas que caían y que llegaban a sustituir otras nuevas. Pero en las últimas semanas había descuidado mis tareas, demasiado ocupada entre hospitales, funerales y Facebook para regarla con frecuencia. Otra cosa viva que no había logrado cuidar. No estaba hecha para cuidar nada ni a nadie. Demasiado entumecida para llorar, tiré la planta a la basura, con la maceta, la tierra y todo, y vi que, en todos esos años, se había aferrado a la vida con tan solo unas raíces delgadas y frágiles.

Qué precaria era nuestra existencia… Por supuesto, no era algo que me hubiese pasado desapercibido, nadie lo sabía mejor que yo. Sí, ya sé que es absurdo, que suena patético, pero en mis épocas más sombrías, había habido días en que saber que la planta moriría si no la regaba era lo único que lograba sacarme de la cama.

Con todo, ese mismo día, a la vuelta del trabajo, saqué la basura, me arreglé y me obligué a ir al concierto. Fui sola. Quería conocer al músico cuando estuviéramos los dos solos, sin distracciones ni rémoras. Necesitaba que ocurriera algo, lo que fuese. No podía seguir pasando a través de la vida, por encima, por debajo, alrededor. No me veía capaz de continuar vagando como un espectro por la vida. Y sí, esa noche ocurrieron cosas. Lo primero fue comprender que el músico no sabía ni que yo existía. ¿Qué demonios me había llevado a creer lo contrario? ¿La estupidez, el autoengaño, un vínculo precario con la realidad? Elige tu propia respuesta.

Y entonces llegó el bochorno. Me había posicionado en primera fila, con mi ridículo disfraz de ropas nuevas, maquillada como un payaso, sobre unos zancos. Cuando salió a escena, pude ver hasta la doble lazada que se había hecho en los cordones y el mechón de pelo que le caía por los ojos. Las manos sobre la guitarra, la cuidada manicura de sus uñas. Unos focos potentes lo iluminaban de arriba abajo mientras yo estaba sumida en la penumbra. Pero, pese a todo, me vería: si estaba escrito —y no podía ser de otra forma—, me vería, igual que yo a él desde hacía tantas semanas. Me quedé inmóvil mientras lo contemplaba desde abajo. El grupo empezó a tocar y él abrió la boca para cantar. Le vi los dientes y el rosa claro del paladar. La canción terminó y empezó otra. Le habló al público pero no a mí. Me quedé esperando, aguardé otra canción entera. Y otra. Pero seguía sin verme. Y poco a poco, mientras yo permanecía inerte más allá de aquellos focos, con la música golpeando mi cuerpo sin llegar a entrar y la muchedumbre incapaz de permear la capa de soledad que me contenía —que me contiene—, me di cuenta de la verdad. Parpadeé varias veces, como si mis ojos intentaran aclarar la visión ante ellos, y entonces cristalizó.

Yo era una mujer de treinta años con un cuelgue adolescente por un hombre al que no conocía y nunca conocería. Me había convencido de que era el mío, de que me ayudaría a volverme normal, de que arreglaría las cosas que estaban mal en mi vida. Alguien que me hiciera más fácil lidiar con mamá, a bloquear su voz cuando me susurraba a la oreja que era mala, que me equivocaba, que no estaba a la altura. ¿Cómo había podido siquiera pensarlo?

Él jamás se vería atraído por una mujer como yo. Desde un punto de vista objetivo, era un hombre muy atractivo y, por tanto, susceptible de seleccionar entre una amplia gama de parejas potenciales. Podía escoger una mujer igual de atractiva que él y unos cuantos años menor. Y tanto que podía. Y yo estaba sola en un sótano un martes por la noche, rodeada de desconocidos, escuchando una música que no me gustaba porque estaba colgada por un tipo que no sabía y nunca sabría de mi existencia. Me di cuenta de que ya había dejado de oír la música.

Él seguía sobre el escenario, pisando pedales de la guitarra y soltando clichés sobre ir de gira mientras afinaba. ¿Quién era ese extraño, y por qué lo había escogido a él de entre todos los hombres de la ciudad, del país, del mundo, como mi salvador? Pensé en una noticia que había leído el día anterior sobre unos jóvenes fans que hacían una vigilia doliente a las puertas de la casa de un cantante porque se había cortado el pelo. Me había reído entonces pero ¿no estaba comportándome igual que ellos, actuando como una adolescente enamorada que escribe cartas con tinta morada y pinta su nombre en la mochila del instituto?

Yo no conocía al hombre que estaba ante mí en el escenario, no sabía absolutamente nada de él. Era todo una fantasía. ¿Podía haber algo más patético, viniendo de mí, una mujer adulta? Me había contado un penoso cuentecito de hadas pensando que podría arreglarlo todo, deshacer el pasado, que viviríamos felices y comeríamos perdices y mamá no volvería a enfadarse. Yo era Eleanor, la patética Eleanor Oliphant, con mi penoso trabajo, mi vodka y mis comidas de ración única, y siempre lo sería. Nada ni nadie —y desde luego no aquel cantante que estaba ahora mirándose el pelo en el teléfono durante un solo de guitarra de su compañero de grupo— lo cambiaría. No había esperanzas, las cosas no podían enmendarse. No se puede ni escapar del pasado ni deshacerlo. Tras todas esas semanas de delirio, reconocí con desmayo la verdad pura y dura. Sentí que la desesperación y las náuseas se mezclaban en mi interior, y luego reconocí aquel humor sombrío, negro como el carbón, que suele caer en picado sobre mí.

Volví a dormirme. Cuando me desperté, sentí por fin la cabeza despejada de todos los pensamientos salvo los físicos: «Tengo frío, estoy temblando». Hora de decidir. Me decanté por comprar más vodka.

Cuando me puse en pie, con la lentitud de la evolución humana, vi el desbarajuste sobre el suelo y asentí para mis adentros: era buena señal. Si seguía así, tal vez muriera sin necesidad de elegir entre los métodos expuestos sobre la mesa. Cogí un trapo del gancho —SOUVENIR DE LA MURALLA DE ADRIANO—, el del centurión y el SPQR. Mi favorito. Lo utilicé para restregarme la cara y luego lo dejé caer al suelo de la cocina.

No me molesté en ponerme ropa interior y me limité a coger lo que había más a mano, sobre el suelo del dormitorio, el conjunto que llevaba la noche del martes. Metí mis pies descalzos en los zapatos de velcro del trabajo y busqué mi vieja cazadora, que estaba colgada en el armario de la entrada. Me di cuenta de que no sabía dónde estaba el abrigo nuevo. La bolsa, sin embargo, sí que tenía que localizarla. Recordé que esa noche me había llevado el bolso de mano nuevo, en el que solo cabía la cartera y las llaves. Encontré estas últimas en la repisa de la entrada, donde siempre las pongo. Allí había acabado también el bolso, tirado en una esquina al lado de la bolsa de la compra. En la cartera no había dinero: no recordaba ni cómo había llegado a casa ni cuándo había comprado el vodka que había estado bebiendo, pero deduje que tenía que haber sido por el camino, de vuelta del centro. Por suerte la cartera seguía conteniendo mis tarjetas bancarias. También estaba la entrada del concierto. La tiré al suelo.

Fui a la tienda de la esquina. Era de día, hacía frío y el cielo estaba cenizo. Cuando entré sonó el timbre electrónico y, tras el mostrador, el señor Dewan levantó la vista. Vi que se le ensanchaban los ojos y se le abría ligeramente la boca.

—¿Señorita Oliphant? —preguntó en tono bajo, como con cautela.

—Tres litros de Glen, por favor —dije con una voz rara, ronca y quebrada. Me dije que sería por el tiempo sin usarla, además de por la infinidad de vómitos.

El hombre puso una botella en el mostrador pero luego pareció vacilar.

—¿Tres, señorita Oliphant? —Asentí, y sumó entonces las otras dos, las tres en fila como bolos que tuviera que derribar, soplar—. ¿Algo más?

Consideré por un momento comprar una barra de pan o una lata de espaguetis pero no tenía nada de hambre. Sacudí la cabeza y le tendí mi tarjeta de crédito. Me temblaba la mano e intenté controlarla pero no lo conseguí. Pulsé los números como pude, y la espera que siguió hasta que se imprimió el recibo fue interminable.

En la pila de periódicos de la tarde que se amontonaban en el mostrador junto a la caja vi que era viernes. El señor Dewan había colocado un espejo en la pared por el que podía ver todas las esquinas de la tienda, y me vi reflejada en él: tenía un color blanco grisáceo, como las larvas, y los pelos de punta, mientras que los ojos eran dos agujeros negros, vacíos, muertos. Vislumbré todo esto con total indiferencia. No había nada menos importante que mi aspecto, nada de nada. El señor Dewan me tendió las botellas en una bolsa de plástico azul. El olor, el hedor químico de los polímeros, hizo que se me revolviera más aún el estómago.

—Cuídese, señorita Oliphant —me dijo con la cabeza ladeada y sin sonreír.

—Adiós, señor Dewan.

Estaba a solo diez minutos de casa, pero tardé media hora, entre el peso de la bolsa y las piernas de plomo. No vi ningún ser vivo por las calles, ni siquiera un gato o una urraca. La luz era opaca y envolvía en gris y negro el mundo, una asoladora ausencia de tonos que me lastraba el paso. Abrí la puerta de la entrada de un puntapié, me quité la ropa y fui tirándola por el pasillo. De paso noté que olía muy mal: sudor, vómito y un hedor rancio que debía de ser a alcohol metabolizado. Llevé la bolsa de plástico al dormitorio y me puse mi camisón amarillo limón. Me metí bajo las mantas y busqué a tientas una botella.

Aunque me la bebí con la determinación concentrada y

resuelta de una asesina, no había manera de ahogar mis pensamientos, no se dejaban: eran cadáveres abotargados y feos que se empeñaban en salir a la superficie en su fealdad pálida y llena de gases. Desde luego, entre ellos estaba el espanto ante mi propio autoengaño: él, yo… ¿En qué había estado pensando? Pero lo peor, mucho peor, era la vergüenza. Me hice una bola e intenté ocupar el mínimo espacio posible en la cama. Despreciable. Me había puesto en ridículo yo sola. Era un bochorno con patas, como siempre me había dicho mamá. Un sonido se escapó hacia la almohada, un gemido animal. No podía abrir los ojos, no quería ver ni un centímetro de mi propia piel.

Había creído poder resolver el problema de mi ser tan fácilmente, como si las cosas hechas hacía tantos años pudieran rectificarse sin más. Yo sabía que, en teoría, la gente no existía como yo, a base de trabajar, beber vodka y dormir, en un ciclo constante y estático en el que me hacía girar a mí misma, en mí misma, en un silencio solitario… que no iba a ninguna parte. En algún nivel de percepción comprendía que no estaba bien. Había levantado la cabeza lo justo para darme cuenta y, desesperada por cambiar, me había aferrado a un clavo ardiendo cualquiera, me había dejado llevar, imaginando una especie de… futuro.

Me encogí. No, no fue así. Encogerse denota embarazo, una vergüenza pasajera. Aquello era mi alma aovillándose en lo blanco, un vacío existencial donde antes había una persona. ¿Por qué me había permitido pensar que podía tener una vida normal, feliz y agradable, como otra gente? ¿Por qué había creído que el cantante podía ser parte de eso, ayudarme a levantarla? La respuesta me apuñaló: mamá. Quería que mamá me quisiera. Llevaba mucho tiempo sola y necesitaba a alguien a mi lado que me ayudase a lidiar con mamá. ¿Por qué no había nadie, fuera quien fuese, para ayudarme a lidiar con mamá?

Repetí la escena en mi cabeza, una y otra vez, recordando lo segundo que comprendí aquella noche. Fue más tarde, cuando ya estaba más al fondo, como hacia la mitad del público. Había ido por otra copa, y el camino hasta la primera fila se había cerrado mientras iba y volvía de la barra. Me había tomado el vodka… ¿el sexto?, ¿el séptimo? No lo recuerdo. Desde donde estaba él no podía verme la cara, eso lo tenía claro. El grupo había parado de tocar, alguien había roto una cuerda y estaba cambiándola.

Él se inclinó sobre el micrófono y arqueó una ceja. Vi su sonrisa perezosa y bella. Entornó los ojos, sin ver, hacia la oscuridad.

—¿Y ahora qué vamos a hacer, si Davie se empeña en tardar media vida en cambiar una puta cuerda? —Se volvió hacia un hombre huraño que le enseñó el dedo sin levantar la vista de la guitarra—. Vale, bueno, pues les daré algo con lo que entretenerse, señoritas —dijo, y acto seguido se dio media vuelta, se desabrochó el cinturón, se bajó los vaqueros y meneó sus nalgas pálidas ante nosotros.

Hubo quienes rieron. Otros gritaron insultos. El cantante replicó con un gesto obsceno. Me di cuenta con una claridad lapidaria que el hombre que tenía ante mí en el escenario era, sin lugar a dudas, un capullo. El grupo empezó a tocar la siguiente canción y todo el mundo se puso a dar botes, y yo ya estaba en la barra pidiendo un vodka doble.

Más tarde. Volví a despertarme. Dejé los ojos cerrados. Tenía curiosidad por una cosa. ¿Qué sentido tenía yo?, me preguntaba. No había contribuido en nada a este mundo, a nada de nada, y tampoco había tomado nada de él. Cuando dejara de existir, no supondría ninguna diferencia material para nadie.

La ausencia de la mayoría de las personas se siente en el plano personal de al menos un puñado de gente. Yo, en cambio, no tengo a nadie.

No enciendo las luces cuando entro en una habitación. Nadie espera verme ni oír mi voz. No estoy compadeciéndome de mí misma, en absoluto, me limito a constatar un hecho.

Llevo toda la vida esperando la muerte. He deseado activamente morir, porque simplemente no quiero estar viva. Y en aquel momento las cosas habían cambiado, y comprendí que no necesitaba esperar a la muerte. No quería. Abrí la botella y le di un buen trago.

Ah, pero no hay dos sin tres, ¿no se dice eso? Quedaba lo

mejor para el final, y fue cuando casi terminaba la actuación. Para entonces veía borroso —el vodka— y no podía confiar en mi vista. Entorné los ojos, en un esfuerzo por confirmar lo que creía estar viendo. Humo, gris, difuminado, letal, emanando por un lado del escenario y por el frente. La sala empezó a llenarse. El hombre a mi lado tosió; una acción psicosomática, puesto que el humo del hielo seco, de los escenarios, no provoca tal reflejo. Sentí que se cernía sobre mí, vi cómo lo atravesaban las luces y los láseres. Cerré los ojos. En ese momento, me vi de vuelta, en la casa, en la planta de arriba. Fuego. Oí chillidos, y no sabía si eran míos. El ritmo del bombo golpeaba a todo trapo, al compás de mi corazón, mientras la caja culebreaba como mi pulso. La sala estaba llena de humo y no veía nada. Gritos, míos y de ella. El bombo, la caja. La inyección de adrenalina, acelerando el tempo, con una fuerza vertiginosa, demasiado fuerte para mi cuerpecito, para cualquier cuerpo pequeño. Los gritos. Empujé, empujé, cargando contra todo obstáculo, tropezándome, jadeando, hasta que estuve fuera, en la oscuridad de la noche negra. Con la espalda contra la pared, me dejé caer, me despatarré en el suelo, aún con los gritos en los oídos y el cuerpo retumbando. Vomité. Estaba viva. Estaba sola. No había ser vivo en el universo más solo que yo. O más horrible.

Volví a despertarme. No había cerrado las cortinas y entraba la luz de la luna. Una palabra que hablaba de romance. Me cogí una mano con la otra, intentando imaginar cómo sería que otra persona me cogiera de la mano. Ha habido veces en que creía que iba a morir de soledad. Hay gente que dice morir de aburrimiento, o morirse por una taza de té, pero para mí lo de morir de soledad no es ninguna hipérbole. Cuando me siento así, se me cae la cabeza, se me hunden los hombros y padezco, es un ansia física por contacto humano: siento realmente que puedo caerme al suelo y fallecer si alguien no me agarra, no me toca. Y no hablo de un amante, más allá de esta locura reciente, hacía mucho que había abandonado toda idea de que alguien pudiera amarme de esa manera, sino simplemente como ser humano. El masaje de cuero cabelludo de la peluquera, la inyección de la gripe del pasado invierno: las únicas veces que experimento roces es de gente a la que estoy pagando, y casi siempre llevan guantes de usar y tirar. Me limito a constatar un hecho.

A la gente no le gusta pero no puedo evitarlo. Si alguien te pregunta cómo estás, en teoría tienes que decir sin más «bien». No esperan que digas que anoche te quedaste dormida llorando porque llevabas dos días seguidos sin hablar con otra persona. «Bien» es lo que se espera de ti.

Cuando empecé a trabajar con Bob, había una mujer mayor en el trabajo a la que le quedaban dos meses para jubilarse. Faltaba a menudo porque estaba cuidando de su hermana, que tenía cáncer de ovarios. Esta compañera mayor nunca mencionaba el cáncer, no utilizaba siquiera la palabra y se refería a la enfermedad en términos de lo más tangenciales. Entiendo que por entonces se consideraba habitual. Hoy en día la soledad es el nuevo cáncer: algo vergonzoso, bochornoso, que tú misma te infringes si bien de un modo poco claro. Algo temible e incurable, tan espantoso que no te atreves a mencionar; la gente no quiere oír la palabra en voz alta, por miedo a verse también infectada, o a tentar a la suerte y que caiga sobre ellos un horror similar.

Me puse a cuatro patas, me arrastré como un perro viejo y cerré las cortinas a la luna. Volví a tirarme en las mantas y busqué la botella.

Oí unos golpes —POM, POM, POM— y un hombre que gritaba mi nombre. Estaba soñando con un osario incendiado, una escena de fuego, sangre y violencia, y me costó una eternidad hacer la transición del allí al acá, y darme cuenta de que los golpes eran reales y provenían de mi puerta de la entrada. Me eché las mantas por encima de la cabeza pero no pararon. Quería por todos los medios que acabara, sin embargo, en mi desesperación, no se me ocurría otra forma de hacerlo que contestando a la puerta. Me temblaban las piernas y tuve que agarrarme a la pared para avanzar. Mientras trasteaba con los pestillos, me miré los pies: pequeños, blancos, mármol. Tenía un cardenal enorme, morado y verde, que se extendía hasta los dedos. Me sorprendió no sentir nada, ni tan siquiera dolor, y tampoco recordaba cómo me lo había hecho. Bien podía haber estado pintado.

Por fin conseguí abrir la puerta pero no pude levantar la cabeza, no tenía fuerza ni para alzar la vista. Por lo menos los golpes habían parado. Era mi único objetivo.

—¡Jesucristo! —dijo una voz de hombre.

—Eleanor Oliphant —respondí.

27

Cuando volví a despertar, estaba tendida en mi sofá. Sentí una textura extraña y áspera bajo mis manos, y me llevó un momento darme cuenta de que estaba cubierta con toallas, no con mantas. Me quedé inmóvil y fui asimilando poco a poco mi situación. Tenía calor y la cabeza me palpitaba con fuerza. Sentía un dolor en las tripas que era una cuchillada y latía con regularidad, como bombeando sangre. Abrí la boca y oí que se me desgarraban la carne y las encías, como al separar los gajos de una naranja. Llevaba puesto el camisón amarillo.

Oí unos sonidos como de batir, ruidos sordos, ajenos a los de mi cuerpo, hasta que por fin los ubiqué, provenientes de la lavadora-secadora. Abrí lentamente un ojo —pegado como con cola— y vi que no había cambiado nada en el salón: el puf de la rana seguía mirándome. ¿Estaba viva? Eso esperaba, pero solo porque si aquel era el escenario del más allá, pensaba presentar una queja inmediatamente. A mi lado, en la mesa baja delante del sofá, había un vaso grande de vodka. Alargué la mano, con un temblor violento, y conseguí levantarlo y llevarlo a mi boca sin derramar mucho. Me había tragado casi la mitad antes de darme cuenta de que en realidad era agua. Sentí una náusea y noté cómo borboteaba y chocaba contra las paredes de mi estómago. Otra señal de mal agüero: alguien o algo había transformado el vodka en agua. No era de mis milagros favoritos.

Cuando volví a recostarme, oí otros sonidos, pisadas. Alguien que murmuraba, un hombre. ¿Quién había en mi cocina? Me alucinó la facilidad con la que viajaba el sonido. Yo siempre estaba allí sola y no estaba acostumbrada a oír a otra persona moviéndose por mi casa. Bebí más agua pero me atraganté y derivó en un ataque de tos que dio paso a su vez a unas arcadas improductivas. Al cabo de un minuto o dos, alguien llamó con cuidado a la puerta del salón y asomó una cara: Raymond.

Quise morirme, y esa vez, más allá del deseo real de morir, lo decía también en sentido metafórico. «Venga, por favor —pensé para mis adentros, casi divertida—, ¿a qué punto de desesperación hay que llegar, en cuántos planos de la existencia, para que a una persona que desea morir se le permita hacerlo de verdad? ¿Eh?»

Raymond me sonrió entonces con tristeza y me habló en voz muy baja.

—¿Cómo te encuentras, Eleanor?

—¿Qué ha pasado? —le pregunté—. ¿Por qué estás en mi casa?

Entró en la sala y se paró ante mis pies.

—No te preocupes, te vas a poner bien. —Cerré los ojos, ninguna de las frases respondía a mis preguntas, ni era lo que quería oír—. ¿Tienes hambre? —me preguntó con un tono muy amable.

Me lo pensé. Por dentro no estaba bien, por no decir fatal. ¿Tal vez estuviera relacionado con el hambre? No lo sabía, de modo que me limité a encogerme de hombros. Pareció complacido.

—Te voy a hacer una sopa —dijo.

Me recosté con los ojos cerrados.

—Lentejas no.

Regresó a los pocos minutos y lenta, muy lentamente, me incorporé hasta una posición sentada, con las toallas a mi alrededor. Me había calentado sopa de tomate en una taza y me la había dejado en la mesa de delante.

—¿Cuchara?

Sin responder, fue a la cocina y volvió con una. La sostuve en la mano derecha, que me temblaba como loca, e intenté sorber un poco. Era tal el temblor que salpiqué las toallas: comprendí que no iba a poder llevar el líquido desde la taza hasta la boca.

—Sí, ya me pareció que era mejor que intentaras bebértelo —me dijo amablemente, a lo que asentí.

Se sentó en el sillón y me contempló mientras sorbía la sopa, ambos sin hablar. Dejé la taza en la mesa cuando terminé, sintiendo por dentro el calor y el azúcar y la sal por las venas. El tictac del reloj de los Power Rangers sobre la chimenea era exageradamente fuerte. Me terminé el vaso de agua y, sin hablar, Raymond fue a rellenármelo.

—Gracias —le dije cuando regresó y me lo tendió.

No dijo nada, se levantó y salió de la habitación. El ruido de la lavadora-secadora había parado, y oí entonces el chasquido de la puerta al abrirse, seguido de más pisadas. Volvió, vino hacia mí y me tendió la mano.

—Ven —me dijo.

Intenté levantarme yo sola pero no pude. Me apoyé en él y tuvo que pasarme la mano por la cintura para ayudarme a atravesar el pasillo. La puerta de mi cuarto estaba abierta, la cama hecha y las sábanas recién lavadas. Me ayudó a sentarme y luego me levantó las piernas y me metió bajo las mantas. La cama olía tan fresca, cálida, limpia y cómoda, como el nido de un pajarito.

—Descansa un poco ahora —me dijo en voz baja mientras iba a cerrar las cortinas y a apagar la luz.

El sueño cayó sobre mí como un mazazo.

Debí de dormir al menos medio día. Cuando por fin me desperté, fui a buscar el vaso que había en la mesita de noche y me lo bebí entero. Necesitaba agua por dentro y por fuera, de modo que, con pasos cautelosos, con tiento, fui hasta el baño y me metí bajo la ducha. El olor a jabón fue como entrar a un jardín. Me froté la mugre y las manchas externas y salí rosa, limpia y recalentada. Me sequé con mucho, mucho cuidado, como si temiera que se me desgarrase la piel, y luego me vestí con ropa limpia, la más suave y limpia que me había puesto en la vida.

El suelo de la cocina resplandecía y no había rastro de las

botellas, mientras que las encimeras estaban limpias. Sobre una silla había una montaña de ropa doblada. La mesa estaba vacía salvo por un jarrón, el único que tengo, lleno de tulipanes amarillos. Había una nota contra él.

> Hay comida en la nevera. Intenta beber todo el agua que puedas. Llámame cuando te despiertes. Bss. R

Había garabateado su número de teléfono al final de la nota. Me senté y me quedé mirando primero el papel y luego la luz soleada de los pétalos. Nunca antes me habían regalado flores. Los tulipanes no eran de mis favoritas pero él no tenía por qué saberlo. Me eché a llorar, con unos sollozos grandes y temblorosos, aullando como un animal. Creí que no pararían nunca, me veía incapaz. Al final, de puro cansancio físico, callé y apoyé la frente en la mesa.

Mi vida había descarrilado, comprendí. Por la cuneta. En teoría no se vivía así. Nadie debía vivir así. El problema era que no sabía cómo hacerlo mejor. La forma de mamá no estaba bien, eso lo sabía. Pero nadie me había enseñado nunca la mejor manera de vivir una vida y, aunque había hecho todo lo posible durante años, simplemente no sabía cómo hacerlo mejor. Era incapaz de resolver mi propio acertijo.

Me preparé un té y calenté el plato preparado que me había dejado Raymond en la nevera. Descubrí que tenía mucha hambre. Lavé luego la taza y el tenedor y los puse con el resto de vajilla limpia que había en el escurridor. Me fui al salón y cogí el teléfono. Respondió al segundo tono.

—Eleanor… Gracias a Dios —dijo. Una pausa—. ¿Cómo te encuentras?

—Hola, Raymond.

—¿Cómo estás? —volvió a preguntar, sonaba preocupado.

—Bien, gracias —le dije, a sabiendas de que esa era la respuesta correcta.

—Me cago en todo, Eleanor. Bien. ¡Dios! Estaré ahí dentro de una hora, ¿vale?

—No hace falta, Raymond, de verdad —dije con voz tranquila—. Ya he tomado algo de comida… —No sabía qué hora era y no quise arriesgarme entre decir almorzar o cenar—. Y me he dado una ducha, voy a ponerme a leer un rato y luego me acostaré temprano.

—Estaré ahí dentro de una hora —repitió con rotundidad, y colgó.

Cuando fui a abrir la puerta, lo vi con una botella de Irn-Bru en una mano y una bolsita de ositos de goma en la otra. Conseguí esbozar una sonrisa.

—Pasa.

Me pregunté entonces cómo habría entrado la otra vez, no recordaba haberle abierto la puerta. ¿Qué había dicho, en qué estado me encontraba? Sentí que me palpitaba el corazón, nervioso y angustiado. ¿Le habría insultado? ¿Estaba desnuda? ¿Habría pasado algo horrible entre los dos? Noté que el Irn-Bru se me escurría de la mano y se cayó al suelo y rodó por él. Raymond lo recogió, me tomó del codo con la otra mano y me llevó hasta la cocina. Me hizo sentarme a la mesa y fue a encender el hervidor. Debería haberme ofendido por esa forma de dominar sobre mi espacio vital, pero, muy al contrario, me sentí aliviada, un alivio abrumador por que alguien me cuidara.

Nos sentamos cada uno a un lado de la mesa con una taza de té y ninguno dijo nada en un rato. Él fue el primero en hablar.

—¿Qué coño te ha pasado, Eleanor? —Me emocionó oír el temblor en su voz, como si le acechara el llanto, pero me limité a encogerme de hombros. Puso cara de contrariedad y siguió—: No has dado señales de vida en tres días en el trabajo, Bob estaba muy preocupado por ti, todos lo estábamos. Me dio él tu dirección y vine a ver si estabas bien y te encontré… te encontré…

—…. ¿preparándome para morir?

Se pasó la mano por la cara y comprendí que estaba a punto de llorar.

—Mira, sé que eres una persona muy reservada, y me parece bien, pero somos colegas, ¿sabes? Puedes hablar conmigo. No puedes darte a la bebida sin más.

—¿Por qué no? ¿Cómo puede ayudarme contarles a los demás lo mal que me siento? Ni que pudieran arreglarlo…

—Es posible que no puedan arreglarlo todo, Eleanor, vale, pero hablar ayuda. Hay más gente con problemas, y entienden lo que es ser infeliz. Compartir tu problema alivia…

—No creo que nadie de este mundo pueda comprender lo que es ser yo. Solo constato un hecho. No creo que nadie más haya pasado por el conjunto de circunstancias concretas que yo he vivido. O sobrevivido, más bien. —Era una aclaración importante.

—Ponme a prueba —dijo. Me miró y lo miré—. Vale, si no conmigo, con otra persona. Con un psicólogo, un terapeuta…

Solté un bufido, un sonido muy poco elegante.

—¡Un psicólogo! «Sentémonos y hablemos sobre nuestros sentimientos y así, por arte de magia, todo será mejor.» No lo creo, Raymond.

Sonrió.

—¿Cómo puedes saberlo si no lo pruebas? ¿Qué tienes que perder? No hay que avergonzarse de… de estar… deprimida, o tener una enfermedad mental o lo que sea…

Casi me atraganté con el té.

—¿Una enfermedad mental? ¿De qué hablas, Raymond? —Sacudí la cabeza.

Levantó las manos en alto como para aplacarme.

—Mira, yo no soy médico, yo solo digo que… bueno… que no creo que alguien que intente envenenarse con alcohol mientras planea su suicidio tenga… en fin, la cabeza muy bien amueblada.

Era un resumen tan ridículo de mi situación que casi me echo a reír. Mi amigo no era tendente a la exageración, pero ahí se había pasado, y no podía permitir que quedara como una descripción precisa de lo ocurrido aquella noche.

—Raymond, lo único que pasó es que tomé demasiado vodka después de una noche muy angustiante. No creo que eso sea síntoma de ninguna «enfermedad».

—¿Adónde habías ido esa noche? ¿Qué ha pasado desde entonces, si puede saberse?

Me encogí de hombros.

—Fui a un concierto. No fue muy bueno.

Nos quedamos un rato callados.

—Eleanor —dijo por fin—, esto es serio. Si no hubiera venido, podrías estar muerta ahora mismo, por la bebida o por haberte atragantado con tu propio vómito. Y eso en caso de que no te hubieses metido una sobredosis de pastillas o de lo que fuese.

Ladeé la cabeza y medité.

—De acuerdo. Reconozco que me sentía muy desdichada. Pero ¿quién no se siente triste de vez en cuando?

—Sí, claro que sí, Eleanor —dijo con calma—. Pero cuando la gente está triste, echa unas lagrimitas, se empacha de helado y se queda toda la tarde en la cama. Lo que no hacen es pensar en beber desatascador o abrirse las venas con el cuchillo del pan.

No pude evitar estremecerme al pensar en esos dientes afilados. Me encogí de hombros, dando mi brazo a torcer.

—*Touché*, Raymond, no puedo rebatir tu argumento.

Alargó las manos, me las puso en los antebrazos y me los apretó. Era fuerte.

—¿Te pensarás al menos lo de ir a un médico? No puede hacerte ningún mal. —Asentí. Una vez más estaba siendo lógico, y la lógica no puede combatirse—. ¿Hay alguien a quien quieras que contacte? ¿Algún amigo o pariente? ¿Tu madre, quizá? Ella querría saber por lo que has pasado. —Se quedó callado al verme reír.

—Mi madre no —dije sacudiendo la cabeza—, seguro que estaría encantada de la vida.

Raymond parecía horrorizado.

—Venga, Eleanor, no digas esas cosas tan horribles —dijo visiblemente conmocionado—. Ninguna madre se alegraría de saber que su hijo está sufriendo.

Me encogí de hombros y seguí con la vista clavada en el suelo.

—Eso es porque no conoces a mi madre.

28

*L*os días que siguieron supusieron una especie de reto. Raymond se presentó varias veces sin avisar, como para traer comida o transmitirme mensajes de Bob, aunque en realidad lo hacía para comprobar que no hubiera cometido ningún acto de automasacre. Si tuviera que redactar una pista de crucigrama concisa para describir el comportamiento de mi amigo, habría sido «antónimo de inescrutable». Solo cabía esperar que al pobre no le diera por jugar al póquer si no era en plan amistoso, pues me temía que se iría a su casa desplumado.

Me sorprendía que se tomara tantas molestias por mí, sobre todo dadas las circunstancias tan desagradables en que me había encontrado tras el concierto. Anteriormente, siempre que había estado triste o enfadada, las personas relevantes de mi vida se habían limitado a llamar a mi trabajadora social, provocando una nueva mudanza. Raymond no había llamado a nadie ni había solicitado la intervención de ningún agente externo. Había elegido cuidarme por su cuenta; tras considerar el tema, concluí que debía de existir gente que no creía que una conducta difícil fuera razón suficiente para terminar su relación contigo. Al parecer, si les gustabas a esas personas —y recordé que Raymond y yo habíamos quedado en que éramos colegas—, se mostraban dispuestas a mantener el contacto, por muy triste o enfadada que estuvieras o tu comportamiento desafiara los límites de lo aceptable. Fue toda una revelación para mí.

Me pregunté si era eso lo que sucedía con la familia, si en el caso de tener padres o una hermana, por ejemplo, podías siempre contar con ellos, pasara lo que pasase. No era que pudieras asumirlo sin más —ya se sabe que en esta vida no se puede dar nada por hecho—, sino que simplemente sabrías, casi sin tener que pensarlo, que estaban allí si los necesitabas, por mal que fueran las cosas. Por lo general, no soy propensa a la envidia, pero he de confesar que sentí un pellizco al pensar en todo eso. Sin embargo, era una emoción ínfima comparada con la pena que experimenté al no haber tenido nunca oportunidad de vivir eso… Pero ¿qué era? Amor incondicional, supuse.

Pero no tenía sentido hacer leña del árbol caído. Raymond me había enseñado una pequeña muestra, y me consideré afortunada de haber tenido la oportunidad. Ese día había llegado con una caja de After Eight y, lo más inaudito, un globo de helio.

—Sé que es una tontería —dijo sonriendo—, pero estaba pasando por el mercadillo de la plaza y, justo cuando iba a subir al autobús, me fijé en un hombre que los vendía. Pensé que te animaría.

Vi lo que tenía en la mano y me eché a reír, en un estallido inesperado de sensaciones, muy poco propio de mí. Me pasó el cordel y el globo se elevó hacia mi techo bajo, contra el que rebotó como si quisiera escapar.

—¿Qué se supone que es? ¿Es un… un queso? —Nunca me habían regalado un globo de helio y desde luego no uno tan raro.

—Es Bob Esponja, Eleanor —me dijo con voz lenta y clara, como si yo fuera medio idiota—. ¿Bob Esponja Pantalones Cuadrados?

¡Una esponja de baño semihumana con unas paletas enormes que vendían como si fuera algo de lo más normal! Llevo toda la vida oyendo a la gente decir que soy rara pero, la verdad, cuando veo ese tipo de cosas, comprendo que en realidad soy relativamente normal.

Preparé un té. Raymond había puesto los pies en la mesa de centro. Contemplé la idea de decirle que los quitara, pero de pronto se me ocurrió que él debía sentirse cómodo en mi casa, tanto como para relajarse y utilizar el mobiliario a su antojo. De hecho, la idea me agradó. Sorbió el té haciendo ruido —una intrusión mucho menos agradable— y me preguntó por mi médico de cabecera. Esa misma semana, después de que Raymond me expusiera con convincentes argumentos la necesidad de obtener una visión objetiva, de experto, sobre mi estado emocional y la eficacia de los tratamientos modernos en caso de que se me diagnosticase alguna enfermedad mental, por fin me había decidido a pedir cita en el ambulatorio.

—Tengo que ir mañana, a las once y media.

Asintió.

—Eso está bien. Pero prométeme que serás totalmente sincera con tu médico, que le contarás cómo te has sentido y por lo que has estado pasando.

Reflexioné: había decidido que se lo contaría casi todo, pero no pensaba mencionarle el pequeño alijo de pastillas, que de todas formas ya no existía, porque Raymond, con escaso desvelo por el medio ambiente, las había arrojado al inodoro (si bien me había producido cierta irritación, en el fondo me alegraba de haberme desecho de ellas); también tenía claro que no le diría nada sobre las charlas con mamá o sobre mi ridículo proyecto abortado. Mamá solía decir que podías compartir información con los profesionales de la intrusión siempre y cuando les revelaras solo lo imprescindible, y no consideraba relevantes esos dos temas. Lo único que tenía que entender la médico es que yo era muy desdichada para que pudiera así aconsejarme sobre la mejor forma de cambiar esa circunstancia. No hacía falta ponerse a escarbar en el pasado y hablar de cosas que ya no podían cambiarse.

—Te lo prometo —dije.

Pero con los dedos cruzados.

29

Cuando la médico de cabecera me firmó la baja, me pregunté si me convendría una vida de indolencia. Yo siempre había tenido un trabajo a tiempo completo —desde que empecé con Bob la semana después de terminar la carrera—, y en todos esos años nunca había tenido que pedir una baja (la fortuna me había bendecido con una constitución extremadamente fuerte).

Esa primera semana, la que siguió al incidente con el vodka y a la visita de Raymond, dormí mucho. Quizá hice otras cosas, tareas corrientes, como ir a por leche o ducharme, pero no lo recuerdo.

La médico —no me preguntéis cómo— había logrado deducir que padecía una depresión, incluso con los escasos detalles que le ofrecí, pues había conseguido guardarme mis secretos más importantes. Sugirió que el tratamiento más eficaz sería combinar medicación y terapia, pero yo insistí en que no quería tomar pastillas, al menos de entrada. Me preocupaba empezar a depender de ellas como lo había hecho con el vodka. Sí accedí, aunque a regañadientes, a ver a una psicóloga como primer paso, y ese día tenía la sesión inaugural. Me habían asignado a una tal Maria Temple, sin especificar un tratamiento; no me importaba su estado civil pero habría sido de gran ayuda saber de antemano si poseía algún tipo de cualificación médica.

Tenía la consulta en la tercera planta de un moderno bloque alto del centro. El ascensor me había trasladado en el tiempo a la menos «belle des époques», la década de 1980. Gris, gris y más gris, tonos pasteles diluidos, plástico sucio, moquetas mugrientas. Y olía como si llevaran sin limpiar desde esa misma época. Si ya de entrada me había costado acceder a las sesiones de terapia, pensar en hacerlo en aquel escenario era aún menos estimulante si cabía. Por desgracia, el entorno me resultaba muy familiar, y en cierto modo eso era un alivio. Son legión los pasillos institucionales con frisos florales y techos con espirales de gotelé que he recorrido en mi vida.

Llamé a la puerta —de conglomerado fino, color gris y sin placa— y, muy rápidamente, como si hubiera estado esperando de pie al otro lado, Maria Temple la abrió y me invitó a pasar. Era una habitación pequeña, con una silla de comedor y dos sillones institucionales (de esos incómodos de polipiel) dispuestos frente a una mesita baja, sobre la que había una caja de pañuelos sin marca «tamaño caballero». Aquello me desubicó; salvo contadas excepciones, los hombres tenían narices de un tamaño más o menos parecido a las nuestras, ¿no? ¿De veras necesitaban una mayor superficie de pañuelo por ser dueños de un cromosoma XY? ¿Por qué? Sospeché que en realidad no quería saber la respuesta a esa pregunta.

No había ventanas y la única lámina enmarcada que colgaba de la pared (un diseño de un jarrón con rosas hecho a ordenador por alguien muerto por dentro) era más ofensiva a la vista que una pared desnuda.

—Tú debes de ser Eleanor —me dijo con una sonrisa.

—Señorita Oliphant para usted, por favor —dije quitándome la cazadora y preguntándome dónde demonios ponerla.

Me señaló una fila de perchas tras la puerta, donde la coloqué lo más lejos posible del impermeable todoterreno que había colgado. Cuando me senté frente a ella, la silla soltó un sonidillo de aire estancado entre sus almohadillas mugrientas. Me sonrió. ¡Qué dientes! Ay, señora Temple. La mujer había hecho lo que había podido, pero nada podría cambiar aquel tamaño. Parecían pertenecer a una boca mucho más grande, tal vez no humana. Me recordó a una fotografía que había visto hacía un tiempo en el *Telegraph* de un mono que se había apoderado de una cámara y se había hecho un retrato sonriente de sí mismo (un «selfie»). Pobrecilla… si hay un calificativo que nadie quiere ver asociado a sus dientes es «simiescos».

—Yo me llamo Maria Temple, Eleanor… eh, señorita Oliphant —me dijo—, encantada de conocerla.

Me miró con tal intensidad que me hizo adelantarme en el asiento, no queriendo que viese lo incómoda que me sentía.

—¿Ha asistido anteriormente a terapia, señorita Oliphant? —me preguntó mientras sacaba una libreta del bolso.

Me fijé en que tenía varios complementos enganchados, llaveros y cosas por el estilo: un mono de peluche rosa, una enorme letra M de metal y, lo más horrendo, un pequeño zapato rojo de tacón con lentejuelas. No era la primera vez que me topaba con esa clase de persona: Maria Temple era «graciosa».

—Sí y no —respondí.

Arqueó una ceja en gesto interrogativo, pero me negué a colaborar. Medió entonces un silencio, durante el cual oí de nuevo el traqueteo del ascensor, pese a que luego no hubo más sonidos o pruebas de vida humana. Me sentí atrapada.

—Pues nada —dijo animada, demasiado—. Creo que podemos empezar. A ver, lo primero de todo, es que me gustaría asegurarle que todo lo que se diga aquí es totalmente confidencial. Pertenezco a todos los colegios profesionales pertinentes y me atengo a un código de conducta muy estricto. En este espacio debe sentirse siempre cómoda y segura y, por favor, pregúnteme lo que quiera, sobre todo si no tiene claro qué estamos haciendo o por qué. —Parecía esperar algún tipo de respuesta, pero no se la di y me encogí de hombros sin más. Se acomodó en su silla y empezó a leer su libreta—. Por lo que veo, la ha remitido aquí su médico de cabecera, y ha estado sufriendo de depresión. —Asentí—. ¿Puede contarme con más detalle cómo se ha sentido? —me preguntó con una sonrisa que se había vuelto casi fija.

—Supongo que me he estado sintiendo triste —dije. Le miré los zapatos. Parecían de golf, pero sin pinchos. Eran dorados. Increíble.

—¿Y desde cuándo estás… está triste? —Tamborileó con el bolígrafo sobre sus enormes dientes—. En realidad, ¿le importa si la tuteo? Es que si pudiéramos tutearnos ayudaría a que la conversación fluyera más libremente, ¿le parece bien? —Sonrió.

—Yo soy más partidaria del tratamiento formal pero, bueno, supongo que no pasa nada —concedí.

Habría preferido hablarle de usted. Al fin y al cabo no la conocía de nada; no era amiga mía, sino alguien a quien le pagaban por interactuar conmigo. Tengo la sensación de que siempre es adecuada cierta distancia profesional cuando, por ejemplo, un desconocido está examinándote el dorso de los globos oculares en busca de tumores o escarbando en la dentina con un instrumento acabado en gancho; o, lo que es más, cuando están hurgando en tu cerebro, sacándote a la fuerza tus sentimientos y poniéndolos sobre la mesa, con todo su horror y su bochorno.

—Estupendo —dijo alegremente, y comprendí que ya se había dado cuenta de que yo era de todo menos «graciosa».

Nunca iríamos juntas a hacer puenting ni a una fiesta de disfraces. ¿Qué más cosas graciosas hay? Los karaokes. Las carreras benéficas. Los espectáculos de magia. No tenía ni idea; personalmente me gustaban los animales, los crucigramas y (hasta hacía poco) el vodka. ¿Qué podía haber más divertido que eso? Las clases de danza del vientre en el centro cívico, no. Ni los fines de semana de Cluedo en vivo. Ni las despedidas de soltera… no.

—¿Hubo alguna circunstancia concreta que te llevara a buscar ayuda a través de tu médico? ¿Algún incidente o interacción? Puede costar mucho decirle a la gente cómo te sientes, pero es genial que hayas dado ese primer paso tan importante.

—Un amigo me sugirió que consultara con un médico —le dije experimentando un pequeño estremecimiento de placer al utilizar esa palabra prohibida para mí—. Raymond —especifiqué.

Me gustó decir su nombre, la vibración rótica de la primera sílaba. Era un nombre bonito, un buen nombre, y eso al menos debía reconocerlo. Al fin y al cabo merecía un poco de suerte dadas sus magras bendiciones físicas, ya había tenido bastante, sin tener que cargar con Eustace o Tyson como nombre de pila.

—¿Te gustaría contarme más sobre los acontecimientos que llevaron a tu decisión de visitar a la médico de cabecera?

¿Qué motivó a tu amigo a hacerte esa sugerencia? ¿Cómo te sentías por entonces?

—Me sentía un poco triste y se me estaban acumulando las cosas, eso es todo. Por eso mi amigo me sugirió que fuera a mi médico de cabecera. Y esta me dijo que tenía que venir aquí si no quería tomar las pastillas.

Me miró fijamente.

—¿Podrías contarme por qué estabas triste?

Sin querer, solté un suspiro más largo e histriónico de lo que había esperado. Sentí que la garganta se me cerraba al exhalar y se ahogaba en lágrimas. No llores, Eleanor, no se llora delante de desconocidos.

—Es muy aburrido —dije haciendo lo posible por poner un tono desenfadado—. Digamos que fue una especie de… asunto amoroso que no salió bien, nada más. Una situación de lo más regular. —Se hizo un silencio que se dilató en el tiempo y que, al final, con la idea de acabar lo antes posible, rompí yo—: Hubo un malentendido. Yo creía… Malinterpreté ciertas señales. Y resultó que yo me había llevado una impresión de lo más errónea sobre la persona en cuestión.

—¿Te había pasado antes? —preguntó en voz baja.

—No.

Hubo otro silencio prolongado.

—¿Quién era esa persona, Eleanor? ¿Podrías contarme algo más sobre lo que pasó para hacer que…?, ¿qué expresión has utilizado?, malinterpretases las señales. ¿Qué señales eran esas?

—Bueno, había un hombre por el que me interesé, una especie de cuelgue, podríamos decir, y digamos que me dejé llevar, y luego comprendí que en realidad había sido tonta. No íbamos a terminar juntos. Y él… bueno, resultó que ni siquiera me convenía. No era el hombre que yo creía que era. Eso me hizo ponerme triste y luego me sentí muy estúpida por haberlo entendido todo mal. Eso fue todo… —Oí que mi voz se apagaba sin acabar la frase.

—Vale, de acuerdo… Hay algunos hilos de los que me gustaría ir tirando. ¿Cómo conociste a ese hombre? ¿De qué naturaleza era vuestra relación?

—Bueno, es que en realidad no llegué a conocerlo.

Dejó de escribir en la libreta y hubo unos instantes de pausa incómoda. Creo que, en términos dramáticos, eso se llama «compás de espera».

—Ajá... Entonces ¿cómo... se cruzaron vuestros caminos?

—Es músico. Lo vi actuar y... bueno, supongo que me colé por él.

—¿Es... es un famoso? —me preguntó con cautela.

Sacudí la cabeza.

—No, es de aquí, vive en la ciudad. Cerca de mí, de hecho. No es un famoso como tal. De momento. —La terapeuta no dijo nada y, en cambio, esperó a que yo siguiera; ni siquiera arqueó una ceja, nada. Comprendí que tal vez estuviera dándole una impresión equivocada sobre mi conducta—. Me gustaría aclarar que no soy ninguna... acosadora. Simplemente averigüé dónde vivía y le copié un poema en una carta que ni siquiera envié. Una vez le mandé un tweet, pero eso es todo. No es ningún crimen. No he quebrantado ninguna ley ni nada de eso.

—¿Y nunca antes te has encontrado en una situación parecida, con otra persona? —De modo que creía que yo era una especie de obsesa que iba acosando en serie a desconocidos. Genial.

—No, nunca —afirmé con rotundidad, y decía la verdad—. Fue solo que... él me llamó la atención, aguijoneó mi interés, eso es todo. Era, en fin, guapo...

Hubo otra pausa larga.

Hasta que por fin Maria Temple se reclinó en la silla y empezó a hablar, lo que supuso todo un alivio: resultaba agotador responder a todas esas preguntas, hablar sobre mí y preocuparme de si lo que decía sonaba tan tonto y tan bochornosamente ingenuo como yo creía.

—Voy a plantearte una historia. Yo te la cuento y tú me dices qué te parece. Digamos, Eleanor, a modo de sinopsis, que sentiste un cuelgue por ese hombre. Este tipo de sentimientos son por lo general una especie de rodaje emocional de una relación real. Son muy intensos. ¿Te parece razonable, plausible hasta aquí? —La miré fijamente, y ella prosiguió—: Así que tú estabas disfrutando de tu cuelgue, de las sensaciones. Dime, ¿qué pasó para que todo se viniera abajo de repente? ¿Qué «colgó» el cuelgue?

Me eché hacia atrás como un resorte. Me había pillado por sorpresa con su resumen tan asombrosamente fiel a lo ocurrido, y luego me había planteado una pregunta pertinente e interesante. A pesar de los zapatos dorados y los llaveros de broma, entendí que Maria Temple no era ninguna tonta. Iba a costarme un tiempo procesarlo todo pero, entre tanto, intenté ordenar mis pensamientos en una respuesta medianamente coherente.

—Supongo que, en cierto plano, llegué a sentir que era todo real y que, cuando por fin nos conociéramos, nos enamoraríamos, nos casaríamos y todo eso. No sé, era como que me sentía preparada para una relación así. La gente… los hombres como él no se cruzan a menudo en mi camino. Me pareció que no debía dejar pasar la oportunidad. Y estaba segura de que a… cierta gente… le gustaría que lo hubiese encontrado. Pero cuando por fin estuvimos en la misma sala juntos (algo que me había esforzado para conseguir), todo como que se… disolvió. ¿Tiene algún sentido lo que digo? —La terapeuta asintió enérgicamente—. Supongo que comprendí, justo en aquella sala, que había sido una estúpida y me había comportado como una adolescente en vez de como una mujer de treinta años. Y él ni siquiera era especial, lo había escogido, pero en realidad podía haber sido cualquiera. Había intentado agradar a ma…

Entre gestos de asentimiento, me interrumpió, y di las gracias por que me detuviera antes de ir demasiado lejos.

—Bueno, en realidad tengo bastantes temas que sugerir para explorar en próximas sesiones. Hoy hemos hablado de acontecimientos recientes pero en algún momento me gustaría saber un poco sobre tu infancia…

—De ninguna de las maneras —dije cruzándome de brazos y clavando la vista en la moqueta. «La señorita no tiene por qué saber qué pasa en esta casa.»

—Entiendo que es un tema del que puede ser difícil hablar.

—No quiero hablar de nada de eso, Maria. Por favor, no me pidas que hable de mamá.

Maldita sea, maldita sea. Por supuesto, se abalanzó en picado. Mamá siempre era la estrella, la principal atracción.

—¿Qué clase de relación tienes con tu madre, Eleanor? ¿Os lleváis bien?

—Mamá se mantiene en contacto con regularidad. Demasiada. —Ya había levantado la liebre.

—Entonces ¿no os lleváis bien?

—Es… complicado. —Noté que estaba retorciéndome en la silla tanto literal como figuradamente.

—¿Puedes contarme por qué? —preguntó, con toda la desfachatez del mundo, metomentodo, entrometida. Descarada.

—No.

Hubo una pausa muy larga.

—Sé que cuesta, que es muy difícil, hablar de cosas dolorosas pero, como he dicho, es la mejor manera para ayudarnos a avanzar. Empecemos muy lentamente. ¿Puedes decirme por qué no te sientes cómoda hablando de tu madre?

—Yo… A ella no le gustaría. —Era verdad; recordé la última y única vez que lo había hecho, con una maestra. No es un error que uno cometa dos veces.

Empezó a temblarme la pierna izquierda; un leve temblor, pero en cuanto se hubo disparado, no hubo forma de pararlo. Eché la cabeza hacia atrás e hice un ruido, a medio camino entre un suspiro y una tos, en un intento por apartar sus ojos de mi pierna.

—Vale —dijo pacientemente—. Si te parece bien, para terminar, te voy a sugerir que probemos algo distinto. Se llama ejercicio de silla vacía. —Crucé los brazos de nuevo y me quedé mirándola—. Consiste básicamente en que te imagines que esta silla de aquí —señaló la silla de comedor que se había quedado sola— es tu madre. —Se adelantó a mi respuesta—. Sé que puede parecerte una tontería, o quizá te dé vergüenza, pero, por favor, tú inténtalo. Nadie va a juzgarte, estás en un espacio seguro.

Me retorcí las manos en el regazo, angustiada, en un reflejo de lo que sentía en la barriga.

—¿Te sientes preparada? —Miré la puerta, con ganas de salir corriendo, de que las manecillas del reloj llegaran a la hora—. Eleanor —me dijo con voz suave—, yo estoy aquí para ayudarte y tú estás aquí para ayudarte a ti misma, ¿no es así? Creo que quieres ser feliz. De hecho, estoy convencida. ¿Quién no querría? Aquí en este cuarto podemos trabajar juntas para llegar a esa meta. No va a ser fácil, ni rápido, pero creo de veras que merecerá la pena. Además, ¿qué tienes que perder? De todas formas, tienes que pasar aquí una hora. ¿Por qué no intentarlo? —Me pareció que era un buen argumento. Levanté la vista y, poco a poco, descrucé los brazos—. ¡Genial! Gracias, Eleanor. Entonces… imaginemos que la silla es tu madre. ¿Qué te gustaría decirle ahora mismo? Si pudieras decirle cualquier cosa, sin que te interrumpiera, sin miedo a las críticas. Venga, no te preocupes, lo que quieras…

Me volví para encarar la silla vacía. Me seguía temblando la pierna. Me aclaré la garganta. Me encontraba a salvo. Ella no estaba allí ni podía realmente escucharme. Pensé en aquella casa, en el frío, el olor a humedad, el papel pintado con los acianos y la moqueta marrón. Oí que los coches pasaban por la calle, todos de camino a sitios bonitos, seguros, mientras que nosotras estábamos allí, abandonadas o —peor— a solas con ella.

—Mamá… por favor… —dije, sintiendo mi voz fuera de mi propia cabeza, como si flotase incorpórea en la habitación. Estaba en lo alto, y muy muy tranquila. Tomé aire—. Por favor, no nos hagas daño.

30

No tengo por costumbre recurrir al lenguaje vulgar pero esa primera sesión del día anterior con la terapeuta había sido de un bochorno de dos pares de narices. Al final de su estúpido ejercicio de silla vacía, me eché a llorar delante de la doctora, que luego no tuvo otra cosa que decir, con falsa amabilidad, que nuestra sesión tocaba a su fin y que me vería la semana siguiente a la misma hora. Prácticamente me puso de patitas en la calle y me vi en medio de la acera, entre el bullicio de la gente comprando, con las lágrimas rodándome por la cara. ¿Cómo podía un ser humano ver a otro sumido en un dolor tan manifiesto —que además ella misma había insistido en sacar—, para luego echarlo a la calle y dejar que se las arreglara solo?

Eran las once de la mañana. Se suponía que no debía beber pero me enjugué las lágrimas, me fui al pub más cercano y pedí un vodka grande. Brindé en silencio por los amigos ausentes y me lo bebí en pocos sorbos. Me fui antes de que empezaran a interactuar conmigo los borrachos matutinos. Y luego me fui a mi casa y me metí en la cama.

A pesar de mi baja, Raymond y yo seguíamos quedando para comer en nuestro bar de confianza. Me mandaba mensajes para sugerirme una hora y un día (los únicos que había recibido de momento en mi nuevo teléfono móvil). Descubrí que cuando ves a la misma persona con cierta regularidad la conversación se vuelve al momento agradable, te sientes a gusto:

digamos que puedes seguir por donde lo habías dejado, en vez de tener que empezar de cero cada vez.

En el transcurso de nuestras conversaciones, Raymond volvió a preguntarme por mamá: por qué no le había contado que había estado mal, por qué nunca me visitaba, ni yo a ella, hasta que por fin cedí y le proporcioné una biografía condensada. Él ya sabía lo del incendio, por supuesto, y que después pasé al sistema de acogida. Le dije que era por eso por lo que luego había sido imposible volver con mamá, viviendo donde vivía. Tenía la esperanza de que aquello fuera suficiente para apaciguarlo, pero no fue así.

—¿Y entonces dónde está? ¿En un hospital, en un asilo? —sugirió.

Sacudí la cabeza.

—En un sitio malo para gente mala —dije.

Se quedó pensativo y luego preguntó con cara de asombro:

—¿No será en la cárcel?

Le sostuve la mirada pero no respondí. Tras una breve pausa, preguntó, con razón, qué delito había cometido.

—No me acuerdo.

Se me quedó mirando y luego soltó un resoplido.

—Mentira. Venga, Eleanor, a mí puedes contármelo. No cambiará nada entre nosotros, te lo prometo. Ni que lo hubieras hecho tú, fuera lo que fuese.

Sentí que una corriente cálida me subía por el pecho y me bajaba por la espalda, una sensación que solo puedo comparar con la del sedante que te ponen antes de una anestesia general. Se me había acelerado el pulso

—Es verdad, te lo digo en serio. Creo que, en su momento, me lo dijeron pero soy incapaz de recordarlo. Solo tenía diez años. Todo el mundo intentaba no hablar del tema delante de mí.

—Pero, venga, tuvo que hacer algo muy horrible para no... Porque ¿y en el colegio? Los niños pueden ser muy cabrones con esas cosas. ¿Qué pasaba cuando la gente oía tu apellido? Aunque, si lo pienso, no creo recordar nada sobre un crimen con una Oliphant involucrada...

—Sí, supongo que habrías oído hablar del olifante en la cacharrería.

No se rio, aunque, bien pensado, tampoco era tan gracioso. Me aclaré la garganta y confesé:

—Oliphant no es mi verdadero apellido.

A mí siempre me ha gustado, y de hecho le estoy muy agradecida a quien lo escogió para mí. No se encuentra una con muchos Oliphant, eso desde luego. Es especial.

Se me quedó mirando como si estuviera viendo una película.

—Nos dieron una nueva identidad y me trasladaron de ciudad… Para que la gente no me reconociera, para protegerme. Toda una ironía.

—¿Por qué?

Suspiré.

—Vivir de acogida no era siempre divertido. A ver, estaba perfectamente, tenía todo lo que necesitaba, pero no eran todo pícnics y peleas de almohadas. —Arqueó las cejas y asintió. Removí el café—. Creo que ahora la terminología ha cambiado. A los niños en acogida los llaman «tutelados». Pero todos los niños deberían tener algún tipo de tutela… Por defecto.

Me di cuenta de que podía parecer enfadada y triste. A nadie le gusta reconocer ese tono en su voz. Cuando alguien te dice «por favor, descríbete en dos palabras» y dices «eh… veamos… ¿enfadada y triste?», no es buena señal.

Raymond había alargado la mano y estaba apretándome el hombro con mucho tacto. Era un gesto ineficaz en apariencia pero que me sorprendió por lo agradable que resultaba.

—¿Quieres que averigüe qué hizo? Seguro que no me cuesta mucho encontrarlo. La magia de las redes…

—No, gracias —respondí cortante—. Soy más que capaz de averiguarlo por mi cuenta, en el caso de que quiera hacerlo. Tú no eres el único que sabe utilizar un ordenador, ¿sabes? —Se le puso muy rosa la cara—. Y en cualquier caso —seguí—, como tú mismo has señalado con tanto tino, debió de ser algo bastante horrible. No te olvides de que sigo hablando con ella una vez por semana… Ya es bastante duro. Sería totalmente imposible si supiera lo que hizo… fuera lo que fuese.

Raymond asintió. En su descargo he de decir que parecía ligeramente avergonzado, y solo un poco decepcionado, muy poco. A diferencia de la mayoría, no era nada morboso. Después de esa conversación, siguió preguntándome sobre ella, pero eran cuestiones corrientes, de las que cualquiera haría sobre la madre de un amigo (¡amigo! ¡Tenía un amigo!): cómo era, si habíamos hablado hacía poco. Yo le planteaba las mismas preguntas. Era lo normal. Por supuesto, no le contaba la mayoría de las cosas que me decía mamá en nuestras llamadas, eran demasiado dolorosas para repetirlas, humillantes y vergonzosas. Yo estaba convencida de que Raymond ya era perfectamente consciente de mis defectos físicos y de personalidad como para recordárselos relatándole las agudezas de mamá.

A veces me hacía pararme a pensar. Podíamos estar hablando de las vacaciones o de cómo tenía pensado viajar cuando se jubilara para que le cundiera el dinero ahorrado.

—Mamá ha visto mucho mundo, ha vivido en muchos sitios distintos —dije. Enumeré unos cuantos al azar y me extrañó no ver impresionado a mi amigo.

—¿Qué edad tiene tu madre? —me preguntó.

Me pilló desprevenida. ¿Qué edad tenía? Empecé a calcular.

—A ver… yo tengo treinta, y debió de tenerme siendo muy joven… ¿con diecinueve, veinte años? Así que tendrá… supongo que ha de tener unos cincuenta y pocos.

Raymond asintió.

—Ya, pero… me pregunto… no sé, no tengo hijos, así que no puedo saberlo…. Pero imagino que no sería fácil vivir en un fumadero de opio en Tánger con una niña de pecho, ¿no? O… ¿qué era lo otro? ¿Trabajar de croupier de *blackjack* en un casino de Macao? —Hablaba muy despacio, como temeroso de molestarme—. A ver, si sumas todas esas cosas que aseguró haber hecho, ¿no estaría cubriendo un periodo de tiempo superior a treinta años? A no ser que lo hiciera todo antes de que tú nacieras, siendo todavía adolescente. Y si fue así… bueno, es para preguntarse… ¿de dónde sacó el dinero para viajar tanto? ¿Y no era un poco joven para ir a esos sitios ella sola, a esa edad? ¿Y qué me dices de tu padre? ¿Dónde lo conoció?

Aparté la vista. Eran preguntas muy importantes que no sabía responder y ni siquiera tenía claro si quería hacerlo. Pero ¿por qué no me las había hecho yo antes?

Y

Esta conversación que tuve con Raymond me vino a la cabeza en la siguiente comunicación con ella.

—Hola, querida —me saludó.

Creí oír un siseo de electricidad o quizá la vibración maligna de unos tubos de neón y otro ruido, como si arrastrasen unos tornillos por el suelo.

—Hola, mamá —susurré; la oí mascar algo—. ¿Estás comiendo?

Exhaló y luego soltó un graznido espantoso, como un gato intentando escupir una bola de pelo, seguido de un escupitajo húmedo.

—Mascando tabaco —dijo con desdén—. Bastante asqueroso… No te lo recomiendo, querida.

—Mamá, ¿tú me ves probando el tabaco de mascar?

—Supongo que no. Tú nunca fuiste muy osada que digamos. Pero nunca hay que descartar nada hasta probarlo. Cuando vivía en Lahore, a veces me permitía mascar un poco de buyo.

Como le conté a Raymond, mamá había vivido en Mumbai, Tashkent, São Paulo y Taipéi. Había atravesado a pie los bosques tropicales de Sarawak y subido el monte Tubqal. Tuvo una audiencia con el Dalai Lama en Katmandú y tomó el té de la tarde con un maharajá en Jaipur. Y eso era solo el principio.

Hubo más carraspeos, sin duda el tabaco de mascar estaba pasándole factura. Aproveché el campo abierto.

—Mamá, quería preguntarte una cosa. ¿Qué… qué edad tenías cuando me tuviste?

Rio pero no parecía divertida.

—Tenía trece… No, espera… Tenía cuarenta y nueve. Qué más da. ¿Por qué quieres saberlo? ¿Qué quieres, hija mía?

—No, solo me preguntaba…

Suspiró.

—Es que ya te lo he contado, Eleanor —dijo con tono de suficiencia—. Ojalá prestaras atención. —Hubo una pausa—. Tenía veinte años —dijo con calma—. Desde el punto de vista evolutivo, es el momento álgido para dar a luz, porque luego todo vuelve a su sitio. Vamos, que todavía tengo los pechos firmes y respingones de una supermodelo que está empezando…

—¡Mamá, por favor!

Soltó una risotada socarrona.

—¿Qué pasa, Eleanor? ¿Te avergüenzo? ¡Qué cría más rara! Siempre lo has sido. Cuesta quererte, la verdad. Cuesta mucho quererte. —Su risa se convirtió en una tos prolongada que parecía dolerle—. Dios. Estoy empezando a caerme a pedazos.

Por primera vez desde que tengo uso de razón, oí una nota de tristeza en su voz.

—¿Te encuentras bien, mamá? —pregunté.

Suspiró.

—Sí, sí, estoy bien, Eleanor. Hablar contigo siempre me llena de energías.

Miré la pared, a la espera de su arremetida. Casi podía sentirla preparándose, lista para atacar.

—Estás solita, ¿verdad? Sin nadie con quien hablar ni nadie con quien jugar. Y es todo culpa tuya. Eleanor, pobre bicho raro. No te sirve de nada ser tan lista. Siempre ha sido así. Pero… también, en muchos otros sentidos, eres de una estupidez increíble, algo realmente espectacular. Eres incapaz de ver lo que tienes delante de las narices. O debería decir a quién… —Volvió a toser. Yo no me atreví ni a respirar mientras aguardaba la continuación—. Ay, pero qué harta estoy de hablar. Te toca a ti, Eleanor. Si tuvieras un mínimo de *savoir-faire* social, sabrías que en teoría las conversaciones son tomas y daca, un partido de tenis verbal. ¿No te acuerdas? Te lo enseñé. Así que, venga, cuéntame… ¿Qué has hecho esta semana? —No dije nada; no estaba segura de poder hablar—. He de decir —siguió ella— que me sorprendió cuando me contaste que te habían ascendido en el trabajo. Tú siempre has sido más un borrego que un líder, ¿no crees, querida?

¿Debía decirle que estaba de baja? En las últimas semanas había conseguido evitar hablar sobre el trabajo, pero acababa de sacar el tema ella. ¿Sabía ya de mi cese temporal y estaba poniéndome a prueba? Intenté pensar rápido, pero nunca se me ha dado bien. Demasiado lenta, Eleanor, demasiado tarde…

—Mamá, no… me he encontrado bien últimamente. Y ahora mismo no estoy yendo al trabajo. Me han dado una baja por enfermedad.

La oí respirar hondo. ¿Estaba sorprendida? ¿Preocupada? Ese mismo aliento salió de ella y se coló por el teléfono hasta llegar a mi oído, pesado y acelerado.

—Esto es otra cosa —dijo con un suspiro alegre—. ¿Por qué iba a querer nadie mascar tabaco cuando puede fumarse un rico y delicioso Sobranie? —Le dio otra calada al cigarro y volvió a hablar en un tono que sonaba, si cabía, aún más aburrido que antes—. Mira, no tengo mucho tiempo, así que vayamos al grano. ¿Qué te pasa como para que tengas que escaquearte del trabajo? ¿Es serio? ¿Riesgo de muerte? ¿Terminal?

—Me han diagnosticado depresión, mamá —dije de corrido.

Soltó un bufido.

—¡Menuda chorrada! ¡Eso no existe!

Pensé en lo que me habían dicho la médico de cabecera y Raymond y en lo amable y comprensivo que había sido Bob, que me contó que su hermana había sufrido depresiones durante años; yo no tenía ni idea.

—Mamá —le dije en el tono más desafiante que pude—, me han diagnosticado depresión, estoy viendo a una terapeuta y explorando qué pasó en mi infancia y…

—¡No! —chilló con tanta fuerza y tan repentinamente que di un paso atrás. Cuando volvió a hablar lo hizo en un tono muy bajo… peligrosamente bajo—. Ahora vas a escucharme bien, Eleanor. Bajo ningún concepto hablarás de tu infancia con nadie, sobre todo con una supuesta «terapeuta». ¿Me oyes? Ni se te ocurra. Te lo advierto, Eleanor. Si empiezas por ahí, ¿sabes lo que pasará? ¿Sabes lo que haré? Te…

Sin señal.

Mamá me había dado el mismo miedo que siempre. Sin embargo, ese día, por primera vez, ella también me había parecido asustada.

31

Al cabo de unas semanas las sesiones con Maria Temple se convirtieron en parte de mi rutina habitual. Me sentó bien salir a pesar del viento que hacía, y decidí ir andando en vez de en autobús, para disfrutar de lo que quedaba de sol. Muchos tuvieron la misma idea. Me agradó formar parte del gentío y me recreé codeándome con los demás. Eché una moneda de veinte peniques en el vaso de papel de un hombre que estaba sentado en la acera con un perro muy bonito. Me compré un donut de tofe en un Greggs y me lo comí de camino. Le sonreí a un bebé de una fealdad espectacular que blandía un puño hacia mí desde un carrito muy historiado. Era bueno fijarse en los detalles. Pequeñas rendijas de vida: todas sumaban y te ayudaban a sentir que tú también podías ser un fragmento, un trocito de humanidad que ocupaba un espacio con un fin, aunque fuese mínimo. Pensaba en todo esto mientras esperaba a que cambiara el semáforo. Alguien me tocó en el brazo y pegué un respingo.

—¿Eleanor?

Era Laura, el glamour personificado, como siempre. No la había visto desde el entierro de Sammy.

—Eh, hola, ¿cómo estás? Siento no haber podido hablar contigo en el funeral de tu padre.

Rio.

—No te preocupes por eso, Eleanor... Ray me explicó que ese día estabas un poco achispada. —Sentí que me ponía colorada y clavé la vista en la acera al recordar que ese día se me había ido la mano con el vodka. Pero ella me dio un codazo, en broma, y me dijo—: No seas tonta, para eso están los funerales, ¿no? Unas copitas, unas charlas... —Yo me encogí de hombros, incapaz aún de mirarla a los ojos—. Te veo bien el pelo —me dijo en tono animado.

Yo asentí y subí la vista hasta sus ojos perfilados con kohl.

—Sí, de hecho, varias personas me lo han comentado —le dije ganando confianza—, lo que me lleva a deducir que hiciste muy buen trabajo.

—Ay, qué piropo más bueno. Ya sabes que puedes pasarte por el salón cuando quieras... Siempre te haré hueco, Eleanor. Fuiste un encanto con mi padre, la verdad.

—Él sí que fue un encanto conmigo. Tienes mucha suerte de haber tenido un padre tan bueno.

Por un momento se le empañaron los ojos, pero contuvo las lágrimas con un par de parpadeos, ayudada sin duda por las gigantes pestañas artificiales que llevaba pegadas a sus párpados superiores. El semáforo del paso de cebra se puso naranja.

—Raymond me contó el cariño que le teníais —dijo en voz baja, pero miró entonces el reloj y añadió—: Ay, Dios, perdona, tengo que salir pitando, Eleanor... Tengo el coche en zona azul y ya sabes cómo son los guardias como te pases un minuto.

—No tenía ni idea de qué me estaba hablando pero lo dejé estar—. Por cierto, este fin de semana veré a Ray —me dijo tocándome el brazo y sonriendo—. La verdad es que es muy buen tipo. Al principio me pasó desapercibido pero luego, cuando lo conoces... —Volvió a sonreír—. Bueno, el sábado le diré que le mandas recuerdos, Eleanor.

—No hace falta —contesté ligeramente irritada—. He alternado recientemente con él. Qué pena, podía haberle dado yo recuerdos de tu parte.

Se me quedó mirando fijamente.

—Yo no... Vamos, no sabía que erais íntimos.

—Almorzamos juntos todas las semanas.

—Ah, bueno... almorzar —dijo más feliz, no sé por qué—. Bueno, lo dicho, tengo que salir corriendo. ¡Me alegro de verte, Eleanor!

Levanté la mano y me despedí. Me parecía increíble la agilidad con la que andaba con esos tacones, aunque temí por sus tobillos. Por suerte, eran tirando a rechonchos.

Y

Ese día Maria Temple llevaba medias amarillas combinadas con unos botines tobilleros de color morado; me fijé en que no le favorecían mucho las pantorrillas musculadas.

—Me preguntaba, Eleanor, si podríamos volver al tema de tu madre. Si es algo que pudiéramos…

—No —dije.

Un nuevo silencio.

—Vale, vale, no pasa nada. ¿Podrías contarme entonces algo sobre tu padre? Hasta ahora no lo has mencionado.

—Yo no tengo padre.

Más silencio horrible. Lo de negarse a hablar era un incordio pero acababa funcionándole. El vacío duró eones… hasta que no pude soportarlo más.

—Mamá me contó que fue… Yo asumí que fue… Bueno, de pequeña no me lo dijo directamente pero, ya de mayor, llegué a la conclusión de que había sido víctima de una… agresión sexual —dije, de manera poco elegante. No hubo respuesta—. No sé cómo se llama ni lo he visto nunca.

Levantó entonces la vista de la libreta en la que escribía.

—¿Alguna vez quisiste tener un padre, o una figura paterna en tu vida, Eleanor? ¿Crees que te ha faltado?

Me miré las manos; costaba hablar abiertamente de esas cosas, sacarlas para ser examinadas a la luz del día cuando habían estado perfectamente como estaban, escondidas.

—No se puede echar de menos lo que nunca se ha tenido —dije por fin; lo había leído en alguna parte y me pareció cierto—. Desde que tengo uso de razón solo recuerdo que fuésemos yo y… ella. Nadie más con quien jugar, hablar, no comparto memorias de infancia con nadie. Pero tampoco creo que eso tenga nada de particular. Y, a fin de cuentas, tampoco me hizo ningún daño.

Sentí el impacto de esas palabras en el estómago, ácidas y amargas, revolviéndose por dentro.

Maria volvía a escribir algo en su libreta, sin levantar la vista.

—¿Alguna vez te habló tu madre de la agresión? ¿Conocía a su agresor?

—Creo que fui bastante clara en mi primera sesión cuando aseguré que no quería hablar sobre ella.

—Por supuesto —dijo con mucho tacto—. No te preocupes… que no hablaremos de ella si tú no quieres, Eleanor. Te lo pregunto en relación con tu padre, para intentar saber más sobre él y sobre tus sentimientos hacia él, eso es todo.

Medité al respecto.

—En realidad no tengo ningún sentimiento hacia él, Maria.

—¿Alguna vez has pensado en buscarlo?

—¿A un violador? Dudo que se me pase por la cabeza.

—La relación de una hija con su padre puede luego influir en sus relaciones posteriores con los hombres. ¿Te sugiere algo todo esto, Eleanor?

Reflexioné.

—Bueno, a mamá nunca le han caído muy bien los hombres. Aunque en realidad no le cae bien nadie. Siempre ha pensado que la mayoría de la gente no está a nuestra altura, independientemente del género.

—¿A qué te refieres?

Ya estábamos, hablando de mamá, después de habérselo prohibido terminantemente. Así y todo, me sorprendió darme cuenta de que empezaba a disfrutar de ser el centro de atención, tener a toda la doctora Temple para mí. Tal vez influyera la ausencia de contacto ocular; me relajaba, era un poco como estar hablando conmigo misma.

—El caso es que ella solo quería que nos relacionáramos con gente bien, gente decente… hablaba mucho de eso. Siempre insistía para que hablásemos educadamente, nos comportásemos con decoro… Nos hacía ejercitar la elocución, al menos una hora al día. Y tenía… digamos que tenía unos métodos muy «directos» para corregirnos cuando no decíamos lo que teníamos que decir o no hacíamos lo que ella quería, que era la mayor parte del tiempo. —Maria asintió, indicándome que prosiguiera—. Decía que nos merecíamos lo mejor y que, incluso aunque pasáramos estrecheces, siempre debíamos comportarnos con propiedad. Era un poco como si pensara que pertenecíamos a un linaje real destronado… a la familia de un zar depuesto o un monarca derrocado. Yo me esforzaba mucho, pero nunca conseguía tener ni los modales ni el aspecto que ella creía, dentro de lo que ella consideraba adecuado. Eso la entristecía mucho, y la enfadaba aún más. Pero no era solo yo. Nadie era nunca lo suficientemente bueno. Siempre estaba diciéndonos que debíamos aspirar a alguien que fuera suficientemente bueno. —Sacudí la cabeza—. Supongo que así fue como acabé aquí, intentando encontrar a alguien a la altura, y sintiéndome luego confundida y armando una buena.

Noté que me temblaba el cuerpo entero, como un perro mojado en una mañana helada. María levantó la vista.

—Bueno, avancemos un poco —dijo amablemente—. ¿Quieres contarme algo sobre lo que sucedió una vez que tu madre y tú os separasteis, sobre tu experiencia en el sistema de acogida? ¿Cómo fue?

Me encogí de hombros.

—Vivir en un hogar de acogida estaba… bien. Vivir en instituciones para jóvenes estaba… bien. Nadie me maltrató, me daban de comer y de beber, me proporcionaban ropa limpia y nunca me faltó un techo. Fui todos los días a clase hasta los diecisiete años, cuando entré en la universidad. La verdad es que no puedo quejarme de nada.

—¿Y qué me dices de tus otras necesidades, Eleanor? —me preguntó con mucho tiento.

—Creo que no sé a qué te refieres, Maria —dije perpleja.

—Los humanos tenemos una serie de necesidades que debemos cubrir para poder ser individuos felices y sanos. Has hablado de que tus necesidades físicas básicas (comida, calor, alojamiento) estaban cubiertas. Pero ¿qué me dices de las emocionales?

Aquello me cogió desprevenida.

—Pero yo no tengo necesidades emocionales.

Nos quedamos las dos calladas un rato. Por fin carraspeó y dijo:

—Todos las tenemos, Eleanor. Todos… y sobre todo los jóvenes… Necesitan saber que los quieren, que los aprecian, que los aceptan y los comprenden…

No dije nada. Aquello era toda una novedad. Dejé que calara en mí. Era un concepto plausible, pero necesitaba reflexionar sobre él largo y tendido, en la intimidad de mi casa.

—¿Alguna vez alguien desempeñó ese papel en tu vida, Eleanor, alguien que sintieras que te entendía? ¿Alguien que te quisiera como eras, sin condiciones?

Mi primera reacción fue decir no, por supuesto. Huelga decir que mi madre no encajaba en esa categoría. Pero algo, alguien, protestaba, tirándome de la manga. Intenté ignorarla pero no se iba, esa vocecita, esas manitas.

—Yo… Sí.

—No hay prisa, Eleanor, tómate tu tiempo. ¿Qué recuerdas?

Respiré hondo. De vuelta a aquella casa, en un día despejado. Rayas de sol en la moqueta, un tablero en el suelo, un par de dados, dos fichas de colores. Un día de más ocas que calaveras.

—Unos ojos castaño claro. Algo que recuerda un cachorrillo. Pero yo nunca he tenido mascotas…

Sentí que empezaba a angustiarme, a marearme, un nudo en el estómago, un dolor romo en la garganta. Había un recuerdo, en lo más hondo, en un sitio que dolía demasiado tocar.

—Vale —dijo con suavidad, pasándome la caja de pañuelos tamaño caballero que tanta falta me estaba haciendo—, ya casi es la hora. —Sacó la agenda—. ¿Quedamos en vernos a la misma hora la semana que viene y volver sobre esto?

No daba crédito. Todo ese trabajo, lo cerca que estaba ya, ¿y volvía a ponerme de patitas en la calle? ¿Después de todo lo que había compartido con ella, todas las cosas que había revelado y estaba a punto de revelar? Tiré el pañuelo al suelo.

—Vete a tomar viento —le dije en voz baja.

$\mathcal{M}$ientras me ponía el abrigo, ella había insistido en que la rabia era buena. Si por fin estaba tomando contacto con mi ira, eso significaba que había empezado a hacer trabajo del bueno, que estaba desgranando y enfrentándome a cosas que había enterrado muy hondo. No lo había pensado antes pero supongo que era la primera vez que me sentía así. Irritable, aburrida, triste, sí, pero nunca realmente enfadada. Supuse que tenía algo de razón; quizá sí que habían pasado cosas por las que tenía derecho a estar enfadada. No era una emoción que disfrutase, y desde luego no era justo dirigirla contra Maria Temple, quien al fin y al cabo solo estaba haciendo su trabajo. Me había deshecho en disculpas después de mi arrebato, y ella se había mostrado muy comprensiva, e incluso pareció complacida. En cualquier caso, tampoco tenía pensado convertir en costumbre lo de mandar a la gente a tomar viento. La vulgaridad es el distintivo de un vocabulario tristemente limitado.

Para colmo, estaba intentando ajustarme a la nueva rutina pero no era fácil. Había pasado más de nueve años levantándome, yendo al trabajo y volviendo a casa, y los fines de semana tenía el vodka. Ya no me funcionaba nada de eso. Decidí limpiar el piso de arriba abajo. Me di cuenta de lo mústio que parecía, como cansado. Reflejaba mi sentir interno: nadie me quería y nadie me cuidaba. Imaginé que invitaba a alguien a comer —a Raymond, quién si no— e intenté verlo con sus ojos. Comprendí que había cosas que podía hacer para que estuviera más bonito, cosas que no costaban tanto pero que supondrían una diferencia. Otra planta doméstica, unos cojines de colores bonitos. Pensé en la casa de Laura y en lo elegante que era. Ella vivía sola, tenía un trabajo, incluso un negocio propio. En su caso saltaba a la vista que llevaba una vida, no solamente una existencia. Parecía feliz. Luego era posible.

El timbre me sobresaltó en plena limpieza. No era un sonido muy habitual en la casa. Como siempre, sentí cierta aprensión mientras quitaba el pestillo y habría los cerrojos y noté una ligera subida en el ritmo cardiaco, el ligero temblor en las manos. Escruté desde el otro lado de la cadena. Había un joven con ropa deportiva que tamborileaba con su zapato deportivo sobre mi felpudo. Es más, todo su cuerpo vibraba de energía. Llevaba la gorra hacia atrás. ¿Y eso? Como por instinto, di un paso atrás.

—¿Oliphant?

Asentí llena de aprensión. Se inclinó hacia un lado de la puerta, fuera de mi vista, y reapareció con una gran cesta llena de flores y envuelta en celofán y lazos. Cuando hizo ademán de tendérmela, quité la cadena y la cogí con cautela, temiendo algún tipo de trampa. Hurgó en el bolsillo de su chaqueta y sacó un aparato electrónico negro.

—Firme aquí —me dijo pasándome un lápiz de plástico que se había sacado, para mi horror, de detrás de la oreja. Dibujé mi firma especial, que ni siquiera se molestó en mirar—. ¡Chao! —dijo deslizándose ya escaleras abajo.

Nunca había visto tanta energía nerviosa contenida en un único cuerpo humano.

Fijado al celofán, vi un sobrecito como el de las tarjetas de cumpleaños, con un hámster. Dentro, una tarjeta de visita, lisa, con el siguiente mensaje:

> Recupérate pronto, Eleanor. Te tenemos en nuestros pensamientos. Con mucho amor y nuestros mejores deseos, Bob y todo el equipo de D de Diseño. Besos.

Llevé la cesta a la cocina y la dejé sobre la mesa. Te tenemos. Al apartar el celofán se liberó un olor a jardín estival, dulce y embriagador. Sus pensamientos…. ¡Me tenían en ellos! Me senté, acaricié los pétalos de una gerbera roja y sonreí.

Tras poner cuidadosamente las flores en la mesa de centro del salón seguí mi lento avance por el piso y, mientras limpiaba, pensé en lo que suponía crear un hogar. No tenía mucha experiencia a la que recurrir. Abrí todas las ventanas, puse la radio y giré el dial hasta encontrar música no ofensiva al oído y fui limpiando todas las habitaciones por turnos. Había manchas en la moqueta que no salían, pero conseguí quitar la mayoría. Llené cuatro bolsas negras de basura, con revistas de pasatiempos antiguas, bolígrafos secos, bagatelas feas de las que había ido haciendo acopio durante años. Expurgué mi estantería y preparé un montón de libros para donar a la tienda benéfica (o, en algunos casos, devolver).

No hacía mucho había terminado de leer un volumen sobre gestión empresarial que parecía pensado para psicópatas sin sentido común (una combinación bastante peligrosa). Siempre me ha gustado leer, pero nunca he tenido claro cómo seleccionar el material adecuado. Hay tantos libros en el mundo… ¿cómo distinguir unos de otros? ¿Cómo saber cuál va con tus gustos y tus intereses? Por eso suelo coger el primer libro que veo. No tiene sentido intentar elegir. Las cubiertas no son de mucha ayuda porque normalmente solo dicen cosas buenas y, a base de perder dinero, he aprendido que rara vez aciertan. «Descacharrante», «deslumbrante», «hilarante». No.

El único criterio que aplico es que los libros parezcan limpios, lo que supone que tengo que descartar gran parte del potencial material de lectura de las tiendas benéficas. Tampoco acudo a la biblioteca por esa misma razón, aunque evidentemente, tanto sobre el papel como en la realidad, las bibliotecas son palacios de maravillas que hacen la vida mejor. No es vuestra culpa, bibliotecas, soy yo, como suele decirse. La idea de unos libros pasando por tantas manos sin lavar, de gente leyendo en el baño, dejando que sus perros se sienten encima, hurgándose la nariz y pegando lo cosechado entre las páginas, gente comiendo galletitas de queso y leyendo unos cuantos capítulos sin lavarse antes las manos… No puedo. No, busco libros con dueños cuidadosos. Los del Tesco son bonitos y limpios. A veces, en los días de paga, me permito un par de ejemplares.

Υ

Al terminar el proceso, el piso estaba limpio y prácticamente vacío. Me preparé una taza de té y me quedé contemplando el salón. Solo necesitaba cuadros por las paredes y un par de alfombras. Unas plantas nuevas. Perdona, *Polly*. De momento estaba bien con las flores. Respiré hondo, cogí el puf y lo aplasté hasta conseguir meterlo en una bolsa de basura. Fue una auténtica pelea. Mientras forcejeaba con él, pensé en la pinta que debía de tener, abrazada a una rana gigante e intentando reducirla a golpes. Resoplé un poco y luego me eché a reír y seguí hasta que me dolió el pecho. Cuando me levanté y até por fin las asas, oí una alegre canción de música pop y comprendí lo que sentía: estaba feliz. Era una sensación tan rara y poco habitual en mí... ligera, tranquila, como si hubiera tragado rayos de sol. Justo esa mañana me había sentido furiosa, y ahora estaba tranquila y feliz. Iba acostumbrándome paulatinamente a sentir la paleta de emociones humanas a mi disposición, a su intensidad, y la agilidad con la que pueden cambiar. Hasta ahora cada vez que las emociones o los sentimientos amenazaban con desequilibrarme, me las bebía rápidamente, las bajaba sin más, y eso me había permitido existir. Pero empezaba a comprender que necesitaba y quería algo más.

Bajé la basura y cuando volví al piso noté que olía a limón. Fue un gusto entrar. Comprendí que no suelo prestar atención a lo que me rodea. Era como el paseo de esa mañana hasta la consulta de Maria Temple: cuando te tomas un momento para ver lo que te rodea, fijarte en las cosas pequeñas, te sientes más... ligera.

A lo mejor, cuando tienes amigos o familiares, ellos te ayudan a que te fijes con más frecuencia. Puede que incluso te lo señalen. Apagué la radio y me senté en silencio en el sofá con otra taza de té. Solo se oía la brisa que silbaba suavemente por la ventana abierta y dos hombres que reían en la calle. Era una tarde entre semana. Lo normal para mí era estar en el trabajo, aguardando a que las manecillas marcaran las cinco, a la espera de la hora de la pizza y el vodka y luego, el viernes por la noche y las tres sesiones largas de sueño hasta el lunes. Aparte de la copa rápida que me había tomado en el pub, llevaba varias semanas sin beber vodka. Siempre había creído que me ayudaba a dormir, pero en realidad últimamente tenía el sueño más profundo que antes, sin pesadillas perturbadoras.

Un ruido electrónico me sorprendió y a punto estuve de tirarme el té encima. Alguien me había mandado un mensaje de texto. Corrí a la entrada a por el móvil. En el sobrecito se leía:

Estás en tu casa a media tarde? Puedo pasarme? Tengo 1 sorpresa para ti! R Bss

¡Una sorpresa! Respondí al instante.

Sí. Eleanor O.

Nadie antes me había pedido que lo invitara a casa. La trabajadora social fijaba las citas y el del contador del gas aparecía sin más. Me hice cargo de que las primeras visitas de Raymond no habían sido muy agradables para él —ni para mí— y decidí intentar compensarlo. Me puse la cazadora y bajé a la tienda de la esquina. El señor Dewan levantó la vista del periódico al oír la alerta electrónica, que debía de distraerlo bastante, si se pasaba todo el día sonando así. Me sonrió con cautela. Cogí una cesta y fui echando leche, Earl Grey en bolsitas y un limón, para cortarlo en rodajas en caso de que Raymond tomara así su té. Me pasé un buen rato recorriendo los pasillos, algo abrumada por tanto donde elegir. Al final me decidí por unas galletas Garibaldi y un paquete de gofres rosas; al parecer es bueno ofrecer variedad a los invitados. Me pregunté si no preferiría algo salado y entonces compré también unos piquitos y un paquete de lonchas de queso. Todos los frentes cubiertos.

Me puse en la cola con mi cesta y, sin yo pegar la oreja, me vi obligada a escuchar la conversación de la pareja que había delante mientras esperábamos nuestro turno. Al final tuve que salir en su auxilio.

—Es *tagine* —dije. Suspiré y me incliné hacia delante—. *Tagine* —repetí pronunciando lenta y claramente en lo que me pareció un acento francés pasable.

—¿Disculpe? —dijo la mujer, que no tenía cara de disculpar nada.

El hombre se me quedó mirando con una cara que podría describirse, cuando menos, de moderadamente hostil.

—No se acordaban de la palabra para, en su descripción, «olla de cerámica con la tapa en punta» que «Judith», sea quien sea, incluyó en su lista de bodas, lo que le llevó a usted —en ese punto indiqué a la mujer con un suave gesto de cabeza— a tacharla de «zorra pretenciosa». —Desde que le había cogido el tranquillo, a veces me divertía utilizar el gesto del dedo admonitorio. Como ninguno de los dos dijo nada, me envalentoné para seguir—. Un *tagine* es un recipiente de cocina tradicional de origen magrebí —les expliqué—, hecho por lo general de barro cocido y decorado con esmaltes de colores muy vivos. Es también el nombre del guiso que se cocina con él.

Al hombre se le había caído la mandíbula mientras que la boca de la mujer había mutado lentamente en una línea muy delgada y tensa. Se volvió hacia su pareja y ambos empezaron a cuchichear y a mirar varias veces hacia atrás para verme de reojo.

No hubo más intercambio de palabras a pesar de que me miraron al salir de la tienda tras pagar por sus artículos. Ni una palabra de agradecimiento. Les hice un mínimo gesto de despedida con la mano.

Cuando por fin llegué a la caja, el señor Dewan me sonrió afectuosamente.

—El nivel de mala educación y la falta absoluta de consciencia sobre el *comme il faut* entre la población general nunca dejarán de decepcionarme, señor Dewan —dije sacudiendo la cabeza.

—Señorita Oliphant —me dijo con una sonrisa comprensiva—, ¡me alegro mucho de volver a verla! Se la ve muy bien.

Sonreí radiante.

—Muchísimas gracias, señor Dewan. También yo me alegro de verlo. Hace hoy un día muy apacible, ¿no le parece?

Asintió, sonriendo aún, y pasó los artículos por el escáner. Mientras lo hacía su sonrisa desfalleció ligeramente.

—¿Necesita algo más, señorita Oliphant?

A sus espaldas las botellas destellaron con el resplandor de las luces de arriba, rojas, doradas y transparentes.

—¡Sí! —dije—. Casi se me olvida. —Me incliné sobre la repisa de los periódicos y cogí el *Telegraph*.

Estaba deseando volver a los crucigramas.

De vuelta a casa encendí la estufa de gas y llevé a la mesa las tazas de té. Me habría gustado que fueran iguales pero seguro que a Raymond no le importaba. Corté el limón en rodajas y coloqué las galletas en forma de rueda sobre mi mejor fuente, la de florecitas. Decidí reservar los saladitos. Tampoco había que exagerar.

Como estaba algo desentrenada, solo llevaba la mitad del crucigrama cuando sonó el timbre de la puerta, algo más tarde de lo que esperaba. Unos retortijones de hambre me habían obligado a comerme unas cuantas galletas, de modo que a la rueda ya le faltaban dos radios. *Mea culpa*.

Raymond llevaba una caja de cartón con asas en una mano y una bolsa de plástico gigante y voluminosa en la otra. Como sin aliento, dejó ambas cosas sobre la alfombra de la entrada sin preguntar y luego empezó a quitarse la chaqueta, boqueando y resoplando como una marsopa varada. Fumar mata.

Me pasó su chaqueta y me quedé mirándola un momento antes de comprender que debía colgarla. Como no tenía ningún sitio adecuado, la doblé en un cuadrado lo mejor que pude y la dejé en el suelo, en un rincón de la entrada. No pareció hacerle mucha gracia, aunque no entendí por qué. No tenía pinta de ser muy cara.

Le hice pasar al salón y le ofrecí té. Parecía bastante exaltado.

—A lo mejor luego. Antes tengo que contarte la sorpresa, Eleanor.

Me senté.

—Adelante —dije preparándome para lo peor.

Mi experiencia con las sorpresas era limitada y no especialmente positiva. Cogió la caja de cartón de la entrada y la puso en el suelo.

—A ver, no tienes por qué hacerlo. Mi madre se ofrecería gustosamente. Pero se me ha ocurrido que… bueno…

Abrió la tapa con cuidado y yo, por instinto, di un paso atrás.

—Vamos, bonita —dijo con una vocecita suave y cantarina que nunca le había oído—. No tengas miedo…

Metió la mano dentro y levantó al gato más gordo que había visto en mi vida. En teoría era negro azabache, con una oscuridad que se le extendía incluso al hocico y los bigotes, pero tenía el espeso pelaje lleno de parches de carne, que en comparación parecía aún más blanca. Lo acurrucó en el pecho y siguió susurrándole ternuras al oído. La criatura no pareció muy impresionada.

—¿Qué me dices?

Miré aquellos ojos verdes, que me miraron a su vez. Avancé un paso y me lo tendió. Tuvimos unos momentos de torpeza al intentar transferir el bulto de sus brazos a los míos, hasta que, de pronto, ya estaba. La cogí como a un bebé, me la pegué al pecho y sentí, más que oí, su ronroneo profundo y sonoro. Pero ¡qué peso más cálido! Enterré la cara en lo que le quedaba de pelaje y sentí que giraba la cabeza hacia mí mientras me olía con cuidado el nacimiento del pelo.

Por fin levanté la vista. Raymond estaba sacando las cosas de la otra bolsa: un arenero desechable, una cama blandita y una caja de croquetas. La gata se escabulló de mi abrazo y aterrizó en la moqueta con un ruido sordo. Fue lentamente hasta el arenero, se agachó y orinó con mucho estrépito, sin dejar en ningún momento de mantener conmigo un contacto ocular de lo más insistente. Después del diluvio, pateó perezosa los restos con las patas traseras, llenando de arena todo el suelo recién fregado.

Una mujer que sabía lo que quería y que desdeñaba las convenciones de la sociedad educada. Nos llevaríamos bien.

Raymond rechazó la oferta de galletas que le ofrecí, así como el té. Me pidió cerveza o café, pero no tenía ni una cosa ni otra. Atender invitados era mucho más exigente de lo que creía. Al final se contentó con un vaso de agua que ni siquiera se bebió. Me contó que la noche anterior Desi, su compañero de piso, había rescatado la gata del patio trasero de su bloque. Alguien la había metido en un cubo de basura metálico y le había prendido fuego, y Desi había oído los chillidos cuando volvía del trabajo. Me levanté y corrí al baño, donde vomité los gofres rosas. Raymond llamó a la puerta pero le grité que me dejara en paz. Cuando volví, los vi sentados cada uno a un lado del sofá. Yo me acomodé en la silla de enfrente y ambos se me quedaron mirando con cautela.

—¿Cómo puede alguien hacer algo así, Raymond? —pregunté cuando por fin pude hablar.

Los dos parecían tristes.

—Algún psicópata cabrón —dijo Raymond sacudiendo la cabeza—. Cuando Desi la subió a casa, nos aseguramos de que estaba bien. Pero él es alérgico y no podemos quedárnosla. Pensaba llevarla a la protectora de animales o ver si mi madre quería otro gato pero entonces… no sé, pensé que te podría hacer compañía, ¿no, Eleanor? Pero si no, dilo, no pasa nada. Tener una mascota no es tan fácil… es mucha responsabilidad…

Era un asunto espinoso. Por un lado, tenía que admitir que me atraía; poseía un innegable encanto desaliñado, por lo alopécico, y una actitud de bésame un pie que derretiría hasta el más duro de los corazones. Se veía que era una gata que no toleraba tonterías. Al mismo tiempo, sin embargo, era una criatura vulnerable que necesitaba cuidados. Ahí estaba el entuerto. ¿Me sentía preparada para esa tarea?

Me acordé de las sesiones de terapia, de lo que habíamos hablado sobre pensar las cosas racionalmente, reconocer patrones de conducta que no me ayudaban y tener la valentía suficiente para hacer las cosas de forma distinta. «Venga, Eleanor —me dije—. Sé valiente. No es igual que antes, no se parece en nada. Es un gato y tú eres una mujer adulta. Eres más que capaz de hacerlo.»

—La acogeré bajo mi tutela, Raymond —dije con rotundidad—. Esta criatura recibirá un cuidado constante.

Sonrió.

—No me cabe la menor duda. Desde luego, ya se la ve como en casa.

La gata estaba despatarrada sobre los cojines del sofá, dormida a todos los efectos, aunque tenía un tic intermitente en la oreja, como si estuviera pendiente de la conversación.

—¿Cómo la vas a llamar?

Ladeé la cabeza mientras meditaba al respecto. Al rato Raymond se levantó.

—Voy a bajar a echar un cigarro. Dejo la puerta encajada.

—¡No eches el humo hacia mis ventanas! —grité tras él.

Cuando volvió a los diez minutos, le dije que se llamaría *Glen* y se echó a reír.

—¿*Glen*? Pero ¿eso no es un nombre de chico?

Pensé en todas esas etiquetas rojas, todas esas botellas vacías.

—Es por un viejo amigo.

Al día siguiente me levanté sobresaltada y me encontré a *Glen* a mi lado en la cama, con la cabeza en la almohada y el cuerpo bajo las mantas, como un humano. Me miraba fijamente con sus enormes ojos verdes, como si hubiera querido que me despertase. Me siguió hasta la cocina y le di un poco de agua, que ignoró, y un puñado de croquetas, que se comió en un visto y no visto y, con la misma rapidez, vomitó en el suelo de la cocina. Me giré para coger los materiales de limpieza de debajo del lavabo, pero al darme la vuelta vi que estaba comiéndose lo vomitado.

—Buena chica, *Glen*. —Esfuerzo mínimo.

Raymond había traído lo justo para que pasara la noche, de modo que, mientras dormitaba en lo alto del edredón, me escabullí y cogí el autobús hasta un polígono industrial donde sabía que había una buena tienda de provisiones para animales. Le compré una camita más grande y cómoda, un buen arenero cubierto, para que tuviera intimidad, cuatro tipos distintos de comida en lata y deshidratada y un saco de arena ecológica. Cogí también un bote de un aceite bueno para el pelaje (debía mezclarle una cucharadita diaria con la comida). A mí me daba igual que le creciera el pelo o no, porque me gustaba tal como estaba, pero pensé que quizá ella se sentiría más cómoda sin los parches visibles de carne. No me parecía la clase de gato que juega con juguetes pero, por si acaso, le compré una bola reluciente y un ratón de peluche grande, del tamaño de una pantufla de abuelo y relleno de nébeda. Cuando llegué con el carrito a la caja, me di cuenta de que iba a tener que llamar un taxi para volver con todo a casa. Me sentí bastante orgullosa de mí misma.

Como el taxista no quiso ayudarme a subirlo, me llevó varios viajes, y para cuando lo entré todo estaba sudando. La excursión había durado más de dos horas, de principio a fin. *Glen* seguía dormida en el edredón.

Me pasé el día en casa sin hacer gran cosa. La gata era una compañía estupenda: no hacía ruido, era independiente y pasaba casi todo el rato durmiendo. Esa noche, cuando me senté con una taza de té a escuchar una obra de teatro por la radio, me saltó al regazo y empezó a masajearme los muslos con las patas y las garras medio sacadas. No era muy gustoso pero sabía que lo hacía de buena fe. Después de varios minutos, se me acomodó con cuidado en el regazo y se quedó dormida. A los veinte minutos me entraron ganas de ir al baño, una necesidad exacerbada por el hecho de que distaba mucho de estar delgada y encima estaba echada cuan larga y gorda era sobre mi vejiga. Intenté apartarla con cuidado; se resistió. Volví a intentarlo. A la tercera se levantó muy lentamente, arqueó la espalda y emitió un suspiro largo y crítico antes de bajar al suelo e irse a rastras hasta su cama nueva. Una vez atrincherada allí, se me quedó mirando mientras iba al baño y, cuando volví, seguía con la misma expresión y no dejó de fulminarme con la mirada toda la noche. No me preocupó. Había lidiado con cosas mucho peores que un felino furibundo.

Raymond volvió a venir de visita unos días después para ver si *Glen* estaba ya instalada. Lo había invitado a él y a su madre, ya que ella había mencionado que no le importaría y, como obsesa de los gatos, imaginé que le gustaría conocer a *Glen*. En cualquier caso, todavía quedaban muchas galletas de la visita anterior, así que no había ningún problema.

Vinieron en un taxi negro del que la señora Gibbons llegó contando maravillas.

—El taxista era un encanto, Eleanor, ¿verdad, Raymond?

Su hijo asintió y creí detectar una nota, muy leve, de hastío, como si no fuera la primera vez que hablara del tema en su breve trayecto del sur al oeste de la ciudad.

—Desde luego, ha sido de lo más amable. Me ha ayudado a subir ¡y a bajar del taxi! Me ha abierto la puerta mientras sacaba el andador…

—Vale, mamá —dijo Raymond dejando el andador en un rincón del salón mientras ella se acomodaba en el sofá.

Glen, siempre tan iconoclasta, se había ido a la cama —la mía—, en cuanto habían llegado, y no quedaba rastro de ella salvo por el bulto que roncaba quedamente bajo el edredón. Fue una decepción para la señora Gibbons, pero mientras iba a hacer té la dejé con unas fotos que le había sacado con el móvil. Raymond me acompañó a la cocina y se quedó apoyado contra la encimera mientras me veía servir las tazas. Dejó una bolsa de plástico al lado.

—No es gran cosa —dijo.

Miré dentro y vi que había una cajita de cartón blanca, de confitería, con un lacito. También había una latita de comida de gato «gourmet».

—¡Qué maravilla! —dije encantada.

—No estaba segura de qué te gustaría, pero no quería venir con las manos vacías —dijo sonrojándose—. Pensé que, bueno… pareces de esas personas a las que les gustan las cosas buenas. Y mereces cosas buenas —añadió con rotundidad.

Fue extraño. He de confesar que me quedé unos instantes sin saber qué decir. ¿Que yo merecía cosas buenas?

—Es curioso, Raymond. Criarme con mamá me desorientaba continuamente. A veces nos daba cosas buenas y otras… no. A lo mejor una semana estábamos mojando huevos de codorniz en sal de apio y relamiendo ostras y a la siguiente moríamos de hambre. Y me refiero a literalmente no comer ni beber nada. —Mi amigo desencajó los ojos—. Con ella era siempre todo extremo, muy extremo —dije asintiendo con la cabeza, como para mí—. Yo anhelaba la normalidad. Las tres comidas al día, cosas normales… sopa de tomate, puré de patatas, cereales…

Desaté los lacitos y miré el interior de la caja. El bizcocho que había dentro era una confección muy elaborada, un *ganache* de chocolate salpicado con brillantes gemas de frambuesa. Era un lujo sencillo que Raymond había escogido especialmente para mí.

—Gracias —dije sintiendo que las lágrimas amenazaban con desbordarse. No había nada más que decir.

—Gracias a ti por invitarnos. A mamá le encanta salir de casa y no suele tener muchas oportunidades.

—Los dos sois bienvenidos siempre —dije, y así lo sentía.

Coloqué el bizcocho sobre una bandeja junto con las cosas del té pero, antes de tener tiempo de levantarla, Raymond hizo los honores. Yo lo seguí. Me fijé en que él también se había cortado el pelo.

—¿Cómo te encuentras, Eleanor? —me preguntó la señora Gibbons cuando estuvimos todos instalados—. Raymond me ha contado que últimamente has estado algo pachucha.

Su expresión era de preocupación moderada y cordial, solo eso, y agradecí que no hubiera entrado en detalles con su madre.

—Ya me encuentro mucho mejor, gracias. Raymond ha estado cuidándome. Tengo mucha suerte.

Él pareció sorprendido pero no así su madre.

—Mi niño tiene un corazón de oro —dijo.

La cara de Raymond me recordó la vez que había pillado a *Glen* intentando saltar del sofá al alféizar. Me reí.

—¡Te estamos avergonzando!

—No, vosotras sí que dais vergüenza, dándole a la sinhueso como un par de viejas cotillas. ¿Alguien quiere más té?

Los Gibbons eran una compañía fácil y agradable. A todos nos sorprendió lo rápido que había pasado el tiempo cuando el taxi que habían reservado previamente tocó irritado la bocina al cabo de una hora y tuvieron que irse con cierta precipitación.

—Te toca venir a ti a casa, Eleanor —me dijo la mujer mientras salían como podían con el andador y Raymond se ponía la chaqueta. Asentí. Me dio un beso rápido en la mejilla, la cicatrizada, y ni siquiera me inmuté.

—Vuelve a venir un domingo con Raymond, nos tomamos un té y te quedas un rato —susurró.

Asentí de nuevo.

Con su paso moroso, Raymond se adelantó y, antes de poder evitarlo, me dio también un beso en la mejilla, como su madre.

—Nos vemos en el trabajo —me dijo, y se perdió escaleras abajo mientras intentaba maniobrar como podía tanto con su madre como con el andador.

Me llevé la mano a la cara. Vaya familia más besucona estos Gibbons... Había familias que eran así.

Lavé las tazas y los platos y fue entonces cuando *Glen* por fin decidió hacer acto de presencia.

—No has sido muy cortés, *Glen*.

Se me quedó mirando y soltó un leve sonido, que no parecía un maullido, sino más bien, era extraño, un piido. La indirecta —o sea, que le importaba un bledo— quedó más que clara. Le eché en el bol la comida especial de gatos que le había llevado Raymond. La acogió con un entusiasmo considerable si bien, por desgracia, sus modales en la mesa recordaban a los de su benefactor.

Raymond se había dejado un periódico sensacionalista en una silla del salón; tiene la fea costumbre de llevar siempre uno enrollado en el bolsillo trasero. Lo hojeé, por si había algún crucigrama medio decente, y me detuve en la página nueve cuando un titular llamó mi atención.

Glasgow Evening Times / SECCIÓN DE OCIO

LOS PIONEROS PEREGRINOS CONQUISTAN LAS AMÉRICAS

El grupo de Glasgow, favorito para tomar el relevo de Biffy Clyro

Esta semana el grupo escocés Pioneros Peregrinos celebra haber llegado al número cinco de la lista de ventas de Estados Unidos.

La banda de cuatro miembros radicada en Glasgow está preparada para conquistar el lucrativo mercado estadounidense tras años de dar conciertos por pubs y salas locales.

El mes pasado un experto de la industria seleccionó el single *No te echamos de menos*, escrito tras la amarga despedida del cantante anterior, a través de YouTube. Desde entonces, se escucha a diario por todo el país en la sintonía de un anuncio de gran presupuesto de una compañía de telecomunicaciones.

El grupo planea cruzar el charco el mes que viene para una gira de costa a costa.

Al leerlo regresé a otro lugar, a otra persona: a la que intenté ser y a los cambios que había intentado sin éxito hacer en mí y en mi vida. En realidad el cantante nunca había sido el *leit motiv*; Maria Temple me había ayudado a comprenderlo.

En mis ansias por cambiar, por conectar con alguien, me había marcado un objetivo equivocado, una persona errónea. Con ayuda de Maria, de la acusación de ser un desastre de persona, un ser humano fallido, empezaba a considerarme inocente.

En la noticia no se hablaba de la ocupación actual de Johnnie Lomond. En realidad me daba igual. Doblé el periódico: más tarde forraría con él el arenero de *Glen*.

@johnnieLamonda 7h
Muchísimas felicidades a los chicos. Gran noticia, realmente merecido. Flipando por ellos #usa #pasada [ningún Like]

@johnnieLamonda 44m
Mierda. Me cago en la mierda, mierda, mierda.
[borrado]

33

*C*uando llegué a su consulta, Maria parecía de buen humor, igual que yo. Me costó poner mi cerebro en modo alerta en cuanto se puso a hablar de nuevo de mi pasado.

—No me has contado gran cosa sobre el incendio. No sé… ¿te importa si hablamos del tema? —Asentí, hastiada—. Bien. Vamos a ver, ¿puedes cerrar los ojos, por favor? A veces es más fácil acceder así a los recuerdos. Respira hondo y luego suéltalo todo. Genial. Y una vez más… bien. Ahora quiero que te traslades en el tiempo. Estás en casa y es el día de antes del incendio. ¿Qué recuerdas? ¿Te viene algo? Tómate tu tiempo…

Me había sentido tan ligera al llegar, tan libre, tan centrada en mí misma, que no estaba preparada para aquello. Cuando cerré los ojos y exhalé, siguiendo el ritmo que me marcaba Maria, comprendí con temor que, antes de ser yo plenamente consciente, mi cerebro ya había salido disparado hacia recuerdos que estaban en sitios a los que yo no quería ir, entrando a hurtadillas en habitaciones sin darme tiempo a impedirle el paso. Sentí el cuerpo pesado, en contraste con la mente, que flotaba como un globo, fuera de mi alcance. Sin embargo, al ver que ya estaba ocurriendo, lo acepté con ecuanimidad. Sentí cierto placer al ceder el control.

—Mamá. Está enfadada. Dormía pero la hemos despertado otra vez. Está ya harta de nosotras.

Siento las lágrimas por las mejillas mientras relato esto, pero no estoy especialmente triste. Es como si describiera una película.

—Muy bien, Eleanor, lo estás haciendo muy bien —me dijo Maria—. ¿Puedes contarme más sobre mamá?

Mi voz es minúscula.

—No quiero.

—Lo estás haciendo muy bien, Eleanor. Vamos a intentar seguir. Entonces… ¿mamá…?

No dije nada en un buen rato y dejé que mi mente vagara por donde tuviera que vagar, dejando que los recuerdos salieran como pájaros enjaulados. Por fin susurré. Tres palabras.

—¿Dónde está Marianne?

34

𝒟omingo. Tenía que salir de casa a las doce para comer con Raymond. *Glen* estaba dormitando en su cama nueva y utilicé la función de cámara de mi teléfono móvil para hacerle más fotografías. En la última salía tapándose los ojos con una pata, como haciendo visera.

Me arrodillé a su lado en el suelo y enterré la cara en su trozo peludo más grande. Se retorció ligeramente y luego fue subiendo el volumen de su ronroneo. Le besé la parte suave de la coronilla.

—Nos vemos luego, *Glen*. No tardaré mucho. —Mi partida inminente no pareció perturbarla en lo más mínimo.

Cuando terminé de arreglarme, abrí la puerta con todo el sigilo que pude y fui de puntillas hasta el salón para ver si seguía dormida. Me la encontré encima del enorme ratón relleno de nébeda, ambos de cara a mí, y los ojos de botones esmaltados del roedor mirándome fijamente. *Glen* tenía sus patitas delanteras sobre la espalda ratonil y estaba masajeándola perezosamente mientras le daba empellones enérgicos por detrás. Los dejé a lo suyo.

Desde la última sesión de terapia no podía pensar en otra cosa que en Marianne. Marianne, Marianne, Marianne… le daba vueltas al nombre en la cabeza como a una moneda entre los dedos. La doctora Temple me había pedido que me preparara para hablar de ella de nuevo en nuestra siguiente sesión. No estaba muy segura de qué pensar al respecto. ¿Es siempre mejor saber que no saber? Se abre el debate.

Raymond, ajeno a cuestiones filosóficas, estaba ya en el Perro Negro cuando llegué al local, leyendo el *Sunday Mail* y tomándose una pinta.

—Perdona por el retraso.

Estaba más pálido de lo habitual y, cuando se levantó para darme un abrazo, me vino un olor a cerveza añeja y nueva, aparte de su hedor típico a tabaco.

—¿Cómo estás? —me preguntó con la voz como rasgada.

—¿Cómo estás tú? —No tenía buen aspecto.

Soltó un gemido.

—Si te digo la verdad, he estado a punto de mandarte un mensaje para cancelar la comida. Digamos que anoche me dieron las tantas.

—¿Tuviste una cita con Laura?

Me miró atónito.

—Pero ¿cómo lo sabes? —me preguntó en tono de incredulidad.

Recordé algo que le había visto hacer a Billy en su despacho y me toqué un lado de la nariz con el índice, en un gesto de complicidad.

Raymond rio.

—Tú eres un poco bruja.

Me encogí de hombros: hasta tenía un gato negro como prueba.

—En realidad me encontré con Laura hace un tiempo —le expliqué—. Y me contó que estabais quedando.

Le dio un buen trago a la pinta.

—Bueno, sí, me ha llamado un par de veces para ver si quedábamos. Anoche fuimos al cine y luego tomamos unas copas.

—Suena muy bien. Y entonces ¿ahora es tu novia?

Le hizo una señal al camarero para que le llevase otra pinta.

—Laura es un encanto de mujer, pero no creo que vuelva a verla.

Un miembro del personal trajo la cerveza de Raymond y un par de cartas. Yo pedí un refresco de diente de león y bardana[2] pero, por extraño que parezca, teniendo en cuenta que

2. Bebida tradicional británica que aún hoy se comercializa como refresco carbonatado.

era un restaurante elegante del centro, no tenían, de modo que tuve que contentarme con un Dr Pepper.

—¿Y por qué? Laura es muy glamurosa.

Raymond suspiró.

—Bueno, la cosa es más compleja que eso, Eleanor. Creo que es probable que… me exija demasiado esfuerzo, no sé si sabes a lo que me refiero.

—No, la verdad es que no.

—No es mi tipo, no te voy a engañar. —Le dio un sonoro trago a la cerveza—. A ver, el físico es importante, desde luego, pero también hay que poder compartir risas, disfrutar de la compañía del otro y esas cosas. No estoy seguro de que Laura y yo tengamos tanto en común.

Me encogí de hombros, sin saber qué responder. No era precisamente mi campo de especialización.

Nos quedamos un rato callados. Tenía muy mala cara y parecía a disgusto. Síntomas clásicos de la resaca. Por suerte yo nunca los sufrí, bendecida como estoy con una constitución de hierro.

Pedí una tortilla del chef, Arnold Bennett, y Raymond optó por el desayuno completo con extra de pan frito.

—Ayer me tomé unos cuantos Jack Daniel con Desi cuando volví a casa —me explicó—. Seguro que lo empapo con eso.

—No conviertas en costumbre lo de beber, Raymond —dije triste—. No querrás acabar como yo, ¿verdad?

Alargó la mano para cogerme el brazo y la dejó allí un momento.

—Lo estás haciendo muy bien, Eleanor.

Llegó la comida e intenté no mirar a Raymond mientras engullía; no era nunca una visión agradable. Me pregunté cómo estaría *Glen*. ¿Sería posible sacarla de paseo, traerla a un sitio como ese y ponerla en una trona al lado de la mesa? No veía por qué no, salvo quizá por algún intolerante bando anti-felino que pudiera quejarse.

—¡Mira, Raymond! —dije poniéndole el teléfono en la cara.

Miró las primeras cuatro fotos.

—Ah, qué bien se ve, Eleanor. Parece que se ha instalado perfectamente.

—Sigue pasando.

Ojeó con desgana unas cuantas más pero vi que perdía el interés. Miel para la boca del asno...

Hablamos de temas inconsecuentes mientras esperábamos los cafés. Cuando llegaron, hubo un paréntesis en la conversación y Raymond derramó un sobrecito de azúcar en la mesa. Empezó a recoger los granos con el índice, canturreando descompasadamente como tendía a hacer cuando le preocupaba algo. Tenía las cutículas mordidas y las uñas no estaban muy limpias; a veces podía ser tan irritante...

—Eleanor, mira, tengo que contarte una cosa pero tienes que prometerme que no te enfadarás. —Me recosté en la silla y me preparé para lo que podía seguir—. He estado buscando información sobre tu madre en internet, sobre lo que pasó. —Me quedé mirando los granos de azúcar: ¿cómo podían ser tan pequeños pero tan perfectamente angulares?— ¿Eleanor? No estoy seguro de si lo que he encontrado es lo que te pasó a ti, pero busqué por incendio provocado y el año en que ocurrió, en Londres, y me aparecieron varios artículos de periódico que tal vez deberías leer. No tienes por qué si no te apetece. Solo quería que lo supieras, por si acaso... Por si cambias de opinión sobre saber lo que pasó.

Me fui un momento al lugar feliz de mi cabeza, al cuarto rosa y blanco de peluche con azulillos que piaban y arroyuelos que borboteaban suavemente y, desde hacía un tiempo, un gato semicalvo que ronroneaba con fuerza.

—¿Dónde dijiste que estaba tu madre ahora? —me preguntó con delicadeza.

—No lo sé —masculé—. Es ella la que me llama. Nunca al revés.

Intenté leer en su expresión. A veces me cuesta interpretar las caras de la gente. Hasta los crucigramas blancos son más fáciles. Si tuviera que adivinar lo que se veía en la suya, habría dicho: tristeza, pena, miedo. Nada bueno. Pero el sentimiento subyacente era de bondad, de afecto. Estaba triste y asustado por mí, pero no me haría daño ni tenía el menor deseo de hacerlo. Me consolé con eso.

—Mira, no vamos a volver a hablar del tema, ¿vale? Yo solo quería decírtelo... por si te vuelve algo... durante la terapia o lo que sea... Podría darte algunas respuestas. Pero solo si las quieres —se apresuró a añadir.

Me quedé pensativa, y empecé a notar las primeras muestras de irritación.

—Raymond, no creo que sea muy adecuado por tu parte que intentes dirigirme hacia eso, al menos sin estar aún preparada. Estoy progresando mucho por mi cuenta —le dije. «Ten paciencia, Marianne. Ya voy.» Miré la cara de mi amigo, más pálida aún que cuando había llegado, la boca ligeramente abierta y los ojos vidriosos y cansados, una mirada poco atractiva—. Tú no eres el único que sabe utilizar un buscador. Es mi vida y, cuando me sienta preparada, seré más que capaz de averiguar qué pasó exactamente —añadí dedicándole una de mis miradas más directas.

Asintió e hizo ademán de hablar pero levanté la mano con la palma hacia él, para que callara. Era un gesto de muy mala educación y he de confesar que sentí una ilícita emoción placentera al hacerlo. Lo rematé con un sorbo deliberadamente largo de mi Dr Pepper. Por desgracia, casi se había acabado, y la pajita hizo un feo ruido al sorber, pero creo que de todas formas dejé bastante claro mi parecer.

Cuando me terminé la bebida, crucé la mirada con el camarero y le pedí por gestos que me trajera la cuenta. Raymond tenía la cabeza entre las manos y no decía nada. Sentí una corriente de dolor por el pecho. Había herido sus sentimientos... Raymond. Me llevé la mano a la boca y sentí que se me acumulaban las lágrimas. Él levantó la vista entonces, se inclinó y me cogió las dos manos, con un gesto decidido. Soltó algo de aire estancado desde detrás de su barbita velluda.

—Lo siento mucho —dijimos los dos a la vez.

Volvimos a intentarlo pero ocurrió lo mismo. De pronto solté una risotada y él hizo otro tanto. Al principio en pequeñas erupciones y luego más prolongadas. Era una risa auténtica, de las buenas, de esas que te remueven todo el cuerpo. Yo tenía la boca muy abierta, la respiración algo espasmódica y los ojos cerrados. Me sentía vulnerable pero a la vez muy relajada y cómoda. Imaginé que sería lo mismo incluso vomitar o usar el baño delante de él.

—No, de verdad, es todo culpa mía —me dijo cuando por fin nos calmamos—. Siento mucho haberte molestado, Eleanor. No tendría que habértelo dicho, sobre todo hoy con esta resaca… y el cerebro hecho puré. Tienes toda la razón. Es cosa tuya y tienes que decidir tú, al cien por cien.

Todavía me tenía las manos cogidas, una sensación extremadamente agradable.

—No pasa nada, Raymond —le dije, y así lo sentía—. Perdóname tú por haber reaccionado así. Yo sé que eres buena persona y no tienes mala fe, que solo intentas ayudarme. —Me atreví con una pequeña sonrisa al ver su cara llena de alivio.

Poco a poco me soltó las manos. Nunca me había fijado en sus ojos. Los tenía verdes con motitas marrones. Poco comunes.

Volvió a sonreír y luego se llevó las palmas a la cara y se la frotó con pequeños gruñidos.

—Por Dios. No puedo creer que tenga que ir a ver a mi madre ahora y encargarme de los gatos. Solo tengo ganas de meterme en la cama y levantarme el martes.

Intenté no sonreír y pagué la cuenta; él protestó pero me aproveché claramente de su estado de debilidad.

—¿Quieres venirte conmigo? A ella le encantará verte.

Ni siquiera me lo pensé.

—No, gracias, hoy no. *Glen* ya habrá tenido algún movimiento intestinal y no me gusta dejar las heces en el arenero más de una hora o dos, por si quiere volver a orinar.

Raymond se apresuró a levantarse.

—Voy un momentito al baño.

De vuelta a casa compré algo de comida para *Glen*. Lo curioso es que, pese a sus modales descastados, me quiere. Ya sé que es solo un gato, pero sigue siendo amor, entre animales y personas. Y es incondicional, la clase más fácil y más difícil del mundo.

A veces, tras las sesiones de terapia, me entran unas ganas tremendas de comprar vodka a espuertas, de meterme en casa y bebérmelo todo, pero al final nunca lo hago. Y no podría por muchas razones, entre ellas porque, si yo no estuviera bien, ¿quién le daría de comer a *Glen*? Ella no puede cuidarse sola. Me necesita.

Pero esa necesidad que tiene de mí no me molesta ni me supone una carga. Es un privilegio. Soy responsable de ella y yo he elegido ese papel. Querer cuidar de ella, de un ser pequeño, dependiente y vulnerable es algo innato, y ni siquiera tengo que pensarlo. Es como respirar.

Al menos, así es para algunos.

35

Aunque cuando me lo había propuesto Maria, me había parecido excesivo pasar de una sesión semanal a dos, me sorprendió descubrir que casi no alcanzaban. Esperaba no estar convirtiéndome en una de esas personas necesitadas, de esas que se pasan la vida hablando de ellas y de sus problemas. Aburridas…

Después de haberme pasado gran parte de mis treinta años evitando el tema a conciencia, poco a poco fui acostumbrándome a hablar de mi infancia. Dicho esto, cada vez que surgía el tema de Marianne, lo rehuía. Antes de cada sesión me decía que ya había llegado la hora de hablar de ella pero entonces, cuando estaba a punto, me sentía incapaz. Por supuesto ese día la doctora Temple volvió a preguntarme por Marianne, y cuando sacudí la cabeza, me sugirió que tal vez me ayudara pensar en mi infancia como en dos periodos separados, antes y después del incendio, para poder abordar el tema de Marianne. Sí, le dije, tal vez fuera de ayuda. Pero también muy muy doloroso.

—Bueno, ¿y cuál es tu recuerdo más feliz de antes del incendio? —me preguntó.

Tuve que pensarlo mucho. Pasaron varios minutos.

—Recuerdo momentos aislados, fragmentos, pero nada de acontecimientos completos. Un momento… Sí, un pícnic en el colegio. Puede que fuese fin de curso o algo por el estilo… El caso es que estábamos todos fuera, al sol. —No era mucho como punto de partida y, desde luego, distaba mucho de ser un recuerdo minucioso.

—¿Y por qué crees que ese día te hizo sentirte tan feliz? —me preguntó en voz baja.

—Me sentía… segura. Y sabía que Marianne también lo estaba.

Sí, eso era. Marianne —«no lo pienses mucho»—, eso es, su clase de párvulos también estaba fuera. Nos dieron a todos un paquetito con el almuerzo, unos emparedados de queso y una manzana. El sol, el pícnic. Como siempre, Marianne y yo volvimos andando juntas a casa, todo lo lentas que podíamos, para que nos diera tiempo a contarnos todo lo que había pasado ese día. La casa estaba a un paseo… que siempre nos parecía demasiado corto. Ella era muy divertida, se le daba muy bien hacer imitaciones. Me dolía recordar lo mucho que me hacía reír.

El colegio había sido un refugio para nosotras. Los maestros nos preguntaban cómo nos hacíamos los cortes y los cardenales y nos mandaban a la enfermería para que nos los vendasen. La enfermera de los piojos[3] nos peinaba con mucho esmero, y nos decía que nos podíamos quedar las gomillas porque habíamos sido muy buenas. Y el comedor. En el colegio podía relajarme porque sabía que Marianne estaba en la guardería, a salvo y al cuidado de alguien. Los pequeños tenían sus propias perchas especiales para colgar los abrigos. A ella le encantaban.

Fue poco después del pícnic cuando mamá se enteró de que la señorita Rose me había preguntado por los cardenales. Después de eso pasamos a la escuela en casa, siete días a la semana, todas las semanas: ya no había escapatoria de nueve a cuatro, de lunes a viernes. Todo fue de mal en peor, se aceleró, se acaloró y se acaloró, hasta el incendio. Como siempre, me lo había ganado a pulso, era mi culpa, por tonta, la tonta de Eleanor, y lo peor era que había arrastrado a Marianne conmigo. Ella no había hecho nada malo. Nunca hizo nada malo.

La doctora Temple me acercó los pañuelos y me enjugué las lágrimas de las mejillas.

—Has nombrado mucho a Marianne al hablar de tu vida diaria.

---

3. Figura que, durante varias generaciones, examinaba periódicamente las cabezas del alumnado en busca de parásitos.

Estaba preparada para decirlo en alto:

—Es mi hermana.

Nos quedamos un momento calladas esperando a que las palabras cristalizaran. Ahí estaba: Marianne. Mi hermana pequeña. La parte que me falta, mi amiga ausente. Las lágrimas me bajaban ya en riada por las mejillas y Maria me dejó sollozar hasta que estuve preparada para hablar.

—No quiero hablar sobre lo que le pasó. ¡No estoy preparada para eso!

La terapeuta se mostró muy tranquila.

—No te preocupes, Eleanor. Vamos a ir paso a paso. Ya solo reconocer que Marianne es tu hermana me parece impresionante. Ya llegaremos a todo lo demás con el tiempo.

—Ojalá pudiera hablar de eso ahora —dije, furiosa conmigo misma—. Pero es que no puedo…

—Por supuesto, Eleanor —dijo con tranquilidad. Hizo una pausa—. ¿Crees que es porque no recuerdas lo que le pasó? ¿O porque no quieres? —Utilizaba un tono de voz muy suave.

—No quiero —dije lentamente, en voz baja, y apoyé luego los codos sobre las rodillas y puse la cabeza entre las manos.

—No te fuerces, Eleanor. Lo estás haciendo de maravilla.

A punto estuve de echarme a reír; yo desde luego no tenía esa sensación.

Antes y después del incendio. Las llamas se habían llevado algo fundamental: a Marianne.

—¿Qué hago? —pregunté de pronto, desesperada por avanzar, por mejorar, por vivir—. ¿Cómo lo arreglo? ¿Cómo me arreglo?

La doctora Temple dejó el bolígrafo y me habló con voz firme pero amable.

—Ya lo estás haciendo, Eleanor. Eres mucho más valiente y fuerte de lo que crees. Sigue así.

Cuando me sonrió, la cara se le llenó de arrugas cálidas. Volví a bajar la cabeza, desesperada por ocultar las emociones que llameaban en mi interior. El nudo en la garganta. El escozor de las siguientes lágrimas, el pozo de afecto. Allí me sentía segura, y pronto volvería a hablar de mi hermana, por duro que fuera.

—Entonces ¿nos vemos la semana que viene? —le pregunté y, al levantar la vista, vi que seguía sonriendo.

Algo más tarde ese mismo día estaba viendo con *Glen* un concurso televisivo en el que personas con una comprensión limitada de estadística (en particular, de teoría de la probabilidad) escogían cajas numeradas que contenían cheques e iban abriéndolas por turnos, con la esperanza de desenterrar una suma de seis cifras. Basaban sus elecciones en factores de una ineficacia absoluta, como la fecha de su cumpleaños o de una persona querida, el número de su casa o, peor aún, «un presentimiento» sobre un cardinal en particular.

—Los humanos son tontos, *Glen* —le dije, y le di un beso en la coronilla y luego enterré la cara en el pelo, que estaba creciéndole ya con tal profusión que se permitía mudarlo por toda mi ropa y mis muebles con alegre abandono.

Ronroneó en señal de asentimiento.

De pronto sonó el timbre. *Glen* bostezó con muchos aspavientos y luego saltó de mi regazo. No esperaba a nadie. Me quedé delante de la puerta pensando que tenía que instalar una mirilla de esas para poder saber quién es antes de abrir el pestillo. Siempre me había parecido un poco tonta la teatralidad trillada del gesto. Adivina quién viene… Aburrido. No me gustan las pantomimas ni los acertijos: me gusta tener toda la información relevante a mi disposición con la mayor celeridad, para poder empezar a formular mi respuesta. Me encontré a Keith al otro lado de la puerta, el hijo de Sammy, con cara de nerviosismo. Una pequeña sorpresa. Lo invité a pasar.

Para cuando Keith estaba en mi sofá con una taza de té, *Glen* había desaparecido. Solo disfrutaba de su propia compañía. Toleraba la mía pero, en su fuero interno, era una ermitaña, como J. D. Salinger o el Unabomber.

—Gracias por el té, Eleanor, pero no me puedo quedar mucho tiempo —me dijo Keith después de intercambiar las frases de cortesía de rigor—. Mi mujer tiene zumba esta noche y tengo que volver con los niños.

Asentí preguntándome qué sería «zumba». Metió la mano en la mochila que había traído, dejó a un lado un portátil y sacó un paquete envuelto en una bolsa de plástico (del Tesco, noté con agrado).

—Hemos estado expurgando las cosas de papá —me dijo mirándome directamente a los ojos e intentando que no se le quebrara la voz, como diciéndose que debía ser valiente—. No es gran cosa pero nos preguntamos si te gustaría tenerlo, como recuerdo. Raymond comentó que te gustaba mucho, de esa vez que ayudaste a papá… —Las palabras se le engancharon en la garganta y no pudo acabar la frase.

Desenvolví el paquete con cuidado. Era el jersey rojo, ese tan bonito que llevaba Sammy el día que Raymond y yo lo encontramos por la calle. Todavía tenía olor, un leve aroma a su antiguo dueño, así como a manzanas, whisky y amor, y lo apreté con fuerza, sintiendo su suavidad y su calidez en las manos, con toda su dulce y exuberante *sammydad*.

Keith se había acercado a la ventana y estaba mirando la calle, una acción que entendí perfectamente. Cuando estás esforzándote por dominar tus propias emociones, se hace insoportable tener testigos, e intentar dominar también las de ellos. Él no podía lidiar con mis lágrimas. Recuerdo, recuerdo.

—Gracias —le dije.

Él asintió, dándome todavía la espalda. Estaba todo allí, evidente para ambos, pero no lo expresamos con palabras. A veces era mejor así.

En cuanto se fue, me puse el jersey. Me quedaba enorme, claro, pero era mejor aún, porque, si me hacía falta, podía envolverme en más capas de él. El regalo de despedida de Sammy.

36

*L*legar a la consulta de la doctora Temple implicaba un viaje en autobús al centro y un corto paseo a pie. Se me había caducado el abono de transportes, y no haberlo renovado la semana pasada era otro síntoma más de mi estado general de *Weltsch-merz* o anomia. Marianne. Todo lo demás era trivial. Introduje dos libras en la ranura de la mampara del conductor, y me importó un bledo la fea pegatina con el «no se da cambio» y estar sacrificando así veinte peniques. A la hora de la verdad, ¿qué más daban veinte peniques?

- Todos los asientos dobles tenían ya un ocupante, lo que suponía que tendría que sentarme al lado de algún desconocido. Cuando estoy de otro ánimo, disfruto con el juego: diez segundos para examinar a los ocupantes y seleccionar a la persona más delgada, cuerda y limpia para sentarme a su lado. Si te equivocas, el trayecto de un cuarto de hora hasta el centro puede ser una experiencia mucho menos agradable, apretujada al lado de un gordito acaparador o respirando por la boca para minimizar la penetración del hedor que emana un cuerpo sin lavar. Tales eran las emociones de los viajes en medios públicos.

Ese día, sin embargo, no saqué ningún placer del juego y me limité a sentarme lo más cerca posible del conductor, sin ningún interés por los méritos o deméritos de los acompañantes potenciales. La suerte quiso que fuera una ancianita entrada en carnes, pero sin llegar a ser molesta, que olía a laca y guardaba las distancias. Bien.

Se bajó en la siguiente parada y me quedé con todo el asiento. Subió más gente y vi que un joven apuesto —alto, esbelto y con unos ojos castaños desproporcionadamente grandes— jugaba al escáner para elegir asiento. Deseé sentarme a su lado porque saltaba a la vista que ni estaba loco ni olía mal.

Pero pasó de largo y se sentó al otro lado del autobús, junto a un hombre bajito de aspecto rudo que vestía una chaqueta deportiva. ¡No me lo podía creer! En la siguiente parada se subieron otras dos personas: la primera subió a la planta de arriba y la segunda desechó también el espacio libre a mi lado y fue hacia el fondo del autobús, donde, cuando me volví para ver, había un hombre sin calcetines. El blanco de sus tobillos desnudos contrastaba con sus oxford de cuero calado en color guinda, que había combinado con unos pantalones de chándal verdes. Un loco.

Me quedé mirando al suelo mientras mi mente se disparaba. ¿Acaso… acaso yo tenía aspecto de persona a la que había que evitar en el juego de elegir asiento? Ante las evidencias solo podía concluir que así era. Pero ¿por qué?

Debía recurrir a la razón para responderme: no sufría sobrepeso, no olía (me ducho a diario y lavo la ropa con regularidad). Solo quedaba la locura. ¿Estaba loca? No. No lo estaba. Me habían diagnosticado una depresión pero eso era una enfermedad, no locura. Aun así, ¿tenía pinta de loca? ¿Actuaba como una loca? No lo creía. Entonces ¿por qué era? ¿Era por mi cicatriz? ¿Por mi eczema? ¿Por mi cazadora? ¿Era ya en sí una señal de locura pensar que podía estar loca? Apoyé los codos en las rodillas y puse la cabeza entre las manos. Ay, Dios, ay, Dios, ay, Dios.

—¿Estás bien, reina? —me preguntó una voz, y sentí una mano en el hombro, que me hizo pegar un respingo e incorporarme en el asiento.

Era el hombre sin calcetines, que iba camino de la cabecera del autobús.

—Sí, gracias —respondí sin establecer contacto ocular.

Se sentó a mi lado mientras el autobús llegaba a la siguiente parada.

—¿Estás segura? —me preguntó con amabilidad.

—Sí, gracias —repetí.

Osé mirarlo a la cara. Tenía unos ojos muy cálidos, del mismo tono verde que los retoños recién salidos de las ramas.

—Necesitas un momento, ¿verdad, reina? —Me dio una palmadita en el brazo—. Todos necesitamos un momentito de vez en cuando. —Sonrió muy cálidamente y se levantó para irse. El autobús estaba frenando.

—¡Gracias! —le grité.

No miró hacia atrás pero levantó una mano a modo de despedida y se le subieron los pantalones por encima de los tobillos desnudos.

No estaba loco: era solo que no tenía calcetines.

«Eleanor, a veces te precipitas al juzgar a la gente —me dije—. Hay muchas razones por las que pueden no parecer la persona con la que te sentarías en el autobús, pero no es posible sintetizar a una persona con un vistazo de diez segundos. No da tiempo. Como cuando intentas no sentarte al lado de la gente gorda. ¿Qué tiene de malo tener sobrepeso? Puede que coman porque están tristes, igual que tú bebías vodka. Puede que tuvieran padres que nunca les enseñaron a cocinar o a comer sano. Quizá tengan alguna discapacidad y no pueden hacer ejercicio, o tal vez una enfermedad que les hace ganar peso a pesar de todos sus esfuerzos. No puedes saberlo, Eleanor.»

Había empezado a comprender que la voz de mi cabeza —la mía propia— era en realidad muy sensata y racional. Era la de mamá la que criticaba tanto y me instaba a que yo también lo hiciera. Empezaba a gustarme mi propia voz, mis ideas. Quería tener más. Me hacían sentirme bien, incluso tranquila. Me hacían sentirme más yo.

$\mathcal{V}$iejas rutinas, nuevas rutinas. A veces incluso ¿no rutinas? Pero dos veces a la semana, durante el tiempo que fuera necesario, tenía que hacer el trayecto al centro, evitar aquel ascensor vetusto y subir las escaleras hasta la consulta de la doctora Temple. Ya no me parecía sucia: empezaba a comprender la eficacia de los entornos neutros sin atractivos, de los pañuelos, las sillas y las feas láminas enmarcadas. No había nada más que mirar salvo a uno mismo, ningún sitio donde esconderse. Y la doctora era más lista de lo que me había parecido a simple vista. Aunque eso no quitaba que los pendientes en forma de atrapasueños que llevaba ese día fueran, sinceramente, abominables.

Estaba a punto de salir al escenario y decir mi parlamento. Pero no era ninguna actuación. Soy una actriz horrible, la simulación y la impostura no están en mi naturaleza. No es ninguna osadía asegurar que el nombre de Eleanor Oliphant nunca aparecerá en letras de neón, y tampoco es que yo quiera. Soy más feliz en segundo plano, cuando me dejan a mi aire. He pasado demasiado tiempo bajo las órdenes de una directora: mamá.

El tema de Marianne me había provocado mucha angustia, en mis furiosos intentos por reunir el valor para dirigir mi memoria hacia sitios donde no quiero ir. Habíamos acordado que no lo forzaríamos, que dejaríamos que surgiera de forma natural —ojalá—, mientras hablábamos de mi infancia, y lo había aceptado. Y justo la noche anterior, mientras escuchaba la radio con *Glen*, me había venido el recuerdo, toda la verdad, de la forma más espontánea. Era una tarde de lo más corriente, y no hubo ni fanfarria ni drama. Solo la verdad. Ese día pensaba decirlo en voz alta, en esa habitación, se lo contaría a Maria. Pero necesitaba algún tipo de preámbulo, no podía soltarlo sin más. Dejé que ella me ayudara y fuera guiándome.

Tampoco ese día me libré de mamá en la consulta. Costaba creer que de veras estuviera haciéndolo, pero ahí lo tenía. El cielo no caería sobre nuestras cabezas y mamá no aparecería invocada como un demonio por la sola mención de su nombre. Por extraño que pareciera, la doctora Temple y yo estábamos teniendo una conversación razonada y calmada sobre ella.

—Mamá es una mala persona. Muy mala. Lo sé y siempre lo he sabido. Y me he preguntado si… ¿cree que yo también podría serlo? La gente hereda muchas cosas de sus padres, ¿no? Varices, enfermedades cardiacas… ¿La maldad es hereditaria?

Maria se recostó en su asiento y jugueteó con el pañuelo que llevaba al cuello.

—Es una pregunta muy interesante, Eleanor. Los ejemplos que me has puesto son dolencias físicas. Tú en cambio hablas de algo distinto… de la personalidad, de una serie de comportamientos. ¿Crees que esos rasgos conductivos pueden heredarse?

—No lo sé —dije, y me quedé pensativa—. Espero que no, la verdad. —Me quedé un minuto callada—. La gente habla de naturaleza y educación. Yo sé que no he heredado su naturaleza. A ver, sé que… podría decirse que a veces soy una persona difícil… Pero no… no soy como ella. No sé si podría vivir conmigo misma si pensara que soy como ella.

Maria Temple arqueó las cejas.

—Esa afirmación es muy fuerte, Eleanor. ¿Por qué lo dices?

—No podría soportar pensar que alguna vez pueda querer hacerle daño a alguien. Maltratar a gente más débil y pequeña. Dejarlos que se defiendan por sí solos, que… que…

Me paré en seco. Me había costado horrores decir aquello. Estaba sufriendo, con un dolor real y físico, así como otro más fundamental, existencial. «Por Dios Santo… ¡dolor existencial, Eleanor! —me recriminé—. Compórtate.»

—Pero tú no eres tu madre, Eleanor, ¿verdad? —replicó Maria con calma—. Eres una persona totalmente distinta, independiente, que toma sus propias decisiones. —Esbozó una sonrisa reconfortante—. Sigues siendo joven. Si quisieras, podrías tener una familia algún día y ser un tipo de madre completamente distinta. ¿Qué me dices a eso?

Esa era fácil.

—Ah, no, yo nunca tendré hijos —dije con calma, como constatando un hecho. Me hizo señas para que siguiera hablando—. Es evidente, ¿no? Porque ¿y si lo transmitiera, lo de mamá? Aunque yo no lo tenga, podría saltar una generación, ¿no? O… ¿y si fuera el acto de dar a luz lo que lo activa en una persona? Podría haber permanecido en estado latente todo este tiempo, a la espera…

Parecía muy seria.

—Eleanor, en estos años he trabajado con otros pacientes que tenían preocupaciones similares a la tuya. Es normal sentirse así. Pero recuerda que… justo acabamos de hablar de lo distinta que eres de tu madre, de las elecciones distintas que habéis hecho…

—Pero mamá sigue en mi vida, después de tanto tiempo. Eso es lo que me preocupa. Es una mala influencia, muy mala.

Maria levantó la vista de la libreta donde tomaba notas.

—Entonces ¿sigues hablando con ella? —preguntó con el bolígrafo parado.

—Sí —reconocí. Uní las manos y respiré hondo—. Pero he estado pensando que tiene que acabar. Voy a parar. Debe parar.

Nunca la había visto tan seria.

—Yo no soy quién para decirte lo que hacer, Eleanor. Pero te diré algo: creo que es una muy buena idea. Aunque, en última instancia, es decisión tuya. Siempre lo ha sido —me dijo, extremadamente tranquila e incluso algo distante.

Era como si estuviera esforzándose demasiado por sonar neutral, pensé, y me pregunté por qué.

—El caso es que, incluso después de lo que hizo, pese a todo, sigue siendo mi madre. No tengo a nadie más. Y las buenas hijas quieren a sus madres. Después del incendio me quedé muy sola. Cualquier madre era mejor que ninguna madre…

Cuando paré, con la cara bañada en lágrimas, vi que la doctora Temple simpatizaba totalmente con lo que le contaba, que entendía lo que le decía y estaba escuchándome sin juzgar.

—Últimamente —dije sintiéndome un poco más fuerte, más valiente, animada por sus ojos amables y su silencio solidario—, últimamente, sin embargo, he llegado a la conclusión de que es… es mala, ni más ni menos. Que ella es la mala. Que yo no soy mala y no es culpa mía. Yo no la hice como es, y tampoco soy mala por no querer saber nada de ella, por sentirme triste y enfadada… no, furiosa… por lo que hizo.

Lo que venía era duro, y me miré las manos entrelazadas con fuerza mientras hablaba, temerosa de ver cualquier cambio en la conducta de la doctora Temple como reacción a las palabras que salían de mi boca.

—Yo ya sabía que tenía algo que estaba mal, muy mal. Siempre lo supe, desde que tengo uso de razón. Pero no se lo dije a nadie. Y murió gente…

Me atreví a levantar la vista y, al ver que la expresión en la cara de Maria no había cambiado, sentí que mi cuerpo se aflojaba aliviado.

—¿Quién murió, Eleanor? —me preguntó en voz baja.

Respiré hondo.

—Marianne. Murió Marianne. —Me miré las manos y luego miré de nuevo a Maria—. Mamá provocó el incendio. Quería matarnos a las dos pero, no sé cómo, Marianne murió y yo no.

Maria asintió. No parecía sorprendida. ¿Ya lo había averiguado? Parecía estar esperando que añadiera algo más pero no lo hice. Nos quedamos un momento calladas.

—Pero me siento culpable —susurré; me costaba mucho hablar, era un gran esfuerzo físico intentar sacar los sonidos—. Yo era su hermana mayor, tenía que haberla cuidado. Ella era tan pequeñita. Yo lo intenté, de verdad que lo intenté, pero no… no bastó. Le fallé, Maria, yo sigo aquí y no puede ser. Tendría que haber sobrevivido ella. No merezco ser feliz, no merezco tener una buena vida cuando Marianne…

—Eleanor —me dijo con calma, una vez que me tranquilicé—, sentirse mal por haber sobrevivido a Marianne es una reacción de lo más natural, pero no te olvides de que no eras más que una cría cuando tu madre cometió su crimen. Es muy importante que comprendas que no es culpa tuya, que no tuviste la culpa de nada. —Volví a echarme a llorar—. Tú eras la niña y ella la adulta. Ella era la responsable de cuidaros a tu hermana y a ti. Pero, en vez de eso, os sometió a un maltrato violento, psicológico, y hubo consecuencias horribles, espantosas, para todos los implicados. Y nada de eso es culpa tuya, Eleanor, nada de nada. No sé si tendrás que perdonar a tu madre, pero de una cosa estoy segura: tienes que perdonarte a ti misma.

Asentí con la cabeza, entre lágrimas. Tenía sentido. No estaba segura de creerlo del todo —de momento—, pero era de una lógica aplastante. Y más que eso no se puede pedir.

Mientras me sonaba la nariz, con unos trompeteos que no me avergonzaron después de los horrores que le había expuesto a la doctora en aquella habitación, tomé una decisión. Era hora de despedirme para siempre de mamá.

38

*E*se mismo día Raymond había insistido en quedar en la puerta de la consulta para ir a tomar un café. Lo vi acercarse con parsimonia. Su peculiar forma de caminar, con esos pasos alargados, empezaba a parecerme entrañable: si un día le diera por andar como los hombres normales, nunca lo reconocería. Llevaba las manos en los bolsillos de sus vaqueros de talle bajo y un insólito gorro de lana muy grande que no le había visto antes. Me recordó a los que llevan los duendecillos alemanes en las ilustraciones infantiles del siglo XIX, seguramente en un cuento sobre un panadero que era malo con los niños y recibía su merecido de manos de una horda élfica. Me gustaba bastante.

—¿Todo bien? —me dijo—. Poco más y me congelo los huevos de camino aquí. —Se echó el aliento en las manos ahuecadas.

—Sí, hace un tiempo ciertamente desapacible —concedí—, aunque es estupendo ver el sol.

Me sonrió.

—Cierto, Eleanor.

Le di las gracias por sacar tiempo para quedar conmigo. Había sido muy amable por su parte, y así se lo hice saber.

—Anda ya —dijo apagando el cigarro—. Cualquier cosa por una media jornada. Además, sienta bien hablar de algo que no sean licencias de software y Windows 10.

—Pero si a ti te encanta hablar de software, Raymond —dije, sorbiendo por la nariz, y luego le di un codazo en las costillas, con cuidado y mucha valentía.

Él se rio y me devolvió el codazo en broma.

—Culpable de los cargos, señoría.

Fuimos a una cafetería de franquicia; había visto muchas por el centro. Hicimos cola y pedí un *mochaccino* grande, con doble de leche y sirope de avellana. El joven me preguntó mi nombre.

—¿Por qué necesita saber mi nombre? —protesté perpleja.

—Para escribirlo en el vaso y que no se confundan las bebidas.

Absurdo.

—De momento no he oído a nadie que haya pedido una bebida idéntica a la mía —dije con rotundidad—. Estoy segura de que seré más que capaz de identificar la bebida que he escogido llegado el momento.

Se me quedó mirando, con el bolígrafo suspendido en la mano.

—Tengo que escribir un nombre en el vaso —repitió, con firmeza pero en tono aburrido, muy típico entre la gente uniformada.

—Y yo tengo que mantener un mínimo de privacidad negándome a dar mi nombre de pila delante de todo el mundo en medio de una cafetería —dije sin moderar mi firmeza.

Alguien de la cola chasqueó la lengua y oí que otra persona mascullaba algo que me sonó a «qué coñazo de tía». Tuve la impresión de que habíamos llegado a un callejón sin salida.

—Vale, de acuerdo. Mi nombre es Eleanor Oliphant.

Me miró con ojos como platos.

—Pondré solo… eh… Ellie —dijo garabateando.

Raymond no dijo nada pero sentí sus hombros anchos y su cuerpo contrahecho temblando de risa. Él era el siguiente.

—Raoul —dijo, y lo deletreó.

Cuando recogimos las bebidas —sin ningún problema—, fuimos a sentarnos junto a la ventana y observamos a la gente pasar. Raymond se echó tres sobrecitos de azúcar en su café americano y yo me contuve para no sugerirle que debería hacer elecciones más saludables.

—Bueno, ¿y cómo te ha ido hoy? —me preguntó tras lo que reconocí como un silencio cómodo.

—No ha ido mal, la verdad.

Me miró más atentamente.

—Parece que has estado llorando.

—Sí, pero no pasa nada. Es normal llorar cuando hablas de tu hermana muerta. —Raymond contrajo la cara en una mueca de conmoción—. Murió en el incendio de la casa. Lo provocó mamá deliberadamente. En teoría no íbamos a sobrevivir, pero yo, no sé cómo, lo conseguí. Mi hermana pequeña no.

Le conté todo esto con una extraña serenidad. Aparté la vista al terminar, sabiendo que la cara de Raymond expresaría emociones que todavía no estaba preparada para revivir mientras él procesaba la información. Hizo ademán de decir algo pero le costó.

—Ya lo sé —dije tranquilamente, queriendo darle un minuto para recuperarse.

A cualquiera le costaría asimilarlo. Al fin y al cabo, a mí me había llevado décadas. Le conté un poco más de lo que le había pasado a Marianne y de lo que había hecho mamá.

—Ahora que por fin he podido hablar de lo que me hizo, a mí y a Marianne, no puedo seguir teniendo a mi madre en mi vida. Tengo que librarme de ella.

Asintió.

—¿Eso significa que vas a…?

—Sí, el miércoles que viene, la próxima vez que hable con ella le diré que se acabó. Ya es hora de cortar el contacto por lo sano.

Raymond asintió como dando su beneplácito. Me sentí muy tranquila y segura del camino que debía seguir. Era una sensación novedosa.

—Hay otra cosa que tengo que hacer. Necesito averiguar todo lo que me pasó, lo que nos pasó. Recuerdo algunos detalles pero ahora siento que necesito saberlo todo. —Carraspeé—. Así que ¿me ayudarás a averiguar qué pasó en el incendio, Raymond? —le pedí sin mirarlo y en un tono apenas audible—. Por favor.

Pedir ayuda era anatema para mí. Así se lo había hecho saber a Maria, que me había respondido: «¿Y qué tal te ha ido hasta ahora?». No me había gustado su tono ligeramente mordaz pero tenía toda la razón. En cualquier caso, eso no significaba que fuera fácil.

—Claro que sí, Eleanor. Lo que sea. Cuando tú estés preparada. Lo que haga falta. —Me cogió las manos y me las apretó con suavidad.

—Gracias —le dije, aliviada, tranquila… Agradecida.

—Creo que es impresionante lo que estás haciendo, Eleanor —me dijo mirándome a los ojos.

Y esto es lo que sentí: la calidez del peso de sus manos en las mías; lo genuino de su sonrisa; el calor tibio de algo que se abre, igual que esas flores que se despliegan por las mañanas al ver el sol. Sabía lo que estaba pasando: era la parte sin cicatrices de mi corazón, donde cabía todavía un poquito de afecto. Aún había sitio.

—Raymond, no puedes ni imaginarte lo que significa para mí tener un amigo… uno de verdad, que se preocupe por mí. Me has salvado la vida —susurré, temerosa de que se me saltaran las lágrimas en medio de la cafetería y nos abochornara a los dos. Ahora que había empezado a llorar en público con más asiduidad, el grifo parecía abrirse a la primera de cambio.

Mi amigo me apretó las manos con más fuerza y resistí, y vencí, la urgencia de apartarlas y esconderlas tras la espalda.

—Eleanor, no tienes que darme las gracias. Tú habrías hecho lo mismo por mí, y lo sabes.

Asentí y, para mi sorpresa, comprendí que tenía razón.

—Me acuerdo de cuando te vi la primera vez —dijo sacudiendo la cabeza y sonriendo—. Pensé que estabas como una cabra.

—Es que estoy como una cabra —dije sorprendida de que pensara otra cosa; la gente llevaba toda la vida diciéndomelo.

—No es verdad —me dijo sonriendo—. A ver, un poquito colgada estás… pero en el buen sentido. Me río mucho contigo, Eleanor. Te importan una mierda las tonterías de la gente… No sé, caer guay, las tramas de oficina o cualquiera de las gilipolleces que en teoría tienen que importarle a la gente. Tú vas a tu rollo.

Había empezado a llorar: no había ya forma de evitarlo.

—Raymond, canalla, que se me va a correr la sombra ahumada. —Lo dije con cierta irritación pero luego empecé a reírme y él hizo otro tanto.

Me pasó una servilleta de papel de baja calidad y me limpió los residuos negros.

—Estás mejor sin eso.

Después dimos un paseo hasta donde nos separábamos en busca de nuestras respectivas paradas.

—Nos vemos pronto, ¿vale?

—¡Me verás antes de lo que crees! —dije sonriéndole.

—¿A qué te refieres? —Parecía perplejo y ligeramente divertido.

—¡Es una sorpresa! —dije haciendo aspavientos con las manos y encogiéndome de hombros como una payasa. Nunca había visto una actuación de magia, pero por ahí iban mis intenciones. Raymond se echó a reír con ganas.

—Estoy deseando verla —me dijo sin dejar de sonreír mientras buscaba el tabaco en los bolsillos.

Me despedí de él con la cabeza algo distraída, volviendo a Marianne y a mamá. Tenía trabajo que hacer. El pasado había estado rehuyéndome —o yo a él—, pero ahora lo tenía allí, acechando en la oscuridad. Era hora de dejar que entrara algo de luz.

39

¡Vuelta al trabajo! El canto de un gallo me arrancó de los brazos de Morfeo. Ese glorioso sonido matinal estaba alimentado por una pila AA y había salido de un pequeño altavoz, como resultado de haber programado mi despertador el día anterior, y no causado por niveles altos de testosterona y rayos de sol, como es el caso de nuestras amigas las aves. He de aclarar que en la actualidad mi dormitorio es una zona libre de testosterona y rayos de sol. «Pero el invierno siempre pasa —me dije—, recuérdalo, Eleanor.» *Glen* estaba repantingada a mis pies sobre el edredón, manteniéndomelos calentitos mientras hacía lo posible por ignorar la alarma.

Entusiasmada por la perspectiva del día que tenía por delante, me vestí con una camisa blanca nueva, una falda negra nueva, las medias negras y los botines que me había comprado hacía un tiempo para un concierto al que nunca debí ir. Un aspecto elegante a la par que práctico y normal. Sí, volvía al trabajo.

Hacía años una de las familias de acogida con las que viví me llevó junto con sus propios hijos a una excursión de compras de vuelta al cole. Los tres podíamos escoger mochilas y zapatos nuevos, y nos equiparon con un flamante uniforme (a pesar de que la falda y la chaqueta del año anterior seguían estándome perfectas). Lo mejor de todo es que el viaje culminó con una visita a una papelería de la cadena WHSmith, donde pudimos sumergirnos en las ricas profundidades del pasillo de material escolar. Nos permitieron hasta los artículos más recónditos (escuadras y cartabones, encuadernadores de palomita, taladradoras: ¿para qué servía todo eso?), un botín que, para rematar, podría guardar en un gran plumier de cremallera muy bonito que era mío, mío y solo mío. Yo no suelo utilizar perfume porque prefiero el olor a jabón y almizcle natural pero, si pudiera comprar un bote con aroma a peladuras de lápiz recién afilado combinado con el hedor a petróleo de una goma recién usada, de buena gana me lo rociaría a diario.

Desayuné (gachas de avena y una ciruela, como siempre) y salí con tiempo de sobra para coger el autobús. *Glen* seguía dormida, tras mudarse bajo el edredón para ocupar el sitio caliente en cuanto lo dejé vacío. Le cambié el agua y le puse un gran cuenco de croquetas, pero dudé de que se percatara de mi ausencia hasta que no oyera la llave en la cerradura por la tarde. En ese sentido era poco exigente (aunque, he de decir, que en otros muchos aspectos no).

El paseo hasta la parada se me antojó más interesante de lo que recordaba, tal vez porque lo veía con ojos nuevos después de una ausencia prolongada. Había una cantidad exagerada de basura y ninguna papelera: dos hechos que sin duda estaban relacionados. Esa parte de la ciudad era de un gris agresivo, pero aún había vida verde luchando por resistir: musgo por las paredes, malas hierbas en las alcantarillas, algún que otro árbol desamparado. Yo siempre he vivido en zonas urbanas pero siento la necesidad de lo verde como un anhelo visceral.

Justo cuando estaba llegando al cruce que atravieso para coger el autobús, me detuve en seco, atraída por un movimiento tímido, una línea moderada de rojo pardo. Tomé aire y sentí la fría brisa matinal en los pulmones. Bajo el destello naranja de un semáforo, había un zorro bebiendo de un vaso de café. No lo tenía cogido entre las patas —como ya se ha aclarado, no estoy loca—, sino que estaba con el hocico metido en un vaso del Starbucks, dando lametazos. En ese momento, notó que lo miraba, levantó la vista y me miró a los ojos con mucha confianza. «¿Qué pasa —parecía estar diciendo—. Un café por la mañana, ¡tampoco es para tanto!» Siguió con su brebaje. A lo mejor había tenido una noche muy larga entre contenedores y le costaba tirar del carro en una mañana tan fría y oscura. Me reí en voz alta y seguí caminando.

Y

Durante mi baja Bob me había dicho que me pasara por la oficina cuando quisiera o llamara para charlar si me apetecía. La semana pasada, pocos días antes de que me expirara el certificado de baja, seguía sin decidirme entre volver a mi médico de cabecera para pedirle una prórroga o volver al trabajo al lunes siguiente. Al final opté por llamarlo; no quería ir al trabajo por miedo a tener que lidiar con preguntas entrometidas de mis compañeros sin tener preparadas de antemano las respuestas adecuadas.

—¡Eleanor! ¡Qué alegría oírte! —me dijo Bob—. ¿Cómo te va?

—Gracias por las flores. Estoy bien… por así decirlo. Mucho mejor, gracias, Bob. Ha sido difícil pero he hecho buenos avances.

—Fantástico, es una noticia excelente. Entonces ¿cuándo crees que podrías… eh… cuando sería posible que volvieras? —Oí que tomaba aire como preocupado por lo que acababa de decir—. No hay prisa, vamos… Nada de prisa. No quiero agobiarte… tómate todo el tiempo que necesites. Hasta que te sientas perfectamente capaz.

—¿Es que no quieres que vuelva, Bob? —le pregunté atreviéndome con una nota de humor.

Resopló.

—Eleanor, ¡pero si esto se está desmoronando sin ti! Madre mía, Billy no tiene ni idea de emitir una factura, y Janey ya ni…

—Bob, Bob, que era broma —le dije, y sonreí: he de confesar que me sentí ligeramente complacida por lo mal que se las arreglaban sin mí mis compañeros.

—¡Una broma, Eleanor! Eso es buena señal… Significa que te estás recuperando —me dijo Bob, que pareció aliviado, bien por la broma, bien porque yo estaba mejor… o por ambas cosas, supuse.

—Quiero volver el lunes, Bob. Me siento preparada. —Mi voz sonó firme y confiada.

—¡Estupendo! ¿Estás segura de que es el momento? Ay, Eleanor, es una noticia fantástica. Estoy deseando verte por aquí el lunes.

La calidez que me transmitía por teléfono me confirmó que lo decía de corazón. La voz cambia cuando uno sonríe, altera en cierto modo el sonido.

—Te agradezco mucho que hayas sido tan comprensivo con… con todo, Bob —dije con un nudo en la garganta—. Gracias por tu apoyo. Quería habértelo dicho… Siento mucho si no he sido siempre una empleada muy… entusiasta todos estos años.

—Bah, anda ya —me dijo, y casi me lo imaginé sacudiendo la cabeza—. Esto no sería lo mismo sin ti, Eleanor, de verdad te lo digo. Eres una institución.

Oí que le sonaba el móvil. Chasqueó la lengua.

—Lo siento mucho pero tengo que cogerlo, Eleanor… Es un cliente nuevo. Pero, nada, cuídate y nos vemos el lunes, ¿vale?

—Vale.

Recuerdo que al colgar pensé que ojalá Janey no llevara uno de sus pasteles caseros para festejar la ocasión, una costumbre que tenía cada vez que la gente volvía de una baja. «Seco» se queda corto para describir la textura a desierto árido de su bizcocho de café y nueces.

Cuando llegué al trabajo el exterior del edificio seguía siendo tan poco atrayente como siempre, y vacilé en la entrada. Había estado de baja casi dos meses y solo Dios sabía qué clase de rumores sin fundamento habrían circulado *ad infinitum* sobre los motivos de mi ausencia. Durante todo ese tiempo no le había dedicado —no me había visto capaz— ni un pensamiento a las hojas de cálculo, a las cuentas por cobrar, los pedidos o el IVA. ¿Sabría todavía cómo hacer mi trabajo? No me sentía muy segura de poder recordar nada. ¿Mi contraseña? Por supuesto. Tres palabras: «*Ignis aurum probat*», «El fuego prueba el oro». El resto de la frase era: «La miseria, a los hombres fuertes». Cuán cierto. Una contraseña segura, muy segura, tal y como exige el sistema operativo. Gracias, Séneca.

Ay, pero sentí un aleteo de pánico en el pecho. No podía hacerlo. ¿O sí? No estaba preparada para encararlo. Volvería a casa y llamaría a Bob, le diría que iba a tener que alargar la baja. Lo entendería.

Sentí unas pisadas que se arrastraban por la acera a mi espalda y me apresuré a enjugarme las lágrimas que se me habían formado mientras miraba el edificio cuadriculado que tenía ante mí. Sin previo aviso, sentí un giro de ciento ochenta grados y me vi aplastada por un abrazo. Había mucha lana (gorro, bufanda, guantes) y pelos que pinchaban, además del olor a manzanas, jabón y Marlboro clásico.

—¡Eleanor! Conque a esto te referías con lo de que nos veríamos pronto.

Me dejé abrazar y, de hecho, me apretujé aún más porque he de admitir que en ese momento en particular y bajo esas circunstancias concretas, sintiéndome como me sentía, verme abrazada por él rayaba en el milagro. No dije nada y, muy lentamente, subí los brazos, vacilantes como los rayos solares en invierno, para rodear con ellos su cintura y poder así enterrarme mejor en el abrazo. Apoyé la cara en el pecho. Él tampoco dijo nada, intuyendo tal vez que lo que yo más necesitaba en ese momento era justo lo que estaba dándome y nada más.

Nos quedamos así un momento y luego di un paso atrás, me arreglé el pelo y me enjugué los ojos. Miré el reloj.

—Llegas diez minutos tarde a trabajar, Raymond.

Rio.

—¡Lo mismo te digo! —Volvió a acercarse y me escrutó de cerca. Yo le sostuve la mirada, un poco como había hecho conmigo el zorro.

—Venga —me dijo cogiéndome del brazo—, ya vamos los dos tarde. Entremos. Yo no sé tú pero me vendría de perlas una taza de té.

Me enganché de su brazo mientras me conducía al interior, hasta la misma puerta de contabilidad. Me solté todo lo rápido que pude por miedo a que alguien nos viera así. Se agachó, pegó su cara a la mía y me habló entonces en un tono paternal (o al menos, asumí que era eso; al fin y al cabo los padres no son precisamente mi especialidad).

—A ver, te voy a decir lo que va a pasar: vas a entrar, vas a colgar el abrigo, vas a encender el hervidor y te vas a poner a la tarea. Nadie va a armar jaleo y no va a haber ningún drama… Será como si no te hubieras ido.

Asintió varias veces como para recalcar lo dicho.

—Pero ¿y si...?

No me dejó terminar.

—De verdad, Eleanor... créeme. Va a ir todo perfectamente. Has estado mala, te has tomado un tiempo para recuperarte y ya estás de vuelta, al pie del cañón. Eres muy buena en lo que haces y estarán encantados de tenerte de vuelta. Y punto —dijo rotundo, sincero... afectuoso.

De hecho, me sentí mejor en cuanto lo dijo, mucho mejor.

—Gracias, Raymond —dije en voz baja.

Me pegó con el puño en el brazo —con suavidad, no un puñetazo de verdad— y sonrió.

—¡Es súper tarde! —me dijo con los ojos llenos de horror fingido—. ¿Nos vemos a la una para comer? —Asentí—. Pues venga, ¡entra ahí y dales caña! —me dijo, y luego se fue, con su paso moroso escaleras arriba, como un elefante de circo aprendiendo un truco nuevo.

Yo me aclaré la garganta, me alisé la falda y abrí la puerta.

Lo primero era lo primero: antes de ir a mi mesa y enfrentarme a los demás, tenía que mantener la temida entrevista de vuelta al trabajo. Nunca había tenido ninguna, pero en el pasado había oído a los otros cuchichear sobre el tema. Al parecer recursos humanos obliga a mantener una reunión con el jefe si te has ausentado más de dos días, para asegurarse de que estás plenamente recuperada y apta para trabajar, y ver si hay que hacer algún ajuste para asegurar que sigas bien. Sin embargo, la creencia popular tendía a verlo como un proceso pensado para intimidar, para desalentar las bajas y comprobar si has estado —¿cómo era la palabra?—, ah, sí, «escaqueándote». Pero esa gente no tenía a Bob de jefe. Los únicos que rendían cuentas ante él eran los jefes de departamento. Y yo ahora era una de ellos, de la guardia pretoriana, una elegida. Aunque Bob era un emperador muy peculiar...

Se levantó, me dio un beso en la mejilla y, mientras me abrazaba, me rozó con la barriguita y me entraron ganas de reír. Me dio unas cuantas palmaditas en la espalda. Todo el proceso fue tremendamente bochornoso pero muy, muy agradable.

Me preparó una taza de té y me trajo unas galletitas, asegurándose de que me sintiese a gusto.

—Bueno, venga, la entrevista. No tienes nada de lo que preocuparte, Eleanor, es una formalidad… Los de recursos humanos me dan la vara si no lo hago, ya sabes cómo son. —Hizo una mueca—. Solo tenemos que pim y que pam —(¿qué?)— y firmar el formulario, y luego te dejo que vuelvas con lo tuyo.

Sorbía de una taza de café y tenía manchas en la camisa. Bob llevaba camisas de tela fina que le transparentaban las camisetas interiores, lo que sumaba a la impresión general de colegial entrado en años. Repasamos una lista de cuestiones insultantemente vulgares. Para alivio manifiesto de ambos, fue un proceso indoloro si bien algo tedioso.

—Vale, ya está, gracias a Dios. ¿Hay algo más de lo que quieras que hablemos? Ya sé que es un poco pronto para entrar en detalles. Si quieres podemos reunirnos mañana otra vez, cuando te hayas puesto al día.

—¿La comida de Navidad está ya arreglada?

Arrugó su carita redonda y soltó maldiciones muy poco propias de un querubín.

—¡Se me ha olvidado por completo! Había tantas cosas que resolver que, la verdad, no sé, me he despistado totalmente. Mierda…

—No temas, Bob, me encargaré del tema a la mayor celeridad. —Hice una pausa—. Bueno, cuando me ponga al día con las cuentas, por supuesto.

Parecía preocupado.

—¿Estás segura? No me gustaría echarte más cosas encima, Eleanor… Acabas de volver y seguro que ya tendrás bastante con lo que tienes…

—No *problemo*, Bob —le dije confiada, mientras alzaba los dos pulgares, probando por primera vez una de las frases y los gestos favoritos de Raymond.

A Bob se le pusieron las cejas de punta. Esperaba haberlo utilizado correctamente, en el contexto adecuado. Por lo general las palabras se me dan bien, pero he de confesar que ese tipo de cosas a veces me confunden.

—Bueno, si estás segura al cien por cien… —dijo, aunque me percaté de que quien no parecía muy seguro era él.

—Completamente, Bob. —Asentí—. Lo tendré todo reservado para finales de esta semana y habré tomado todas las disposiciones pertinentes.

—Bueno, eso sería estupendo —me dijo garabateando en el formulario y tendiéndomelo luego—. Solo necesito que me rellenes esto de aquí abajo y habremos terminado.

Me tomé mi tiempo para hacer una bonita floritura. En la vida diaria no suelo tener la oportunidad de utilizar mi firma, lo que es una pena porque tengo una John Hancock —como llaman nuestros vecinos de la otra orilla a las rúbricas— muy interesante. No pretendo presumir, es solo que casi todos los que la ven comentan lo insólita que es, lo especial. Personalmente no veo a qué viene tanto asombro. Cualquiera podría escribir una O en forma de caracol, mientras que combinar letras mayúsculas y minúsculas es una cuestión de sensatez: asegura que sea una firma difícil de falsificar. Seguridad personal, seguridad de datos, muy importante.

Cuando por fin me senté a mi mesa lo primero que noté fueron las flores. Mientras me acercaba las tapaba el monitor, pero luego vi el jarrón (en realidad era un vaso de pinta; la oficina nunca ha contado con suficientes jarrones, cuchillos de tarta o copas de champán, pese a que los empleados celebran acontecimientos de su vida en lo que parece un régimen semanal). Estaba lleno de flores, cardos de mar, lirios y tuberosas, un ramo muy hermoso.

Vi un sobre apoyado contra el arreglo y abrí lentamente el cierre. Contenía una tarjeta con una impresionante fotografía de una ardilla roja comiéndose una avellana. Dentro alguien (sospeché que Bernadette, por la caligrafía infantil) había escrito un ¡BIENVENIDA, ELEANOR! en grande, acompañado de multitud de firmas y MIS MEJORES DESEOS o CON MUCHO CARIÑO desperdigados por ambas páginas. Me quedé impresionada. ¡Cariño! ¡Mejores deseos! No tenía claro qué pensar.

Mientras seguía rumiando todo aquello, encendí el ordenador. Tenía tantos correos acumulados que me fui directamente a los de ese día, pensando en borrar sin más el resto. Si había algo importante, ya se volverían a poner en contacto conmigo los remitentes. El más reciente, de hacía solo diez minutos, era de Raymond. El asunto decía: «¡¡Léeme!!».

He pensado en poner este asunto porque seguro que tienes 10 millones de mensajes sin leer en la bandeja, jaja. Se me olvidó decírtelo la otra tarde, tengo 2 entradas para un concierto, es de música clásica, no sé si te gustará esa música pero me pega que sí, no? Es dentro de dos sábados, si estás libre... y podemos comer algo luego?

TBO para comer.

Bss

Antes de poder responder vi que mis compañeros habían formado un corro alrededor de mi mesa sin que me diera ni cuenta. Alcé la vista: sus expresiones iban del aburrimiento a la benevolencia. Janey parecía ligeramente preocupada.

—Sabemos que no te gustan los numeritos, Eleanor —dijo esta, claramente designada como portavoz—. Solo queríamos decirte que nos alegramos de que estés mejor y, bueno, ya sabes, ¡bienvenida de nuevo!

Hubo gestos de asentimiento y corroboraciones murmuradas. Como discurso, distaba mucho del estilo churchilliano, pero era otro gesto más de amabilidad y consideración.

Yo no era una gran oradora pública, pero me dio la impresión de que no se quedarían satisfechos si no decía unas palabras.

—Muchas gracias de verdad por las flores, la tarjeta y los buenos deseos —dije por fin sin apartar la vista de la mesa.

Hubo un compás de silencio que nadie, y menos yo, supo cómo rellenar. Alcé entonces la vista y dije:

—Bueno, no creo que esas facturas pendientes vayan a procesarse solas, ¿no?

—¡Ha vuelto! —exclamó Billy, y todos rieron, incluida yo.

Sí, Eleanor Oliphant había vuelto.

40

$\mathcal{N}$oche de miércoles. Había llegado la hora.

—Hola, mamá —dije, y pude oír que la voz me salía regular e inexpresiva.

—¿Cómo sabías que era yo? —Cortante. Irritada.

—Siempre eres tú, mamá.

—¡Descarada! ¡No seas insolente, Eleanor! No te pega. A mamá no le gustan las niñas respondonas, ya lo sabes.

Terreno más que conocido: una reprimenda que había oído en numerosas ocasiones

—La verdad es que ya no me importa lo que te guste o no, mamá.

La oír resoplar, con un bufido breve y lleno de desdén.

—Vaya, vaya, alguien está de morros. ¿Qué te pasa... esos días del mes? ¿Las hormonas, querida? O es otra cosa... veamos. ¿Alguien te ha estado llenando la cabeza de tonterías? ¿Contándote mentiras sobre mí? ¿Cuántas veces te he advertido sobre eso? Mamá no...

La interrumpí.

—Mamá, hoy te voy a decir adiós.

Se echó a reír.

—¿Adiós? Pero eso... eso suena muy definitivo, querida. No hay por qué ponerse así. ¿Qué vas a hacer sin nuestras charlitas? ¿Qué me dices de tu proyecto especial? ¿No crees que por lo menos debes mantener a mamá informada sobre tus avances?

—El proyecto no era la respuesta, mamá. Fue un error por tu parte, un gran error, decirme lo contrario —dije, ni triste ni alegre, limitándome a constatar hechos.

Rio.

—Si no recuerdo mal, fue idea tuya, querida. Yo me limité a… animarte desde la banda. Es lo que haría una buena madre, dar apoyo, ¿no?

Lo pensé. Apoyo. Apoyar significaba… ¿qué significaba? Preocuparse por mi bienestar, querer lo mejor para mí. Lavar mis sábanas sucias, asegurarse de que llegara a salvo a casa y comprarme globos absurdos cuando me sentía triste. Yo no tenía ningún interés en hacer una lista de sus fallos y fechorías, en describir los horrores de la vida que llevábamos entonces o repasar las cosas que le hizo o dejó de hacerle a Marianne o a mí. Ya no tenía sentido.

—Le prendiste fuego a la casa mientras Marianne y yo dormíamos dentro. Ella murió. Yo a eso no lo llamaría apoyo —le dije haciendo lo posible por mantener la calma, aunque sin lograrlo del todo.

—¡Ves como alguien ha estado contándote mentiras! ¡Lo sabía! —exclamó triunfante. Siguió hablando llena de entusiasmo y brío—. Mira, lo que hice, querida… cualquiera en mi situación lo habría hecho. Es lo que te dije: si hay que cambiar algo, ¡cámbialo! Evidentemente, te encontrarás obstáculos por el camino… pero solo hay que lidiar con ellos sin preocuparse mucho por las consecuencias.

Parecía feliz, como contenta de impartir un consejo. Comprendí que estaba hablando de nosotras, de Marianne y de mí, como «obstáculos». Eso, por raro que suene, me ayudó.

Respiré hondo, aunque ni siquiera lo necesitaba.

—Adiós, mamá.

La última palabra. Con voz firme, mesurada, segura. No estaba triste. Estaba convencida. Y, por debajo, como un embrión gestándose, muy diminuto, apenas un cúmulo de células, con un latido tan pequeño como la cabeza de un alfiler, ahí estaba: Eleanor Oliphant.

Y así sin más, mamá desapareció de mi vida.

UNA RACHA MEJOR

41

Aunque me sentía perfectamente, más que preparada para volver con todas las consecuencias, recursos humanos había insistido en un «regreso escalonado», según el cual durante las primeras semanas solo trabajaría hasta mediodía. Peor para ellos: si querían pagarme un sueldo de jornada completa por una media, era cosa suya. El viernes a mediodía, cuando terminé mi breve jornada laboral y la primera semana tras mi vuelta, quedé otra vez para comer con Raymond.

Esos días nos habíamos comunicado únicamente por vía virtual. Me había pasado toda la tarde anterior buscando información por internet. Era facilísimo encontrar cosas, demasiado, quizá. Había impreso dos artículos de prensa de los que solo había leído los titulares y luego los había guardado en un sobre. Sabía que Raymond ya los habría encontrado pero para mí era importante hacer yo la búsqueda. Era mi historia y de nadie más. Al menos, de nadie más vivo.

Tal y como le pedí, se reunió conmigo en el bar para que no los leyera sola la primera vez. Había pasado mucho tiempo intentando sobrellevarlo todo por mi cuenta y no me había hecho ningún bien. A veces lo único que necesitas es tener a alguien agradable a tu lado mientras lidias con las cosas.

—Me siento como un espía o algo así —dijo Raymond mirando el sobre cerrado que yo había dejado entre ambos.

—Jamás podrías hacer carrera en el espionaje —le dije, y él arqueó las cejas—. Tienes una cara demasiado sincera.

Me sonrió y luego me preguntó serio:

—¿Estás preparada?

Asentí.

Era un sobre color ante, con autoadhesivo y de formato A4, que había sustraído del armario de papelería de la oficina. Los folios provenían del mismo sitio. Me sentía ligeramente culpable, sobre todo porque ahora sabía que Bob tenía que meter ese tipo de cosas dentro de sus gastos de funcionamiento. Abrí la boca para contarle a Raymond lo del presupuesto en material de oficina, pero me señaló el sobre con un gesto alentador, y comprendí que ya no podía postergarlo más. Lo abrí un poco y luego lo giré hacia él para que viera que contenía dos A4. Raymond se acercó aún más, hasta el punto de que nos quedamos con los costados pegados, en paralelo. Había una corriente de afecto y fuerza, y, agradecida, me agarré a ella para empezar a leer.

The Sun, 5 de agosto de 1997, p. 2

UNA MUJER FATAL, EN EL PEOR DE LOS SENTIDOS. LA MEDEA QUE ENGAÑÓ A TODOS LOS VECINOS.

Cuentan los vecinos que la «Mamá Asesina», Sharon Smyth (en la fotografía), de 29 años, llevaba dos años viviendo en una tranquila calle del barrio londinense de Maida Vale, antes de provocar deliberadamente el incendio que terminó en tragedia.

«Era una joven tan guapa… Nos tenía a todos engañados —comentó un vecino que no quiso revelar su nombre—. Las pequeñas siempre iban bien vestidas y hablaban estupendamente… Todo el mundo comentaba los modales tan exquisitos que tenían», le contó a nuestro reportero.

«Pero, conforme pasó el tiempo, empezamos a notar que algo no iba bien. Las pequeñas parecían siempre aterradas ante su madre. A veces tenían cardenales y la gente oía muchos llantos en la casa. Ella salía mucho. Nosotros dimos por hecho que habría alguna niñera, pero visto ahora…»

«Una vez estaba hablando con la niña mayor, que tendría entonces unos nueve o diez años, y vi como la madre la miraba de tal forma que la niña se echó a temblar, como un perrillo. No quiero ni pensar lo que pasaba entre esas cuatro paredes.»

La policía confirmó ayer que el letal incendio del domicilio fue provocado.

Una niña (10), cuyo nombre no puede ser revelado por cuestiones legales, sigue en el hospital en estado grave.

Miré a Raymond y él me miró a mí. Nos quedamos un rato callados los dos.

—Ya sabes cómo termina, ¿no? —susurró Raymond, calmado, mirándome a los ojos.

Saqué el segundo artículo.

London Evening Standard, 28 de septiembre de 1997, p. 9

LO ÚLTIMO DEL CRIMEN DE MAIDA VALE: DOS FALLECIDAS. LA VALEROSA HUÉRFANA SE RECUPERA.

La policía ha confirmado hoy que los cuerpos que se recuperaron en la casa incendiada de Maida Vale la semana pasada pertenecen a Sharon Smyth (29) y a su hija pequeña Marianne (4). Su hija mayor, Eleanor (10), ha recibido hoy el alta del hospital tras lo que los médicos han calificado de recuperación «milagrosa» tras sufrir quemaduras de tercer grado y haber inhalado humo.

El portavoz de la policía ha confirmado que Smyth, de 29 años, inició el incendio deliberadamente y murió en la escena del crimen tras inhalar humo mientras intentaba huir de la casa. Las pruebas han revelado que a ambas niñas se les administró un sedante, y mostraban señales de haber sido retenidas físicamente.

Nuestro reportero ha inferido que Eleanor Smyth consiguió liberarse y escapar del fuego. Los vecinos cuentan que después de eso vieron cómo la pequeña de diez años, gravemente herida, volvía a entrar en la casa antes de la llegada de los servicios de emergencia. Los bomberos han afirmado que la encontraron intentando abrir un armario cerrado con llave en un dormitorio de la planta superior. Allí se encontró el cuerpo de su hermana de cuatro años.

La policía no ha podido localizar a ningún pariente vivo de la niña, que quedará bajo la custodia de los Servicios Sociales.

—Es lo mismo que encontré yo —me dijo Raymond cuando le acerqué las copias impresas.

Me quedé mirando por la ventana. La gente estaba comprando, hablando por el móvil, empujando carritos. El mundo seguía a lo suyo, ajeno a lo que pasaba. Así son las cosas.

Nos quedamos los dos callados un rato.

—¿Estás bien?

Asentí.

—Voy a seguir yendo a terapia. Me ayuda.

Me escrutó con cautela.

—¿Cómo te sientes?

—No, tú también no. —Suspiré y luego sonreí para que supiera que bromeaba—. Estoy bien. A ver, sí, evidentemente tengo muchas cosas que procesar, temas serios. La doctora Temple y yo seguiremos hablando de todo esto: de la muerte de Marianne, de que mamá también murió, y de por qué he fingido todos estos años que seguía viva y me hablaba... Me llevará un tiempo, y no será fácil. —Sentía una gran serenidad—. Pero en lo esencial, en todo lo importante... estoy bien. Perfectamente —repetí recalcando la palabra porque, por fin, era cierta.

Por la calle pasó una mujer a la carrera, corriendo tras un chihuahua y gritando su nombre en un tono cada vez más angustiado.

—A Marianne le encantaban los perros —dije—. Cada vez que veíamos uno, lo señalaba, se reía y luego intentaba abrazarlo.

Raymond carraspeó. Llegaron otros dos cafés y nos los bebimos lentamente.

—¿Vas a estar bien? —me preguntó, como enfadado consigo mismo—. Perdona, qué pregunta más tonta. Ojalá lo hubiera sabido antes y hubiese podido ayudarte más. —Miró fijamente la pared, como si intentara no llorar—. Nadie debería pasar por lo que has pasado tú —dijo por fin, furioso—. Perdiste a tu hermanita, a pesar de haber hecho lo imposible por salvarla, cuando tú misma no eras más que una cría. Que hayas podido pasar por todo eso y luego hayas estado todos estos años intentando sobrellevarlo por tu cuenta es...

Lo interrumpí.

—Cuando leemos sobre «monstruos», nombres muy conocidos... nos olvidamos de que tenían familias. No salen de la nada. Nunca se piensa en la gente que dejan atrás para lidiar con las secuelas de sus actos. —Asintió lentamente—. He pedido permiso para acceder a mi expediente de los Servicios Sociales. Resulta que he reconsiderado mi opinión sobre la ley de Libertad de Información, Raymond, y puedo decirte que me parece una obra legislativa maravillosa. Cuando me llegue, voy a leerlo de cabo a rabo: el Libro Gordo de Eleanor. Necesito saberlo todo... todos los detalles. Eso me ayudará. O me deprimirá. O ambas cosas.

Sonreí para demostrarle que no estaba preocupada y para asegurarme de que tampoco él lo estuviera.

—Pero la cosa va más allá, ¿no te parece? Son todos esos años perdidos, desperdiciados. Te pasaron cosas horribles y necesitabas ayuda y nadie te la dio. Ahora tienes derecho a que te la den, Eleanor... —Sacudió la cabeza, sin saber qué decir.

—Al final lo que importa es que sobreviví. —Le dediqué una sonrisa diminuta—. ¡Sobreviví, Raymond! —dije sabiendo que era tan afortunada como desdichada y me sentía agradecida por ello.

Cuando llegó la hora de irnos, noté el esfuerzo de Raymond por llevar la conversación hacia otros derroteros más normales, y se lo agradecí en mi fuero interno.

—¿Qué tienes pensado hacer el resto de la semana?

Fui contando las cosas con los dedos.

—Tengo que llevar a *Glen* al veterinario para las vacunas.

Y organizar la comida de Navidad en el parque safari. En la página web dicen que cierran en invierno, pero seguro que los convenzo.

Salimos a la calle y nos detuvimos un momento en el umbral, disfrutando del sol. Raymond se frotó la cara y luego miró hacia los árboles a mi espalda. Volvió a carraspear. Uno de los muchos riesgos de ser fumador.

—Eleanor, ¿recibiste mi correo sobre el concierto? No sabía si...

—Sí —le dije sonriendo.

Él asintió, me miró con más insistencia y luego me devolvió la sonrisa lentamente. El momento se quedó suspendido en el tiempo como una gota de miel en una cuchara, pesada, color oro. Nos apartamos para dejar que entrara una mujer en silla de ruedas y su acompañante. La pausa para el almuerzo de Raymond casi tocaba a su fin. Yo tenía el resto del día para pasarlo como mejor me pareciera.

—Nos vemos, Raymond —le dije.

Tiró de mí para darme un abrazo y me apretó por un momento mientras me remetía un mechón de pelo tras la oreja. Sentí su cuerpo caliente, blando pero fuerte. Cuando nos separamos le di un beso en la mejilla y sentí el agradable cosquilleo de su barba de dos días.

—Te veo pronto, Eleanor Oliphant.

Me colgué al hombro mi bolsa de la compra, me subí la cremallera de la cazadora y di media vuelta para dirigirme a casa.

Agradecimientos

*M*uchas gracias a mis amigos y a mi familia, así como a las siguientes personas y organizaciones:

A Janice Galloway, por ser una fuente constante de sabiduría y de inspiración.

A mi agente, la maravillosa Madeleine Milburn, y sus compañeros de la agencia, por su entusiasmo, su saber hacer, sus consejos y su apoyo.

A mis editoras, Martha Asbhy en Reino Unido y Pamela Dorman en Estados Unidos, por haber cuidado con gran meticulosidad el libro y haber enriquecido con sus conocimientos, su sabiduría y su buen humor el proceso de edición. Vaya también un agradecimiento para sus talentosos compañeros de HarperCollins y Penguin Random House, respectivamente, encargados del diseño, la producción y la recepción del libro. Soy muy afortunada de estar en tan buenas manos.

Al Instituto del Libro Escocés, por concederme el premio Next Chapter, que, entre otras cosas, me permitió pasar más tiempo escribiendo y revisando en el Centro de Escritura Creativa de Moniack Mhor. Estoy muy agradecida a ambas instituciones.

A mi grupo de escritores, por las aportaciones constructivas, las discusiones fructíferas y la buena compañía.

A George y a Annie, por su generosa hospitalidad y su apoyo sin límites.

Por último, gracias a George Craig, Vicki Jarrett, Kirsty Mitchell y Philip Murnin. Les agradezco mucho su amistad, sus conocimientos del mundo editorial y el aliento siempre ameno mientras escribía (y no escribía) este libro.

© PHILLIPA GEDGE

Gail Honeyman

Nacida en Glasgow, se graduó en la Universidad de Oxford. *Eleanor Oliphant está perfectamente* es su novela debut, que ha sido vendida a 27 países, y con la que consigue un personaje con una voz inimitable, a la altura del gran Ignatius Reilly. Todo un carácter que se ha convertido en un fenómeno editorial internacional. Actualmente, Gail Honeyman trabaja en su segunda novela que también publicará Roca Editorial.